U0575513

下册

LINGSHANG
WULANG

张志江

著

读者出版传媒股份有限公司

敦煌文艺出版社

第三十八章

　　袁国良是正月十六一早离开雁栖岭的。他此行先要去沙城，然后再跟景秀川一块儿去太原步兵学校报到。

　　那天，他妈一直把他送到杏树梁，一路上都在忧心忡忡地给他安顿这、嘱咐那："好好念你的书，可不敢学金蛋和二宝子。你老子这几年太难了，可不敢再给他添乱了……"

　　"妈，我知道。"

　　说起他大，袁国良心里还真有些难受。自打他去年冬天毕业回来，他大就一直对他冷冰冰的，一天到晚黑着脸，从来不跟他主动搭话，刚才出门的时候也没有送他。并且他已经明显感觉到，关于他一直藏在心底的那个秘密，他大似乎已经了然于心了。也是，梁老师、耿志高和马飚他们都已经按照组织的安排跳到面上了，以他大的精明劲儿怎能意识不到呢！

　　正这么想着，身后突然传来一阵马蹄声。袁国良急忙转过身子，看见他大竟然骑着枣红马过来了，但并没有下马，只把一个包裹朝他抛了过来。他打开一看，竟然是两根黄灿灿的金条和两根银圆棒子。

　　"拿着！关键时候有用。"他大说完就调转马头走了。

　　袁国良自然明白他大说的"关键时候"是什么意思，心里不由得涌起一股强烈的触动。

　　这次回来，他发现他大明显苍老了好多，头发已经开始斑白了，腰板也明显不如以前直挺了，抬头纹就像暴雨在坡地上划开的泥沟一样，密密匝匝布满了额头。他还不到四十岁啊！

泪水不由得在袁国良眼里打起了转转。

"大！你等一下。"他把马拴到旁边的一棵杏树上，奔了过去。

但他大只勒住了马，连身都没转一下。

"大，我知道你担心什么！但你千万要相信，我绝对不是在胡闹。如果我们的事儿成了，天下就大同了，所有的问题就都不存在了；如果败了，也就是说你最担心的那个情况发生了，你老人家也不要过于悲伤，就当当年只生了我哥一个！"说着便跪在地上重重磕了一头。

他大稍稍犹豫了一下，也下了马，将长满老茧的大手轻轻按到他的头上，但并不看他，只微仰着头默默地望着远方。就在这时，袁国良突然感觉到有雨点一样的东西落在脸上，湿湿的，凉凉的。他也哭了，仰起头泪流满面地看着他大那依旧微仰着的脸，哆嗦着嘴唇说："大，以后多教照我嫂子。她虽然是女人家，但比我哥硬正，头脑也灵活。"

"走吧！大知道了。"他大终于颤抖着说了一句。

袁国良"唉"了一声，又重重磕了一头，随即翻身上马，小跑着走了，一边跑一边对着从不远处返回的他妈大声说："妈，把我大引回去。"说着便故意偏开道路，朝着秸茬密布的田地里去了。

待绕过他妈，袁国良重新拨马回到路上，调转马头久久地望着父母和他们身前那雄浑的雁头峁以及"十八罗汉"，泪水又一次模糊了视线。

袁国良此行总共在沙城待了三天。那些家在沙城的同学都知道他要去太原上军校了，争着请他到家里吃饭，使他的时间从早到晚都被安排得满满当当。

当然，他肯定会给杜光霞留机会的。

按照杜校长的安排，杜光霞本来是要考北平一所师范大学的，并且按她的成绩也应该没什么问题，但因为沙城的组织需要人手，所以她便"意外"落选了，目前已经在沙城女师找好了一份图书管理员的差事，但因为眼下还没有开学，这些天便一直陪伴在袁国良左右。

第二天下午，袁国良就被请到了位于东二巷的杜光霞家，景秀川也陪着去了。这还是袁国良第一次去校长家里，加之他和杜光霞之间的那点"小九九"，难免有些局促。尤其是杜校长放下了校长的架子，完全把他们当客人对待以后，他就更不自然了，一直都直挺挺地坐着，就连谈话也完全是一问一答。

"你们到太原念的什么专业？"

"步兵指挥速成班。"袁国良回答。

"为什么是速成班呢？"

"我爸说真正的军人要在死人堆里滚打呢！军校嘛！念几天，有那么个意思就行了。"景秀川说。

"哦！不管怎，去了就好好念。东北已经沦陷了，华北也差不多了。既然选择成为军人，就要有军人的样子。你们都是咱沙城中学的佼佼者，一言一行都代表着沙城中学乃至整个陕北，可不敢混日子。"

"好，学生谨记校长教诲。"

接着，杜校长又向袁国良询问了一番雁栖岭和延北一带的受灾情况，当听说那里也饿死了不少人后，忧伤地叹道："唉！这个民族啊！"

在男人们谈话的时候，女人们也在厨房开起了小会。

"哪一个是你对象？就那个姓袁的吧！"杜光霞的大嫂曹秀美笑着问。

"什么对象！同学。"杜光霞急忙纠正。

"没你大哥英武。"

"谁说！不就个子稍微比我大哥矮一点嘛！"

"太原那个军校和黄埔军校哪个好？"

"去去去！就我大哥上过两天烂黄埔，我们不上黄埔照样当将军。"

"什么是你们？"曹秀美哧哧地笑了。

谈笑间，饭菜就上桌了。还真丰盛，七个碟子八个碗地摆了满满一桌子。席间，杜光霞不住地往袁国良碗里夹菜，竟然忽视了景秀川，直到袁国良用脚尖提醒，她才反应过来，急忙弥补起了自己的过失。

景秀川当然不会计较，只想笑，但最终还是忍住了。

作为女人，校长夫人则更敏感，并且这位可爱的传统老太太自然也有感兴趣的话题，直把袁家祖宗三代、田亩家产问了个遍。当听自家男人说，袁国良家是延北一带最大的东家，拥有五千多亩土地和两千多只黑头绵羊，而且连东街口的袁记雁回头都是他家的以后，也不免有些惊讶："哈呀！那你娃娃就是金山上下来的嘛！看下我们霞霞不？我看正是个好苫苫。"可爱的样子当即引得大家一阵大笑。当然，此时的他们一定是各有各的笑法。

听说景秀川要去太原深造，邻近各县的县长、下属的师、团长和道里的局长们也都捎掇着为他送行。所以在临行的头天晚上，景山岳又在司令部大宴了一回宾客，并且把杜校长和杜光霞也请来了。而就是在这次宴席上，一个突发情况差点让袁国良当场乱了阵脚。

席间，景山岳突然提起了雁栖岭："哈呀！把他的！那雁栖岭还真是个出'冷子'的地方！国良敢打咱的儿，磨石坚用了不到两个月就把葭吴二县的匪患给平了，还直接把县长和保安团长给喂狗了。你们可能还不知道，这磨石坚就是国良他家长工的儿，得是的？"

袁国良急忙点了点头。

"咱还听刘占雄说，去年抢延北官仓和带人吃大户弄下几条人命的那几个共产娃也是雁栖岭的，其中一个就是袁记雁回头那个马掌柜的儿。哈呀！把他的！"说着就猛然把话锋一转，直勾勾地盯着袁国良，"听说那梁毓文还当过你的老师，那你是不是共产娃？"

这一问有如晴天滚过一声炸雷，当即把袁国良炸蒙了，好在秀川他妈及时出来挡了一下:"你看你,别吓着娃!人家国良大户出身,怎会是乱党呢?尽胡说!"正是这短短十几秒时间让袁国良得到了宝贵的缓冲,便看着景山岳笑了笑:"那您看我像不像共产娃?"

"不差啥!"景山岳一本正经地说。

袁国良淡然一笑:"您老人家说不差,那就不差。"

景山岳仰头哈哈大笑了一声,伸手在他肩膀拍了拍:"叔这是逗你呢!到太原后好好念,毕业后就把你的'龙威将军'一带,和你雁栖岭的那几个共产娃掰一回手腕,看谁能掰过谁。"说完又冲着大家说道:"都说咱老景对待共产分子'剐骨殖无情'!这咱认呢。你跟咱抢饭钵子呢嘛!咱不收拾你还等啥呢!虽然咱在老蒋眼里是后娘养的,但只要国民党倒不了,陕北这一亩三分地就咱说了算。但共产党得势了,那咱这'九斤半'就得搬家了,人家说咱是反动军阀嘛!眼下中原又有起事的迹象了,咱得再看看风向。等这事儿忙完还得收拾共产党。咱就不信,你哪怕就是个韭菜园子,你看咱割得快还是你长得快!"说完便又自顾自地哈哈大笑起来。

"行了!今儿是送秀川和国良呢!开口杀闭口割,成什么体统!"四姨太终于出来打断话题了。

"好好好!这老鼠下的耗子亲,又嫌不吉利了。"

袁国良终于松了一口气,定了定神便起身敬酒去了。就在他敬酒时,孙海权又提出了一个问题:"司令,既然葭吴的匪患已经平了,磨石坚的那个连是不是也该归建了?"

景山岳把脸一板:"你小子还真是狗儿子喂成狼儿子了,还跟老子抢开吃喝了。好,那就归建,就不直属司令部了。但驻地不能动,河那边的共产党游击队最近又折腾得凶得很,说不准哪天就戳过来了,换其他人咱不放心。等阎老西把共匪剿了再说。得行?"

"好好好!"孙海权急忙应承。

这番话终于让袁国良从刚才那番惊吓所造成的晦暗中缓了过来，因为按景山岳的说法，他年前给沙城党组织提出的让晋西游击队策应磨石坚的请求已经见效了。这样一来，磨石坚就能继续独立驻扎莨州了，这便为他们下一步计划的执行创造了极大的方便。

杜光霞也被刚才的突发情况给吓着了，剧烈的心跳好长时间都稳不下来，好在宴席很快结束了，不然非得露马脚不可。

散席后，杜光霞便跟她爸离开了司令部。但一出大门，她爸就径直朝学校走去，这让她很是纳闷。

"爸，又没开学，去学校干啥？"

"走，你也去，和你谈点儿事儿。"

整个校园空落落的，只有几间教员的房子亮着如豆的灯光。

她爸快速打开自己的办公室门，并且一进去就转身把门插上了，直接将她带到后房，指了指对面的椅子叫她坐下，然后直直地盯着她问道："你是不是有什么事情瞒着我？"

杜光霞以为自己刚才的紧张样儿叫她爸洞察到什么了，一时还真有些紧张，但还是硬撑着说："没有啊！"

"真没有？"

"爸，您这是怎了？"杜光霞装出一副莫名其妙的样子笑了笑。

"你是不是恋爱了？"

杜光霞一时不知道该怎么回复，便低下头没有说话。

"把头抬起来，看着我。"杜校长突然严肃起来。

杜光霞慢慢抬起头，喏喏地说："我也不确定那叫不叫恋爱。"

杜校长点了一根烟抽了一口："孩子，你是知道的，爸爸并非那封建顽固之人，按理说不该过多干涉你的私事。况且你也已经十八了，谈个恋爱很正常。但作为父亲，我又不得不为你的将来负责，所以爸爸今儿就把态度给你亮明：谈恋爱可以，但袁国良绝对不行！"

"为什么？难道他不够优秀吗？"杜光霞脱口而出。

"不，恰恰是因为他太优秀了！"老人家语气坚定地说。

"爸，您这是什么逻辑！"杜光霞几乎喊叫起来。

她爸按了按手，示意她放低声音，随即将椅子往她面前挪了挪："孩子，你还小，有些事情还不懂，优秀的男人不一定就是优秀的丈夫！要说袁国良，爸爸也真能看上呢！但我这看上单纯是对学生或者年轻人而言的。这么跟你说吧，爸爸关注他已经很久了，我敢断定，这后生将来绝非等闲之辈，因为他身上拥有一种极其特殊的气质，而但凡拥有这种气质的人，都不是安心过日子的人。爸爸膝下就你们兄妹三人，你的两个哥哥都已经入了行伍，这在当下这个乱世意味着什么我想你也明白。爸爸绝不是重男轻女，这你知道，但无论如何，你终归是女儿家，爸爸不求你有多大出息，稳稳当当找份儿工作，然后嫁一个合适的人家，过好你的小日子就行了。你明白爸爸的意思不？"

"我不明白！袁国良怎就不是安心过日子的人了？那是您不了解他。他其实是一个很有生活情调的人。"杜光霞进一步辩驳道。

老人家痛苦地摇了摇头："孩子，我知道有些话不能随便说，但为了你我又不得不说。你想听不？"

杜光霞瞪着眼睛点了点头。

杜校长凑到女儿的耳旁，低声但又不失坚定地说："我感觉他是共产党。"

杜光霞慢慢抬起头，眼里涌满了泪水："爸，我知道您是为我好，但我爱的是他的人，无关信仰。对，我也知道他不是一个安分守己的人，但我爱的恰恰是这个。我不知道他是不是共产党，即便真是，甚至哪怕有一天真的就像您担心的那样，但只要真心爱过，女儿这一生也就算是无憾了！爸爸！您没经过自由恋爱，就不知道爱一个人有多幸福！我求您了！"说着竟然嘤嘤嘤地哭了起来。

　　老人家痛苦地将头仰靠在椅背上，紧闭着双眼，阔阔的国字脸不停地抽搐着，好大一会儿才又睁开眼睛，长长地舒了一口气："唉！那好吧！说到底，未来的路终究还要靠你们自己走呢！爸爸不会强加干涉。只是无论如何也得尽做父亲的义务，该提点的还得提点啊！"说着，两颗圆滚滚的泪珠划过颧骨，顺着嘴角滚落下来："孩子，有个事儿我一直都没对你们说，你二哥两年前就因为在安徽闹共产，被蒋介石枪杀了。"

　　猛然听到二哥牺牲的消息，杜光霞真想放声痛哭一场，可又怕被别人听到，便急忙咬住嘴唇，小声啜泣起来。

　　两位哥哥从沙中毕业离开家之后就再也没有回来。大哥杜光勇先是上了黄埔军校，毕业后就在国民革命军当了军官，当年中山先生逝世的时候还曾作为全国八名优秀青年代表之一为国父守过灵，这曾让杜光霞美美地自豪了一把。但后来，当她听说大哥又成了蒋介石的红人，原来的自豪便又成了揪心扯肺的痛苦。二哥杜光毅一直很神秘，这些年始终连书信都没来过一封，早前只听说他在三边的高桂滋部当营长，根本没想到他也成了共产党，还跑到安徽去了……她一边哭一边盘算，越往下盘算越是伤心。

　　她爸伸手为她擦掉眼泪，喃喃地说："听景司令说，你二哥还是安徽共产党的主要领导。他才二十三啊！我实在不懂，你们现在的年轻人都怎了？"

　　杜光霞痛苦地咬了咬嘴唇，随即慢慢将头仰起，泪流满面地说："爸，天太黑了，二哥他们是在寻找光明呢！就像您当年加入同盟会一样。"

　　老人家猛地坐直身子，两眼死死地盯着女儿的眼睛，那犀利的目光似乎能穿透一切。但很快，他又像悟到了什么似的一连点了几下头，随即朝她扬了扬手："回吧！先不要把你二哥的事儿告诉你妈，她会受不了的。"

　　父女俩各自用毛巾擦了把脸，转身出了房门。

　　时间已经不早了，街道上的商铺早都打烊了，仅有的几个行人也是步履匆匆，整条大街一派冷清。在这一片清冷之中，杜光霞紧紧地跟在父亲身后，一边走一边在心里哼着那首属于普天下劳苦大众的歌："起来，饥寒交迫的奴隶！起来，全世界受苦的人！满腔的热血已经沸腾，要为真理而斗争……"

第二天一大早，袁国良和景秀川就从司令部出发了。按照头晚的约定，景家全家人和杜校长父女俩一直把他们送出了南门。当然，为了"不必要"的掩饰，杜光霞昨天就约好了几位同学。出了东门后，景秀川便转身对他爸说："你们都回去，就让我们几个同学再送会儿，也好拉几句我们年轻人的话。"接着又对他爸专门安排的一路护送他们的几位士兵们说："你们也先走，在镇川堡等着，这段路上没人敢对我怎么样。"

所有人便听从了他的安排，各自离开了。

几位年轻人便相跟着上了通往镇川堡的大路。约莫走出二里地后，景秀川便向大家使了个眼色，让大家加快了速度，没多久就把袁国良和杜光霞远远地甩在了后面。

他俩并排行进在残雪斑驳的土路上，像极了《走西口》里描述的"哥哥走来妹妹照"。

"到太原要好好吃饭，不用那么节省。"杜光霞爱怜地看着他，柔声说。

"我那不是节省，从小在长工灶粗茶淡饭吃惯了。"

"那也不能！适当改善一下伙食对身体好。"

"好！"

"在景秀川面前该说的说，不该说的千万不敢说，昨天险忽儿把我怕死。"

"这我知道。你也要小心，你不听景山岳说还要'割韭菜'嘛！"

"没事！你不要担心我，我们共产党人这个'韭菜园子'只他是割不完的。倒是你，真得注意，听说阎锡山对咱们也是心狠手辣，所以到那边不要参加任何组织，就像你刚来沙中一样不显山露水，不就十个月嘛！"

"好，我记住了。就送到这儿吧，你看其他同学都是陪你的，不能走太远了。"

"我就送到前面那座沙梁上。"

此时，景秀川他们已经走到那座沙梁上了。他们相互说了几句话，一一握过手之后，其他同学便绕到沙梁北边的空地上装模作样地打雪仗去了。景秀川回头望了望他俩，猛地抽了一鞭坐骑，迅速翻下沙梁走了。

不一会儿，他俩也来到了沙梁顶上。袁国良看了杜光霞一眼："好了！你回吧！"

杜光霞泪眼蒙眬地点了点头，从包里掏出一只荷包递了过来。那荷包并不大，但很是精致，正面一对戏水鸳鸯，背面两棵并蒂莲花，五彩丝线襻边，漂亮极了。

"你绣的？"袁国良满脸惊讶。

杜光霞羞涩地点了点头："跟我嫂子学的。不熟练，整整绣了十多天。"

袁国良将荷包揣进兜里，然后伸出手，在她头上摸了摸，唰的一下跃上马背，举着马鞭向她做了一个敬礼的动作，随即转身箭一般地飞驰而去了。

杜光霞痴痴地凝视着他那激情飞扬的背影，哭了，但哭着哭着又笑了，最后干脆连她自己也搞不清究竟是哭还是笑了，反正就不停地流着泪，在正月漠风的撩拨下清凉清凉的。蓦地，一首婉转的信天游伴着早春凉飕飕的晨风飘了过来：

> 哥哥你走西口，
> 小妹妹实难留。
> 手拉住那个哥哥的手，
> 送出了大门口。

> 送出了大门口，
> 小妹妹泪长流，
> 有几句的那个知心话，
> 哥哥你记心头。

走路你走大路，

万不要走小路，

大路上的那个人儿多，

拉话话解忧愁。

……

在这悠扬婉转的歌声中，那个熟悉的、充满激情的背影慢慢缩成了一个隐隐的黑点。但她依然不愿离开，依旧久久地、泪流满面地凝视着，直到他完全消失于视线之中，才终于意犹未尽地转动了几下酸困的脖颈。就在这时，她猛然看见脚下竟然已经生出了几根嫩嫩的春芽！她慢慢蹲下去，用手指轻轻抚摸着这些稚嫩的生命，心里蓦地生出几分感动。是的，虽然天地依然是一派逼人的荒芜，但时令已过立春，大地已经开始蓬勃新的生命了。当然，就目前来说，这些生命无疑是稚嫩的，由西伯利亚南下的寒潮随时都有可能将它们扼杀。但再大的寒潮都不能阻挡大地重归新绿的步伐。在不远的将来，张扬于这片旷远的天地之间的必将是一个真正温暖的、草长莺飞的春天。

第三十九章

袁国良走后第二天，袁国温也突然走了。

那天吃过早饭，袁国温两口子就到梁先生家去了，但临黑的时候却只回来了梁毓书一个人。起初，家里人都以为袁国温是上茅厕或者是干什么去了，但直到快吃晚饭的时候还不见他的影子。婆婆红椒这才问了一句："臭娃呢？"

"走了！"梁毓书看了婆婆一眼，略带胆怯地说。

"走哪了？"

"到北平念大学去了。"

"他大！出大事了！"红椒当即喊叫起来。

正在长工院拾掇耕具的袁继耀听见这惶恐的喊叫声，急忙跑了过来，还没等进窑就大声问道："怎了嘛？"

"臭娃跑了！"红椒已经拉起了哭腔。

"跑哪了？"

"大！是我放走的，到北平念大学去了。"梁毓书说。

袁继耀当即愣了，一屁股坐到炕楞上，凹凸不平的狼疤脸剧烈抽动着，好一会儿才拉着哭丧脸说："娃娃呀！你真是越来越不像话了，这么大的事儿怎就不跟大说一声呢？"

"跟你一说就走不了了！"

袁继耀痛苦地咂了咂嘴："娃娃呀！我这么安排自有这么安排的道理。那'二老子'已经飞了，指不上了，你再把国温放走，咱家这摊子将来谁接手呢嘛？"

"我接！"梁毓书死死地盯着老公公，语气坚定地说。

"大知道你脑子活泛，心性也硬正，可毕竟是女人家，山里门外这么大一份家业。唉！再说，万一他心野了不回来怎办？你让我怎给你大交代呢？"此时的袁继耀连说话都有些颤抖了。

"国温不是那号人。"梁毓书底气十足地说。

袁继耀痛苦地摇了摇头："这人是会变的，你就敢那么肯定？"

"肯定不会变，即便变了我也认了。"

"你说得倒轻巧，你认了！我怎办？你让我怎见你大呢？你让咱袁家怎在这岭上活人呢？"

红椒急忙阻止住男人，一脸期盼地盯着媳妇："那你有了没？"关键时候，女人家总是来得实在一些。

"甚？"梁毓书不解地问。

红椒跺了跺脚："还甚？娃娃嘛！"

"没有。"梁毓书红着脸说。

"都几十天了，怎还……"

"妈，我完了给你说。"梁毓书急忙打断她。

红椒一下子就急了，放声责骂起了男人，并且这一着急就有些口无遮拦了："真是亏了八辈子人了，都这般天地了，你还记着你的先生哥！"

"悄悄哦，这跟人先生哥有甚关系呢？"袁继耀急忙喝止。

"先生哥！先生哥！你看见你先生哥比你大都亲，恨不得搁到碗架上！还怎见他呢？看他怎见咱呢！还不是他养下有本事……"正说着，脸上就重重挨了一巴掌。

这红椒自打到袁家，还从没挨过男人的一指头，当即受不了了，两把将围裙解下来甩到灶火圪塝，号哭着就要出门："奶奶死呀！留下你们老小好好活着。"

梁毓书和英子赶忙撵出去把她拉住："妈，你不要号嘛！人家笑话呀！"

这时候，黑栓也听见响动过来了，急忙劝道："走，回！吵甚呢！"说完又盯着袁继耀问道："怎了？吵甚呢？"

"那大老子也跑了！"袁继耀看了他一眼说。

"好好的给人让甚路呢？咋能嘛！倒让出事了？"红椒一屁股坐在炕楞上又哭了起来，并且已经把问题归结于娶亲那天的让路了。

袁继耀转身瞪了她一眼："你悄悄哦！那跟让路有屁的关系呢！还不是你下下好儿了！"说完便将梁毓书带到后院她们起居的窑里，一脸温和地看着她说："你妈就那嘴，也急憨了，你不要往心里去，也不要在你大你妈跟前说什么。解下了没？"

"我知道，不说。"

见儿媳妇如此态度，袁继耀便放心地点了点头："都到这地步了，你就把所有的事情给大详细说一下，大好想办法给你大解释。能不？"

梁毓书点了点头，随即将事情的前因后果详细讲述了一遍。

原来，早在袁国温年前从绥州师范毕业回来，得知他大让他们成亲的时候，就把自己还想进一步深造的想法告诉了梁毓书。

"我不是不想成亲，而是还想上大学呢！如果不上一回大学，我这辈子就不甘心。你放心，我绝对不会变心，一念完大学就回来成亲，走到哪儿就把你带到哪儿。能不？"

"那你要跟你大商量呢嘛！我不搁事。"

"你又不是不知道，自毓文哥和二宝子他们那么个情况以后，我大就把主意拿死了，在他跟前提都不敢提。当年我大不让二娃念书了，你大说上都不听，但你几句话就摆平了！你能不能也帮我一把？就看你呢！"

"你大和我大谈咱俩婚事的时候我就在场，他这次是真把主意拿死了，我说也不顶事。"

此后，袁国温就一直灰塌塌的，没有一点即将成亲的年轻人该有的喜悦。于是梁毓书就有些心疼他了，就在他前来给她送妆新衣裳的时候合了一计。

"你真的就那么想上大学？"

"真的嘛！我不是说了嘛！不上一回大学我这辈子就不甘心。"

"那好吧！如果你听我的，这事儿就包我身上。"

"听，都听你的，你说怎弄？"

"那咱长短先顺利把婚事办了，而且你还要表现得高高兴兴，千万不能让你大看出苗头。"

"那迟早还不得跟我大说？"

"不说了，先斩后奏。"

"那钱怎办？"

"我有。"说着，梁毓书便把他带进仓窑，从荞麦囤子里翻出一个小布袋子，里面竟然是两根一拃长的金条，还有两根银圆棒子。

"这够不够？"

"够。你哪这么多钱？"

"我哥那年离开雁栖岭的时候你大给的。我哥不要，你大硬塞给他，还说关键时候有用。但我哥走的时候没拿，说让我保管着，等他再回到岭上就给你大送过去，但他一直没回来，只去年回来那么一会儿就又走了，所以我就一直保管着呢！"

之后，袁国温便按照梁毓书的安排，高高兴兴成了亲，没有露出一点马脚。成亲当晚闹完房后，梁毓书便将两床被褥分别铺到了后炕头和前炕尾："分开睡，不然你就走不了。"说完便各自睡下了。

大约一个钟头后，梁毓书又坐起来朝窗子看了一眼，随即在自个儿脸上轻轻拍了一下："行了，睡！明天还要早早起呢！"

起初，袁国温还不懂她是干啥，正准备发问时，就被她伸手制止了，然后朝窗子那边指了指。

窗户上果然有几个人影，还传来了几声压抑着的咻咻的坏笑。

他这才明白了。两只眼睛来来回回地在她那桃花般娇柔的脸和玉石般滑润的肩膀头子之间倒腾着，脸很快就涨得通红。那一刻，他真有些不想走了，便试探着对她说："要不……"

"睡！男人家，连这点豪横都拿不起，还能干个甚？以后的日子整长呢！"

窗外又是一阵咻咻的坏笑声。

第二天挨桌敬酒的时候，村里与他们平辈的人都逗他们："臭娃，你夜黑里那'豪横'拿起了没？我看没拿起。"这些与他们同龄的人早都成家了，自然明白这"豪横"的意思。梁毓书便羞羞一笑，脸上随之浮上了一抹绚丽的云霞。总而言之，一切都被她拿捏得恰到好处。

之后近两个月时间，他们一直按照梁毓书的安排坚持着。本来，初六小年一过，袁国温便提出要走，但那时候袁国良还没走呢，所以她便没有放他。

"等国良走了再说，不然你一走，他就不好走了。"

十七那天早饭一过，梁毓书就提出要去娘家寻几件旧衣裳，然后就带着袁国温离开了袁家大院。

待走到西翅梁，梁毓书便从随身的包裹里掏出包着那两根金条和银圆的小包裹，然后将自己结婚所得的一金一银两副手镯也一并抹下来递给他："你走吧！"

"这是妈给你的祖传的东西，你戴着。这些钱都花不完。"袁国温说。

"拿着，穷家富路。等你将来成了功名再补我。"

袁国温稍稍犹豫了一下，接过来装进里面的汗褂口袋，紧接着竟然以他少有的豪壮一把将她揽到怀里，啧的一声在她温润的脸蛋上亲了一口。

"走吧！"梁毓书推开他笑了笑。

袁国温便泪眼婆娑地转身下了眼前的陡坡，走到地塄处的平地上时又猛地转过身子，泪流满面地对着她吼一般地说："毓书，你放心，我这辈子除了你谁都不要，就像老曲儿里唱的：'我忘了我的娘老子都忘不了你！'"说完便跪下，朝她深深磕了一头。

"走吧！我相信你。" 梁毓书大声说。

早春的山风依然凛冽，刮到脸上刺辣辣地疼。袁国温一边走一边哭，竟又有些不舍了。有好几次，他都不由得放慢了脚步，但每当这时，身后总会响起她银铃般清脆的话语："走！不要回头！男人家连这点儿豪狠都拿不起还能干成个甚！"于是他便真没有回头，只直直地朝前走着，直到准备下沟的时候才终于抵挡不住内心的强烈要求，回头朝西翅梁望了一眼。梁毓书依旧在那里站着，一身红装已经缩成了一个铜钱大的红点，一如西欧印象派画作里秋雾中的太阳一般模糊。

了解了事情的前因后果，袁继耀竟不由得生出几分感动来，便长长出了一口气："你哥让你保管的那些钱，你大知道不？"

"不知道。"

"好，那就不要给你大说了。但臭娃这事儿要赶紧说呢！至于怎么说有我呢！你只要记住一件事，千万不敢给你大说是你放走的。解下了没？"

"解下了！" 梁毓书点了点头。

第二天一大早，袁继耀就找梁先生去了，一进门便拉起了哭腔："先生哥哟！兄弟给你赔罪来了。"

这阵势当即把梁先生给吓到了，急忙问："赔甚罪呢？"

袁继耀重重在自己头顶上拍了一巴掌："唉！我把国温给放了，到北平念大学走了。"

梁先生很是惊诧，慌忙问道："多会儿的事？"

"夜天前晌嘛。那孙子缠着要去上大学，我死活不同意，没想到竟然跟我吵起了！这娃娃不跟国良一样，从小就听话，没跟我拌过一句嘴，所以一吵我就火了，就给他甩了两根条子说：'你愿意哪死个呢！但你如果出了这家门就再不要回来了，我以后就没你这个儿了。'我总当他不敢走，就在前庄转了一会儿，没想到那孙子真走了。你说这事儿闹的！唉！"袁继耀哭丧着脸说。

梁先生背转身子略略思谋了一下，随即像发现了什么似的猛然转过来说："不对呀！毓书夜天过来还说国温在家呢。怎猛然走了？而且我夜天就感觉毓书的脸色不对，心事重重的，问上又不说，还以为小两口吵嘴了呢！但后晌又自己回去了，也不像吵架……"

眼看就要被识破了，袁继耀便急忙打断了他："就是毓书走了以后的事儿嘛！等毓书回来我还问了，毓书说国温早在成亲前就给他说过上大学的话，还赌神发咒地说一念完就回来成亲。我还一直不知道他有这个想法，直到最近几天才猛然提出来了。"

梁先生的脸色骤然变了，两眼死死地盯着袁继耀直接问："是不是毓书放走的？"

"不是嘛！毓书哪有那么大的胆量呢！"

"那可不一定，我的女子我知道。"梁先生依旧死死地盯着他。

梁李氏也着急了："他这一走，把山菊撂下怎办？"

袁继耀略略思谋了一下："这个问题我看倒不大，那和尚小子临走前还给山菊留了个纸条条，说是让她放心，他一念完就回来呀！绝对不会变心。"

"条条呢？"梁先生进一步逼问道。

"让我两把扯烂扔到灶火里了。"

梁先生嘴角慢慢浮出一抹令人难以捉摸的冷笑："编，接着编！真像耿得禄说的，你浑身上下都是拐拐肠子。你是不是把我当三岁娃娃了？我再问你一遍，是不是毓书放走的？"

一看这戏演不下去了，袁继耀便低下头再没说话。

"去！立马把毓书给我叫来！"梁先生朝梁李氏大吼一声。

袁继耀慌忙祈求起来："先生哥！兄弟已经在娃娃那儿把保票打了，你就给我这当老公公的三分薄面，能不？"

"快去！"梁先生又大吼了一声。

"我叫，嫂子不方便。" 袁继耀一看自己走了麦城，便想借着梁李氏小脚的由头暂时开溜，路上也好思谋下一步的对策。

梁先生瞪了他一眼："你身着继续给我编'古朝'。"说着又对梁李氏说："高小今天正开学呢！你到学校打发个娃娃叫去，就说我说了，让她立马回来。"

梁李氏还从未见过男人发这么大的火，便没敢拖延，转身走了。

梁毓书很快就被叫来了，因为她妈已经把情况给她通报过了，所以也不至于过于慌乱，但多少还有些心怯，一进来便怯生生地叫了一声："大！"

梁先生猛地转过身子，照准女儿的脸就是一巴掌："你还成精了！"

袁继耀实在没想到一贯文静的梁先生竟然会动这么大的肝火，急忙冲过去挡架，并强行把他按在了椅子上。

"说！国温是怎走的？"梁先生黑着脸吼道。

梁毓书便又把整个事情详细讲了一遍。

"你真是吃了豹子胆了！国温想上大学的事儿我也知道，他给我也说了，我还正想着等国良走后和你大说这事儿呢，你就给放走了！不是说这大学不能上，国温说的也对着呢！但不能偷走啊！将来万一生出个什么事情，你让袁家的脸往哪搁？还跟你大合伙哄我，你也把老子当三岁娃娃了？"

"哄你真不怨毓书，是我定的。"袁继耀急忙解释。

梁先生稍稍冷静了一下，转身问袁继耀："这事现在还谁知道？"

"就我家那几个长工。"袁继耀说。

"那你就让他们把国温去北平上大学的风儿放出去，就说我跟你商量的，长短先把咱这两张老脸护住。"梁先生终于冷静下来，开始考虑如何善后了。

"好！不过你放心，国温肯定不会变心，如果变心了，我就拿上杀猪刀，哪怕撵到天尽头都要把他的娃娃脑给凿回来。"袁继耀趁机表了一番态。

"好了！说这有甚用呢！国温不是那号人。"梁先生瞪了他一眼说。

尽管袁继耀按照梁先生的指点，在岭上美美造了一把声势，到处宣扬说袁国温被他丈人推介到大地方上大学去了，但纸终究包不住火，没几天，袁国温离家出逃的消息就风一般在岭上散播开了，并且很快就被渲染成了逃婚，有好事者竟然还将此事编成了信天游：

> 一对对沙鸽绕天天飞，
> 几百里路上寻了个你。

> 只要人来不要你的礼，
> 扬脚打手我就跟了你。

> 白格生生脸蛋柳叶子眉，
> 这么好的人样配不上谁？

> 什么人她让你着了迷？
> 撂下我守寡你逛野鬼！

> 绵格楚楚胸脯光格溜溜腿，
> 这么好的人才都留不住你！

这种境况自然让袁梁两家都很没面子，但梁毓书却一点儿都不在乎。春种开始后，她便不顾所有人的阻拦，跟着公公和一众长工上山了，而且男人们干啥她干啥。起初，婆婆还不放心她，怕她有了身子，每天都要叮嘱男人："万不敢让她干重活，操心'有里'。"同时时刻留心着，看她有没有孕相，但好像一直都没有任何动静，于是便直接撵到她窑里问了一番。

"山菊，你真还没'有里'？"

"没嘛！"

"你们都一块儿身了快两个月了，怎还没有呢？"红椒还不太相信。

"啊呀！妈！我们就没那甚嘛！"梁毓书红着脸说。

"那为甚不那甚呢？"

"我怕把他粘住呢嘛！"梁毓书的脸更红了。

红椒伸手在她额头上戳了两指头，痛苦地叫喊道："唉！妈还等着抱孙子呢！你娃娃憨得劲大呢！"

也是，周围同龄人的孙子早都抱着枕头满炕跑了，她怎能不急嘛！

春天的太阳很是毒辣，没几天便将原本细皮嫩肉的梁毓书晒成了一截粗糙的老榆木桩子，但她依旧一天不落地坚持着。这一下，岭上人又编排开了："这老袁家！儿子门外坐朝廷，媳妇上山当长工。"这左一榔头右一棒子很快就让袁继耀乱了阵脚，便专门把梁先生叫来，祈求一般地给儿媳妇做了一番工作："好娃娃呢！你就在家身着，帮你妈寻长递短，把大小两个灶给咱打理上就行了，再这么下去，岭上人的唾沫点子都把大淹死了。"但梁毓书却很是固执，一脸不屑地说："大，我既然应承接你的班就要接好，不懂地里的活，将来怎管人？尽管让他们说，说够了自然就不说了！"

袁继耀实在没想到，小小年纪的儿媳妇竟然如此硬正，鼻根儿禁不住一阵阵酸软。为不在她面前失态，他急忙将头高高仰起，泪眼婆娑地朝东翅梁袁家祖坟的方向望了一小会儿，随即竟然不顾禁忌，伸出手在儿媳妇的后脑勺爱惜地抚摸了一把，热泪盈眶地说："娃娃，你比大的两个儿都强！大这辈子做的最称心的一件事儿就是瞅了你这么个儿媳妇！他们两个愿意哪死呢！有你在，咱袁家就倒塌不了！"

第四十章

　　"延北暴动"一过，梁毓文就重新转回了陕甘边根据地。此时，他已经是陕甘游击队下属三大队的大队长了，政委正是耿志高。马飚虽然前不久才奉命从绥州赶到，但因为一报到就参加了行动，表现也相当不错，便给梁毓文当了副职。

　　梁毓文当年离开雁栖岭后，先是担任了一年多的省委和陕北特委之间的联络员，龙志宽到陕甘一带活动后，因为缺乏干部，便把他要了过去，起初担任一大队的政委，组建三大队的时候又把他派过去担任了大队长。

　　而耿志高这一年多的经历则极富戏剧性。我们已经知道，自从在绥州师范暴露了身份，景山岳就责令绥州县县长王书田必须将他缉拿到案，杀鸡儆猴。幸亏他提前得到情报，从学校逃了出去。逃离学校后，他径直去了地下党员、他平日里一直联系的秘密交通员胡贵宝家，藏进了他家的洋芋窖。但当天晚上，整个绥州县城就戒严了，进出城门都要严格查控，通缉他的通告贴得到处都是，如果不抓紧出城，早晚都得被抓。可这城又该怎么出呢？他和胡贵宝两个人苦思冥想了两天，终于想出了一个办法。胡贵宝他大正好给绥州的机关单位挖茅厕，隔三岔五将茅厕里的大粪掏到用木片箍成的大桶里，然后用驴车运到城外，和需要粪土的农民换点粮食。当天晚上，胡贵宝就把他们的计划给他大讲了，要他在粪桶的中腰弄个夹层，在靠近桶底处钻个小孔，把耿志高藏在里面，然后借着送粪的机会把他送出县城。起初，老汉说啥都不愿意："那可是掉脑袋的事儿！我可不敢。"儿子便只好吓唬他："掉脑袋的事儿已经做下了，窝藏要犯也一样要满门抄斩。如果不赶快把他送出县城，咱这家子人就真活不了了。"胡老汉这才答应了，并且连夜就做了个夹板。后半夜，耿志高便爬出洋芋窖，蜷缩到粪桶里，被胡老汉拉着装大粪去了。

这粪桶虽然大，但为了防止头重脚轻放不稳，便只给耿志高留了三分之一的空间。他紧紧蜷缩在里面，只听头顶轰隆轰隆地往进灌粪，并且因为刚刚加装的夹板还没浸泡严实，稀拉拉的粪水不断从缝隙里滴溜下来，浆得满身都是，当即让他不停地干呕起来。好在这个时段也没有其他人，他便敲着桶壁低声说："干大，装稠的嘛！往下流呢！"

"娃娃，忍着，命当紧，尽量拣稠的装着呢！"

驴车咯吱咯吱地起身了，很快就到了城门口。老汉干这营生已经好几年了，和守门的团丁都已经混熟了，加之他拉的也不是什么好东西，自然不会被严格盘查，所以出城很是顺利。只是从此，大粪的味道就在耿志高心里种下了阴影，以至于他此后再没有上过茅厕，一直都是在野外就地解决的。

而就在他逃出绥州没一会儿，那里恰好降了一场大暴雨。细心的胡贵宝趁夜里没人，拿着耿志高的书包和他自己的一双皮鞋，冒雨来到靠近无定河的城墙根儿，在泥水里摔了几下，然后隔墙甩了出去，于是便有了耿家"锤银人埋儿"的事儿。

梁毓文的三大队一直活动于陕甘交界处的三边、华塘、环州一带。因为那里还处于根据地的边缘地带，尚未开始划分土地，群众基础还不太牢固，所以便只能打一枪换一个地方，到处游击，主要任务就是打击土豪劣绅，为根据地筹集革命经费。说是大队，其实只有十几个人、五杆老土枪，力量还远不如地方保安团和地主民团。好在那一带拥有两省交界的地利，陕北这边打过来了，他们便立即退往甘肃，反之亦然。加之这些地方力量也都各有各的"小九九"，自然不会舍身子拼命，大多只做做样子，所以压力也不至于太大。更有甚者，一些民团的头领还趁机发起了"国难财"，只要你把"黄条子""灰坨子""黑面子"三种东西给足了，他们非但不会下力气围剿，反而总能配合你弄点"缴获"。而对于眼下的游击队来说，虽然缺枪缺炮缺人手，但唯独不缺这些东西。哪个地主老财头上凿不来二两绒？所以不到半年时间，梁毓文就把队伍扩大到了三十多人，并且已是人手一杆枪了。尽管都是些老土枪、汉阳造，但再黑的饸饹它也是荞面的，还是顶些用的。

尽管如此，这陕甘边总归是一个人烟稀少的穷地方，虽然利于立身，但不利于壮大，况且如果把全部力量投放到这里，一旦国民党哪天重兵围剿，必然会陷入被动。所以龙志宽最近一直考虑在陕北再创一块根据地，与南梁相互策应，来个主力集中、相对分散、中心开花、四面散叶。于是，一次开完会后，他便直接问梁毓文："你教书那儿叫什么地方？"

"雁栖岭。"

龙主席点了点头："对！那地方我之前去过一回，山大沟深，易守难攻，也富庶一些。你看在那儿再弄一块根据地有没有可能？"

"完全有可能，因为闹农协和上次的暴动已经让那里的人对共产党有了一定的认识。"

"你看谁去合适？"

"我去倒也可以，但有一个人比我更合适。"

"谁？"

"袁国良。"

"哦！就那个'小龙志宽'？我这几年忙得都把他给忘了！他现在在哪里？"

"听马飚说到太原步兵学校上军校去了。"

"这后生现在还可靠不？"

"这您放心，永远可靠。"

龙主席点了点头，略略思谋了一下："那你马上到太原走一趟，见他一面，就说我说了，军校念几天有那么点意思就行了，眼下根据地正缺人手，让他立即回来，然后把你的三大队带到雁栖岭，在那儿另开辟一块根据地，这鸡蛋不能放在一个篮子里。"

梁毓文是十月初二到达太原的，等找到步兵学校时，天已经黑了，便在学校旁边的晋兴发大旅社住了下来，第二天一大早才过去的。

军校的门禁自然很严格，那岗哨打老远就喝住他："干啥？"

"我之前的一个学生在这里上学，我从天津回来，顺便看看他。"

"你学生叫什么名字？"

"袁国良。"

那岗哨"哦"了一声，便转身对门房里另外一名士兵说："你到五大队把袁国良叫来，就说他老师找他呢！"

"你认识他？"趁着这个间隙，梁毓文跟那岗哨聊了几句。

"步校第一名人嘛！"

袁国良很快就过来了。这小子经过几个月的训练，还真有些军人的架路了，明显壮实多了，眉宇间也多了几分英气，就连走路也比之前更加器宇轩昂了。

二人相跟着来到晋兴发。因为这是他们自木图峪分别后的首次见面，算来都快三年了，自然格外兴奋。尤其是袁国良，这些年一直都为老师的安危担忧，但又不能到处打听，只在年前回家的时候才听说他领导了延北暴动，如今竟猛然戳到了面前，怎能不高兴？只是他很清楚，如果没有大事，梁老师是绝对不会来找他的，便将"相思之苦"暂且压了下去，开门见山地问："梁老师，什么事？"

梁毓文便将龙主席交给他的使命全盘端了出来。

袁国良自然很兴奋："好！终于不用装孙子了。但眼下还不能走，因为这些天正在结业考核，还差五天才能正式毕业，如果现在走了，必然会引起学校和景山岳的警觉，磨石坚那边也来不及准备。"

此时的梁毓文还不知道袁国良和磨石坚之间的那个惊天计划，便一脸疑惑地问："引起景山岳的警觉我能理解，但这跟石坚有什么关系呢？"

袁国良就把自己这些年的布局和磨石坚的情况给他详细讲了一番。

梁毓文惊呆了，一时竟不敢相信，只愣愣地问："真的？"

袁国良笑着点了点头。

"那他现在还可靠不？毕竟已经成了景山岳的红人了。"梁毓文进一步确认道。

"没问题，我俩一直都有联系。你也知道，他从小就听我的，现在也一样。别说当了连长，哪怕当了军长，我让他转几圈他就得转几圈。"

接着，二人很快商定了行动方案。梁毓文第二天就动身返回，先到莨州向磨石坚传达行动指令，让他做好准备，等袁国良抵达莨州后就立即开拔，务必于十月十五抵达雁栖岭。

正事谈完后，二人迫不及待地诉起了分离之苦。先由袁国良把自己这几年的情况详细作了一番汇报，包括如何痛打景秀川，如何与景山岳搭上关系一直到太原上军校等。

说到上军校，梁毓文突然问道："刚才那岗哨说你是步校第一名人，为甚？"

"学习好嘛！体能、操典、射击、沙盘推演门门名列前茅，总分月月第一。"袁国良笑着说。

"就因为这？"

袁国良诡秘一笑："还有'一架成名'。"

原来，他们到军校以后，他被编到了一大队，景秀川被编到了四大队，所有的大队长都由晋军部队里抽调的老兵学员担任。因为四大队的队长老欺负景秀川，整天让他擦皮鞋，而且每天都得擦好几回，一不满意就轻则谩骂，重则体罚。景秀川实在受不了了，便向他诉苦，他就找碴儿把那大队长给捶了一顿。

那天，全体学员刚出完早操在灶堂打饭，袁国良就装作不小心，把米汤泼到了那个队长身上。那家伙仗着自己是老兵，开口就骂："狗眼瞎了？"

"实在对不起！长官。"

"对不起就完了？"

"我给您洗，保准洗得干干净净。"

"洗了就行了？"那家伙依旧不依不饶。

"那我给你重买一套能不？"

"不能！"

此时，现场已围了一大群人，袁国良便故意把语气稍稍往硬放了一下，"洗也不行，买也不行，那你说怎办？"

那队长冷笑一声，一耳光就袭了过来："就这么办？"

袁国良本来是完全可以躲开的，但故意没躲，只喏喏地来了一句："你怎打人呢？"

那家伙还真把袁国良当绵土洼洼了："我就打了，你能怎？"说着又一拳挥了过来。

这下袁国良就不让了，扬起胳膊挡了回去，接着就像当年对付景秀川那样接连两记摆拳，然后一个飞脚就把这位老兵放倒在地了。

学员打队长自然是一件新鲜事儿，整个灶堂当即被黑压压的人群挤满了，教育处的领导也很快赶来了。

"你哪个队的？怎还打军官呢？"

袁国良举起胳膊敬了个礼："报告长官！我是一大队学员袁国良。刚打饭的时候不小心把米汤泼到他军服上了，歉也道了，罪也赔了，但他一直不依不饶，洗也不行，买也不行，还动手打我。打一下两下倒也罢了，还没完没了，我只好奋起自卫。"说完又转身看了一眼众学员，提高嗓门说："你们都看见了，是不是这样？"

因为这些所谓的"军官"长期横行霸道，欺压学员，早已民怨沸腾，所以袁国良这话刚一落地，现场一下子乱了："对！就这么回事！反对欺压，反对暴力。"

袁国良一看自己的目的已经达到了，便急忙挥手制止："别瞎喊，阎长官治下的学校不存在欺压。这只是个例。"

因为是替景秀川出气，加之又占着理，这事儿自然就不了了之了。并且他这一架竟然还打出了名堂，之后没几天，学校就新成立了一个由各大队的"刺儿头"组成的五大队，还直接让他当了大队长。

听完袁国良的讲述，梁毓文哼哼笑了，随即又严肃地说，"为个景秀川就打一架，这也太冒险了。"

"有景山岳在后面戳着呢，有甚险？再说即便没有景山岳这层关系，全部道义都在我这边呢，能把我怎？"说着便又突然严肃起来，"梁老师，我还有个重要情况要向你汇报呢！"

"你说！"

袁国良便又把景秀川的事儿详细讲了一遍。

这景秀川自打被他那泡尿浇过以后，竟然真的觉醒了！几年来不光再没惹是生非，而且真是越来越有形了，从沙城中学毕业的时候，竟然与袁国良一道被同学们公推为"优秀毕业生"。并且就在袁国良为他出完气的第二天，景秀川就突然找到他，一脸严肃地说："哥！我想跟你谈个事儿。"

袁国良还以为是要感谢他呢，便直接说："你说！"

可景秀川竟然神秘起来："这事儿在这儿说不成，咱到外面说。"

因为正好是周末，他们便出了学校，在晋兴发开了一间客房。一进房间关上门，景秀川便眼泪汪汪地说："我想加入你们的组织。"

袁国良一惊："什么组织？"

"哥，我知道我出身不好，但你千万要相信，自从你一泡尿把我浇醒后，我就一直在努力进步，这你也应该肯定吧！哥，我爸说你是共产党那是逗笑，但不瞒你说，我早就知道你是共产党了，所以早在沙城的时候我就想跟你提这事了，但一直没底气，因为我感觉自己还不够格，但我现在实在是憋不住了。"说着，他竟然流下了眼泪。

"兄弟，你是景山岳的儿子呀！我说这话倒不是因为出身论，问题是你真能丢下那份儿荣华富贵？"

"我是景山岳的儿子不假，但景山岳已经不是辛亥革命时期的那个景山岳了，早就站在人民的对立面上了，所以我就要打倒他。你如果不相信，我可以登报，公开宣布跟我爸断绝关系。总而言之，共产党我肯定得入，如果你不接纳我，我就找别人，一年不行两年，两年不行三年，反正早晚有一天，你会在革命的阵营里见到我景秀川的。"

他的这番话让袁国良很是感动，但此时的袁国良也只是一名普通党员，并没有决定接不接纳他的权力，便只好说："我也只是普通党员，还没有这个决定权，但我会尽快找机会向组织报告的。你身份毕竟有些特殊，估计至少也得经过沙城党组织的主要领导们研究才能决定。所以你得耐心等待，并且在决定下来之前必须严守秘密，再不能给别人讲你这想法了，不然我就危险了。"

"这没问题。"景秀川抹了一把眼泪，高兴地应承了。

"这人究竟可靠不可靠？"梁毓文问。

"他跟我几年了，还真是脱胎换骨了，我看可靠。"

"那就继续考验吧！"

"那这次行动带不带他？"

"你的意思呢？"

"我看带上。据我分析，他应该是真诚的，加之身份特殊，在行动的过程中还能发挥一些特殊作用，不容易引起别人的怀疑。就算出了问题，只他一个人也坏不了什么事。"

"好！那就带上，但不到最后，绝对不能给他透露任何信息。至于他入党的事儿，等汇报龙主席以后再行定夺。"

第二天，梁毓文就化装成农民离开了太原，五天后便过了黄河，来到葭州县城，找到了磨石坚的驻地，并且故作傻乎乎的样子，连报告都没打就准备闯门了。

"站住！找谁？"两名岗哨当即把枪横到他面前。

"我找起世。"

"我们这儿没这个人。"

"甚？他大磨六说他就在你们这儿当长官呢嘛！"

"哦！磨石坚磨连长？"

"对对对！我们受苦人小名叫惯了。"梁毓文急忙点头哈腰地解释。

"那你叫什么名字？我进去通报一下。"

"我叫梁二狗，他们庄的。"

磨石坚很快就出来了，但一时还没认出他来。

也是，此时的梁毓文完全一副农民装扮，一身露着棉絮的破烂棉衣，头上扎着一条油腻腻的羊肚子手巾，并且为了逼真，一连几天都没敢梳洗，脸黑乎乎的，还在脖颈后面插了一把烟锅子，真还不好认。

"兄弟，我是二狗嘛！你这一当官，怎连庄里人都认不得了？"梁毓文急忙嬉笑着凑了过去。

磨石坚这才认出了他，差点没笑出声来："哦！二狗！你怎来了？"

"我听你大说你当大官了，就专门投奔你来了，看能不能给我也安排个碎官。你小时候马桩打你，我还常护你呢！你忘了？"梁毓文故作讨好地说。

"没忘嘛！那走，到我窑里走。"磨石坚强忍住笑意说。

"没忘就好！我还没吃饭呢！你这么大的官，能不能给我买的吃上一碗羊肉？"梁毓文又嬉皮笑脸地说。

"好好好，随便几碗，管饱。"

"你说的哦！那就走。"

二人相跟着来到中街的一家饭馆。一进门，磨石坚就大声对店家说："找个包间，我要和我哥说个事。"

那小老板自然认识他，便忙不迭地把他们带到靠角落的一个包间里。

待店家一出去，磨石坚就哧的一声笑了："啊呀！你险忽儿把我给考住。"

梁毓文笑了笑："你小子进步不小嘛！我还怕你接不上呢！去年，通缉我的布告贴遍了陕北，你一声'梁老师'就麻烦了。"

"干了几年'尿泡系子上锻刀子'的活了，还能连这点反应都没？只是你这副形象实在是太逗人了。"说完一起哈哈大笑了几声就进入了正题。

得知梁毓文的来意后，磨石坚当即应了下来："没问题！你说怎办就怎办。"

"部队能带动不？有没有什么风险？"

"没任何风险。从副连长到班长，都是我一手带出来的人，都听我的。当然，除了副连长和三个排长之外，其他人一开始不能给透露任何信息，就说南下执行秘密任务，等到了雁栖岭再说。"

"好！反正千万不敢出岔子。"之后，梁毓文便又一本正经地说，"还有个情况咱必须提前说清楚。虽然部队都是你的，但到了雁栖岭以后，一把手就肯定轮不上你了，这你能接受不？"

磨石坚坦然一笑："这还用你说？一把手自然是你嘛！我你还不了解，打打杀杀还行，根本就不是当掌柜的料子。"

梁毓文急忙摆了摆手："不！我也不当，因为我不懂军事。我建议让国良干。我刚到太原见过他了，这小子这几年还真把本事学到手了。当然这只是我个人的想法，最终还得特委和龙主席定夺。我现在就问你有什么意见没有？"

"没意见！我本来就是给二娃照摊场着呢！去年到这儿剿匪就是他给我出的主意。"

"那就好！"

……

待磨石坚这边的事情敲定后，梁毓文便立即返回南梁复命去了。当龙主席听到袁国良和磨石坚手里竟然掌握着整整一个连的部队后，自然高兴得不得了。

　　袁国良一从太原回到葭州，就趁着景秀川休息的间隙，与磨石坚就兵运的具体事宜详细推演了一番。随后，磨石坚又把副连长张明山和三位排长都叫了过来，正式向他们传达了起义的决定。之所以说是正式，是因为他之前就给上述四人做过不少铺垫，并赢得了他们的支持。条件成熟后，他们便直接把这个计划对景秀川坦白了。没承想，景秀川虽然很是震惊，但丝毫都没有犹豫，不仅当场表态将参与行动，还说要把这次行动作为他加入组织的"投名状"。这样一来，"移防"自然顺利多了，谁会怀疑司令的儿子呢？并且在整个转移过程中，他一直都和磨石坚一块儿负责断后警戒呢。

　　部队一路以急行军的状态前进，并且刻意绕过了城镇，所以没有发生任何意外，并于预定时间准时赶到了雁栖岭。因为自从延北暴动以后，县长刘占雄就将各区保安队的大部分兵丁抽调到县城强化防卫去了，加之他们又都穿着官兵的服装，所以几乎大摇大摆地就把区公所给占了，并且当即以集中检验枪械为由收缴了所有枪支。

　　当天半夜，梁毓文也赶到了。考虑到已经有一个连的兵力了，他便将三大队留在了南梁，只带了耿志高、马飚、孙秉文和谭鹤鸣四个得力的同志。简单开了一个小会之后，磨石坚便向全连通报了起义的决定。当然并不勉强，愿意的就留下，不愿意的就走，但枪得留下。因为这些兵都是他一手带出来的，加之他们听说游击队专为穷人打天下，竟然全部留了下来："咱穷人就当穷人的兵，反正都是玩命。"

　　随后，他们就召开了筹备会议。虽然议程并不多，却直直吵了小半夜，主要是雁栖游击支队支队长的人选迟迟定不下来。梁毓文主张由袁国良担任，并把这么安排的理由详细解释了一番。其他人倒都没什么，但袁国良坚辞不应，非要梁毓文或者磨石坚担任。于是，待充分发扬了一番民主以后，梁毓文便拿出了"尚方宝剑"，当即宣布了特委和龙主席的命令。

　　经陕甘特委研究决定：

一、同意磨石坚、景秀川二人由梁毓文、袁国良两位同志介绍加入中国共产党。

二、组建中共延北县委，县委委员会由梁毓文、袁国良、耿志高、磨石坚、孙秉文、史超然、薛海川、马飚、景秀川和谭鹤鸣十名同志组成。梁毓文同志任书记；袁国良、耿志高两名同志任副书记。

三、成立延北县苏维埃政府，由耿志高同志任主席，孙秉文、史超然两名同志任副主席，下设各机构负责人由延北县委自行任命。

四、组建陕甘游击队雁栖支队，袁国良同志任支队长，梁毓文同志任政治委员，磨石坚、马飚两名同志任副支队长，景秀川同志任参谋长，张明山任副参谋长。支队下辖三个大队，大队长及以下职务由延北县委自行任命。

随后，梁毓文主持商定了其他人事任命：磨石坚兼任一大队大队长；马飚兼任二大队大队长；张明山兼任三大队大队长；薛海川任县委宣传动员部部长；谭鹤鸣任苏维埃政府下设民运部部长和游击支队后勤部部长；原来的三个排长分别任三个大队的副大队长，九个班长依次转任九个分队的分队长；成立雁栖军政学校，由袁国良兼任校长，景秀川任军事教员，梁毓文和耿志高任政治教员，孙秉文、史超然、薛海川任文化教员。

会议刚一结束，东方就亮起了鱼肚白，部队也已经吹了起床号，并且很快到院子里集合了。梁毓文和袁国良便在大家的簇拥下站在门台上，先后发表了就任县委书记和游击队支队长之后的第一次讲话。此时，一轮如火的新日正慢慢从东边的山巅跃起，雁头峁和"十八罗汉"瞬间沐浴在了一片耀眼的橘红之中。

雁栖岭崭新的一天开始了！

第四十一章

几大"混世魔王"一经齐聚岭上，即刻在方圆百里的地面上掀起了一股股滔天巨浪。

眼下虽然人、枪都已齐备，但如不尽快让群众从革命行动中见到真米白面的利好，游击队的根就扎不下来，一旦遇到围剿，必将陷入被动。所以当务之急就是抓紧闹几场大动静，尽快激发劳苦大众的积极性。而作为农家子弟，他们都很清楚，分田地无疑是最直接、最立竿见影的办法。但就眼下而言，袁耿马三家又不能立即动，一者因为他们都是县委和游击队几位主要领导的家属，实在不好下手；再者他们一贯比较仁义，在岭上并没有惹起什么民怨，多少有些特殊性。基于这种情况，袁国良便提出了一个"一软一硬"的策略：趁国民党的大规模围剿还没有到来，先跳出雁栖岭，在附近选一个民怨最大的"劣绅"开刀祭旗，然后说服袁耿马三家顺应潮流，主动配合土改，于是他们再次把目光盯在了耿志高之前收拾过的西沟区第一大户徐世林身上。

这徐家也和耿家一样，是那场著名的暴乱过后才从绥州一带迁来的，经过三代人几十年的打拼，已经成了几乎与袁家齐名的大户了，并且单就土地来说，徐家比袁家还要多，只是因为袁家一直都是农商并举，加之袁老太爷那传奇的身世和特殊的影响力，导致徐家远不及袁家那么显眼罢了。徐家的奠基者——徐世林他爷本来也是一个本分的庄稼人，还和袁老太爷换过帖子，结了磕头弟兄。但等到徐世林他大徐茂生这一辈，情况就变了，兄弟几个仗着财大气粗，变着法地压榨穷人和佃农，正如当地人所言："逮住虼蚤都要剐二两油。"徐世林执掌了家务后，更是为所欲为，绞尽脑汁提租加赋。佃农们辛苦一年，到秋底连枷一响，至少有一半粮食进了徐家的仓窑，并且一遇灾荒或者歉收年头，他们就"交不上租子拿人顶"，硬逼着佃农们拿婆姨抵债，要不就干脆强迫他们把女子送到徐家，名为丫鬟，实则填房。更可恨的是，随着年龄增长，男人的功能逐渐丧失后，徐世林就愈加丧心病狂了，变着法地折腾这些女娃娃们，甚至曾将一个尚未完全发育的女娃的乳头咬下来吞进肚子，导致这女娃当天半夜就上吊了。去年，县里通缉耿志高的布告发出来以后，徐世林就立即展开了疯狂的报复，扬言"抢一斗粮食还一颗人头"。他的大儿子——西沟区民团团总徐继荣成天带着团丁四处抓人，一旦抓回来就"死驴活剥皮"，导致好多人都扛不住他的蹂躏，拖家带口地逃亡去了，不到一个月时间，西沟附近的人至少跑了三分之一。但就这他还不放过，竟然将那些被迫逃走的人的祖坟刨开，焚尸泄恨，并将所有的"无主土地"收归自家。大灾过后，那一带又陆续安下了不少从北边下来的不知情的黑户，但徐家对这些前世无冤本世无仇的"来路虎"更是狠上加狠，还创出了一套自己的理论："这些穷孙鬼个个都是属核桃的，不敲打就不开窍。"

午饭吃过，袁国良就带着磨石坚、景秀川和第一、第三两个大队直扑西沟徐家大院去了。

去年被耿志高"抢"过后，徐家又大兴了一场土木，用一道丈二高、两米宽的石墙将整个院落严严实实地围了起来，还像城墙一样设计了垛口，老榆木堡门也足足有一拃多厚。三十多名团丁昼夜轮班值守，还真有几分铜墙铁壁的架路。

游击队赶到的时候，天已经黑了。此时的徐世林刚刚吃过晚饭，正被丫鬟们伺候着过水烟瘾呢，猛然间听到外面乱成了一团，便慌忙跳下炕来到堡墙上。看到对面小山峁上竟然站着十几名身着军服的"当兵的"，他还以为是县保安团来人了，便扯着嗓子问："老总，你们是哪个部分的？"

"雁栖游击支队的。"袁国良大声说。

"游击支队？"徐世林还没听过这个新词，便又问了一句。

"就跟金蛋是一伙的。"磨石坚用他能听懂的说法解释道。

徐世林当即慌了，打着战地说："我所有的粮食和硬货都让金蛋抢走了，真是甚都没了，你们可不能赶尽杀绝啊！"

袁国良清了清嗓子大声说："我是雁栖岭袁继耀的二小子袁国良，也是雁栖游击支队的支队长。都是担山邻家，我不想为难你，如果你能看清形势自个儿把门打开的话，一切还可以商量，不然就不好说了。"

徐世林一听是岭上袁家的后人，就和他攀起了亲戚："娃娃！你老爷和我爷爷是磕头弟兄，论起来你还得叫我叔叔。你袁家向来仁义，我干爷，我五个干大，还有你大都是声震百里的好汉王，怎你也跟金蛋一伙了？"

袁国良笑了笑："这事儿咱慢慢说。我现在给你一炷香的时间，你考虑这门开还是不开！"

"开你爷爷的脑呢！就你这几颗小蒜脑还想干甚呢？"正说着，徐继荣就骂开了。

磨石坚当即火了，指着徐继荣咬牙切齿地骂道："等老子攻下来跟你算账。"说完就对袁国良说，"别跟他们废话了，直接上硬的。"

袁国良点了点头："我现在数三个数，再不开就不等了。"

"你数到明天爷爷都不开，有本事你就进来。"

袁国良当即拔出手枪朝天放了一枪："一大队从脑畔山强攻，三大队正面破门。"

两位大队长得令就开始进攻了。

见一下子从山峁后面跃出了那么多人，徐继荣当即慌了，急忙组织防御。但那些团丁似乎比他还慌，热锅上的蚂蚁一般在堡墙上到处乱窜。

一看这情况，袁国良又朝天放了一枪，叫停了攻击，随即大声吼道："团丁弟兄们！我知道你们也都是为了混口饭吃，徐家干下的所有坏事、恶事都跟你们无关，只要你们放弃抵抗把门打开就可以走了，我保证不伤害你们。否则，攻破以后一个不留。"

团丁们当即软了，其中一位竟猛地一把将徐继荣推下了堡墙，其余人也立即反应了过来，争着开堡门去了。

游击队员们冲进院子，缴了团丁们的枪，并将徐家男丁全部五花大绑了起来。高墙护佑下的徐家大院就这样被轻而易举地拿下了。

袁国良命令已经缴了枪的团丁们站成两排，用简短的话语给他们讲明了政策，还逼着徐家给他们每人发了两块银圆，然后就把他们关进一孔窑洞里，承诺等事情一结束就放他们走。

附近的群众大都是当年从外地逃荒来的，反正已经穷到"不怕贼翻墙就怕客上门"的地步了，所以好多人都没有跑，少数跑到山里的也被叫了下来，并且很快就被集合在了徐家大院。

此时的徐家大院早已被此起彼伏的哀号声淹没了。袁国良把磨石坚和景秀川叫到徐家的会客房，就如何处置徐世林父子研究了一番。

"这是咱的立威之战，给惨点，以后的事儿就好办了。"磨石坚说。

袁国良稍稍思索了一下："这毕竟跟土匪不一样，不能太过火了！"

"这老东西也刚比葭州那个烂肝花强'一黑豆'，对这种连牲口都不如的人，还考虑什么过火不过火呢！他害人的时候考虑了？"磨石坚仍然坚持自己的意见。

"我同意磨队长的意见。"景秀川看了一眼袁国良说。

袁国良略略思考了一下："好！那就按你们说的办，这老厼也真是坏透了。"

磨石坚当即出了窑洞，照准徐继荣的门面就是一脚："找根麻绳子，把嘴缝上，叫他再骂人。"

一连几声杀猪般的哀号过后，刚才还不可一世的徐大少爷就直接昏倒在地了，肉嘟嘟的下颌血糊糊一片。

硷畔的空地上已经生起了两堆篝火，干透了的劈柴噼啪作响，迸出一团团耀眼的火花，猎猎的火焰顺着飘忽不定的夜风八方乱窜，鬼火一般明灭。

袁国良纵身跃到篝火前面的碾盘上开始动员："乡亲们！我们是共产党领导的游击队，是专门为劳苦大众打天下的。这徐世林常年欺压百姓，无恶不作，我们今天就是给大家报仇雪恨来了。所以你们就把自己这些年所受的欺压和委屈都说出来，有冤申冤，有仇报仇，来他个彻底清算。"

但因为是第一次接触，乡亲们还有些害怕，所以好长时间都没人开口。见此情况，袁国良便转身对磨石坚吼道："把徐世林和他五个儿子全部吊起来。"

很快，徐家父子六人就像当地常见的"风干羊肉串子"一样，被反绑着双手吊到旁边的一棵老榆树上了。

袁国良朝老榆树那边瞟了一眼，继续动员道："我现在就给你们透个底，这徐世林是肯定活不了了，所以大家不要有任何顾虑，放开胆子说。"

就在这时，一阵凄厉的女人的号哭声突然从院子里传了出来："好汉爷，我能说不？"

"让她出来。"袁国良对守门的战士命令道。

只见一个十七八岁的俊俏女子从门楼里冲了出来，一边跑一边哭喊着问袁国良："好汉爷！我能报仇不？"

"能！但我们不是土匪，不敢叫好汉爷！我刚说了，我们是共产党领导的游击队，专门为劳苦大众做主的。"袁国良大声说。

那女子双手一撑上了碾盘，三下两下脱掉棉袄，又唰一下将夹衫扯掉，朝野火旁边的游击队员大吼了一声："把火把拿过来！"这一下，她整个上身便完全暴露在跃动的火光之下了，那白皙的胸脯伤痕累累，惨不忍睹。

袁国良急忙叫人把火把拿走，转身捡起棉袄递了过去："穿上再说，操心凉了！"

那女子伸出胳膊猛地将他挡开，哭着大声说："我已经是死过八十回的人了，早就不怕冷也不怕臊了。"说着就猛地朝徐世林那边啐了一口唾沫："你个老杂种也有今天？真是老天睁眼了！"

"不要急，先把袄穿上，慢慢说，我给你做主。"袁国良再次把棉袄递了过去。

那女子这才接过棉袄穿上，随即便号哭着倾诉起来。

她说自己叫冯腊梅，是去年春天才从谷川逃荒下来的。当她跟着父母和弟弟一路讨饭来到西沟的时候，恰遇徐世林带着团丁们催租。这老东西一看她模样俊俏，便打起了歪主意，主动提出要帮助他们度过饥荒，但前提是她必须到徐家做丫鬟。虽然他的意图很明显，但为了让父母和弟弟能逃下一条活命，她就应了下来。"当天晚上，我就被这老牲口给糟蹋了！这倒没事，我早想到了，但这老杂种竟然翻脸不认账，半夜就派狗腿子把我家人给赶走了，我大我妈见我跳进了天窖，就在前沟的一棵大柳树上吊死了，只留下我十二岁的兄弟一个人走了，从那以后，我就再没见过他。这老杂种坏事干多了，没本事了，就变着法地折磨我，用牙咬，指甲掐，烟锅子烫，伤疤你们刚才都看见了，他还拿玉米芯子糟蹋我……"正说着，人群里又传来一声男人的哀号。只见一个三十多岁的男子猛地拨开众人来到碾盘前："长官，我也有仇！"说着便上了碾盘，咧开嘴号开了："我娃娃才十五啊！"但只说了这么一句就晕过去了。原来他正是那个被徐世林咬掉乳头的女娃娃的父亲王占荣。这一悲壮的景象立即将所有人的怒火彻底点燃了，号哭声震天动地。紧接着，不知谁突然喊了一句："活剐了这老杂种！"这一声吼喊过后，整个现场几乎失控了，人群像河湾里突然而来的洪水一样快速朝老榆树那边涌了过去，挡都挡不住，直到袁国良又冲天放了一枪之后才停了下来。

紧接着，对徐世林和他五个儿子的审问就开始了。

这徐世林还真是一个惜财如命的人，都这般时候了还不松口，只顾哀号着祈求："真是甚都没了嘛！都让金蛋抢光了嘛！"

"我给你说……"袁国良正要说什么，但被磨石坚制止了："支队长，别费唾沫了，你听我的，不来点硬的，他根本就不相信马王爷真有三只眼。"说着便朝旁边的游击队员们吼道："给咱抬几个大水瓮！再找几炷香。"

很快，一排半人高的老瓷瓮就被齐刷刷地摆到了老榆树下面。磨石坚走过去，用大刀敲了一下瓮檐，黑着脸对徐世林大声说："老东西，我曾在北边靠近北草地一带当过几年兵。那地方有一道名菜叫缸煨全羊，就是把羊杀了，整只扣到大瓮里，然后在外面煨上火子儿，囫囵就煨熟了，可美呢！你说你家粮也没了，钱也没了，但我们这兴师动众走了几十里路也不能白来啊！那我就来个'缸煨活人'。你年纪大了，容易忘事，说不准把埋粮和硬货的地方都给忘了。那我就先慢慢煨着，你也慢慢考虑着，看能不能记起几处来。当然，我不会一直等你，如果一炷香点完以后你还记不起，我就再煨一个，直到把你的五个儿全部煨熟为止。"说完便一刀断了徐继荣的绳子，把他扣到缸里，然后叫人从旁边的野火堆里铲了些火子儿，均匀地围到了四周。

徐继荣很快就撑不住了，但因为嘴已经被缝上了，叫不出来，只能像老牛一样哞哞，那声音听着都让人胆寒。但徐世林依旧不松口，只一个劲儿地哀号着。倒是他的二儿子徐继华扛不住了，哀号着祷告起来："好爷爷呢！我尿了，你先把我哥放出来。我说能不？"

磨石坚便一铁锨把水缸拍烂，将徐继荣放了出来。因为徐继华只知道藏粮食的地方，硬货一直是由他大统一保管的，便号哭着对他大说："行了！都到这步田地了，还扛甚呢！我早就给你说差不多行了，不敢惹得天怒人怨，你就不听。都是报应！"

这徐家还真是富足之家，几个窑洞的炕洞子里、锅窝子里、水瓮圪塄里，到处埋着金条、银圆和银元宝。粮食就更不用说了，满满起获了二十几窖子，有些粮食因为窖藏时间太长，已经变得灰白了。

第二天前晌，"延北县苏维埃人民政府镇压地主恶霸徐世林和反动团总徐继荣大会"就在徐家大院后山的老爷庙坪召开了。附近二十多个村庄的老百姓几乎一人不落地参加了大会，将偌大的一块平展地挤了个满满当当。

日上三竿时分，徐家父子六人就被五花大绑地押到了戏台上。此时的群众已经不用动员了，都争着到台上控诉他们的累累罪行。

十多位群众代表控诉过后，袁国良便宣布了判决结果："恶霸地主徐世林，长期为非作歹，盘剥百姓，逼死无辜群众七人，打伤十三人，毁民众祖坟九座，性质恶劣，民怨极大。经中共延北县委和延北县苏维埃人民政府研究决定，对其处以极刑；其长子、反动民团团总徐继荣，倚仗权势，助父为虐，十恶不赦，亦一并处以极刑；另有次子徐继华、三子徐继富、四子徐继贵、五子徐继泰，四人因罪恶相对较轻，责令立即搬出徐家大院，到指定地址重新安家，从此自耕自食，改过自新！"

徐世林和徐继荣当即被拖下戏台，拉到对面的山窝子里，在一片潮水般的欢呼声中结束了罪恶的一生。

当天中午，西沟区苏维埃政府就成立了，佃农王占荣任主席，冯腊梅任副主席。随即组建了西沟赤卫队，由磨石坚推荐原来的警卫班班长和副班长分别担任队长和副队长。

中午一过，袁国良便带着主力和所有金银细软回程了，只留下谭鹤鸣带着一个分队负责后续的土地和粮食划分工作。根据地建设的第一脚就这样成功地踢出去了。

之后不到一个月，他们又一连拿下了靖州青羊湾的石贵邦、延北花草坪区的孙耀庭和延北与保安交界处的穆云山三家地主，成立了三个区级苏维埃政府，组建了三支赤卫队，还成功打退了靖州和延北两县保安团的联合围剿。根据地一下子就扩展到了三个区二百来个村庄，游击队也很快扩充到了二百多人，简直比他们预想的还要顺利。

但正是这个顺利，让袁国良慢慢滋生了强烈的心理负担。因为徐、石、孙、穆四家所处的位置正好把雁栖岭围了一个圈儿，如果不在雁栖岭闹点儿动静，还真不好服众。但他又很清楚，雁栖岭的问题比哪里都难解决，而问题的关键就在于他大，如果他大这关过不了，耿马两家就想都别想，人家就一句话："按你大划下的道道来！"你还说甚呢？他越想越烦乱，没有一点头尾，便又找梁毓文商讨了一番。

此时的梁毓文也正为这个问题头疼呢，便一脸无奈地说："那怎办？总不能也扣到瓮里煨吧！"

"先谈，实在谈不好就强行分，再不能拖了。"袁国良一脸无奈地说。

梁毓文急忙摇了摇头："你家和其他地主都不一样，绝对不能硬来，咱尽最大努力争取吧！"

"要不咱先到你家探探口风，我大一直都听先生的，如果把先生说通了，这事就有成相了。"袁国良提议。

梁毓文稍稍思索了一下，脸上很快浮上了一抹久违的温情。

自从那年"上大学"走了以后，他就再没回过家。去年延北暴动的时候，他虽然在岭上待了几天，但也一直都在书院里隐藏着。这次回来以后，又因为乱七八糟的事情一直没空。这两年一直到处"杀人放火"，他大倒没事，应该能从他的所作所为中发现他和一般土匪的区别，但他妈就不一样了，一个妇道人家哪能明白这么多道理，估计早都不知为他哭过多少次鼻子了。

"那走吧！把秀川也叫上，他一去，肯定会增加几分说服力，连景山岳的儿子都革命了嘛！唉！几年都没在家里踏个脚踪了，还真想家了！"

那一刻，他的眼里噙满了汪汪的泪水！

第四十二章

梁先生正伏在案上写东西呢，猛然听见外面传来一阵杂乱的脚步声，便赶忙将稿纸拢起来放进柜子。

"爸，写字呢？"梁毓文看着桌上的纸砚，喏喏地问。

梁先生愣了愣，随即慢慢转过身子，硬撑着装作面无表情的样子说："闲着没事，随便划几笔。"

梁毓文猛地跪在地上，把头深深地磕了下去，泪流满面地说："爸，这些年让您二老操心了！"

"这些年？以后不用操了？"梁先生不紧不慢地问道。

梁毓文稍稍犹豫了一下："爸，我想您肯定能理解我的。"

"理解如何？不理解又如何？哈呀！你爷爷他老人家肯定没想到咱老梁家还能出个耍枪弄刀的！起来吧！等我哪天彻底不为你操心了再跪！再说你们不是成天喊着要革封建礼教的命嘛！还来这个？"梁先生终于有些镇定了。

梁毓文站了起来，随即招呼袁国良和景秀川落了座。

"敢问这位先生是？"梁先生指着景秀川问。

"景秀川，我们游击队的参谋长。"袁国良介绍道。

梁先生"哦"了一声，又问："哪里人士？"

"关中蒲城县的。"景秀川回答。

梁先生又轻轻"哦"了一声："沙城的景司令不就是蒲城人？"

景秀川略显尴尬地笑了笑："对！他是我爸！"

正如梁毓文所料，梁先生的确很惊讶，久久地，不顾礼仪地盯着景秀川，两片厚实的嘴唇一连哆嗦了好几下，一副欲言又止的样子。

趁着这个机会，梁毓文又问："我妈呢？"

"前山照你去了。"

正说着，外面就传来了一阵哀切又掺着几分喜悦的哭声："文儿啊！"

梁毓文循声跑了出去，见他妈连跑带爬地从门楼外面冲了进来："妈的文儿啊！你这几年跑哪了？怎不回来呢？"

梁毓文冲过去将他妈扶住，泪眼婆娑地说："妈！我这不回来了嘛！咱进家说。"

母子二人挽着胳膊进了屋。梁李氏又哭开了："听说你回来以后，妈就想跑去看你，可这老坏种怎都不让！妈就见天在前山照你，远远地照见你们的兵马走了又回来了，回来了又走了，妈的心也就跟上走了！文儿啊，这枪子儿可不长眼，万一出个甚事，让妈怎活呢？咱不弄了，咱回桃花店，让你舅舅找人花钱把事儿了了。妈知道你不会种地，你就在家身着，妈一个人也能养活了你。你看你都瘦了，回到桃花店以后，你想吃甚妈就给你做甚。能不？文儿！"

"好好好！"梁毓文知道一时半会儿给他妈说不明白，便暂且应了下来。

梁李氏很快就止住了哭声，急火火地跑到前房给他做饭去了。"秋底风干的羊肉一直没舍得吃，妈给你做干羊肉剁荞面。"

"你先出去转转，我们拉几句话。"梁先生说。

"都回来了，就不能慢慢拉？娃娃肯定饿了！"梁李氏怒气冲冲地回应。

"不饿，妈！刚吃了。"梁毓文劝说道。

梁李氏转身出去了，临出门还忧心忡忡地叮嘱男人："好好跟娃娃说哦！咱不弄了。"

就在那一刻，梁毓文猛然发现他妈这几年真是老多了，鬓角的头发已经花白，身板也瘦削多了。也是，都四十五岁了，这几年又一直为他担忧着，没个好活气，怎能不老？他久久地盯着老娘已略显佝偻的背影，禁不住又热泪盈眶了。

"先生！您是咱岭上的文曲星，见多识广，所以我们想听听您对革命的意见。"袁国良试探着进入了正题。

梁先生微微一笑，直了直身板说："袁支队长，文曲星也怕枪啊！"

袁国良权当开玩笑地哈哈一笑："先生又逗我。一日为师终身为父。国良自幼承蒙您的教导，从心里一直都把您当作最尊重的长辈，所以真心希望您能在关键时候再点拨几句。"

梁先生苦笑了一下："这可真不好点拨啊！说假话等于没说，说真话又怕你们不高兴。"

"先生，这么多年来，国良一直都没敢松劲儿，为的就是不让您失望，争取像您说过的那样做您最得意的学生。我想，对于这个，您肯定是多少有些了解的。当然我也知道，我现在的作为，您不一定能完全接受，但正因为如此，我才想听听您的意见，还望您老人家不吝赐教。"

梁先生犹豫了一下，顺手从兜里掏出一包烟卷，掏出一支挨着给他们递了一遍，见大家都不抽，便自个儿点着，重重吸了一口。

"先生也抽上烟了？"袁国良笑着问。

"全拜你梁老师所赐。"说着便将一股浓浓的烟雾从鼻孔里压出来，两眼直直地盯着袁国良问，"你们最近又烤了几个人？"

"烤人？"

"你们不是把徐世林的大小子扣到水瓮里烤了，把孙耀庭和石贵邦也杀了嘛！"梁先生面无表情地说。

"那都是些反动地主。"梁毓文解释。

梁先生微微一笑，随即一本正经地问："年轻人，你们成天说当下社会不公平，那我问你，这不公平的根子在哪里？"

"因为生产资料过度集中，比如土地。"袁国良说。

梁先生不置可否地笑了笑："那土地为甚会过度集中？"

"是因为分配制度不合理。"梁毓文说。

梁先生点了点头："好！咱暂且抛开合理不合理不说，单说在这种制度下，有人像袁老太爷当年一样真金白银地买了几千甚至上万亩地，这有没有触犯王法？"

"从政策角度讲没有触犯，但是如果土地无底线地集中，其他人就没有生存空间了。"梁毓文说。

梁先生又吸了一口烟："那我再问你们？假如你们不是生在当下，而是生在几十年甚至几百年前，你们愿意当穷人还是当东家呢？会不会多占土地？"

"也可能会多占。"袁国良说。

梁先生摇了摇头，随即大声说道："不是可能，而是肯定！这多吃多占就是所有人从娘胎里带来的本性，无一例外，也就是我们常说的人性！我听你大说过，你刚过百天就知道霸奶，每次都是吃一个攥一个，只要你哥一靠近，你就手推脚蹬，连嚎带哭的。这是为甚？人性嘛！"

袁国良的眼神慢慢犹豫起来，但很快就重新聚起了光，直直地盯着先生说："您继续讲。"

"既然所有人都生而如此，你们为甚要盯住具体的人不放，对那些大户大开杀戒呢？当然，像徐世林那样的人，用你们的话说该镇压就得镇压。但其他的呢？据我了解，花草坪的孙家和西边的穆家也并不怎么恶劣，不就催了一下租子嘛！你种人家地能不给租子？当然，灾荒歉收年头逼租是不好，但罪不至死吧！你们批斗批斗，把地分了就行了，为甚都要让他们人头落地呢？"

袁国良的脸唰地一下就白了，伸手向梁先生要了一支烟，点着后猛地抽了一口，一边咳嗽一边说："您接着讲。"

"还有你们常说的剥削压榨，当然不排除有这事儿，徐家就是证明。但你们想想，这天下的大户就都是靠剥削发家的？就说花草坪的孙家，人家的后生们哪一个不是一顶一的好受苦人？我之前听你大说，孙耀庭他大当年都八十几了，依然每天都要拄着拐棍上山，为的就是监督他的那些孙子们。背庄稼的时候，长工们背六捆，孙家的后生们就得背八捆，走慢了还要挨拐棍儿。"说着看了一眼袁国良，"还有你袁家，这雁栖岭有几个人能顶上你大的苦水呢？这说明甚？这说明就大体而言，富有富的道理，穷有穷的原因，并不都是大户们害的。尤其是咱这一块，本来就地广人稀，就是那些最穷的人也都有一二十亩土地，只要好好营务就不存在饿死人这一说。当然像前年那种年头就另说了，但那毕竟少嘛！可为什么有些人还能穷到骨殖上呢？你把地都种洋烟了，根本不想关键时候那响洋坨子顶不上饭吃，你怨谁呢？所以即便就按你们的主张把土地给平均了，也绝对不可能实现你们所说的没有贫富，人人平等。就像你大常说的，有些人哪怕给他开上个做响洋的铺子，也照样讨吃棍离不了手。十个指头都不一样齐。只要有人在，就永远有穷人和富人，除了像前年那样就平等了。"

梁先生一口气讲了一大堆，然后端起茶杯喝了一口水，把三位年轻人环视了一圈："你们说我说得对不对？"

"对是对，但我们又没有直接修改分配制度的权力，就只能从底层推动，而要想推动，就必须调动劳苦大众的积极性，就得刀下见菜地镇压一批土豪劣绅。"景秀川说。

梁先生笑了笑："我不说了嘛！像徐世林那样的该镇压就镇压。但千万不能太激进，一刀切地搞肉体消灭。还有，如果你们继续这么一刀切，袁耿马三家怎办？切不切？我就不信你们还真能为了劳苦大众，连自己的老子都不要了！"

袁国良终于有些明白了，当即将烟头戳灭，转身对梁毓文和景秀川说："先生说得很有道理，也很重要，咱立马开会研究对地主和富农的斗争政策和策略，一定要具体问题具体对待，真不能再搞一刀切了。"

"好！我通知，咱晚上就开。"景秀川说。

袁国良点了点头，随即面带难色地说："先生，我还有一个事儿，想请您从中沟通一下……"

但他还没说完就被梁先生打断了:"那事儿不用我沟通。你大那么精明的人,心里早就有底了。他这些天也一直在我这儿窝着呢!今天不知怎没来。你回家走上一趟。至于骂你,那是肯定的,你就支着吧!几辈子扑挣下的家当,那真不是一句话的事儿。"

三人吃过干羊肉剁荞面后就离开了梁家,上了西翅梁,朝袁家大院去了。

冬日的雁栖岭一派荒芜。才落的新雪将天地浆洗得一片纯净。小路两旁,成片成片的旱芦苇不停地随风摇摆着,瑟瑟的声响有如呢喃耳语一般神秘。远远近近的村落里,炊烟渐次浓密,并很快将村落笼罩在一片融融的朦胧之中。各道山梁上,羊群已经开始归牧。它们显然已经吃饱了,神态也安详多了,呆呆地朝他们这边望着,不时发出咩咩的叫声。羊群稳了,拦羊汉子自然就悠闲了,便又扯起烟熏火燎的嗓子,开始憧憬他们朴素的希望了:

崖畔上开花崖畔上红,
受苦人就盼个好光景。

黄米那个干饭熬酸菜,
神仙的生活咱都不爱。

袁国良仰着头静静地听了一会儿,转身对梁毓文说:"这是给咱捎话呢!"

但梁毓文并没有搭话,只定定地盯着山下的一个人影看着,好大一会儿才问袁国良:"你看下面上来的那个人像不像毓书?"

袁国良赶忙顺着他手指的方向看了一会儿:"不是,我嫂子怎会是那副打扮呢?"

"我看走路像。"梁毓文说着便将马拨到了通往东翅梁的小路上。等他们到达东翅梁的时候,那人也快上来了,并且显然已经看见了他们。只见她呆呆地朝山顶仰望了一会儿,便笑着喊了一声:"哥!二娃!"然后就小跑起来。

"慢点!"梁毓文大声说。

几乎同时,袁国良打马冲了出去,很快来到了梁毓书跟前。他呆呆地,满脸惊讶地盯着他嫂子,就像看一个陌生人似的,好大一会儿才颤颤地问:"嫂子,你这是怎了?"

"怎了?"梁毓书似乎也很惊讶。

"你的脸怎变得这么粗糙了呢?"

"太阳晒上,山风哨上,能不粗嘛!"梁毓书摸了一把自己的脸说。

"那怎还穿起老粗布了呢?"袁国良又问。

"你看你,成天上山受苦,不穿这穿甚?"梁毓书两手一摊笑着说。

"你怎还上山呢?分家了?"

"分甚家呢!你们兄弟俩都飞了,我不上山谁上山?"

"那不还有大,还有那些长工呢嘛!"袁国良说。

梁毓书笑了笑:"你又不是不知道,当年大不让你念书的时候,我就给他应承接他的班呢!现在你哥也走了,这班就真的只能我接了,不会受苦怎接?再说了,按你们的主张,将来都要自耕自食,大终究会有老的那一天,咱这一家子人怎办?"说着又摆了摆手,"先不说了,大都在老太爷的坟上坐了一天了,我去叫他。"

"嫂子,在这雁栖岭,我就最服你!"袁国良跟在旁边说。

"我有甚好服的呢?"梁毓书转身笑着说。

"真的,比对先生和毓文哥都服。我常想,如果你也是男儿身的话……"

"走吧!哪有那么多如果呢!都是命。"梁毓书笑着打断他。

"反正你也不要太熬煎,等我们把事情弄成了,我就立马回来受苦,到时候就让我哥把你带到外面念书去。"

梁毓书粲然一笑:"你怎还突然婆婆妈妈起来了!我都没想那么多。好好弄你们的大事吧!只要我这苦没白受就比甚都强。"

他俩很快就到了梁毓文和景秀川跟前,四人便相跟着去了位于东翅梁南山湾的袁家祖坟。

袁继耀正头枕双手,仰面朝天在老太爷的坟头躺着,嘴里咀嚼着一片干枯的草叶。

"大!天都快黑了,咱回家吃饭。你看国良和我哥也来了。"梁毓书慢慢走到他跟前说。

袁继耀猛地坐起来,恨恨地瞟了袁国良一眼:"怎?都逼到我家祖坟来了?好!我尿了!我怕你扣缸里烤呢!土地你都拿走。我就求你一件事,给梁先生留几亩好地,他是我从谷川苦害过来的。还有我家的那些长工们,都跟我几十年了,如果他们愿意连家搬过来,就请你高抬贵手,给他们也留点。至于我袁家就无所谓了,大不了带着老婆和儿媳妇讨吃。不是吹呢!我袁继耀哪怕要饭都是扛硬拉讨吃棍的。"说完便对梁毓书说:"走,咱回。"

袁国良一直呆站着等他大发泄,直到他转身要走的时候才赶忙拉着哭腔叫了一声:"大!你听我说嘛!"

袁继耀的脸更黑了:"谁是你大?你哪的?我就没儿嘛!"说完就大步走了,直接将他们几个晾在了那里。

梁毓书一边走一边转身向他们招了招手,小声说:"走走走!"

"山菊,咱袁家从来寻吃讨饭赶驮过路的都接承,但就是不接承杀人放火的,不要给我引回来。"袁继耀转过身大声说。

袁国良他们只好转身悻悻地走了。

第二天,梁毓书来到位于王官梁的苏维埃政府办公地,从衣兜里掏出几张纸说："袁家几辈人积攒下的全部家产，包括土地、粮食、金银细软都在这里，大说的，我写的。大夜天说的那些话，希望你们真能考虑一下，那些长工们虽然大都不是咱岭上人，但都跟大大半辈子了，大不想亏待他们。至于我爸，大之前给的地就够种了，就不用考虑了。还有，要分你们就快点，越拖大就越难受。他自昨天回去就再没吃饭，这会儿还在炕上睡着呢！"说着就哭开了。

"那我回去看看！"袁国良说。

"你还是别回去，他看见你就越来气了。有我呢！但你也要理解大呢！他是个精明人，世事他早都看开了，根本不是舍不得这些土地和金钱，因为咱家的土地老根儿就是替雁栖岭人种着呢！只是几辈子人挣下的家当在他手上猛然没了，感情上还急忙转不过这个弯，怕将来见不了老太爷呢！"说完就转身哭着走了。

袁家的这个关节打开以后，马家自然就跟着来了。

第二天，梁毓文主持召开了会议，专题研究了袁马两家的土地和财产划分问题，并最终形成决议：不开批斗会，土地没收百分之九十，金银细软没收百分之六十，粮食没收百分之六十，酒坊不动，大院不动，牲口家禽不动。作为县委书记，会上，他还就前段时间的斗争中出现的过火行为主动揽了责任，并具体研究了对孙、石、穆三家的补偿办法，决定均按照袁家的标准执行，窑院立即退回，超出指标的金银细软也立即退还，而徐家就只能按照土豪劣绅和反动团总区别对待了。

这一下，背水山的土改很快就拉开了帷幕。这背水山十几个庄子的人虽然都曾得到过袁马两家的恩典，但在真金白银的利好面前却也顾不了那么多了，只一致主张粮食就不划分了，有土地还愁没粮食？但最终还是被袁国良否决了。

因为没有任何阻力，不到五天时间，土地就全部划分完毕了。这样一来，岭上人均土地占有量一下子就达到了十亩，就连树木之类的附属品也按照"随地走"的原则一律划分到位了。

在人们热火朝天地"打土豪"的那几天，袁继耀始终闭门不出，就连袁国良他们带人在村口打谷场划分粮食的时候，他都没有跨出门楼半步。那些天，他竟然请了一个说书艺人，成天闷在家里就着风干羊排喝烧酒，翻来覆去地听那段经典的《劝世人》呢！

天道说亲它不算亲，
金鸡玉兔它转西东。
日月如梭就催得紧，
赶死尘世上多少人！

地道说亲也不算亲，
黄土吃了够多少人。
人吃黄土他常常在，
黄土吃人就影无踪！

银钱说亲才不算亲，
攒下银钱是勾命精。
元宝顶门你还嫌穷，
死后带不走一文铜！

……

第四十三章

相对于袁马两家，耿家的"命"就没那么好"革"了。尽管耿志高使尽浑身解数，道理讲下一河滩，但耿万财和耿万顺两兄弟始终不松口，急得耿志高一再向梁毓文和袁国良提议："算了，既然他们铁了心要敬酒不吃吃罚酒，那就硬来！春耕马上就要开始了，不能再等了！"

"你再做一次思想工作，实在不行再说。"不到万不得已，梁毓文还是不主张来硬的。

于是耿志高便又硬着头皮说了一回"寡妇媒"。这一次，他把耿家整个户族的男人们都叫到了一起，期盼着能有那么一个通泰的。但令他失望的是一切照旧，他刚一开口，长辈们的咒骂声就一哇声地袭来了："你滚得远远的，门儿都没有，除非把老子们都扣缸里烤了。"

"你们就不能看开点形势？你看继耀我干大！"耿志高说。

耿万顺一听就火了："你少给老子提那孙子，老子听见那鬼名字就恶心呢！"

他说这话是有原因的。自从耿志高当了"土匪"的事情昭然天下，耿万顺就感觉自己真把人活成鬼了，总觉得岭上所有人都在讥笑他，尤其是每当有人聚集在村口的大槐树下闲聊的时候，他就感觉又是在议论他呢，所以就尽量躲着，没事从来都不到人多的地方去，农忙时在山里干活，闲暇时就独自在家里闷着。但又总心慌得坐不住，真是睡下好像人叫呢，坐下好像棍撬呢！而相对于其他人，他更注重袁继耀在这事上的反应。那段时间，尽管袁继耀总给他宽心："想开点，已经这样了，你急死都不顶用，不还有银蛋呢嘛！"但他总感觉这话里话外明显含有一丝幸灾乐祸的意思。所以，当袁国良也当了"土匪"后，耿万顺就高兴得要命，甚至就在此时，他依然禁不住手舞足蹈了一番："哈呀！喜死老爷了！老天这下真有眼了！让你给老爷再呲笑！我的儿当土匪我认了，但你那碎老子还是匪首，将来官家就是剁脑也先剁你那碎老子的呀！都是报应！"

耿志高一脸不屑地看着他大那副轻狂的模样，心火腾地一下冒了上来："谁呲笑你呢！都是你自个儿心里有鬼呢！人家袁继耀我干大一直都光明磊落，哪跟你一样！"

"磊落他外爷的脑呢！"耿万顺脖子一拐恨恨地骂道。

耿志高懒得搭理他，便转身对其他人说："大爷叔父们，你们骂我可以，但有些话我今儿必须要说。你们就不能照人家老袁家学学？几辈子人了，人家老袁家活得甚人，咱老耿家活得甚人？人家就我干大一个，咱这么一大户人，光景也不比人家穷多少，但咱在这岭上为甚就舌头撂不展呢？为甚所有人就都爱听我干大的呢？还动不动人家给你挖坑戳拐拐！你们都好好按住胸口想想，那坑究竟是谁挖下的？拐拐究竟是谁戳下的？别的不说，咱光说我那五个干爷爷，他们都是死在谁手里的？就那，人家袁老太爷都念在我老祖爷当年对他有恩的份儿上把咱给让了！你们还要怎？再说白了，我老祖爷对袁老太爷能有多少恩情？不就给赊了几十亩远山地，说了个婆姨嘛！人家袁老太爷饶恕我老爷又是多大的恩情？可你们不但不反思，还老想着进攻人家。自从天杀狼把我老爷勾结他的事儿当面倒出来以后，他也知道人家袁老太爷就算是把最后的底线划下了，就有那心没那胆了。但袁老太爷一殁，你们的老毛病就又犯了！尤其是爷爷你，一跳三丈高。我说的对不对？"

耿得福兄弟几个的脸青一阵紫一阵，始终没有说话。

耿志高继续说道："但你们想想，袁老太爷殁了这么多年了，你们把人袁家压下去了？反倒让我干大一轿杆就把咱耿家戳成三瓣了！他为甚要戳呢？还不是爷爷你逼的？咱耿家内乱了，就没力量进攻袁家了，雁栖岭也就太平了，你们说我干大当时是不这么想的？你们掰着指头想想，袁家什么时候主动进攻过咱？你们当两天百户长、保安队长，成天耀武扬威，整这个收拾那个，到完还不是都把自个儿给整了？连窑檐石都让人戳得稀巴烂！为甚？还不是因为爷爷你诚心拿胡三的花花事要挟我干大呢？还有，人家袁家的长工干着干着就成了左膀右臂了，马玉山、老杜、黑栓，哪一个不是？再看看咱家，哪一个长工超过三年了？磨六刚逃荒过来不是在咱家呢嘛！为甚又跑袁家了？大，这事你最清楚！还说人家拿小恩小惠哄呢！那你们为甚不哄呢？我告诉你，那根本就不是小恩小惠的事儿，那是人气！"

"你给老子住口，你绝对是你妈当年转袁继耀的野种子！"耿万顺气得浑身发抖。

"如果真那样倒好了！"耿志高大声回击道。

啪的一声，他的脸上重重挨了一巴掌。

"好了！"耿得禄赶忙喊住耿万顺，一脸惊讶地盯着耿志高问，"你刚说的那些事都是听谁说的？"

"岭上人谁不知道！"

"你给老子一天就好好听人胡说！"耿万顺发疯般地咆哮道。

"大，这天底下所有的事都是做下的，不是说下的！"耿志高几乎是一字一句地说。

"好！主席大人，那你就准备缸吧！你看要哪一个我给你搬，我们自个儿跳进去让你烤！"耿万顺依旧大声喊叫着。

"要真有那么一天，就谁都救不了你了！反正我该说的都说了，如果你们再不主动配合，就等着上台子吧！你们又不是没上过呢！"耿志高故意拿当年农协斗争他家的事儿点了一下。

"老子上过又怎？那姓谭的不早变驴了嘛！"

耿志高哼哼一笑："那你就等着看吧！他的儿又来了，就是那个谭鹤鸣。"

说完就一摔门走了。

耿志高气冲冲地回到王官梁，一进大门就大声吼了起来："没救了！开会，硬下！"

耿志高走后，耿家所有男人又整整商量了一夜，但绝大多数人还是主张硬扛，只有耿志远忧心忡忡地说："怕扛不过呢！"但也很快就被一片谩骂声给淹没了。

天刚微亮，耿家的东、中、西三个院子就被游击队包围了起来。耿志高一脚端开了他家的老榆木门板，大吼一声："绑！把顽固地主分子耿万财和耿万顺给我绑起来。"

耿万顺根本没想到他儿子竟然真会给他来硬的，当即愣在了炕上，直到几名游击队员拿着绳子走到炕楞边的时候，才终于从惊愕中缓了过来，猛地站起来，身子一纵就跳进了距离炕楞不远的大水缸里，水花溅了耿志高一身。

"老子自己来，不要你动手。"

"捞出来把衣裳给换了，绑！"

不一会儿，耿家的两位管事人就被五花大绑着押出了官帽梁村的村口。包括耿得禄在内的其他男人虽然没有挨绳子，但也都排着队，一块儿押往了五狼庙。女眷们则全部集合到中院，由几名游击队员统一看管起来，以防她们寻了无常。

太阳冒山前后，整个会场被黑压压的人群挤了个水泄不通。

斗争大会很快就开始了。十名县委委员鱼贯上到了戏台上。耿志高亲自主持了斗争大会。他猛地向前跨了一步，大声宣布："斗争顽固地主分子耿万财、耿万顺大会现在开始！把耿万财、耿万顺押上来。"

几名游击队员将耿家二兄弟押到了台上，耿家其他人则被勒令站在台下最前面。

耿万财倒罢了，但耿万顺依旧很暴躁，不停地挣扎着，叫骂着："耿志高小子，老袁家的鼻痂子，老爷尿都不尿你们！有本事就把老爷烤了。"

"把嘴给塞住！"耿志高又命令道。

押解他的游击队员便一把扯下他头上的羊肚子手巾塞进他嘴里，但他依旧嗯嗯啊啊地号叫着，不断挣扎着要往儿子那边扑。

耿志高冷冷地瞟了他一眼，接着便详细介绍了自己多次做耿家思想工作的全过程和耿家的态度，并号召群众踊跃揭发耿家的问题。尽管如此，依然没人敢带头揭发。为防止冷场，耿志高便只好带了头，一口气就将他老爷当年勾结天杀狼的事儿给抖明了。这样一来，所有人便彻底打消了顾虑，纷纷开始登台揭发。王老大揭发了耿得禄利用胡三和他家二婆姨的"花案"做文章，没收了二婆姨土地的事儿。牛大锤揭发了耿万顺当年为了催粮，吊打牛二锤和逼死他大的事儿。还有人揭发了耿得禄当年担任雁栖百户长的时候在征粮中擅自加码的事儿……

待十几位群众发过言后，耿志高就代表耿家给乡亲们认了错、道了歉，并命令游击队将两名顽固分子带离会场，押往王官梁苏维埃政府暂时关押起来，接着就带人到自己家挖掘粮食去了。因为灾荒年刚过，他家其实并没有多少粮食，只在王官梁的苏维埃政府院子里堆了那么几堆，也就三四百石的样子，到太阳落山时分就全部划分完毕了。

这当间儿，耿万顺一直都在苏维埃政府的窑里叫骂着："老袁家的鼻痂子，耿志高小子，老爷跟你没完。"骂着骂着就倒在地上放声大哭起来："亏人了，把八十辈子先人都亏了！"骂一阵嚎一阵，嚎一阵再骂一阵，整整叫喊了一下午。其间，耿志高又要堵他的嘴，但被袁国良制止了："骂叫骂嘛！骂完就顺气了。"

耿得禄老兄弟三个则被几名游击队员带回去了。整整一个下午，三个老汉就那么面对面坐着，一句话都没说，只阴沉着脸在心里默默诉说着家门的不幸。

粮食刚一分完，袁继耀就过来了。他并没有参加上午的斗争大会，而是从家里赶过来的。他把马拴到门楼外面的一棵白杨树上，挺着直溜溜的腰板进了院子大声喊道："梁书记、袁支队长，草民袁继耀求见。"

正在办公室开会研究耿家土地划分事宜的几名县委委员闻声立即跑了出来。

"大，你乱吼甚呢！"袁国良尴尬地说。

"怎？也要通报呢？那我退出去重来！"

梁毓文一把揽住他的肩膀笑着说："好干大呢！有事咱进窑说。"

"你们那窑我不敢进，就这说。我想把万财和万顺保出去，能不能给我三分薄面？"他直勾勾地盯着梁毓文问。

"没问题，但您长短先让他们把饭吃了，等我和国良跟他俩谈完话后，你就把他们带回去。"梁毓文说。

"早干甚去了？绑也绑了斗也斗了，这会儿才记起谈了？"

"干大教训得对，我刚还跟国良说，我俩应该提前到耿家走一趟呢！但怎说都迟了。"梁毓文急忙解释道。

袁继耀端着两老碗黄米干饭熬酸菜进到关押耿万顺他们的窑里："大哥、三哥，长短先把饭吃了！"

正在脚地圪坽躺着的耿万顺一看到他，就像好斗的公鸡一样一个猛子坐了起来，目放凶光地盯着他说："怎？你这戏瘾还没过够？都从五狼庙撵到这儿看来了？"

袁继耀根本没想到他会是这个态度，一时还有些发愣，好一会儿才尴笑了一下说："你看这三哥，我看甚戏呢嘛！你把兄弟看成甚人了！"

"那你还当你是好人呢？"耿万顺用鼻子唏了一声，一脸轻蔑地冷笑着反问。

袁继耀的脸色慢慢凝重了起来，但还是没有动怒，只压低声音说："你在气头上，我不跟你计较，长短先把饭吃了！"说着就把一碗饭递了过去。

耿万顺一把将饭碗打翻在地，指着他的脑门就开骂了："狼疤子，你少给老爷拜这号骚气年！老爷哪怕饿死都不吃你的饭！你还撵上看老爷的哈哈笑呢？咋看，好好看，把你的狼眼窝睁大看！"说着就又嚎叫起来："耿志高小子，老袁家的鼻痂子……"

梁毓文、袁国良和耿志高一听这动静，赶忙跑了进来。

"大，你要骂就骂我，跟我干大有甚关系呢！"耿志高大声喊道。

耿万顺的情绪愈加激烈了，一跳一跳地咆哮着："谁是你大？你以后就给这狼疤子为儿咯！他才是你大。"

这时候，连耿万财也有些看不下去了，急忙训斥道："万顺，你看你说些甚话！"

但耿万顺根本不听，反而转身对他哥说："大哥，我夜黑里不说了嘛！我早就怀疑他是狼疤子的野种子，你看我说的对不对？"说着又将脸凑近袁继耀大声逼问道："是不是？你说！是不是你的野种子？"

袁继耀终于忍无可忍了，大声吼道："耿万顺，你真是从人路上都没过来！我好心好意过来保你，你骂我倒罢了，我不跟你计较，可这话是你当老子的人应该说的？我见过抢金抢银的，还没见过抢'盖佬帽子'的。真是亏了八辈子先人了！我就解不开你冲我发这么大的火干甚呢？你那家产是我划分的？再说我袁家不也分了嘛！"

"你是狗嚎怨自身！要不是你贱坏子带这个头，他们能怎？"

"还怎？你不是硬扛了嘛！不扛到台子上了！"

"你终于承认你是看戏来了！老爷一上台子，你狼疤子就高兴了，就称了你的心，如了你的意了嘛！"

"我袁继耀没你那么小人。"

耿万顺一连冷笑了几声："老爷小人？你不怕小人听见？我问你，那年选会长的事儿是不是你搞的鬼？"

"是了！"袁继耀直接就认了。

"胡三花花事的那坑是不是你给老爷挖的？"

"是了！"袁继耀又认了下来。

经他这么一刺激，耿万顺的情绪更加激动了："狼疤子，你袁家祖祖辈辈就算盘子打得好，'黑拐子'戳得好，上梁不正下梁歪，都是祖传的！你为甚要带头划分土地？你以为老爷算不见你那黑心眼子？不就因为你儿子是土匪头子，将来他们的事儿成了，把延北县长一当，到时候不光雁栖岭，全延北都成你家的了。是不？你拿三颗麻子倒了个江山，老爷能得个甚？"

袁继耀满眼鄙夷地看着他发泄完，仰头哈哈一笑："县长？你真把三斗麦子看成斗半了！那事要成了，我的儿怎还不当个巡抚？"说完一扭头就走了。

他的话简直把耿万顺刺激疯了："狼疤子，你亏人事做得多了，骨殖都臭了，要不怎连狼都不吃你？你拿上纺锤访一下你那烂名声，儿子门外坐朝廷，儿媳妇山上当长工，龙抓雷劈你呀！"

"行了！像个甚？"耿万财大声阻止道。但耿万顺根本不理，依旧蹦着跳着咒骂着："你狼疤子等着，六月六都不得过咯，咽当一声炸雷就把你劈成一颗焦圪蛋了。"

袁继耀只顾埋着头从院子里往出走。耿志高跟在他身边不停地说着道歉的话，但他一直都没有开口，凹凸不平的狼疤脸不停地抽搐着，直到临上马的时候才转身对耿志高说："再怎说他也是养你的老子呢！你这么弄真不对。把以后的问题处理好，不敢再闹出什么不好说的事儿呢！至于他骂我，我不计较，权当听曲儿了！"说着就跃上马鞍走了。

袁继耀走后，梁毓文、袁国良和耿志高又进到关押耿家兄弟的窑里，抽丝剥茧地把眼下的革命形势给他们详细讲解了一番，并按照耿万财的提问一一解答了袁马两家财产划分的相关问题，然后当场释放了他们。但耿万顺怎都不走，依旧不停地叫骂着："走？不好走。老爷就是那宋川毛鬼神——好请难发送！有本事就把老爷一枪崩了！"

耿志高彻底火了，转身到旁边的打谷场上搂来一抱麦秸，唰地一下丢到他大面前，恨恨地说："好！那我就让你身够，多会儿不想身就喊一声！"

就这样，耿万顺又一连被关了三天。前两天，他一直水米没打牙，送进去的饭都原封不动地放着，直到第三天下午才终于熬不住了，饿狼般地刨食起来。

"你不是不吃嘛？"耿志高一脸讪笑地问。

耿万顺憋着满满一口黄米饭，一时还说不出话来，只一边咀嚼一边瞪着红巴巴的眼睛看着儿子，直到脖子一展终于吞咽下去之后才咬牙切齿地说："老爷凭甚不吃？老爷还不能死，还要等着看龙抓狼疤子呢！"说完便起身出了窑门，灰眉触眼地走了。

耿家的土地划分完之后不多时，一年一度的春忙就要开始了。耿万顺终于没能拗过儿子，一连睡了几天之后就黑着脸出山了。他满脸忧伤看着那一片片十多天前还属于自己的土地，气就不打一处来，便娃娃一般满山吼叫着发泄起了心里的毒恨："我骂下了，谁种我的地就断种呀！养的娃娃都没屁眼。哦……二愣，你面前那个阳湾湾给你们老高家扎老坟最好了，明年就埋满三辈人了，不信你等着！"

第四十四章

当第一枝山桃花终于冲破冬日荒芜的禁锢，再次精灵般地摇曳于向阳坡洼上的时候，一个崭新的春天便又一次如约而至了。接连几场沙尘过后，已于一片冰雪下沉睡了小半年的大地终于苏醒了过来，用那酥软的胸膛孕育起了全新的生命。古老而雄浑的雁栖岭上，那亘古不变的春耕又渐次铺展开了。瞧，湛蓝如洗的天宇下，一个个头扎羊肚子手巾，面庞黝黑的山里汉子正扬鞭驱牛，满怀希望地游走在一片片已经属于他们自己的土地上。新翻的泥土带着大地特有的醇香刨花般地从铧尖下涌出，直撞鼻息。刚刚到手的土地极大地激发了他们的创造力，这不，就在这短短两三个月的时间里，这些目不识丁的农人们又编出了好多山曲儿。你听，又有人仰起那如蓬的头颅，扯着烟熏火燎的破锣嗓子唱开了，并且那腔调明显有别于往常的凄凉哀婉，变得激昂欢快多了：

十月里来它哨北风，

袁国良回到雁栖岭，

长枪短枪就一哇声，

杀了恶霸叫徐世林，

实实好威风！

袁国良前面打头阵，

后面跟的是梁毓文，

梁毓文来他真英雄，

不当先生就闹革命，

一心为穷人！

十五的月亮十六圆，

左臂右膀是磨石坚，

磨石坚来实在是狠，

土豪劣绅他活抽筋，

穷人笑盈盈！

……

袁国良在雁头峁上坐着，背靠着烽火台，微仰着头，痴痴地望着旷远的北方，那刀凿斧劈般坚毅的脸上始终拢着一股浓烈的、揪心扯肺的哀伤。

"支队长，你听那拦羊的唱你们几个呢！"站在不远处的警卫员说。

袁国良自然也听见了，微微苦笑了一下："我们算什么英雄！龙主席才是真正的英雄。再说这曲儿编的也不对嘛！怎能是梁老师跟着我呢？梁老师是咱的书记，咱们都是在他的领导下革命的，应该是我跟着梁老师嘛！"

"老百姓又不明白这么多，看你一天带着游击队东拼西杀就当你是最大的官。"

"你一会儿给志高说一下，让他给各区都通知下去，叫群众不要乱唱。不光不能唱我，谁都不能唱。当然唱龙主席可以。"

"通知倒简单，就怕管不住。"警卫员笑着吼道。

这还真不好管，尽管县委三令五申让各区苏维埃的负责同志到各村安顿，区上的同志也都认真执行了，但有关他们的信天游却越编越多，越传越远，甚至都传到敌占区了，还一度引起了国民党县政府的恐慌，据说还因此关了好几个人。

比如那首《受苦人就盼袁国良》就引起了不少人的关注：

> 鸡娃子叫来狗娃子咬，
>
> 叫着叫着它就天亮了。
>
> 吃奶的娃娃他就盼娘，
>
> 咱受苦人就盼袁国良！

这些双手都划不了个八字的汉子婆姨们，尽管整天麻衣粗布加身，粗粮野菜果腹，但情感却有如春雨过后的大山一般丰富。他们对爱的追求总是如此的炽热："墙头上跑马还嫌低，忘了娘老子都忘不了你。除非黄河的水流干，咱二人相好就不能断。"对恨的发泄也总是如此痛快："哥哥你负奴卖良心，阎王爷索命鬼抽筋。呲怪子叫来黑老哇飞，今天黑夜就狼吃你！"所有的情感都是真诚的、热烈的、源自内心的，山洪一般势不可挡。这不，就在袁国良他们为这一大批新近出现的信天游而感到无可奈何的时候，岭上人居然又不由分说地给他们来了个"封神榜"。

四月初七那天后响，一年一度的五狼庙庙会又要挂灯了。就在人们抬起"神轿"请主神附轿的时候，刚刚分得了土地的巫神罗三就突然"披马"了，说自己是牛背梁老爷庙里供奉的关老爷，并且当即摇着"三三刀"颁起了神旨：

> 叫一声凡人你听分明，
>
> 这庙里面早就无主神，
>
> 你为甚年年还把他请？

因为还没能从开春的那场革命中缓过神来，所以会长耿得福没有到会，只能由副会长马子杰施问了。他急忙跪下问道："那主神老人家哪去了？请你老人家明示！"

　　叫一声凡人你太懵懂，
　　主神已托身到雁栖岭。

　　马子杰惊讶地"哦"了一声，随即抬头问道："凡人懵懂嘛！那你老人家能不能再明示一下，谁是主神老人家的凡身？"

　　他狼眉狼眼狼精神，
　　一盘狼爪就盖手心。

　　会场立即乱了："就是二娃嘛！我说你们还不信，看怎个？"

　　叫一声凡人你太过分，
　　你为甚要直呼主神名？

　　"凡人愚钝，你老人家不要计较。我再问你老一句，那其他几位神仙有没有托身到岭上？"

　　懵懂懵懂你实懵懂，
　　王朝马汉他左右分。

　　"哈呀！那主神跟前的人太多了，我们也分不开是谁嘛！"

　　叫一声凡人听分明，

天机之事它最当紧。

该明之时我自会明,

万万你不敢胡打问!

……

歇坛后,所有人都争着涌到罗三跟前问:"神神给你说了没?那四位辅神都托身给谁了?给咱透露一下嘛!"

罗三似乎很疲惫的样子,一边打着哈欠一边说:"你看你们,那都是神旨嘛!我能知道?我都不知道我刚才说了些甚!"

但无论如何,袁国良是主神就是板上钉钉的事儿了。至于其他几位辅神则各有各的看法,分歧主要集中在梁毓文和马飚身上。有人认为,梁毓文并不算真正的雁栖岭人,应该没他;但也有人认为梁毓文是"二把手",肯定有他,这样就把"六把手"马飚给挤出去了;还有人提出了一个问题:"按照老辈人的说法,那白狼是母的嘛!"但很快就被众人否决了:"母狼就不能托男身了?"

而就在会场乱成一团时,袁国良他们几个相跟着来了。这其实纯属偶然,因为早在中午吃饭的时候他就提议:"好几年都没赶五狼庙的庙会了,咱下午到会场转转,顺便和群众交流交流,听听他们的意见。"但此时,群众早已把他当作"主狼神"了,所以还没等他真正进入会场,人们便黑压压地跪了一大片,就连马子杰也急忙跑到路口跪下,朝他深深磕了一头,大声吼道:"凡人马子杰叩见主狼神老人家!"众人也随着他齐声大呼起来。

这一突发状况将袁国良吓得不轻,急忙下马跑到马子杰跟前:"二干爷,你这是干甚呢?"

马子杰非但没敢抬头,反而更有些颤颤巍巍了:"叩见主狼神老人家!"

"甚主狼神?哪呢?"

"就你老人家嘛!"马子杰终于抬起了头,但身子依旧不停地颤抖着。

"我怎还成了老人家了！你是不是喝醉了？"袁国良说着就转身对大家说，"都起来，赶紧！我是二娃嘛！怎还成了主狼神了呢？谁说的？"

众人依旧没敢起身，只呆呆地望着他："罗三说的。"

袁国良顺手把跪在旁边的罗三提溜起来："三千大你胡说甚呢？"

"不是我说的，神神说的嘛！"罗三一副无辜的样子。

袁国良终于明白了，一把将罗三推开："胡闹！都起来！不要听我三千大瞎说。"

众人这才慢慢站了起来。

袁国良随即上到戏台上大声说："大爷叔父们，这是封建迷信！我明明是二娃，袁继耀的二小子嘛！你们好多人都是看着我长大的，怎就成了主狼神了？咱岭上那个传说只是个传说嘛！不光我不是，我家老太爷也不是，我俩手里的狼爪子那是遗传嘛！哦！对！我和我老太爷没有血缘关系，那也是巧合嘛！哪有投胎转世那一说呢？我知道，这些年，岭上到处都在传我变成狼的说法，那我变狼我怎不知道呢？"

但无论他怎么解释，岭上人似乎铁了心要把他当神了，尤其是那些老年人，见了他就跪，弄得他都快受不了了。并且很快，关于五狼神齐聚雁栖岭的谣传就越传越离谱了，以至于县长刘占雄都调不动保安团了。

"他们都是神仙转世，掏一把黑豆就能变成兵，咱就只有白白送死的份儿，根本打不过。"

其实，由于岭上亘古流传着的那个传说，加之袁国良手心里的那个狼爪子胎记和他的出生与袁老太爷去世时间上超乎寻常的巧合，这些年，关于他是神狼转世的说法早就在岭上传开了，而且越传越神，越传越离谱。有人说，就在袁国良出生的那天夜里，他半夜起来上茅厕，就真真看见一条红狼腾云驾雾地降到了袁家大院，等上完茅厕出来的时候，就听见袁家大院刚生下的娃娃哭呢！还有人说那年他在杏树梁拦羊，远远照见墩峁梁那边过来一匹马，等稍微走近了以后才看见那马鞍上竟然蹲了一条红毛狼，怕得他赶忙赶上羊往回跑，可半路就被那马撵上了，那狼又变成二娃了，说他刚从沙城念书回来，还叫他干大呢！再加上袁国良过十二岁生日的那件事，几乎就把他是"主狼神"的传言给坐死了，不当都不由他了。

然而，他们谁都不知道，几个月来，他们的"主狼神"正一直默默承受着一个剧烈的、掏肝挖心的痛苦。

杜光霞牺牲了！

这个消息，他早在去年从太原步兵学校毕业的时候就知道了。那天，他和景秀川整整骑了一天的马，等抵达磨石坚驻地的时候，早已劳累得不行了。景秀川因为还不知道行动的事儿，一吃过晚饭就去客房睡了。趁着这个间隙，袁国良便向磨石坚提议到黄河边上溜达溜达，顺便把行动的事仔细合计一下。下到黄河滩以后，他刚准备开口，就被磨石坚打断了："你说的那个事，梁老师已经给我说了，你说怎办就怎办，没任何问题。我先给你说个事，景山岳那老尿又下手了，一下子又杀了我们七名同志，其中就包括那个黎先生和你们校长的那个女子，就上次跟咱一块儿吃饭那个。"此时的磨石坚还以为袁国良和杜光霞只是正常的革命同志，于是便直接说了出来。

袁国良当即蒙了，只听见脑子里轰地响了一声，两腿一软就坐在了地上。一瞬间，黄河那洪雷般的咆哮声、河涧风那蜂鸣般的嚎叫声都静了下来，他只感到整个峡谷都有如重鞭抽击下的"毛猴子"一般在眼前快速旋转起来，两片嘴唇不停地翕动着，眼泪瞬间像炸雷过后的疾雨滂沱而下。

看他如此伤心，磨石坚便有些后悔了："早知这样，还不如回到岭上再告诉你，弄不好会影响咱行动的，我忘了那黎先生对你好了。"

袁国良并没有搭理他，任凭滚烫的泪水肆意流淌，好一会儿才止住哭泣，泪眼婆娑地问道："他们怎牺牲的？"

"我也不太清楚，都是葭州县县长开会回来给我说的。说好像先是女师那边出的事，抓了个人，那人就把黎先生和校长的女子给咬出来了，还说把那个女的整整拷打了两天两夜，但她什么都没说，第二天就活埋了。本来看在杜校长的面子上，那女的准备拿枪打呢，但她自己非要选择活埋，说她还没谈过恋爱，给她留个全尸，来生好弥补这个遗憾！哈呀！那女的看着文文弱弱，没想到还真是条棍儿。"

听磨石坚这么一说，袁国良突然记起了几天前那个奇怪的梦。

就在梁毓文离开太原的那天中午，袁国良竟然倚在宿舍的床铺上睡着了，还做了一个梦，梦见杜光霞穿着一件雪白的长裙突然站在他的面前，但什么都不说，只不停地流泪！而正当他准备问她什么的时候就被同学叫醒了，说马上就开始考核了，他便赶忙穿上鞋去了练兵场。但那个奇怪的梦总缠着他，导致他的射击成绩第一次跌破了九十环，被教官狠狠瞪了一眼。他转身到操场边坐下，脑子里还在剧烈地翻腾着那个奇怪的梦，但为了不影响下面的考核，他便给自己找了一个安慰："可能是马上就要毕业回沙城了，这些天总不由得想她的缘故吧！"可按照磨石坚所说的时间推算，黎先生和光霞就是在那天早上牺牲的。

袁国良又哭了，久久没能止住，直到县城里的灯光渐次熄灭的时候，他才一冲跑到河边洗了一把脸，随即猛地转过身子，一连问道："部队稳不稳？会不会有什么问题？最快什么时候可以行动？"

"哈呀！怕死我了，我还当你要跳黄河呢！"磨石坚长舒了一口气。

"我没那么脆弱！回答我的问题！"

磨石坚稍稍思谋了一下："没任何问题，随时可以行动，只不过路上得两天走，肯定要准备干粮的。"

"那你让炊事班今天晚上就弄，简单点，扛饱就行。半夜就行动，只带枪支弹药，其他一律不带。"他一口气下达了一连串命令。

"好！我回去就安排。"磨石坚急忙应承道。

袁国良点了点头，又嘱咐道："还有，刚你说的那事儿就烂到肚子里，千万不能跟任何人说，尤其是景秀川，我怕他有压力。"

就这样，袁国良带着锥心的伤痛回到了雁栖岭。一开始，因为忙于东征西战，顾不上考虑其他事，这份痛苦还能稍稍减缓。但后来，随着各项工作逐渐步入正轨，光霞的影子就愈加频繁地在他的脑海里闪现，以至于他越来越频繁地梦到她：简洁得体的裙装，干净利落的短发，白皙俊俏的脸蛋，明亮传神的眸子，还有她那招牌式的"暖三冬"的微笑。在一次执行任务返回途中，在沿路村庄过夜的时候，他竟然梦到了她就义时的场景：她和黎先生遍体鳞伤，被荷枪实弹的兵士扭着，押往城外的烂沙湾。尽管绳子绑得很紧，但她依旧高昂着头，脸上也依然挂着惯常的桀骜。她慢慢走到一排刚刚挖好的深坑前面，俊俏的脸庞微微向着东方侧转了一下，笑了，那笑容是那么坚定，但又明显带着几分不甘。正这么笑着，一阵凉飕飕的漠风席卷着沙尘骤然刮过，瞬间将她齐耳的短发撩拨得一片凌乱。而就在这凌乱间，她身子一纵跳进了面前的深坑，不见了！他哭了，不停地呼喊着她的名字："光霞……光霞！"等睡在旁边的梁毓文把他推醒的时候，他早已泪流满面。

"做梦了？光霞是谁？"梁毓文问他。

袁国良急忙止住哽咽，顺手用被角拭掉眼泪："我在太原步校的一个哥们儿，叫杜广侠，去年夏天在汾河里淹死了！我怎又梦见他了呢！"

正月攻打青羊湾崖窑的时候，因为袁国良的小腿肚上挨了一枪，县委便决定由景秀川临时代他负责作战指挥，让他安心养伤。这一闲下来，他的心立马就乱了，猫抓一样。待枪伤稍稍愈合，他就坐不住了，起先只是在院子里转圈圈，后来就干脆爬起了山，每天早早起来，赶太阳出山前到达雁头峁，然后将警卫员远远地支开，背靠着烽火台面北而坐，一脸哀容地朝沙城方向望着，望着望着就会发出几声悠长的狼嚎，那嚎叫声极其哀切，就像冬夜里受伤的野狼一般令人悚然。陕北的春天扬沙多，每当看到有扬沙从北边过来的时候，他就会猛地站起来，蹙着鼻息尽情地吮吸着来自北方的味道，要么就不停地挥舞着胳膊，好像要抓住那一粒粒急速而过的沙尘，似乎这些从沙城方向刮来的黄风里带着光霞身上那股特有的芬芳。有一天，他终于压制不住内心汹涌的情感，便困兽一般地嚎叫起来：

"光霞啊！黎先生啊……"

也就是那天，警卫员把他的这一反常情况报告给了梁毓文，梁毓文便立即把这个情况与他之前听到过的"杜光侠"联系了起来。第二天一大早，他就趁着袁国良去爬山的时候把景秀川叫了过来，开门见山地问："你在太原步校上学的时候有个叫杜广侠的同学吗？"

"那不是太原步校的，是我和支队长在沙城中学的同学，就是我们杜校长的女子！"说完又笑了笑，"她是支队长的女朋友，长得可漂亮呢！公认的沙中一枝花。"

梁毓文目瞪口呆："那她现在在哪里？"

"我们去太原之前，听她说要去沙城女师当图书管理员，现在就不知道了。"景秀川说。

"那支队长为甚做梦都哭着喊她的名字呢？"

梁毓文这么一问，磨石坚便难免有些不自然，并且他的不自然立即被梁毓文发现了，便死死地盯着他问："你俩这几年联系得多，你是不是知道甚呢？"

磨石坚一看包不住了，便只好吐了实情。

梁毓文猛地冲到他面前，声色俱厉地吼道："你之前为甚不给我说呢？"

"二娃三令五申不让说，怕秀川有压力呢嘛！"磨石坚无奈地说。

"你不要找借口，你难道不知道共产党员不存在个人秘密这一说吗？老子处分你！"梁毓文这一急竟然爆起了粗口。

"好好好！我接受处分。您消消气。"磨石坚急忙说。

景秀川哭了，一边哭一边恨恨地来了一句："景山岳，你是真没救了！"

这时，梁毓文已经稍稍平静下来，急忙过去在景秀川的肩膀上拍了拍："不要有压力，这和你没关系。"说完便又转身对其他人说，"一块儿到雁头峁走。"

当他们走到东翅梁的时候，迎面碰上了袁国良。此时的袁国良又是另外一副模样了，昂首挺胸，两只胳膊一前一后地甩打着，极富节奏感，并打老远就笑着问："你们怎也爬起山了？"

"你先告诉我，那么大的事儿为甚要瞒着我。"梁毓文气愤地质问道。

"甚事儿？"袁国良惊诧地看着梁毓文问。

"杜光霞的事儿！"梁毓文开门见山。

袁国良的脸唰地一下就变了，惨白惨白的，好一会儿才又侧转脸看了一眼已经升到一人高的朝阳，一脸悲戚地说："她已经化作漫天朝霞了！"

"我就问你为甚不给我说。"梁毓文继续追问道。

"怕秀川有负担呢嘛！"

梁毓文的脸上浮出了一抹浓浓的爱怜，慢慢走到袁国良面前，狠劲儿搂了搂他的肩膀："半年了，这事儿就你一个人在心里憋着，难为你了！你如果早点说出来，大家多少都能给你分担一点嘛！"

景秀川也过来哭着说："支队长，我都没法说了！只能说我爸亏欠你的我给你还。"

袁国良一把搂住他："你甚都不用说，这和你没有任何关系，你永远是我的好同志！而且从本质上来说，这也不能算是我和你爸之间的个人恩怨，因为你爸也只是蒋介石棋盘上的一枚卒子。眼下，不光咱陕北，全国到处都一样，哪天不牺牲几十个、上百个共产党员？这是一场人民和反人民势力的决斗，我们所肩负的使命就是要用革命的暴力对付反革命的暴力，直到他们举手投降为止。"

景秀川慢慢止住哭声："好！就这么干！所有反动派，包括我爸，他们砍下的每一颗共产党员的头颅都必将化为垒成他们断头台的砖石！来！让我们对着朝阳，向黎先生、光霞和所有已经牺牲了的同志们致敬！"

一排铿锵有力的胳膊齐刷刷地举了起来，那坚毅的身姿在如火朝阳的逆照下有如一组线条刚毅的钢雕！

第四十五章

时令在一片焦灼中进入了七月。二伏的第三天，晴朗了近十天的雁栖岭终于迎来了一场甘霖，如注的雷雨将着火的大地浇了个透湿。"伏里若不旱，一亩增一石。"有了这场及时雨的滋润，秋底的收成就问题不大了。

正午的太阳钢针一般毒辣。长咀梁袁家的谷地旁边，劳累了一前晌的袁继耀和黑栓他们正坐在一棵老榆树的荫凉下吃午饭呢！作为袁家二十多年的老长工，黑栓也在土改中分到了土地，但他坚持不愿离开袁家，便拿刚刚到手的土地跟袁继耀搭起了伙，并且依旧扮演着工头的角色。

袁继耀仰起头吸溜一声喝完最后一口汤汁，将黑瓷罐子放到旁边，手里抓着刚刚剥了皮的滑溜溜的榆木筷子，呆呆地望着沟对面那块年前还属于他的展梁地，一脸惋惜地说："你看茅缸那谷子。唉！跟老都不得入样儿。"

正说着，茅缸就哼着小曲儿从坡下的小路过来了。

"茅缸！刚还说你呢！你又哪筛咯呀？"袁继耀一声把他吼住。

"我二姑她们庄遇庙会呢！我转转。"

"你看你那谷子都成老虎林了，还集集不落会会不误，就不能把那剐一剐？你把老爷那羊粪地都亏死了！"袁继耀大声咒骂着，话语里满是恨铁不成钢的痛惜和无奈。但茅缸并没有把他的咒骂当回事："忙甚呢！长短等赶罢会再说。"然后就一溜烟跑了。

"唉！你说吴世宽干大那么务正的人，怎捣下这么个鼻痂子！"

黑栓把嘴一咧："管他呢！这下把地都给他了，如果再吃不上的话，那就神神都救不了他了。"说完就笑着捅了一下袁继耀："哎！你说都一样样的家具，你怎就能捣出来个神神呢？"

袁继耀慌忙瞥了他一眼，小声但又不失威严地责骂道："娃娃们都在呢！你那嘴就没个把门儿的？"

黑栓把脸一绷，随即朝几百米外的一棵大柳树指了指："臭娃家的早走了。"

顺着黑栓手指的方向，梁毓书果然正侧着身，头盖丝巾在树荫下睡觉呢！她知道那些长工们平常都把说粗话当干粮吃呢，自从她跟着出山以后，虽然大家都尽量憋着，但依然时不时就会飘出那么一半句来。也是，那东西都说了几十年了，哪能说戒就戒了呢？所以每到歇晌的时候，她就会知趣地远远躲开，让他们过会儿瘾。

"这下说嘛！你怎捣的？给我们都教一下，好让我们也捣个神神。"

"甚神神？"

"关老爷都说了，二娃就是主狼神，你都成了神神的老子了，还装甚呢！"

"狗屁！那都是罗三得了几亩地瞎说的。你少跟老爷提那孙子，老袁家的门谱里早就没那号孙子了！"

黑栓探着脖子瞄了他一眼，嘿嘿笑了几声："那你前段时间一直朝雁头峁照甚呢？"

"老爷多会儿照了？"

"撑，好好撑！就二娃腿肚子上挨枪子那几天嘛！你敢说你没照？你不就看他会不会再上雁头峁来？如果上来的话就说明那枪伤没事。老爷说得对不对？"

袁继耀脖子一拐，挪到另一棵树下，枕着老布鞋睡觉去了。

黑栓紧跟着撵了过去："咋行了！儿女嘛！只要从娘肚子里往出一爬就不顶事了，什么开销了出户了，那都是'上老坟烧树叶子——哄鬼呢'！再说了，我看二娃他们的主张也对着呢！你看这岭上岭下到处都有人唱他呢，老太爷那会儿都没活下这么大的响气！而且我看他们这事八九就是个成，这天底下穷人多嘛！

几十个打一个还打不过？至于你那几千亩地，唉！也想开点，一年到头险忽儿熬煎死，打下那一窖一窖的粮食，你袁家能吃几颗？一遇灾荒年还不是众人吃了？那还不如干脆撂给让他们自己种算了！你长短先让二娃回家走上一趟，你看娃娃学那狼嚎可怜不？我这当干大的都……"

袁继耀一把揭掉盖在脸上的羊肚子手巾，猛地坐起来打断他的话："你当那是嚎我呢？肯定还有甚事呢！我的儿我还不知道？心硬得跟铁疙瘩一样，还能为回不了家嚎叫？"

"那咱叫来问一下不就知道了？"黑栓进一步递话。

袁继耀愠怒地剜了他一眼："要问你问咯！"接着就又倒头睡去了，并且很快就拉起了如雷的鼾声。

黑栓便站起来，一边朝梁毓书那边走一边坏笑着说："还撑呢！多少年了，老爷还不知道个你？"

这时，梁毓书已经坐起了，黑栓便走到她跟前说："臭娃家的，你到王官梁把二娃叫来。"

"我大不让嘛！"梁毓书说。

"屁呢！我刚还跟他说呢，硬撑着呢！早想见了。你这么精明的娃娃，我就不信你没看出来？叫咯，有我呢！"

其实，早在袁国良受伤的消息传到袁家大院那天，梁毓书就揣摩到老公公的心思了。那天下午，他其实很清楚她和婆婆去王官梁了，只是故意装作不知道罢了。往常，只要饭不熟，他就总要搜寻着干些营生，直到叫他吃饭才会停手。但那天后晌，她俩刚回来开始做饭的时候，他就一直在灶房外面的门台上坐着，明显是等她俩说点什么呢！但她俩故意什么都没说。吃饭的时候，他又不停地偷瞄着她们，似乎想从她们脸上看出点什么来。那时候，春忙还没开始，他便整天蹲在碹畔上劈柴，但又明显心不在焉，劈一会儿坐一会儿，并且不停地朝雁头峁方向望着，直到又听到袁国良的狼嚎声才安定了下来。如今听黑栓这么一说，她就更加肯定了，便对黑栓说："干大，你先去把我大叫醒，我马上就去。"

黑栓嘿嘿一笑："叫甚呢，老根儿就没睡着。"说完便转身走了。

梁毓书捋了捋头发，起身来到地头，远远地对着老公公说："大，我回家再寻点水，天太红了，那点水怕不够喝。"

袁继耀很清楚她要去哪里，却装作不知，只头也不抬地说："那你慢点。"

梁毓书赶到王官梁的时候，袁国良正在打谷场旁边的柳树滩给游击队上战术课呢，因为太投入，一时没有注意到她，直到梁毓文提醒之后才把手里的教棍儿递给景秀川，从树林里走了出来。

"嫂子，你怎来了？"他边走边问。

"走，跟我见大走。"梁毓书说。

"他不见我嘛！上次在坟地你忘了？"袁国良两手一摊，无奈地说。

"现在不一样了，你听我的。"梁毓书说。

"那走。"袁国良说着便转身回去带上枪支，并从旁边的草地上牵了一匹马。这些天老有小股敌人骚扰，所以他们一直枪不离手。

"你不敢跟我一起走，等我上了东翅梁你再动身。尽量慢点，先不要让大知道是我叫的你，直接到长咀梁谷子地。"

梁毓书一路走得很快，路过大院的时候顺便提了两黑瓷罐子凉开水。

……

袁国良把马拴到地头的一棵榆树上，一边朝地里走一边对着黑栓叫了声干大。

黑栓看着他笑着说："我刚还看见东翅梁下来一匹马，上面骑条狼，怎又成你了？"

袁国良嘿嘿一笑："你老人家也糟蹋上我了！"说着就走到袁继耀跟前，轻轻叫了一声："大！"

"老子不是你大！"袁继耀黑着脸说，但明显只是脸黑心不黑。

黑栓伸过锄头在他屁股上捅了一下："老子都当了还不是大？"

袁国良朝黑栓笑了笑，顺手拿过梁毓书手里的锄就锄了起来，一边锄一边偷瞄着他大，一不留神竟然一连砍掉了几棵谷子。

袁继耀转身瞪了他一眼："你那究竟是锄草呢还是锄谷子呢？"

"哦！没注意。"

"哈呀！不愧是老袁家的七代，念了这么多年书，地里的基本功还没忘哦！"黑栓没话找话地说。

"忘了怎办？等革命成功了，我就立马回来接我大的班呢！"

因为不想让他们看到他的腿伤，袁国良就没有挽裤脚，但他能明显感觉到他大总是趁他不注意往他腿上瞄瞅呢！

"把裤子挽起，拖泥带水的，干甚不像甚！"袁继耀果然忍不住了。

袁国良便赶忙放下锄头，弯腰将裤脚挽了起来。

坐在旁边地塄上的梁毓书差点笑出了声。

"哈呀！扯开这么大一道口子！险忽儿伤到骨殖上，再往上靠上半寸，你这腿把子就保不住了。"黑栓故作惊讶地说。

袁继耀的心终于稍稍柔和下来，快速朝儿子的腿上瞟了一眼，转身对梁毓书说："山菊，你先回去，让你妈提早做饭，我们也马上收工，今儿天太红了，明天再锄。"

那天晚上，红椒专门做了儿子最爱吃的干羊肉饸饹。袁国良好长时间没在家吃饭了，一口气吃了整整三大碗。

自从土地改革后，雇的长工就少了，袁家将分了几十年的大小灶合到了一块儿。长工们坐不惯桌子，都在门台上蹲着吃。袁国良也跟着他们蹲在那里，一边吃一边闲聊着，话题自然离不开革命。

"我听人说成天在你屁股后面跟的那个外地人，就那个甚长，是沙城司令的儿，真的？"

"真的，景山岳的儿，我们的参谋长。"

"参谋长是甚官？"

"就是协助我，给我出谋划策的。"

"就跟戏里的诸葛亮是一码事？"

"嗯！"

"你们这伙人专跟那景司令作对，他怎还跟你呢？那不是在他大的下巴底支砖呢？"

"我们不是专跟景山岳作对，是解放普天下的劳苦大众呢！"

……

整整一顿饭，袁国良一直跟长工们闲谈着，并没有主动和他大说话，因为他知道他大重面子，一主动反倒让他在长工们面前被动了。再说，他已经从他大的表情里感觉到，对于他干的事儿，他已经有些理解了，并且他的理解肯定比一般人要深刻得多。袁继耀也没有参与他们的讨论，只蹲在边上静静地听着，直到袁国良吃过饭准备返回的时候才瞪着眼对他说："不要逮住谁都杀！人好人坏跟穷富有屁的关系呢！"

袁国良"唉"了一声，便跨上马鞍走了，并且很快就上到了东翅梁。

天已经擦黑。苍穹如墨，青山如黛。小路两旁，墨绿色的旱芦苇直抵马脊。山下的梁台地上，成片成片的庄稼在晚风的拂拨下翻滚着黑黝黝的波浪。小青马高仰着俊俏的头颅一路小跑，清风在耳边啸鸣，蝉虫在草丛里吟唱。多么令人陶醉的夏夜啊！

当醉人的金黄再次铺展到雁栖岭上的时候，忙碌的秋收便开始了。年头一好，农人们就都不要命了，早早就上了山，有时候天还不亮，便只好蹲在地头笑眯眯地抽上几锅子旱烟，那眼神有如醉酒一般迷离。庄稼风卷残云一般不断倒下，所有的梁峁台涧很快就码起了一排一排的庄稼码子。没几天，蛛网般密集的山道上便出现了一溜溜庄稼背子。地里的庄稼码子急剧减少，场上的垛子急剧增高，清脆的连枷声此起彼伏，直震得沟沟岔岔哇哇直响。有些人已经开始扬场了，木锨甩得老高，一起一伏极富节奏感。没风的时候，他们便将木锨拄在胸前，嘬着嘴唇打起了口哨，抑或干脆来上几段火辣辣的酸曲儿，据说这样可以唤来清风。

就在农人们忙着秋收的时候，梁毓文和袁国良他们也在属于自己的田地里纵情驰骋着。

早在庄稼还没有完全成熟的时候，县委就派出得力干部潜入根据地之外的村落秘密组织抗粮抗税运动去了。此时的根据地四围已经布满了干柴，只等着一颗火星的溅落了。尤其是紧靠雁栖岭的广大地区，所有人都被根据地热火朝天的景象吊足了胃口，动员起来自然就容易多了，没几天就成立了自卫队、抗粮队等十几支群众武装。

为积极策应各地的抗粮抗税斗争，进一步扩大影响力，十月初，县委又决定举全力发兵兴隆寨，直捣国民党延北县老巢。

为保险起见，他们对此次行动做了周密的计划，决定兵分两路，由梁毓文和景秀川带领二大队提前半天绕路运动到紧邻延北的肤施县城附近展开袭扰，使当地驻军无暇支援延北。然后由袁国良、耿志高和磨石坚率领主力对兴隆寨发起进攻。

因为袁国良他们在雁栖岭已经割据快一年了，并且之前就曾在雁栖关交过一回手，所以刘占雄对他们进攻兴隆寨早已经有了思想准备，从年初就在这里布置了一个加强连，并将保安团由原来的一百二十来人扩充到了二百多人，这样一来，游击队在兵力上就处于一比三的劣势。加之之前一直没有攻过城，缺乏攻坚经验，进展很不顺利，仅仅一个上午就付出了十多人的伤亡，但兴隆寨依旧纹丝未动。见强攻无效，袁国良便决定改变打法，派人到附近村落征缴了几大包自制炸药，然后用坑道作业的方式运送到城墙根底，直接将城墙轰塌。半下午，地道就挖到了城墙根，十几名游击队员立即将装满炸药的棺材运送到地道掌，随即退出，点着了导火索。轰的一声，城墙被炸开了一道两丈多宽的口子，破砖碎瓦四处飞溅。在一片混乱中，游击队洪水般冲进了城内展开了巷战。城内守军早已被冲天的爆炸声吓乱套了，战斗意志尽失，不到一个钟头，游击队就成功占领了县府大院，活捉了县长刘占雄。

第二天一早，袁国良就在东门外的延水河滩，也就是谭启文他们当年就义的地方召开了万人大会，镇压了反动县长刘占雄和保安团长云兆飞。但就当前力量的对比来说，长守兴隆寨是不可能的，所以大会一散，游击队就按照事先制定的"只攻不占"的策略撤回了雁栖岭。

就在他们回到岭上不多时，景山岳的报复就来了。他严令肤施和怀原两地驻军南北对进，对雁栖岭发起了第二次围剿。南路军由肤施守备营营长常步云率领两个连，一路逆延水北上；北路军由骑步混成团团长孙海权亲率一个步兵营，经靖州伏牛坪沿青羊河一路南下，从而形成南北夹击之势。但此时，游击队已经扩充到近四百人，加上各区的农民自卫队，足足有七百多人，外加刚刚在兴隆寨补充的大量枪支弹药，虽然总体力量依旧处于劣势，但腾挪的余地却明显比之前大多了。

此次反围剿，游击队采取了"围魏救赵"与"诱敌深入"相结合的策略，集中力量消灭孙海权部。为此，游击队又兵分四路，由耿志高和马飚带领二大队的两个分队八十余人再次绕道南下，于常步云部抵达兴隆寨以北六十里处的真武坪一带时逼近兴隆寨，调其回援；为防止常步云识破他们的计划，同时由梁毓文和景秀川率领三大队一部和四个农民自卫队共八十余人运动至谭家坪附近展开正面袭扰，利用地理优势全力迟滞其北进，为主力集中消灭孙海权部争取时间；剩余主力由袁国良率领，在红石沟设伏；磨石坚则带着小股部队北进至伏牛坪附近，与孙海权部接触，然后且战且退，利用孙部对地形不熟的不足将其引入包围圈后一举歼灭。

十月十五日午后，孙海权被成功引到了距离雁栖岭不到十里地的红石沟。这红石沟深而窄，东西南三面峭壁耸立，只在北边留了一个不足三丈宽的口子，活脱脱就是一条口袋。当然，这孙海权也是久经沙场之人，行进到"袋口"附近的时候就意识到情况不妙了，并立即进入了作战状态。但为时已晚，两边壕沟里的游击队同时开火，很快就形成了火力压制，一口气将他们逼进了口袋。这下，孙部几百人就全部暴露在游击队的射程之内了。袁国良当即命令两挺轻机枪用交叉火力把"袋口"封死，三面悬崖顶上，枪炮子弹、檑木、顽石雨点般倾泻而下，而处于沟谷底部的孙部只有被动挨打的份儿，不到一顿饭工夫就死伤大半。这时候，袁国良下令停止攻击，随即展开了思想攻势。

"团长，我是磨石坚！"

"磨石坚，你把老子害得无深浅。"孙海权破口就骂！

"团长，我知道景山岳对你有恩，但他已经完全站到反人民的立场上了，早就成了蒋介石反动政权的爪牙了，你跟着他是不会有好下场的。估计你已经知道了，就连景秀川都站到我们这边了！你还执迷不悟干啥？"磨石坚一口气讲了一大串。

"放屁，秀川明明在黄埔上军校呢！"

"谁说的？他是我们的参谋长，正带另一路队伍在南面阻击常步云呢！你一会儿见了他就知道了。团长，你骂我我不恼，但你要考虑自己的出路呢！你就听我一句吧！不要有任何负担，只要你弃暗投明，谭启文的事儿就一笔勾销。我给你保起。"

"去你的！司令对老子恩重如山，老子绝不会背叛他老人家。"孙海权说着就仰天大笑了一声，随即举起手枪准备自尽。

而就在磨石坚喊话的时候，袁国良的枪口一直死死地瞄着孙海权的肩胛，就在他举枪的那一刹那，袁国良就猛地扣动扳机，孙海权惨叫一声，重重地栽倒在地。

"孙文明，把团长的枪收了。"磨石坚对孙海权的警卫吼道。

那警卫便慌忙将掉在地上的手枪抓到了自己手里。

磨石坚又对着他昔日的战友们喊了一番："弟兄们，咱都是老熟人了，只要你们放下武器，我保证给你们一条活路，否则全部消灭，我磨石坚的性格你们都是了解的。现在我数十个数，死活就是你们自己的事了。"

在强大的压力下，所有人都放下了武器，按要求列队走出了"袋口"。与此同时，磨石坚亲自带着十几名队员下到了谷底孙海权的身边。

"团长，我请您来了。"

孙海权没有搭话，只紧闭着眼睛，表情十分痛苦。

磨石坚向他敬了一个军礼，随即腰一弯将他扛到了背上。这老警卫背着老长官，场面还颇有几分温馨。

这时候，袁国良他们也下到了"袋口"，见磨石坚背着孙海权过来，急忙给他敬了一礼："孙团长，我是袁国良，咱在景司令那儿见过，刚才那枪就是我打的，但实属无奈，请你原谅。我现在要立即南下支援秀川他们，就不能陪你了，等我回来咱们好好谈谈。"说完又对磨石坚说："一定把孙团长照顾好，抓紧时间把伤口处理一下，其余问题等我回来再说。"

梁毓文和景秀川正在康家坪阻击常步云部呢！由于常步云识破了游击队"围魏救赵"的策略，所以根本没理会耿志高他们，一路直进，直扑雁栖岭。梁毓文他们从谭家坪开始阻击，且战且退。但由于敌众我寡，阻击战打得十分艰难，伤亡也很大，等袁国良率主力赶到康家沟与他们会合的时候，八十多人已经只剩下不足四十人了。这时候，常步云也得到了情报，耿志高和马飚他们也已经回撤到龙居谷一带，再战下去必将陷入被动，便趁游击队还没来得及组织进攻，撤出了战斗，翻山跑了。

当景秀川和袁国良、梁毓文一齐出现在孙海权面前时，他当即蒙了，眼睛瞪得老大，久久地盯着他，那眼神就像是欣赏从未见过的稀罕物件一样。

"川儿，你不是到黄埔上军校去了嘛！"

"没有，太原步校毕业后就到雁栖岭了。"

孙海权慢慢将头扬起，由衷地发出了一声长叹："唉！"

之后，孙海权就一直在岭上养伤。伤势稍愈，磨石坚和景秀川又带他到就近的村庄参观了一番，并一再劝他留下，但他坚持不留。当然，他也不回沙城了，说准备回韩城老家接管他大的杂货铺呢！临行前一晚，延北县委专门为他安排了一场宴席，并按照磨石坚的请求，给了他三根金条和二百块银圆。席间，景秀川指着谭鹤鸣对他说："海权哥，他就是谭启文的儿子，叫谭鹤鸣，现在是我们的民运和后勤部长。"孙海权一愣，呆呆地盯着谭鹤鸣看了一小会儿，随即仰头喝了满满一大杯，又发出了一声逼人的叹息："唉！"

此番围剿被打退后，雁栖岭暂时恢复了平静，之后直到开春，游击队一直没有战事。春节，各区负责人一致提议在元宵节那天举办一场秧歌会演。考虑到一年来的紧张工作给大家造成的压力，同时为庆贺土改之后的第一个丰收年，县委便通过了这个提议。此时，根据地已经扩展到延北、安定、靖州三结合地带的六个区了，县委便决定每个区出一支秧歌队，其中延北的三个区还要分别组织腰鼓队。

元宵节那天半前晌，各区的秧歌队准时集中在雁栖苏维埃学校，也就是之前的雁栖高小外面的空地上了。一时间，锣鼓喧天，鞭炮齐鸣，各支队伍使出浑身解数，尽情地展示着翻身之后的喜悦。三支腰鼓队粗犷豪迈，热烈奔放，将陕北汉子的彪悍和激情展现得淋漓尽致。他们各有各的招数，各有各的套路，正如当地人总结的那样："西沟的胳膊花草坪的腿，雁栖岭下来些摇脑鬼。"

这种红火场面自然少不了茅缸。这家伙虽然一直被公认为是"讨吃都赶不上旱门子"的二流子，但从小就是岭上有名的秧歌把式，尤其擅长扮演丑角。此刻，他正脸涂锅底灰，头戴一顶没顶的烂草帽，身着一件浑身漏絮、披披挂挂的破棉袄，拖拉一双没后跟儿的破布鞋，斜背着一副拦羊汉装干粮的麻绳"顺子"，胸前挂了一串驴串铃，丢腿撂胯地牵着一头纸糊的毛驴，带着由另一个红火人黑栓装扮成的婆姨准备"坐娘家"去呢。待走到场地中央的时候，黑栓便朝吹鼓手扬了扬手，用尖细的嗓子妖里妖气地说："哎哟……不要吹了，让我们掌柜的给咱唱上几声嘛！"

吹鼓手应声收了音，茅缸便扯着破锣嗓子挤眉弄眼地唱开了：

> 我大生我就是可怜人，
> 过下这么一把烂光景。

众人轰的一下就笑了。他顺手用袄袖子夸张地揩了一把鼻涕，继续唱道：

> 我戴了个帽子没顶顶，
> 穿了个烂袄它没领领，
> 蹬了双烂鞋还没后跟，
> 问的个婆姨还丑不愣。

黑栓捏住鼻子女里女气地把他"臭骂"了一顿："唉……你个砍脑小子，还嫌老娘丑呢？我呸！就你这把烂光景，吃了上顿没下顿……"

茅缸转身拐了"婆姨"一眼，接着又唱起了自己的"英雄事迹"：

> 说正愁的事来你偏不愁，
> 你就愁咱雁栖岭没黄土。
> 我面水山交下个白脸脸，
> 背水山又交下个毛眼眼。
> 哎哟！哎哟！哎哟哟！
> 哎哟！哎哟！哎哟哟！

嘚儿……唻唻唻……驾……

所有人都笑得前俯后仰，久久停不下来。

天刚一擦黑，最聚人气的"转九曲"就开始了。由上千盏用荞面捏成的麻油灯组成的九曲黄河阵雄踞场地正中，灯光投射到用红纸糊成的灯罩上，闪闪烁烁，星河一般曼妙。在这一派曼妙中，袁国良突然发现他大竟然也过来了，虽然并没有转灯，只在场地外面的半坡上站着，但脸上却似乎浮着一抹淡淡的微笑。他不由得两眼一热，两颗热滚滚的泪珠挣脱睫毛的羁绊冲出了眼眶，顺着他清瘦的脸颊滴溜溜滚落下来。

第四十六章

梁毓书终于于无意中得知了袁国良心里压积着的那个难肠事。那天晚上，她和英子在麻油灯下纳鞋底儿，纳着纳着，英子突然问她："嫂子，女朋友就是相好的？"

"嗯。"梁毓书点了点头。

"那'西升'真是死了？上西天的意思？"

"你问这干甚？"梁毓书很是诧异。

英子稍稍犹豫了一下说："我今儿给我二哥送糕角的时候，听金蛋说我二哥的女朋友'西升'了。"

针当即扎到了手指，梁毓书猛地抖了一下："甚时间的事儿？"

"说是前年冬上，让那个景秀川他大给活埋了。"

梁毓书这才明白袁国良去年为什么经常在雁头峁狼一般地嚎叫了。当然，他从小就喜欢学狼嚎，并且学得很像，但之前，那腔调一直充满激情和野性，可自打这次回到岭上后就变了，非但没有一丝一毫的激越，反而有如一条受了重伤即将熄命的老狼在做最后的挣扎一般凄婉和哀切。起初，她也总以为他是因为回不了家而伤心呢，但慢慢地，她就愈发感到不对劲儿了，因为她很清楚他的承受能力，况且他也一定明白，回不了家只是暂时的，根本没必要如此哀伤。她就开始怀疑这里面一定有道道，便产生了跟他谈谈的想法。但那段时间，她公公正好三令五申地禁止家里人跟他接触，加之农活又忙，就被搁置了。再后来，他又不再嚎叫了，她也就慢慢忘了。

"金蛋说没说因为甚？"

"没说，他说他也只知道个大概，还说我二哥已经缓过来了，问题不大了。"

"甚叫缓过来了！他那是压到心底了。你二哥那人就这点不好，从小就心思太深！"

其实，一听说是被景山岳活埋的，梁毓书就明白了个大概，因为她早就听马继财说过，沙城的学生娃们"闹共产"闹得很凶，景山岳杀得也很凶，不是枪毙就是活埋，十有八九也是因为"闹共产"，不然一个女娃娃家，怎会被活埋了呢？她久久地、翻来覆去地推想了大半夜，直到黏稠的鸡鸣渐次响起才终于勉强睡了过去，但也只眯了一小会儿就被一场噩梦惊醒了。

她竟然梦到了那个被她推想了大半夜的场景：天空正飘着雪花，风很大，狼嚎一般。漫天的风雪中，十多个年轻人被一群荷枪实弹的当兵的五花大绑地押到了一块平地上，有男有女，并排站在十几个深不见底的土坑旁边。

"哪一个是袁国良的对象？"一个长官模样的人大声问。

"就这个。"两个当兵的把一个面目清秀的女娃娃往前推了一步。

"埋了！"那长官大声咆哮道。

那女娃就被猛地推进了深坑，十几把铁锨随即开始疯狂地往坑里铲土，很快就堆到她的脖颈处了。而就在这时，那女娃竟又突然变成了袁国良，而且正对着她流泪呢！她真是被吓惨了，发疯般地跑着跳着叫着："快！救国良嘛！"但尽管嘴张得老大，却怎都吼不出声来。她都快急疯了，便哇的一声哭了起来，一边哭一边奔跑，而正当她无助地奔跑号哭的时候，就被英子推醒了。

"快！赶紧救国良嘛！"梁毓书猛地坐起来，用尽浑身力气尖叫了一声。

"我二哥好好的，救甚呢？你是不做梦了？"英子满脸惊恐地问。

梁毓书这才从梦境里走了出来，但依旧一脸惊恐："哦！我梦见你二哥那对象了，真让人推到坑里活埋了，但埋着埋着又变成你二哥了。"

"唉！早知道就不给你说了。"英子唉声叹气地说。

梁毓书那一声惊天的尖叫把睡在前院的老公公也惊动了，慌忙穿上裤子，上身只披了件老皮袄就跑了过来。

"怎了？"

"没事，梦了个梦。"梁毓书不好意思地说。

"哦！那你们把衣裳穿上，门开开。"

嫂姑俩很快穿好衣服。英子下地把门闩抽开。

"梦见甚了？"袁继耀进到窑里问。

梁毓书一脸愧疚地笑了笑："没事。"

这时候，她婆婆红椒也过来了，一脸爱惜地说："不要怕，天亮就让你大把高阴阳叫来，抹捋一下就没事了。妈今儿跟你睡。"

英子稍稍犹豫了一下，然后便把事情的前因后果详细讲了一遍。

"甚？你二哥的对象？还活埋了？甚时候的事儿？他怎一直没说呢？"袁继耀一口气追问了一大串。

红椒当即哭开了："我说娃娃肯定有难肠事了，那狼嚎声就不对嘛！你个瞎心眼子还不信，还连家都不让回，好像二娃是我在外面转的一样。"

"妈，你不要号嘛！让人听见还当成咱怎了！"梁毓书急忙阻止。

但红椒根本不听，依旧大声号哭着。"我的二娃年轻轻的就没一点儿好活气，念书念书你瞎心眼子连钱都不给，整得娃娃一边念书，一边还要掏茅粪，吃人家的下眼子饭。好不容易把书念完又等上这么大一场磨难。姓袁的，如果我的二娃有个三长两短，老娘就是转鬼都跟你没完。"说着就又放开声号了起来，"妈的二娃哟……"

"妈，你不要说那事儿了！我大也是为了让他回来照咱家这个摊场，逼他呢嘛！后来还不是给了，怨他不用嘛！"梁毓书生怕两个老人再吵起来，便极力劝阻婆婆。

"我的二娃就争气，没花他瞎心眼子的一个铜板都照样把书念成了，还念得

比谁都好！撂下他尔格杀人放火，那也是本事，你当谁想杀就杀呢？再说了，杀
人也有个歪好呢！这天下杀人放火的土匪多了，人家为甚就光唱我的二娃呢？反
正我娃娃以后想怎活就怎活，不用他瞎心眼子管！"

袁继耀始终没有理会婆姨的咒骂，只埋着头在脚底圪垯默默蹾着，好大一会
儿才抬起头对儿媳妇说："你天一亮就到王官梁找二娃去，把情况了解一下，你
俩能拉上话呢！我去的话他肯定不给我说。"

……

一家人坐到天亮，梁毓书就骑着小红马一路小跑着到王官梁去了。

袁国良正在会上发言："去年，根据地又扩张了不小，拿下了兴隆寨，打退
了第二次围剿，人员和弹药也得到了极大补充，总体进展比较顺利，但咱千万不
能大意，因为第三次围剿随时可能到来，而且必将更加残酷，一定要提早做好准
备。所以我建议让志高再走趟南梁，把雁栖岭的情况给特委和龙主席汇报一下。
我还有个想法：能不能在神府一带再搞一块根据地，那里虽然也已经有我们的力
量了，但还很弱，如果那里强大了，我们就可以南北相互策应，对沙城一带的国
民党驻军形成有力牵制。你顺便把我这个想法也给龙主席汇报一下。如果缺干部
的话，我带着秀川去，那地方我俩那年搞暑期实践的时候去过，三年两头旱，十
年九不收，比咱雁栖岭枯焦多了，群众应该好发动……"

这慷慨激昂的话语让梁毓书的眼眶一阵温热。这可是一个刚刚经受过锥心之
痛的人啊！

不一会儿，会就散了，窑里只剩袁国良和梁毓文两个人了。梁毓书便直接走
进去："你俩有事呢？"

"没有，拉会儿闲话。"梁毓文说。

"没事的话，让国良跟我回家一趟，我大有个事儿要跟他说一下。"

袁国良当即骑上马跟她走了，但并没有真的回家，而是径直去了雁头峁。

"二娃，你以前不是说过要在沙城找个桃花女，把我比下去嘛！那桃花女呢？"梁毓书从侧面试探道。

袁国良嘿嘿一笑："那都是玩笑话嘛！沙城可是个大地方，但凡能来那里念书的女娃娃都是非富即贵，谁能看上咱这受苦人子弟呢！"

"那我怎听说你在沙城谈了个对象呢？"梁毓书直直地盯着他的眼睛问。

袁国良依旧一副笑嘻嘻的样子："你听谁说的？"

"我哥说的。"梁毓书之所以这么说，是怕他批评耿志高。

袁国良的脸色唰地一下就变了，惨白惨白的，但很快又慢慢仰起头，忧伤地朝沙城方向眺望着。

"有些事该说就要说出来，不敢一直压在心里。"

袁国良终于哭了："嫂子，看来你都知道了。她叫杜光霞，比我大两个月，牺牲的时候才刚满十九。我去太原上军校的时候她还送我呢！没想到那一别就阴阳两隔了。"

十来年了，梁毓书从没见他流过眼泪。他自小就是个硬骨殖，从来都不知道哭是什么。人常说男人的眼泪贵如油，而他眼里流出的每一滴眼泪分明就是一粒金子！所以她便没有搅扰他，任凭他尽情地发泄着，因为她很明白，也许只有她才能让这位心思极深、铁骨铮铮的汉子这般模样。

好大一会儿，袁国良终于止住了哭声，顺手抹了一把眼泪，正式开讲了。他讲得很详细，从刚到沙城中学时的盘龙卧虎到木图峪龙主席给他下达的任务；再从痛打景秀川到杜光霞发动学潮解救他，包括他和光霞的恋爱过程，整整讲了半个上午。

"嫂子，革命必然会牺牲，我现在面对光霞的牺牲，说不准哪天还得直面自己的牺牲，这道理我都明白，也早就做好了准备。尽管如此，当这事真正血淋淋地搁到面前的时候，我依然锥心一般的疼痛。我也是人啊！忙起来还稍稍能好一些，可一旦闲下来，满脑子就都是光霞的影子，她说话的样子，微笑的样子，包括她走路的姿态，最让我受不了的是总能梦见她遍体鳞伤跳进沙坑的情景，真是揪心扯肺呢！但我又不能说，一来说了没用；二来那景山岳就是秀川他爸，我怕他有负担啊！后来还是毓文哥发现我不对，才硬逼着起世说出来的，然后又问了我。"

"哦！就该说出来，一直压在心里会出问题的。你是干大事的人，可不能出问题。"梁毓书也陪着他流起了眼泪。

袁国良点了点头，继续说道："后来，我就慢慢想开了。牺牲的已经牺牲了，毕竟人死不能复生，我现在唯独感到有负担的是，杜校长和黎夫人他们怎办？他们能想开不？杜校长都快六十了，两儿一女。老大一直在蒋介石手底，现在已经当了师长了，但自离开沙城以后就再没回来过。老二和我们一样参加了革命，但前几年就因为受伤被俘，让蒋介石枪毙了，所以光霞这一牺牲，老人家身边就没子女了，老了以后怎办？黎先生夫人是小脚，还是个病罐子，成天靠药养着呢！娃娃又都小，怎生活？去年我曾派人到沙城给两家送了些钱，还给继财叔安顿，让他经常关照他们，可他今年过年回来说杜校长搬回谷川老家了，不好关照，你说怎办？我不能让光霞死不瞑目啊！"

"他家是谷川哪的？"梁毓书问。

"杜家坪的。"

"哦！那和我们老家挨着，我替你走一趟吧！把他们都安顿好。马上就清明节了，我爸正准备带我回老家给我爷烧纸呢。"

袁国良一惊，随即点了点头："那好！你见到杜校长后，就说让他把光霞的遗骨给我留着，生不同衾，死必同穴！还有，我再拜托你一件事，如果我哪天出事了，只要条件允许，你无论如何都要把我们安葬到一块儿，这事我还会给毓文哥、秀川和起世他们安顿，但他们都跟我干一样的活儿，不牢靠，所以你就把这个底给我兜上。能不？"

"二娃，你不能这么想，重情也不是这么个重法。你才二十一，一定要向前看！"梁毓书说。

袁国良深深叹了一口气："这不是重情不重情的问题。我们这活儿用大的话说就是刀尖尖上扭秧歌呢！如果成家了，万一哪天出个什么事，把人家甩到半路口怎办？"

……

二人一直聊到接近晌午时分才结束，随即便相跟着下了雁头峁，各自返回了。

经过这一番彻底的倾诉，袁国良心里似乎真的轻松多了，一路都催马小跑着，跑着跑着竟然又唱开了：

> 起来，饥寒交迫的奴隶，
> 起来，全世界受苦的人！
> 满腔的热血已经沸腾，
> 要为真理而斗争！
> ……

之后第三天，梁毓书父女便踏上了返乡的路。

杜校长家位于杜家坪前村，五孔接口土窑朴素利落，不大的院落整洁大方，一看就是耕读并济之家。

一到杜家，梁毓书就急忙递上袁国良的亲笔信。但为安全起见，信里并未涉及实质性内容，只以介绍信的形式写道：

恩师钧鉴：

闻听恩师返籍，甚为挂牵，奈因杂务繁忙，屡不得脱，故特遣吾嫂前来拜会，所虑之事尽皆托付于她，望恩师见嫂如见吾，亦将一切教诲尽皆托之！

学生拜上

杜校长热情接待了梁毓书。因时间紧迫，梁毓书很快向他交代了袁国良托付的事宜，杜校长也就袁国良托付之事一一进行了答复。

梁毓书听后笑了笑说："先生能不能修书一封？他那人倔得很，我怕他不相信是您的意思，所以您最好能写下来，并且尽量使用文言，这样他就不会怀疑了。"

"写倒容易，只是一路带着太危险。"杜校长面带难色地说。

"不用带，我背在心里，回去后再一字不落地背给他就行了。"

"你识字？"

"高小毕业。"

"这么多事你一下能背下来？"

"没问题，我记性很好！"梁毓书笑着说。

杜校长当即拿来纸笔，一口气写了满满四大张。他写一张梁毓书背一张，等写完了，她也差不多背完了。杜校长很是惊讶，便试探着问："如此灵顿之才，为何不继续深造呢？"

"我从小就被我爸和我公公定了娃娃亲，岭上风气还不开化，所以就再没念。"

杜校长轻轻"哦"了一声，语气里充满了惋惜。

父女俩只在谷川待了两天，走了几家亲近的亲戚就返回了雁栖岭。当天下午，梁毓书就把袁国良叫到雁头峁复了命，在简单交代了基本情况后，便模仿着杜校长的语气把亲笔信一字不落地背了一遍：

国良：

　　所托之事尽皆收悉！听闻汝已于延北成割据之势，甚慰！

　　光霞之事已妥，初葬西沙红柳坪，去岁移回原籍，勿念！唯其就义之惨烈，至今不愿回首。被羁后连审两日，昼夜不息，天下酷刑，尽皆使之。然霞甚烈，虽经钢针钉指刺乳，亦刚正不从，待就义时，已致腿不能行，手不能扶。生女如此，无憾矣！

难前见霞，因贼监视，不能言汝，霞遂以两指比圆，其心其意，吾自明之，遂颔首应允。

吾自十七年即知霞恋爱之事，但因其年岁已至，遂无交涉。后揣知汝之信仰，始虑霞之安危，方婉言规劝，曰：良乃日行千里之马，定不宜居家度日云云。霞泣而祈曰：此生若得汝爱，纵中途迷失，亦无憾矣！遂允之！今霞无憾，吾亦无憾，此甚幸矣！

但汝言遗骨一事，恕吾不能苟同。汝正直风华，盖当砥砺向前，以雪霞仇黎恨，万不可因一时儿女情长贻误大事矣！

吾一切安好，霞母因受霞之牺牲所击，初抱病于身，后经多方调理，已无大碍。黎君一家亦得妥善安置，切勿挂之！

吾虽非鼎食之家，但日常消耗颇足，故迁岭养老一事，盖无必要。汝嫂所携之银，亦只取一枚为念，后万勿如此！

故：诸事皆妥，不必牵念。唯汝置身烈火险滩，万请珍重！

秉真来信曰：湘赣鄂豫诸省亦呈割据之势，且其势甚烈，尤以赣南朱毛为胜。告汝同慰！

师：杜奎元

袁国良边听边流泪，尤其是听到光霞牺牲的惨烈过程时，又嘤嘤地哭出声来，但只哭了几声就立即止住了，随即仰起头颅，冲天来了几声狼嚎，但腔调已明显不同于之前的悲怆，变得激昂多了。

梁毓书仰头从侧后方看着他，悬着的心终于慢慢稳了下来。而就在这时，袁国良猛地转过身子盯着她说："嫂子，我的事儿就算过去了，咱再说说你吧！"

"我有甚好说的？"梁毓书惊诧地问。

"听妈说，我哥两年来一直没给你来信。我分析可能是因为他知道咱这地方不通邮。你放心，我们俩是从一个胎盘里出来的，我了解他，绝对不会生二心！"

梁毓书朝他笑了笑："我知道，年底就毕业了嘛！"

至此，袁国温离家已经足足两年了，并且一直保持着消失的状态，从来都没跟家里联系过，正如信天游里唱的："哥哥你口外三年整，书无书来就信无信。"两年来，梁毓书起居的窑里依旧保持着成亲那天的格局，家具物件上过漆之后就纹丝未动，一切都是原来的模样，甚至连窑掌上贴的那个大红喜字也依旧贴着，只不过较当初已稍稍有些褪色罢了。

农忙的时候，梁毓书整天都在山里挣了命地苦受着，便也常常记不起这事儿，但每当夜里一个人孤零零地躺到炕上的时候，心里就烦乱得要命。当然，她并不是单纯地想男人，而是担心袁国温一个人漂在千里之外的北平会不会出什么事儿。因为她曾无意间听她哥说过，那地方很大，也很乱。她越想越麻乱，可又不由得要想，尽管一整天的劳累让她困得要命，但依旧翻来覆去，久久不能入睡，以至于每天上山干活的时候总是哈欠连天，眼睛也总是布满了血丝，红巴巴的活像一只兔子。后来，她公公便让英子和二英搬到她窑里，给她做了伴，情况才略略好转了，尽管两个妹妹不能代替她哥，但至少也有个"叨嘴"的了。

要说这梁毓书还真是个人才，仅仅两年，竟然就从一个十指不抠地皮的"先生小姐"蜕变成了一个锄种收割样样精通的正桩受苦人了。心气儿也不是一般的硬正，事事都不甘人后，就连黑栓都经常不由得感叹："哈呀！这肉怎都撰着往胖人身上添呢！"并且不光山里的活儿，锅灶针线她也样样得心应手，一遇农闲就一头扎进针线摊场，光大大小小的布鞋就做下了半箱子，花纳的、遍纳的样样齐全；娘家的、婆家的人人有份儿。对于她这种"出格"的表现，全家人自然都看在眼里，疼在心上，尤其是袁继耀，每到地头总要把鞋脱下，爱惜地别到腰里，生怕一不小心给磨坏了，以致长工们总拿他打趣："咋看人继耀，问下好儿媳妇了，都别到裤带上能呢！"其时，他总会傲然一笑："那你们也能嘛！他老爷这辈子儿没养成，但这儿媳妇是可瞅捏对了！"

　　见嫂子如此豁朗，袁国良便欣慰地点了点头："也是，就几个月了，呼啦啦就到了。"说完又一本正经地说："嫂子，要不是怕触动咱大的底线，我真想让你也加入我们的队伍，眼下正缺一个妇女工作部长，你最合适了。"

　　梁毓书微微一笑："这辈子是不可能了，就等着接大的班，把袁家掌柜当好就行了。"说着便跃上马背，下了袁家祖坟背后的那道陡坡，随即转上了面前一条被茂密的桃林夹持着的小路。

　　几天前的那场春雨过后，桃花渐次开了，那一枝一树的娇嫩陡然间给荒芜的土地添增了几分灵气。晚风轻柔，桃枝依依，梁毓书直直地骑在马背上，不停地伸手划拨着横挡在面前的桃枝，神态是那么坚毅，那么优雅。如火的余晖从西翅梁那边倾泻过来，斜斜地投到霞云般的桃林里，投到她轻轻耸动着的肩胛上，愈加给人一种强烈的恍如仙境的梦幻。梦幻中，似乎连她也变成桃花了。

　　雁头峁上，袁国良久久地立马于烽火台前，一直目送她走出桃林，上到通往牛背梁的小路上，心里不由得泛起了一股强烈的触动。就着这份儿触动，他脱口吟下了人生第一首诗：

　　　　生本女中英，奈落杂草林。
　　　　若解浑身缚，北国一秋瑾！

第四十七章

因为景山岳接连几次重兵围剿，袁国良提出的那个向陕甘特委和龙主席汇报工作的设想整整被耽搁了一年，直到第二年七月份局面稍稍稳定下来之后才又提上日程。但正当耿志高准备起身赴陕甘边的时候，龙主席的命令就来了，说要从雁栖岭抽调两名得力的政治干部和两名拥有实战经验的军事干部赴陕甘游击队工作，并特意点了梁毓文的名，要他必须过去，其他同志则由延北县委酌情定夺。

接到通知后，县委立即召开紧急会议，传达了由袁国良接替梁毓文担任县委书记的命令，并决定除梁毓文之外，另派耿志高、马飚和张明山三位同志赴中心根据地工作。同时按照袁国良的提议，将三大队齐装满员一并调过去充实陕甘游击队力量，并决定由孙秉文接任袁国良空出的延北县委副书记和耿志高空出的县苏维埃人民政府主席职务；雁栖游击支队政委职务由谭鹤鸣接任；西沟区苏维埃政府副主席冯腊梅补缺担任民运和后勤部长；马飚空出的二大队大队长职务则由副大队长周二毛接任，同时从一大队和二大队各划拨一部分兵力组成新编三大队，由原一大队副大队长武占元任大队长。但就在第二天分别的时候，袁国良又突然不想放耿志高走了，便以孙秉文不懂作战，再遇分兵出击的情况倒不转人手为由换下了耿志高，并让他担任了游击支队的政委，他原来的苏维埃政府主席一职则分给了谭鹤鸣。

"八月雁脚自带霜。"当南飞的雁阵再次于湛蓝的天宇渐次出现的时候，便又进入了一年一度的丰收季。伴随着阵阵醉人的信天游，庄稼很快收割停当，原本丰饶厚重的山岭猛然瘦削下来，只有成片成片的秸秆茬子寂寞地坚守在日渐寒冷的旷野上。"十八罗汉"的旱芦苇也枯黄了，单薄得就像一群刚刚剪过冬毛的绵羊。从北草地刮来的西北风也一阵强过一阵，白花花的霜皮子一层厚过一层。冬天就要来了。

就在最后一队大雁消失于南边天际的时候，一股更加强烈的寒流从毛乌素方向生起，凶神恶煞地直奔雁栖岭而来。

九月二十日那天下午，伏牛坪山上的烽火台猛然腾起了三股粗壮的狼烟。很快，通往雁栖岭的各座烽火台狼烟四起，不到一顿饭的工夫就传到了雁头峁。因为通讯滞后，游击队只好借助古人的智慧，将山野里的狼粪和干柴大量囤积于古长城的各座烽火台上，派赤卫队员昼夜轮班值守，白天用烟，夜间用火。

按照之前定好的信号，三股狼烟代表敌人有三个营的兵力，也就是一个整编团，硬碰是绝对不行的。袁国良便决定继续采取上次对付孙海权的办法，利用有利地形设伏聚歼。

但这一次敌人也学精了，只派出不足一个连的兵力负责侧面警戒，主力径直登上了墩峁梁，不论磨石坚如何挑逗，始终拒不搭理，只管沿着山脊线一路南下，目标也很明确——直扑雁栖岭！

眼看诱敌无效，磨石坚便让大队长周二毛代替指挥，继续袭扰，最大程度地阻滞敌人的南进速度，他自己则单枪匹马疾驰到袁国良那里汇报战况去了。

听了磨石坚的汇报，所有人的脸色都凝重起来。眼下，伏击的策略已经落空，并且只要主力稍稍一动就会完全暴露，敌人肯定会不惜一切代价扑过来，逼迫游击队转入阵地战，但面对整整一个团的敌人，打阵地战无疑是以卵击石，自取灭亡！

袁国良向磨石坚要了一支烟卷，抽着咳着，咳着抽着，不停地在脚地上转圈儿。终于，他猛地把半截烟头一扔："敌人的目标很明确，就是来寻找我们的主力决战的，但凭我们现有的力量硬拼肯定不现实，只能丢地保人。所以我提议，游击队主力立即撤离雁栖岭。当然我也知道，这样一来就会陷入无根据地可依的被动局面。但留得青山在就不怕没柴烧，只要主力还在，一切就有可能。"

大家纷纷表示赞同。

袁国良又稍稍思索了一下，随即重新下达了作战命令："志高、石坚、秀川，你们带着主力翻过雁栖岭向保安方向撤退，我带一个分队前去支援周二毛，给你们争取时间。一定要记住，不论出现什么情况都坚决不能回头，只管撤退，直到完全摆脱敌人为止。"

"哪有主官断后的道理，你撤，我留下。"耿志高说。

"你们都撤，我留下，我毕竟有某些你们不具备的优势，关键时候是可以派上用场的。"景秀川说。

袁国良大声吼道："都别争了，就这么定了！"说完就提起枪准备出门。

耿志高一把将他拉住："好我的支队长呢！现在真不是展现风格的问题，而是咱这支队伍能不能扛过这次考验的问题。越是困难的时候就越需要一个坚强的领导，没有你，咱这支队伍就很有可能会散架，咱拉这些杆子不容易啊！我虽然不如你懂军事，但打阻击不就是拖时间拼牺牲嘛！我保证让你们安全撤离。"

"服从命令！"袁国良大声喊道。

此时，枪炮声已经越来越近了，周二毛派出的通信兵已经来到对面的山梁上，一边催马疯狂奔跑，一边撕心裂肺地吼着："撤！赶紧！再不撤就来不及了。"

耿志高跑到门外朝枪炮声传来的方向望了望，随即语气坚决地说："都不要争了，举手表决吧！但我们每一个人都一定要为游击队的前途负责，千万不敢乱举！"说完就大声吼道："同意我留下的举手！"

只有袁国良一个人没举。

耿志高一笑，随即提着枪出去了。

当他带着二十余人急速赶过去的时候，周二毛他们已经后撤到距离主力隐蔽处不足五里地的马家河了。耿志高弯着腰来到周二毛身边，大声吼道："从现在起，再不能后退一步了，必须坚持到支队长他们翻过'十八罗汉'，这是死命令！"

"政委，你怎没撤呢！"周二毛一脸惊诧地看着他说。

"我要负责断后。"

"断后不有我呢嘛！"

"阻击不好打，得留个领导！"

周二毛点了点头，随即用他那沙哑的嗓子大声吼道："同志们，政委来了，支队长他们已经撤离了，但在主力翻过'十八罗汉'之前，咱必须死死地钉在这里，一步都不能后退了！"

敌人的火力十分猛烈，尤其是看到袁国良他们已经撤到"十八罗汉"半山腰的时候便更加疯狂了，轻重武器一齐上，炮弹、机枪、步枪，所有的火力雨点般地朝阻击线这边倾泻过来，赖以掩身的土围墙在炮弹的轰击下不断倒塌，队员们一个接一个地倒下去，每顶一分钟都要付出惨重代价。耿志高一边指挥阻击，一边不停地转身朝袁国良他们撤离的方向望着，等他们终于翻过东翅梁顶后，他才如释重负地舒了一口气，转身对周二毛说："二毛，支队长他们才刚过了'十八罗汉'，还有危险，但咱现在只剩不到二十个人了，硬挡根本挡不住，所以你带上八个人，以最快速度赶到'十八罗汉'山顶，然后分散隐藏起来，每隔一座山头藏一个，待敌人的先头部队一上到山顶就立即放火，将包括雁头峁在内的十九座山头的旱芦苇全部点着，绝对不能让一个敌人过了'十八罗汉'！一定要从西北方向点，顺风！"

等周二毛他们到达"十八罗汉"山顶的时候，能参与战斗的已经只剩七个人了，弹药也基本耗完了，耿志高也挂彩了，左肩胛挨了重重的一枪。他转身朝雁头峁望了一眼，一脸镇定地说："阻击任务已经完成，我代表延北县委和袁支队长感谢你们！现在突围已经不可能了，如果你们想投降活命的话也可以，真的，这没什么！"

"那你呢？"大家争着问道。

耿志高顺手从腰里摸出一枚手榴弹笑了笑："我有这个！"

"政委，那咱一齐来，咱游击队没孬包！"分队长高大川咬牙切齿地说。

耿志高笑着摇了摇头："真不勉强，你们不要有任何顾虑，因为你们都已经是当之无愧的英雄了！"

敌人的大部队已经绕过他们朝"十八罗汉"扑去了，只留下一小部分殿后的部队来对付他们。几十名士兵正端着枪从山脚四围快速往上运动着，但并不开枪，因为他们已经知道游击队弹尽粮绝了，都想抓活的领赏。

七个人很快撤退到山顶，手挽手围成了一圈。耿志高因为肩胛受伤拉不了引线，便将仅有的一枚手榴弹交给了高大川。高大川一脸庄重地接了过去，恨恨地说："等他们到跟前再爆，咱死都要拉几个垫背的。"

耿志高笑着点了点头："你们都真不怕？"

"不怕！"大伙儿齐声答道。

耿志高又笑了笑，一脸庄重地说："说不怕那是假的！我也怕！但人活一辈子，首先要弄明白为谁活和为谁死的问题。咱们这里面多数人都不是雁栖岭的，但你们看看这两年，岭上人活得多好。咱们的牺牲，就是为了有朝一日，包括你们老家在内的普天下的劳苦大众都能像这雁栖岭一样，人人有地种，人人有饭吃，没有剥削，没有压迫。你们放心，咱虽然先走了一步，但必将有更多的人站起来，完成我们没有完成的使命。"

众人一齐点了点头。

"政委说得对，谁都怕死，但到关键时候就不能怕！要不咱唱个歌吧！"冯腊梅提议。

这位被游击队从徐世林那里解救出来的谷川女子已经接替谭鹤鸣担任了民运和后勤部长，本来是不应该在这里的，但她主动提出要参加战斗，学习军事，袁国良便安排她跟随二大队行动。此刻，她也受伤了，胳膊肘上挨了一枪，骨头都被打断了，小臂直直地吊垂着，就像倒挂在秸秆上的玉米棒子。

"好！就唱《国际歌》算了！"有人附和道。

耿志高略略思索了一下，笑着说："不，咱们都还没成亲，还没体会过'哥哥妹妹'的感觉呢！但我知道不少人从小就定亲了，要不是革命，娃娃都会叫你们吃饭了，所以咱不如唱个《绣荷包》，就算跟她们做最后的告别吧！"

"政委，那你定娃娃亲了没？"冯腊梅像突然记起什么似的问道。

"没定。我从小念书，接受新思想比较早。"耿志高笑着说。

冯腊梅稍稍犹豫了一下，随即看着他笑着说："我品见咱支队长他妹子二英看上你了。"

耿志高一惊："你怎品见的？"

"她平常老跟我打问你，还说她也想革命，今儿早还托我给你带了一双鞋垫，但等我一回到咱那儿，敌人就打来了，现在还在我窑里放着呢！啊呀！那真是个巧手手，一对鸳鸯绣得就跟活的一样！"

耿志高转过身子朝牛背梁方向深情地望了一小会儿，然后嘿嘿笑了一声："我怎就没发现呢！二英真是个好娃娃，我们打小就认识，虽然不识字，但很灵顿，性格也好，既有继耀干大的硬气，又有红椒干妈的温润。"说完便仰起头，满脸深情地唱了起来：

初一到十五，
十五的月儿高，
那春风摆动了，
杨呀么杨柳梢。

年年你走口外，
月月你不回来，
捎书书带信信，
要一个荷包袋。

浑浊的落日慢慢从西翅梁沉了下去，天很快就黑了。雄浑的"十八罗汉"静默于黄昏的微曦中，有如一块冰冷的生铁。猛然间，雁头峁的西北角腾起一股钻天的火光，紧接着，好几座山头都被点着了，猎猎的火焰旗帜般地摇摆着、跳跃着，很快就在强劲的西北风的裹挟下汇成了一片烈火的海洋，直冲云霄，将黢黑的天空映照得一片火红。那些已经上到山顶但来不及撤离的士兵们瞬间就被铺天盖地的火海吞噬了，杀猪般的惨嚎声令人闻之悚然。

耿志高他们停下了歌声，一齐转过身子，久久地望着那片如花的火海。冲天的火光直直地向他们投射过来，给七张坚毅的脸增添了几分蝶翅一般熠动的光泽，红彤彤的，极像七朵随风摆动的山丹丹。刚才还号叫着"抓赏"的士兵们也都于距离他们几十米的地方停下了脚步，转身朝南边的山梁张望着，那瓷愣愣的表情就像被点了穴一样。

火一阵大过一阵，一阵猛过一阵。高大川他们不约而同地慢慢转过身体，紧靠耿志高站成一圈。所有人都微扬着头，面朝火光继续唱起了他们未尽的歌子：

> 一绣鸳鸯鸟，
>
> 戏水在河边，
>
> 一针针一线线，
>
> 穿过妹妹心尖尖。

> 二绣并蒂莲，
>
> 盛开在山巅，
>
> ……

几十名士兵张牙舞爪地摸到了他们跟前。随着一声惊天巨响，歌声戛然而止，化为了一组永远游弋于茫茫星空，永无休止的音符。

　　袁国良他们已经撤离到了岭南十五里外的康家梁。正准备转过山梁的时候，负责殿后的磨石坚突然吼叫起来："支队长，敌人把'十八罗汉'给烧了！"袁国良猛地转过身子，果然看到北方的山梁上腾起了好几股冲天烈焰，并很快汇聚成了一片无垠的火海。他久久地立在山顶，泪水有如暴雨之后的山洪一般肆意流淌，好大一会儿才转过身对着磨石坚大声吼道："不！那是政委他们放火阻敌呢！志高殁了！二大队没了！"

　　"那不一定，说不准他也撤出来了。"站在他身边的景秀川一边流泪一边说。当然，他很清楚，这话纯粹就是为了安慰自己。

　　全体同志庄严地向"十八罗汉"方向行了一个军礼，随即继续朝着保安方向进发了，因为那里靠近陕甘边根据地，有龙主席。

　　他们一路急行，第二天中午就抵达了延北与保安的交界处。因为情况紧急，他们撤离的时候只随身带了一些金银细软，没带干粮，所有人都已经一整天没吃东西了，袁国良便命令游击队就地在半山的树林里隐蔽宿营，打发磨石坚带人到延北那侧征集食物去了，因为那里的人很有可能听过雁栖游击队的事儿，自然要好征集一些。果然，没过一会儿，磨石坚就派人回来了，还带来了一位老汉。这老汉打老远就吼喊起来："谁是袁长官？"

　　"我是袁国良，但不是长官，是共产党领导的雁栖游击支队支队长，专门为穷人打天下的。"

　　老汉一把抓住他的手："我早听说了，我们这儿的人都知道雁栖岭的穷人把光景过美了，就一直盼着你，老天终于睁眼了！"说完就带着游击队朝位于半山腰的村子去了。

　　这村子叫四嶷嵴，并不大，也就五六户人家，听说是袁国良的游击队"打过来"之后，所有人家都赶忙支起了饸饹床子。不一会儿，细长柔韧的饸饹面就出锅了。小户人家没那么多碗，主家便拿出盆子、马勺等所有能盛饭的物件，饿急了的游击队员们也自然不会过多的客气，直吃得黑水汗脸。袁国良和磨石坚、景秀川、谭鹤鸣几位领导则被主家礼让到窑里，还专门给他们摆了个炕桌，就算是"高待一盘"了。

而就在这时，带人在山上警戒的武占元带着一个叫花子模样的人过来了。

"赶紧报告支队长，马队长回来了！"武占元打老远就喊了起来。

"哪个马队长？"好几个人一齐问道。

"马飚嘛！"

袁国良他们赶忙放下碗筷，鞋都没穿就跑了出去。

"哪儿呢？"袁国良大声吼道。

"支队长！完了，全完了！"马飚连跑带爬地朝他冲了过来，一边跑一边大声号哭着，然后便重重地摔倒在他面前。

"什么完了？"袁国良赶忙弯腰将他扶起。

"龙主席率兵打省城，全军覆没，下落不明。"马飚号啕大哭。

"那你怎在这儿呢？梁老师呢？"

"我负责殿后，被炮弹震晕了，半夜才从死人堆里爬出来的。梁老师和龙主席一块儿行动，我也不知道他的情况。我就知道孙秉文牺牲了，他是我的政委。"

此时的马飚俨然一副叫花子形象，破烂的关中农民皮褂，头发足足有一拃多长，凌乱得就像一团野雀窝，满脸污黑，要不是两只红巴巴的眼睛还在转动，简直就是一截被大火熏过的死树桩子。

据马飚讲，他从死人堆里爬出来之后，部队早已不知去向。他片刻都没敢停留，摸黑混乱走了一夜，临亮的时候在一条远离村落的小路上碰到了一个早起的拾粪老汉，便拿枪逼着和他换了衣服，随即一路绕开村庄朝北跑了。他本来是要往就近的旬邑去的，因为他之前听说那里也有他们的队伍，但刚到旬邑边上，就听说那里自己人整自己人的情况十分严重，成批成批地杀，便担心自己也会因为兵败被整，所以就没敢去。后来，他便沿着陕甘交界处一路乞讨北上，准备回雁栖岭，没想到在这儿遇上了他们。

"龙主席那是跟上鬼了还是怎地？就凭不到一千人枪就敢打省城？"听完马飚的哭诉，袁国良气愤地吼道。

"他也不同意打，但省上下来的特派员硬逼着他打，不打就给他扣'稍林主义'的帽子呢嘛！"说完便痛苦地号哭起来。

袁国良也顺手抹了一把眼泪，大声对景秀川说："把分队长以上的干部都叫来，开会！"

第四十八章

死神的阴影黑云一般朝雁栖岭压了过来。

就在袁国良他们撤离的当天夜里，所有"共产分子"和游击队员家庭的管事人，包括袁继耀、梁先生、磨六、马子俊等，全部被抓到雁栖高小关了起来。三天后的正午时分，随着景山岳的驾临，一场血腥的屠杀便噩梦般地降到这座古老的大岭上了。

"杀人场"选在了雁栖高小外面的空地上。就像朱清民当年的那场"就地正法"一样，前一天，"剿匪军"总指挥、沙城警备部队参谋长吴长云就让士兵们在靠西边的漫坡地上平出了一个大台子，台下的空地上还栽了一排磨石坚镇压烂肝花时用过的那种木架子。

景山岳在平台正中的座位上落了坐，旁边的吴长云对他耳语几句之后便起身来到平台前沿，板着脸将现场巡看了一圈，开口道："把通共要犯押过来！"十多名士兵便将袁继耀、梁先生、磨六、马子俊和其他游击队员的老子、兄弟等六十多人五花大绑地押到了木架下面，勒令他们站成四排。但同样作为"通共要犯"的耿万顺此刻竟端坐在台下的一排椅子中间，一脸坏笑地盯着袁继耀说："继耀兄弟，你放心，你的墓坑我亲自上手，保险给你打得栓栓正正（注：陕北方言，指规整漂亮）的。"

袁继耀愣愣地瞅着他。之前，他还以为耿万顺是因为高小被关满了，在其他地方关着呢，没想到他竟然人五人六地坐到椅子上了，他儿子可是雁栖游击支队仅次于袁国良的二号人物啊！

耿万顺也看出了他的不解，一脸坏笑地说："怎？想不明白？那就别想了，等我给你烧纸的时候慢慢给你说。"

袁继耀终于有些明白了，脸唰地一下就变了，凹凸不平的狼疤脸瞬间缩成了一颗坚硬的肉疙瘩："耿万顺，这鬼是不是你搞的？"

耿万顺一连怪笑了几声："好，你还真是个精明人！那老爷就让你死个明白，这拐拐就是老爷戳的。你不是老爱背圪塂戳拐拐嘛！你戳了一辈子，我还是我。但我今儿一拐子就把你戳扬豁了……"

"姓耿的，你遭报应呀！"袁继耀直气得浑身发抖，咬牙切齿地咒骂着。

耿万顺将头仰得老高，接连又是几声怪笑，但笑着笑着就猛然止住了，活跃的面部很快就僵了下来，因为他隐约听见吴长云好像又喊了一声他儿子耿志高的名字。就在他为此而感到慌乱的时候，十多个士兵就拖架着四个年轻人，从平台左下角的入口处进来了。打头的正是耿志高，头颅沉沉地耷拉在胸前，双腿也好像断了，软软地拖拉着，白色的老粗布汗衫上到处是黑污污的血渍。

耿万顺当即像一根离开筷头的面条瘫倒在地，嘴张得老大，如环大眼瞪得圆鼓鼓的，活像一只雕功拙劣的石猴。

一阵刺耳的麻绳和木头的摩擦声过后，耿志高和他的三位战友就被绑着双腕吊在了半空中。人群猛地后退了几步，随之爆出了一阵嗡嗡的喧闹声。

"金蛋，你没撒？"袁继耀也没想到能在这儿见到耿志高，一时没能反应过来，直到他被吊到半空以后才一脸惊悸地吼问道。

耿志高没有说话，只微微朝他投来一丝笑意。

耿万顺终于从最初的慌乱中缓过来了，猛地站起来发疯般地朝坐在台上的景山岳奔去，但刚欲上台就被几名士兵拦住了，便只好就地跪下，一边磕头一边哀号着乞求："司令老爷，你老人家就看在我对你一片忠心的份儿上，饶我儿子一命吧！我保证他以后……"

但景山岳几乎连看都没看他一眼，只皱了皱眉头故作无奈地说："万顺啊！

你不说你儿子走外路了嘛！怎还在这儿呢？都怨你情报不准嘛！再说了，你儿子死硬死硬的，咱这几天把几辈子的好话都给他说完了，可他一直死不悔改，这就没办法了。如果把他饶了，那咱就得替他掉脑袋啊！"说完便让几名士兵将他拖到了场边。

"金蛋，你怎还在这儿呢？你不是走了嘛！"耿万顺一边哀号着挣扎，一边扭转脖子死死地盯着架上的儿子问。

此时的耿志高已经知道他大在此次兵败中所扮演的角色了，便猛地朝他啐了一口唾沫，咬牙切齿地说："耿万顺，你记住，我永远都不进耿家祖坟，我嫌臊呢！"说完便闭上了眼睛，再没看他一眼。

原来，就在梁毓文他们走陕甘边的头天晚上，耿志高也回家走了一趟，把自己第二天要离开雁栖岭到外地的事儿告诉了家里人，当然并没有说具体要去哪里。谁承想，就在他离开后，耿万顺连夜定下了一计，并且第二天一大早就瞒着所有人，以到北草地购买马匹为幌子跑到了沙城，把雁栖游击队的兵力部署、地形路径、游击队和各村各庄自卫队人员名单等所有情况都竹筒倒豆子一般报告给了景山岳，并好吃好喝地在沙城享受了二十多天，直到景山岳用兵雁栖岭的时候才以"剿匪军"向导的身份随军回到了岭上，所以根本就不知道耿志高被孙秉文换下这档子事。加之阻击当天，最后那枚手榴弹不知是因为火药没装足还是怎的，威力大减，只炸死了三个人，包括耿志高在内的四个人重伤的重伤，昏迷的昏迷。

耿志高正是因为昏了过去才做了俘虏，等他醒过来的时候，已经被押到位于伏牛坪的"剿匪"指挥部了。在那里，他一连被审了两天两夜，但尽管吴长云他们"好话"说完，"五刑"用尽，他始终都没有屈从，直到刚才才被景山岳押回了雁栖岭。

耿万顺瘫坐在地上，手捶脚蹬，不顾一切地放声哀号。

景山岳来到木架前，亲自进行了最后的审问："后生，你看你大都号成啥了！叔最后给你一次机会，只要你保证再不闹共产，然后在报纸上登个脱离乱党的申明，叔不但放你一马，还让你当延北县的县长，叔说到做到。"

一听这话，耿万顺便又四爪落地地爬到儿子下面，号哭着乞求道："金蛋，你听司令大人说，咱不闹共产了，咱当县长，能不？"但耿志高连看都没看他一眼，只大声对景山岳说："我已经说了八十遍了！别说县长，就你那官，我都看不下，能不能不要废话了？"

"那你想怎个死法？"景山岳恶狠狠地问。

耿志高笑了笑："那就成你的事了！"

景山岳嘿嘿一声冷笑，随即大吼："好！那我就成全你。"说完就转身对旁边持枪的士兵说："打他的左膝盖！"

一阵猩红的血雾喷溅而起，并很快随着山风飘落到刚刚被刮了皮的白杨树干上，一片瘆人的猩红。

耿万顺惨嚎了一声就昏了过去。

景山岳侧转脸瞟了他一眼，然后抬起头问耿志高："后生，受活不受活？"

耿志高仰头大笑了一声。

"打右膝盖！"景山岳发疯一般地咆哮。

耿志高的右膝盖又重重挨了一枪。

"姓景的！杀人不过头点地，你能不能来个利索的？"五花大绑着站在旁边的梁先生大吼了一声。

景山岳转身看了梁先生一眼："好！一会儿就轮到你了！听说你还是个文化人，咱老景向来尊重文化人，就给你这个面子。"说完便拔出手枪，照准耿志高的心脏一连开了两枪。

耿志高的身体猛地抖动了两下，刚刚还微扬着头颅便像打盹一样猛地耷拉了下去。

"金蛋！"袁继耀放声号哭起来。

景山岳把枪别回腰间，快步回到台子上，胳膊一挥："把那几个共产娃弄了！"

几声刺耳的枪声过后，又有三条年轻的生命消失了。

"把通共要犯梁行顺、磨六、马子俊吊起来！"

随着吴长云一声令下，他们三人便在一片惊叫声中被抽吊到了耿志高旁边的木架上，只留下袁继耀一人在原地呆愣着。他还真有些不明白，按理来说，第一个"上架"的就应该是他呀！于是，在最初的呆愣过后，他便朝吴长云喊叫起来："哎！还有我呢嘛！"

"对对对！景司令。他就是袁国良的老子，通共首犯。他儿子跑了，让我金蛋殿后替他挨枪子，这号驴下的不杀还等甚着呢？千刀万剐！"耿万顺猛地冲到袁继耀面前，扯住他的领口发疯般地喊叫道。

"把耿万顺带走。给袁东家松绑！"景山岳对押解袁继耀的士兵命令道。

"景司令，千万不能饶他呀！他可是通共首犯！我儿子死得冤枉啊！"耿万顺一边挣扎一边哭喊。

景山岳走过来，把袁继耀带到高小院内他下榻的房子里，并让人给他看了座，然后盯着他问："你就是袁继耀？"

"对！"袁继耀点了点头说。

景山岳轻轻"哦"了一声，随即从身边的小木盒子里拿出两支雪茄："来，尝尝，外国烟，美得跟啥一样！"

"罪民不敢！"袁继耀起身拒辞。

景山岳哈哈一笑，随即操着一口浓重的关中口音一本正经地说："抽嘛！啥罪民，咱正要跟你解释这事儿呢！你袁东家就是这雁栖岭的面皮子，怎能让你挨绳子呢？都怨咱事多，忘了，还望兄弟谅解。"说着竟然直接把雪茄点着递了过来："抽！虽然你富甲延北，但也不一定能抽上这烟！再说了，就凭你养了国良那么出色的儿，抽啥烟都不过分！"

袁继耀一看再不能拒辞了，便双手接过烟，喏喏地说："出甚色呢！娘生就是个土匪坏子！"

景山岳笑了笑："继耀啊！咱可真不是臊你呢！心里话。哦！咱还是亲戚呢！你知道这事不？"

"亲戚？"袁继耀愣愣地问。

"国良没给你说过？"景山岳朝前倾了倾身子问道。

"那孙子从小就嘴紧，甚事都不给人说。"

景山岳"哦"了一声，随即便将袁国良痛打景秀川，然后又跟景秀川成了朋友，认他作了干大，由他推荐上了军校等所有的事情大体抖落了一遍，随即一脸诚恳地说："继耀啊！都说你哥咱对共产党心狠手辣，这咱认了，被咱做死的共产分子不下百人。但对国良，咱真是下不了那手！这娃硬正，灵顿。但咱就不明白，这么出色的娃怎能被共产分子蛊惑了呢？咱原来还打算等他们军校毕业后就在咱那儿干，等将来咱'算了伙食账'，秀川接了摊子以后好好把秀川辅佐上。咱的地盘虽然不大，就陕北二十几个县，但也够他们吃喝。这些话咱都给他说过，可他直接就飞了，还把秀川给带跑了，你说这事弄的！不过现在也不迟，只要他现在回来，诚心改过，咱还是那么个安排法！"

袁继耀还真不知道他儿子竟然认了这么大的一个干大，所以一时竟不知道该如何对答了，便只喏喏地说："亏了司令的一片心意了，但我也见不上那孙子，谁知道跑哪了！"

景山岳点了点头："这咱知道。儿大不由父嘛！咱那儿不也一样嘛！"说完又笑着问："听说把你家也划分了？"

"唉！好司令呢！说都说不成，祖传的那点家业，让那孙子踢踏得光光的。"

景山岳哈哈一笑，随即一脸郑重地说："这简单，只要兄弟愿意，咱明儿就给你再踢踏回来，还不一句话的事儿！"

"没用了！我这一死，袁家就黑灯了，要那地干甚呢！"袁继耀说。

景山岳伸手在他肩膀上拍了一下："你这兄弟怎尽说憨话呢！你放心，只要你按咱说的办，不仅死不了，还照样是岭上第一家。是这，咱先把那个梁先生、磨石坚他大和马飚他爷押到沙城好吃好喝地关起来，然后你去找国良，就说咱说了，只要他回来，保证再不跟乱党胡弄了，就让他做咱的副官，你看怎相？"

袁继耀一脸无奈地笑了笑："谢谢司令大人的好意！事倒是个好事，但谁知道那孙子死哪了？我也寻不上啊！再说即便寻上了，他也不见得能听我的！"

景山岳板起脸："兄弟啊！娃一时麻迷儿很正常，但咱当大人的可不能跟着麻迷儿。你可想好，不然的话，那几个人就非杀不行了。"

袁继耀弯腰在脚地上把雪茄戳灭，重重叹了一口气："唉！那有甚办法呢！"

景山岳终于装不住了，把半截雪茄砸到地上，转身对吴长云说："看来这不杀还不行了！是这，把那几个通共要犯做了！然后把袁继耀押到沙城关起来！"说完便转身准备出去了。

"不，景司令，你还是把我也杀了吧！"袁继耀猛地站起来说。

景山岳转过身子，猛地抓住袁继耀的领口摇了几摇："你还当咱真是看你的脸面呢？实话给你说，咱是不想在袁国良那小子那儿把事做绝，不管怎说，咱儿子还在他手上呢！你要给脸不要脸！"

"这我知道。但这脸我还真不能要。如果我不跟他们一块儿死，以后就没法在这岭上活人了。你放心，我儿子绝对不会把你儿子怎样的！"袁继耀盯着景山岳那喷火的眼睛不紧不慢地说。

景山岳猛地把他推开，大声吼道："这还真是个出'冷子'的地方！好，那咱就如了你的愿！"说完便叫人给袁继耀重新上了绑，连拉带扯地押到木架下面，唰啦一声抽吊到了紧靠梁先生的木架上。

就在这时，在西翅梁外围警戒的士兵突然纵马跑了过来，跌跌撞撞地跑到吴长云跟前对他耳语了一番。吴长云猛地一惊，随即小声对景山岳说了句什么。景山岳更是惊讶，慌忙跑到台上，朝人群后面望了起来。只见四匹马飞一般地从高小对面的缓梁上驰了下来——景秀川来了！

他是前一天中午才得知他爸要在雁栖岭大开杀戒的消息的。

就在他们撤退的第二天，吴长云就给关了一夜的游击队员的家属们训了一番话："景司令说了，他知道你们的男人、兄弟、儿子们都是受了袁国良他们的蛊惑，只要他们回来认个错，保证以后再不胡闹，这事儿就算过去了。所以你们都派人出去寻找各自的人去，把景司令的恩典都给讲清楚，限他们三天内回来，否则，你们就都得以通共罪论处！"

这样一来，几乎所有的青壮年都立即上路了，但他们的寻找纯粹是漫无目的、毫无意义的自我安慰。但有一个人与众不同，他就是磨石坚的弟弟磨转世。

这转世和他哥起世一样，也是个硬圪节，虽然还不满十六岁，但早就提出要参加游击队，只是因为袁国良考虑到磨六总共就两个儿子，况且他那时候还不到十四岁，所以一直没有接纳他。但这后生还真的挺倔，一直缠着袁国良和磨石坚不放。有一次，磨石坚故意逗他："我们这活儿纯粹就是在阎王爷裤裆里拔毛呢！你敢呢？"但这娃娃脖子一拐："你敢拔我怎不敢拔？"于是，袁国良便想了一个折中的办法，叫他当了雁栖岭的"地下党"，并连哄带骗地给他戴了一番高帽："这地下党可重要呢！平时不用，一用就是大事，一般人根本当不了。哥在沙城念书的时候就是地下党。所以你平时就好好受你的苦，关键时候我叫你呀！"本来这就是几句哄人的话，但没想到还真派上用场了，因为就在他们从杜梨塌撤出路过牛背梁的时候，正好迎面撞上了他。

"你跑甚呢？"

"我刚在雁头峁看见白军来了一大群，怕你们打不过，过来帮把手。"磨转世扬了扬手里的杀猪刀说。

袁国良一把将他拉到路边的小山沟里，指着保安方向一脸庄重地说："转世，用你的时候到了。你现在赶紧回去，仗不要你打，你就给咱办一件大事——密切注意岭上的情况，一出现大的问题就赶紧到保安方向找我。记住，我们的去向就你一个人知道就行了，千万不能给任何人说，包括我大。"

因为磨转世每年冬闲时都会跟他大到保安一带打铁，所以对那里的地形和人事都很熟悉，仅用了两天时间就在保安地界的张家川找到了袁国良他们。

听了转世的报告，所有人的脸色都变了，因为他们都知道，关于杀人，景山岳向来是说到做到。正当大家慌乱无主的时候，一直在原地打转转的景秀川猛地转过身子，一脸镇定地说："我回去！"接着便把具体想法讲了出来。不用说，他的想法虽然有些冒险，但就眼下来说，还真没有比这更好的办法了，所以便只好采纳了。

张家川距离雁栖岭少说都有将近二百里路程，所以他们便一路人不离马，马不停蹄，但无奈山大沟深，道路陡窄，再好的马都跑不开，所以等赶回来的时候，耿志高他们已经牺牲了。当然，景秀川压根儿就不知道耿志高受伤被俘的事儿，总以为他在打阻击的时候就牺牲了。

景秀川一边疾驰一边大声吼着："我是景山岳的儿子景秀川，都给我让开！"

一听是景秀川，维持秩序的士兵们自然不敢阻挡，更不敢开枪，密密匝匝的人群当即裂开了一道丈把宽的口子。四人四马一路如入无人之境，径直驰进场地中央才停了下来，并立即面朝东西南北四个方向紧紧靠在了一起。人们这才发现，这四个人，每人腰间都绑着一颗手榴弹，并且左手的无名指都死死地在引线拉环里勾着。

景秀川立马于平台正前方，一抬眼就看到了挂在木架上的耿志高，便仰头嚎叫了一声："政委哟！秀川来迟了！"然后便直直地盯着台子上的景山岳大声责问："爸，你杀耿政委我认了，但你把我继耀叔和梁先生他们都吊起来干啥？"

"他们都是匪首家属，通共分子。"景山岳颤抖着说。

景秀川嘿嘿冷笑了一声："好！有道理！既然如此，那你还坐在台子上干啥呢？你也应该被吊起来呀！难道你儿子不是共产党，不是匪首吗？"说完便又仰头大喊了一声："乡亲们都听着，我叫景秀川，是中共延北县委委员、雁栖游击支队的参谋长，也是景山岳景司令的儿子，亲儿子！"

这一来，景山岳愈加慌乱了，眼睛瞪得老大，肉嘟嘟的脸不停地哆嗦着："秀川，你要干啥？"

"我的条件很简单，你如果不把自己挂上去的话，就把所有人全部放了，还要保证不杀一人，否则我就让你连给我收尸的机会都没有。你是老军人了，应该知道四颗手榴弹一齐炸响是个啥情况。"

"好娃呢！你可不敢胡掂。"景山岳拉着哭腔哀求道。

"你就说你答应不答应？我数十个数，你如果不答应，我就现场给你胡掂一回。"说完就对另外三个人说："注意，我数到'十'的时候咱就一齐拉。"

"没问题，参谋长！"三个小伙子一齐回答。

景秀川点了点头，随即开始数数："一、二、三、四……"当他数到八的时候，景山岳终于扛不住了，慌忙大声喊道："好爷呢！咱尿咧。放！"

"好！那你先把我继耀叔他们放下来，然后把耿政委的遗体交给我万顺叔，其余三人交给我继耀叔。"

景山岳很快一一照办。

待所有的事情办整停当后，景秀川又大声对他爸说："听着，我要走了，现在让你的人立马全部退到你后面的西翅梁上，让老乡们各回各家！注意，立马！全部！当然你得留着，我还有几句话想给你说。"

几百名士兵很快就按照他的要求撤到了西翅梁。景秀川仰头朝那里望了一眼，便开口了："你听着！第一，你景山岳也是快六十的人了，也该想着给自己积点阴德了，凡事都不敢做绝。第二，革命是时代的潮流，只你抗拒不了，你如果继续执迷不悟的话，终究会站在人民的审判台上的，到时候就谁都救不了你了；第三，我们的雁栖岭虽然丢了，但请你千万相信，我们很快就会打回来的；第四，记住你刚才的承诺，今后不能在这雁栖岭杀一个人，也不能整一个人，否则，哪怕我在天涯海角都会跑回来死在你面前的。我想你也清楚，我景秀川早就不是过去那个浑浑噩噩的景家三公子了。"说完便转身风驰电掣般地走了，只留下景山岳一个人木木地在空荡荡的旷野里瓷愣着。

第四十九章

撤离雁栖岭之后，袁国良他们就一直游击活动于保安、延北和甘泽三县交界，尽管大大小小打了四十多仗，却一直没机会创建稳固的根据地，其间还因为景山岳的篦梳式围剿，不得不将游击队一分为二，由他和磨石坚各带一路，按照适当错开、相互策应的策略分兵行动了一段时间，直到第二年初，得知龙主席已从秦岭脱险回到陕甘边之后才终于寻机抵达了南梁。

龙主席亲自前出到保安县长宁山一带接应了他们。因为这是他们自木图峪分别之后的第一次见面，加之这一年多以来的艰辛，袁国良很是激动，打老远就做起了检讨："龙主席，雁栖岭丢了，我对不起特委，对不起您啊！"

龙主席大步迎上来笑着说："没事没事。谁不失败！我的失败比你要大得多，全军覆没，只剩十多人在南山转了一段时间，直到年前的十月份才辗转回到南梁的。"说着便指着身后不远处的一位同志说："你看那是谁？"

"梁老师！"袁国良大吼了一声就跑了过去，紧紧握住梁毓文的手嘿嘿傻笑着说，"听马飚说您下落不明后，一直担心呢！做梦都是您，没想到在这儿见上您了！"

"马飚跟你在一块儿？"梁毓文惊讶地问。

"嗯！和秀川一块儿殿后呢！马上就到。"

陕甘特委的同志们对他们的到来表示了热烈的欢迎，还给他们举办了一场朴素的欢迎宴。宴席散了之后，龙主席就把袁国良叫到办公室详细交谈了一番，梁毓文也陪同参加了。

刚一坐定，龙主席就哈哈笑着对梁毓文说："正愁没个得力人手去陇东，这下不有了？就让这'小龙志宽'去！"

"国良没问题！"梁毓文微笑着说。

龙主席点了点头，接着就给袁国良交了底："特委决定把庆州、环州、正宁几个县的游击队和农民自卫队整合成陇东挺进支队，然后一路向西发展，进一步打开庆阳平凉一带的局面，现在正好缺个支队长，你愿不愿去？"

"我服从特委和您的安排，只怕胜不了这个重任。"袁国良立即回答。

"你要相信我的判断！说吧，有什么条件？"老龙单刀直入。

见他如此爽快，袁国良便也来了个利索："谁当政委？"

龙主席自然知道他的意思，便看了一眼梁毓文，笑着说："你梁老师肯定不行，他现在是咱们的土改工作部部长，要负责整个根据地的土改，走不开。根据地现在也缺干部，所以我的意思是支队长和政委就你一肩挑了，至于副职就由你挑吧！但最多只能给你八个人，包括你在内。"

……

三天后，袁国良就带着"陇东挺进支队"的首套班底抵达了庆州十字坪一带。按照他和龙主席商定的方案，由景秀川担任参谋长，马飚担任副支队长，而磨石坚则因为腿部受伤暂时留在了南梁，不过龙主席已经承诺，伤愈后就立马给他派过来。

袁国良果然没有辜负龙主席的厚望，不到一个月就将散落在当地的游击队和自卫队整合了起来，拉起了一支二百多人的队伍，并且不到半年时间就连克十三个镇堡，将董志塬一带的两个半县全部纳入了根据地的版图。

之后，因为陕北革命根据地主要领导人受伤牺牲，龙主席又受命统一领导陕北和陕甘边两块根据地和两支主力红军。两支力量统一了领导权后，很快就把打破国民党的分割，将两块根据地连成一片的问题提上了日程，并为此展开了一系列军事行动。

可正当一切顺风顺水的时候，一场可怕的风暴骤然来袭。一大批为创建陕甘边和陕北两块根据地出生入死的革命同志都倒在了这场风暴之中，其中就包括陕甘边革命根据地土改工作部部长梁毓文，理由是他在土改工作中照顾了地主和富农的感受，犯了"右倾投降主义"错误。而且种种迹象表明，死神的阴影很快就会罩到袁国良和景秀川头上。

当时，龙志宽在事实上已经被架空，除了作战指挥之外根本就说不上话。无奈之下，他被迫走了一步险棋。他当即将马飚叫来，让他连夜赶赴陇东，将命令当面传达给袁国良。

马飚原本是袁国良的副职，但年后以来，因为龙主席要频繁奔波于陕北和陕甘边两地，出于安全考虑，便把他从陇东调了过来，担任了警卫队长。

"这能行吗？"马飚愣了。

"只能这样了。告诉袁国良，必须按我说的行事，越快越好！你也别回来了，跟着去！"

"那您呢？"

"别管我。按我说的办就行了！"

马飚只好流着眼泪走了。

因为距离南梁太远，袁国良还不知道梁毓文的事，听了马飚的哭诉后，当即有如惊雷过顶。他久久地立在原地，动都没动一下，好一会儿才一屁股坐到脚地上，痛苦地抓揪着头发，发出一连串困兽般的哀叫："天哟！这是弄甚呢嘛！早知这样，我当时就软磨硬泡让他过来当政委嘛！天哟！"

景秀川哭了，一边哭一边哽咽着问："梁书记埋哪了？"

"长宁山呢！咱先不说这个了，已经那样了，说甚都不顶事了！赶紧研究龙主席的指示！"马飚说。

"难道再没办法了？"袁国良转身问道。

"我想了一路，还真没其他办法了，不然龙主席也不会出此下策！现在情况已经很紧急了，到那边还有一线生机，不管怎先把命保住再说。就像龙主席说的，我们革命者不怕死，但这么死不值得。"马飚哭丧着脸说。

"这个事还有谁知道？"景秀川问。

"再没人知道。眼下根据地人人互不信任，龙主席只相信徐正云，但他又到保安去了。龙主席说，等正云同志回来给他透露一下就行了，其他人一律封锁。"

"还有什么具体指示？"袁国良问。

"龙主席说，咱们走了以后，根据地肯定要大造声势，让咱们要有思想准备。还有，到那边后，没有他的指令绝对不要贸然行动。"

景秀川略略思考了一小会儿，抬起头问道："如果我爸考验咱，比如让咱杀自己的同志纳投名状怎办？"

"龙主席也想到这点了，说让咱见机行事！反正落到你爸手里的同志就没有能活了的！等这阵风过去了，情况好转了，由他亲自给组织解释。"

"那磨石坚呢？咱一走，他不就麻烦了？"

"他被调到甘泽了，来不及了，龙主席说他会尽量保护他的。"

……

等他们跨过北边陕甘交界的石子沙的时候，天空竟突然飘起了雪花，才刚进九月啊！

第二天一大早，袁国良和景秀川就以到南梁开会为由，带着马飚直奔沙城去了。等他们跨过陕甘交界的石子河的时候，天空竟突然飘起了雪花，虽然并不密，但很大，一团一团的，就像随风飘舞的芦花！

袁国良叛变投敌的消息很快就在根据地炸锅了。代继业一脚将龙主席的门踹开，气急败坏地喊道："我说什么？他们本来就是混进革命队伍的投机者，你还老护着他们，这下好了……"

龙主席故作内疚地一连在自己头上砸了几拳，软软地说："这会儿说那顶啥呢！我已经安排人堵截去了，一旦追上就地击毙。"

"击毙个屁！这会儿早到白区了。你为什么要派马飚去通知呢？你不知道他是袁国良的狗腿子？"代继业穷追不舍。

龙主席痛苦地摆了摆手："不就一个会议通知嘛！谁去不一样？再说马飚不是经常干这活呢嘛！不过也怪我，还真把梁毓文的事给忘了！"

代继业重重打了个鼻唏："忘了？这就叫张六叫李六，一溜都跑了，我看你怎给上面解释！"

……

当袁国良叛逃的消息传到磨石坚那里的时候，他当即崩溃了，只感到眼前一阵金星，随即重重地倒了下去。他从来没想过袁国良会叛变，真是梦都梦不到这回事。但他事实上已经跑了，开除他党籍的命令都下达了，这不就铁定是叛逃了吗？他只感到天都塌了。

他向来以莽汉自居，所以一开始对自己的信仰其实并没有多少神圣的感觉，也懒得研究，反正就一门心思，袁国良让他干甚就干甚，就像他小时候老挂在嘴边的那句话一样："反正二娃让我打谁我就打谁！"但后来几年的打打杀杀，尤其是雁栖岭前两年的那些变化，让他慢慢对自己的信仰有了一定的认识，心里也逐渐汇聚起了一种神圣的感觉，可袁国良又突然叛变了，这还真让他一时有些摸不着北了！

"老子这么多年一直都把你当神神拜着呢！真是瞎了眼了！"他想着想着便脱口骂了出来。

就在这时，一直呆坐着的谭鹤鸣终于开口了："不对，这里面一定有文章呢！马飚去通知的，而且马飚也跑了。马飚是谁？他是龙主席的警卫队长啊！为甚要派他去呢？"

"你就直说嘛！不要马飚长马飚短的，不知道我没文化？"磨石坚就像掉到大海里的人猛然看到有船过来似的，两眼放光地盯着谭鹤鸣吼道。

"我感觉龙主席知道这事儿！"谭鹤鸣说。

"你不屁话嘛！开除党籍的命令都下了能不知道？"磨石坚收回期盼的眼神，失望地吼道。

谭鹤鸣转身朝外面望了望，随即俯在他耳边低声说："我感觉支队长叛变的事儿就是龙主席一手策划的。"说完又把自己的推断仔细分析了一遍。

磨石坚的脸越来越黑，浑身剧烈地颤抖着，硬刺刺的头发几乎要一根根地竖起来了。他终于有些明白了，猛地站了起来，用尽全身力气在桌子上砸了一拳："此仇不报，我磨石坚誓不为人！"

磨石坚的腿伤早在年前已经痊愈，但并没有到陇东去，而是被任命为某师一团团长，眼下正在甘泽上石湾驻防，拱卫根据地的东南大门呢，所带的部队也正是他从葭州和雁栖岭一路带过来的老班底。本来，当他得知梁毓文被害的消息之后就要带兵去雪恨，但最终被谭鹤鸣苦苦哀求着压了下去。和他父亲谭启文一样，谭鹤鸣也是从省城三秦公学毕业后才参加革命的，作为知识型干部，自然要沉稳一些，尽管他对梁毓文也充满了感情，但他知道丁卯相对的做法必将引来更大的内部混乱，闹不好还会给那些居心叵测的人增加口实，甚至会给国民党提供便利。而眼下又加了袁国良这么一档子事，那就谁都压不住了。因为他很清楚，就磨石坚来说，袁国良在他心里的分量显然要比他的梁老师都重。这不，晚饭吃过，磨石坚就把他叫到驻地旁边的树林里，直奔主题地说："我已经决定为梁老师和支队长报仇了。这次你就甚话都不要说了，我不可能听。你跟我一块儿行动也好，不行动也好，给师部报告也好，都行，反正我是铁了心了，活埋、砍头、千刀万剐，随他们的便！"并且当天晚上就把手下的三个营长叫过来，开始策划行动方案了。

但就在这时，上面派人来了。那人很神秘，先是传达了让磨石坚和谭鹤鸣到保安县城开会的通知，然后话锋一转："开会的通知是那帮人下达的，但龙主席的意思是你们就不一定参会了，赶快把部队重新带回雁栖岭，开拔的时候把我绑着押上，等到安全地带再放我回去。但有一点你们必须记住，你俩永远是擅自脱离根据地，与任何人无关。"

磨石坚仰天长叹了一声。天一黑，他就安排一营长带了八名战士到长宁山将梁毓文的遗体挖了出来。半夜时分，他便按照龙主席的指示将信使绑了起来，以"打回雁栖岭"为由下达了开拔令，押着信使离开了上石湾，并于第二天太阳落山时分赶到了龙居谷沟口，危险也就暂时远离他们了。

在龙居谷吃过晚饭，磨石坚便放了那位信使，并让谭鹤鸣按照龙主席的嘱咐给特委捎了一封信。

特委诸领导同志：

此举实属无奈！从今日起，我团将重归雁栖游击支队之番号。但我们在此郑重声明：我们脱离根据地不脱党，雁栖游击支队永远都是共产党领导的革命队伍。

向同志们致以革命的敬礼！

磨石坚 谭鹤鸣

第五十章

磨石坚是交半夜时分回到雁栖岭的。

在龙居谷吃晚饭的时候，当地人就将耿万顺勾结"白军"围剿雁栖岭和他近两年来的所作所为全部倒给了他，他这才明白两年前的那场仗为什么会打得那么被动，所以一到雁栖岭便直扑官帽梁耿家东院。

耿万顺还以为是土匪，便惊惧地喊叫道："好汉们，要钱好说，不要伤人！"

"不要钱，就要你的命呢！"磨石坚大声说。

耿万顺当即一惊，因为这声音听起来似乎很熟悉，便又壮着胆子问道："敢问好汉尊姓大名？"

"磨石坚！"

"起世？那你绑我干甚呢？"耿万顺浑身颤抖着问。

磨石坚哼哼冷笑了一声："还干甚？你自个儿做下的屙黑血事你不知道？"

耿万顺唰地一下跪在他面前哀求起来："起世，你听干大说，那屙黑血事是我干的不假，但我已经遭到报应了，金蛋的骨殖都沤白了。再说龙主席都把我饶了，你也就饶了干大这条老命算了！能不？"

"你还有脸给我当干大！我哪有你这号牲口干大呢！龙主席饶你我不饶你！"

天一亮，耿万顺就被押到雁栖高小，绑到门楼外面的那棵杨树上了。

自打游击队撤离岭上，高小就没了学生，两年来，原本干净整洁的院落早已荒草没膝。磨石坚让人将里里外外大体清理了一下，就算是重新安营扎寨了。

　　就在他们刚刚安顿停当的时候，袁继耀跟耿万财就赶过来了，连马都没顾上拴就冲进了院子，一边跑一边大声问道："起世，二娃呢？他怎没回来？"

　　"干大，这事儿一时半会儿说不清楚，先进去坐。"磨石坚从房子里跑出来说。

　　袁继耀似乎从磨石坚的表情里察觉到了某种异样，便停住脚步："甚说不清楚？出事了？"

　　"二娃好着呢，是梁老师出事了！"磨石坚说。

　　"出甚事儿了？"

　　"殁了！"

　　"打死的？"袁继耀瞪着眼睛问。

　　"不是，自己人杀的！"磨石坚哽咽着说。

　　袁继耀瞪着眼睛问："怎还让自己人杀了？梁家就这一个独子子啊！"随即又问："既然二娃没出事，为甚不回来？"

　　磨石坚一看推脱不过了，便将所有人打发到大门外面，然后压低声音对袁继耀说："二娃和秀川到景山岳那儿搞兵运去了，龙主席派去的。这事儿你就装肚子里，千万不能给任何人说，不然二娃就危险了！"

　　袁继耀的脸上当即浮上了一抹晦暗的色彩。他虽然不明白兵运是什么意思，但直觉告诉他，这绝对不是什么好事。不过，他眼下还顾不上考虑这个问题，因为相对而言，梁毓文的出事和耿万顺的处境无疑更为紧迫，于是便故作明白地点了点头，直接问道："毓文的尸骨呢？"

　　"带回来了。路上就变味儿了，暂时埋到那了。你先不要告诉梁先生，等我把耿万顺那老牲口活剥了再说。"磨石坚指着旁边的小山湾说。

　　正说着，门楼外面已经聚集了一大群人，磨石坚便转身准备去硷畔了。袁继耀猛地挡在他面前："起世，你听干大说，耿万顺不能杀！"

　　"不！要不是这老牲口，雁栖岭就丢不了，耿志高就牺牲不了，二娃就走不了沙城！我非要把这老牲口的心给活活掏出来不行，看它究竟有多黑！"磨石坚咬牙切齿地说。

袁继耀死死抓住他的胳膊，跺着脚乞求道："好娃娃呢！都是过去的事了。金蛋已经殁了，杀上十个耿万顺都活不了了！再说，自龙主席饶了他一命以后，那人擦根子就变了，变好了！你磨家虽然是来路虎，但已经在岭上扎下根了，你也是生在岭上长在岭上的，可不敢胡来！"

"干大，其他事我都听你的，唯独这事不行，那老牲口必须偿命。"说完就挣脱他大步朝碥畔走去。

袁继耀紧跑了几步，从后腰死死地抱住他："起世，干大求你了！你就给上干大三分薄面能不？"

但磨石坚却真铁了心了，一言不发，只一边狠劲儿往开掰袁继耀紧扣着的十指，一边猫着腰继续往前走着。这时候，梁先生正好来了，袁继耀便大声朝他喊道："快，叫几个人把万顺护住！"

梁先生当即调头跑了出去。可无论他怎么呼喊，除了磨六便再没有一个人呼应他。都不敢啊！此时，袁继耀已被磨石坚拖拽着出了门楼。他一看硬拽不顶用，便猛地放开了手。因为没有防范，磨石坚便一个马趴跌倒在地。趁着这个空空，袁继耀两步跨到耿万顺跟前，与梁先生和磨六互为犄角，肩搂着肩，死死地将耿万顺护在了中间。他这一带头，众人便都放下了顾虑，一齐拥了上去，手挽着手，臂套着臂，直接把耿万顺围了个里三层外三层。

"把他们都拉开！"磨石坚从地上爬起来大声命令道。

几十名游击队员一拥而上，掰手的掰手，拽扯的拽扯，但所有人的手臂都死死地绾结在一起，就像被焊死了一样。

就在这时，一直站在磨石坚身边的谭鹤鸣出手了，趁他不注意，猛地夺过他手里的大刀扔了出去。紧接着，警卫班的几名战士一齐上手，把他们的团长死死地按在地上。

谭鹤鸣一开始就不同意杀掉耿万顺，只是他知道自己根本压不住磨石坚，所以便带着警卫班始终紧贴着他，准备待他的情绪适当发泄之后再择机制止他。

"谭鹤鸣，老子毙了你！"磨石坚趴在地上号叫着。

"都住手！"谭鹤鸣一声把正在撕扯众人的战士们喝了回去，然后蹲在磨石坚身边说："团长，你冷静点！咱就看在耿政委的面子上，组织人批斗一顿算了，怎说他也是耿政委的老子，不能杀！"但磨石坚根本不听，依旧困兽般地嘶叫着："谭鹤鸣！你给老子听清楚，老子今天杀不了明天杀，反正他老牲口躲过初一躲不过十五……"

"起世，他可是你大啊！"就在他撕心裂肺地喊叫的时候，磨六突然大吼了一声。

现场唰地一下静了下来，所有人都扭头看着磨六。

磨石坚也暂时停止了挣扎，转头瞪着一对充血大眼直直地盯着他大："大，你瞎说甚呢！"

磨六走过来蹲在儿子旁边，伸手摸了摸儿子的头发，一脸无奈地说："娃娃，大能拿这事儿胡说呢？"接着便把一个在他、老婆磨王氏和袁继耀三个人心里死死封锁了二十多年的秘密合盘端了出来。

磨六本是北边怀原县人，清末才逃荒来到雁栖岭。起初在耿家趴长工，冬闲时走村串户干些铁匠活，收入自然要比一般长工多一些，所以第三年就租垦了耿家的几十亩沟洼地，瞅了一处向阳的陡坡挖了两孔土窑洞，把婆姨磨王氏和刚满周岁的女儿一块儿从老家接了过来，按照雁栖岭人的说法就是和老耿家"为邻"了。但是，这"邻"差点就把他为到沟里。因为磨王氏俊俏的模样很快引起了耿万顺的注意，便开始想尽办法威逼利诱了。无奈磨王氏生性正派，从来都不搭理他。但当年冬天，他竟然趁着磨六出门打铁的机会霸王硬上弓，强行占了磨王氏的便宜。磨六回来后，磨王氏便号哭着将耿万顺的孽行告诉了他。这磨六虽然穷，但也是一条有血性的汉子，听了婆姨的哭诉，当即拿着杀猪刀就要找耿万顺玩命，但磨王氏却抱住他苦苦哀求了起来："强龙都压不住地头蛇，何况咱一个逃荒的！

再说你这人命一遭，撂下我们娘俩怎办？咱惹不起就躲，回老家！"

最初的火气过后，磨六也慢慢冷静了下来，开始理智地思谋这档子事了。回老家倒容易，可那地儿地处毛乌素沙漠和黄土高原的衔接地带，土地含沙量大，干旱少雨，实在不出产，他真是饿怕了，所以不到山穷水尽的地步就真不能走这条回头路。但无论如何，耿家的"邻"是绝对不能再为了！在这进退两难间，他又想起了袁家。因为自从来到雁栖岭，他就不止一次地听过袁家的仁义，也曾多次向袁继耀和他家的工头老杜表示过想到袁家揽工的意愿，但无奈袁耿两家的微妙关系，致使袁家从来都不从耿家挖人，所以他的意愿便一直没能实现。这么一想，一个"万全的计划"便慢慢在他脑海里成型了。一天夜里，他便把谋划详细讲给了婆姨磨王氏。磨王氏一看也再没有比这更好的办法了，就应了下来。于是，第二天一大早，磨六就背着风箱出发了，并故意从官帽梁耿家大院前经过，一边走一边大声吆喝着："打铁哩！镰刀斧子老镢头，杀猪刀子挂肉钩。"

耿万顺果然上当了。当天晚上，他就又轻车熟路地去了磨家。可正当他强行钻进磨王氏被窝的时候，磨六突然出现了，攥着他的脖颈将他提溜在脚地上胖揍了一顿。不用说，这番喧闹当即惊动了同村的邻家，耿得禄也很快被叫来了。见耿得禄进来，磨六当即从裤兜里掏出一根一拃长的锋利的铁钳，直接支到了耿万顺的喉结处。耿得禄咚的一声跪在地上，老泪纵横地哀告起来。但磨六始终不松口，非要袁继耀出面担保才能了事。本来耿得禄最不想让袁继耀知道这事，但见磨六如此固执，便只好硬着头皮派人叫袁继耀去了。

袁继耀一路驱马飞奔，不多时就赶了过来，一进院子就吼喊起来："六哥，我来了，有事好说，千万不敢胡来！"

磨六一看时机已经成熟，便也不再绕弯子了："袁少东家，这事儿你估计也明白了，你如果敢揽就揽，不敢揽就走！"

"兄弟既然来就准备揽事呢！只要你饶了万顺，其他事兄弟给你里包外包！"袁继耀拍着胸脯说。

磨六长叹了一声，泪流满面地说："我一个外路人，也不会提什么过分要求，但耿家这'邻'是为不成了，你得给我指个去处，还要保证耿家以后不再给我找碴子。"

这话正好敲到袁继耀心坎上了，因为他早就听说这磨六品行端正，苦水也好，绝对是一顶一的好长工，所以当即"假公济私"了一番："这好办！只要你看上我袁家就跟我走，长工为邻紧你挑。至于以后你就放心，说句不好听的：打狗还要看主人呢！你既然到我袁家，就是我袁家的一口子了，谁再跟你找茬子就是在我袁家下巴底支砖呢！"说完又转身问耿得禄："二干大，你看怎个？"

此时的耿得禄哪还有考虑的余地，只能痛快答应了。

第二天，磨六一家就搬到了袁家的长工院，待土地回暖后，袁继耀又张罗着在杏树梁的一个阳坡下给他挖了两孔土窑，并将窑院周围的二十来亩漫坡地一并划给了他。从此，磨王氏便在家里打理庄户，而磨六则成了袁家的长工，并且很快就与黑栓一道成了袁继耀的左膀右臂。

当年八月，磨王氏诞下了一个男婴，但夫妇俩都很清楚，这娃娃绝非磨家的血脉，因为根据时间推算，磨王氏有身孕的时候，磨六正在保安一带打铁呢！所以磨王氏便整日以泪洗面，也不情愿给娃娃喂奶，尽管磨六一再劝说"娃娃没孽"，但她总转不过这个弯。无奈之下，磨六又找到袁继耀，让他帮着劝说婆姨。那时候袁老太爷也在世，便也参加了规劝："年轻人，你听干爷爷说！这自古就有个'绺生庄稼'没个'绺生儿'！娃娃嘛！跌谁家炕上就是谁家的，只要咱不说，这娃娃就八辈儿都是'六'的儿……"说完又到娃娃跟前仔细端详了一番，转身对磨六说："这娃娃头来肯定是领兵挂帅的，不信咱看着！"

磨石坚的情绪果然慢慢稳了下来。谭鹤鸣便让警卫班的战士们松了手。但磨石坚依旧在地上趴着一动不动，好大一会儿才猛地跃了起来，冲过去捡起刚刚被谭鹤鸣扔出去的大刀，拔腿就朝院子里跑去，但等谭鹤鸣追到大门口的时候，他竟然空着手出来了，满脸苍白地对袁继耀吼道："干大，你们放开，我不杀了！"

见他没带刀枪，袁继耀他们便松了手。

磨石坚端着直挺挺的腰杆走到耿万顺面前，抓住他的下巴把嘴捏开，猛地将一截血糊糊的断指塞到他嘴里，死死地盯着他说："我把血脉还给你，咱就算两清了！以后活人还是继续当牲口，你自个儿盘算咯！但有两点你必须记住！第一，我永远都是磨六磨铁匠的儿！第二，你如果再敢干牲口事，天王老子都救不了你了！"说完便弯腰抓了一把黄土按在正在咕咕冒血的左手上，转身扶起磨六说："大，咱回！"

磨石坚他们离开后，袁继耀便给耿万顺松了绑。耿万顺依然没能从刚才的惊吓中缓过神来，绳子刚一松开就浑身一软，滑溜到了树根儿，脸色也依旧灰白灰白的，没有一丝血色。

众人散去后，袁继耀和耿万财他们一道把耿万顺送回了耿家东院。到家后，耿万顺一直呆呆地坐在炕楞上一言不发，但心里片刻都没能安宁，这些年的点点滴滴，尤其是他最近两年的所作所为，有如皮影戏一般不断在脑子里忽闪。

两年前的那个深秋，耿志高出殡后的第二天，沙城警备部队参谋长、"剿匪军"总指挥吴长云突然来到耿家东院，宣读了一个任命状："兹任命耿万顺为延北县雁栖区区长兼雁栖民团团总。"宣读完后，又从随从手里接过一个做工精致的小木匣子："景司令特意让我转告你，令郎的事儿纯属误会，希望你能理解他的难处，并要我送上二百银圆聊表慰问！同时，他还要我转告你，害死令郎的真正元凶是乱党共匪，希望你能明白！景司令还说了，就按咱们之前在沙城说好的，你家被共匪分掉的那些田产全部物归原主！'剿匪军'明天就要离开雁栖岭追缴袁国良残部了，希望你能深切体会景司令的良苦用心，尽心尽力把雁栖岭守好，力助党国完成防共剿共大业！"

正如说书匠的唱词所言："一听朝廷把官封，十分的病情好九分。"这番任命当即让耿万顺锥心般的丧子之痛减轻了不少。因为他坚持认为耿志高的死就是袁家，尤其是袁国良造成的，这些天，他正一直考虑如何发泄这个毒恨呢！如今猛然得了区长和民团团总的乌纱帽，那毒恨无疑就好出多了。“你狼疤子等着，老爷以后就专要你和你那帮狗腿子的猴，让你磕头你就得磕头，让你告揖你就得告揖……”于是，他便双手接过任命状和响洋匣子，“临表涕零”地表了半天态。

第二天送走“剿匪军”后，耿万顺就带着团丁把袁继耀、磨六、马子俊五花大绑地押到了雁栖高小（也不知出于什么考虑，他竟然没对梁先生下手），并把岭上各个家族的管事人集合起来，为自己举办了一场别开生面的“就职典礼”。

也不知是因为耿志高的牺牲让他失去了理智，还是刚刚到手的乌纱帽让他过于兴奋了，那天，他简直像疯了一样，直接将袁继耀、磨六、马子俊三人押到台子上，对着大家训起了话：“我老早就说过，老袁家的鼻痂子他们跟景司令掰手腕纯粹就是兔鼠子咬猫呢！你们还怎都不信！成天跟在屁股后面胡闹！纯粹是些糊脑㞞！你们看，关键时候，人家老袁家的鼻痂子尾巴一奓跑了，把咱的娃娃撂下给他挡枪子儿呢！是不是？我合计了一下，这一仗打下来，咱岭上总共死了二十七个后生，但人袁家连毛都没拔一根。几辈子人了，谁好谁坏你们心里就没点数？袁家怎了？不就嘴头子好使唤嘛！说的跟狗舔过的一样！所有的好处都他们得了，灰都让我耿家背了。这就是老袁家的传统，上梁不正下梁歪！而且要不是景公子出面搭救，你们好多人还能站在这儿？早都过了奈何桥了！所以咱这个仇要给谁记呢？我看狗屙下的都是他狼疤子屙下的！要不是他那个坏种子大，咱的娃娃能死了呢？咱能遭铺上这茬子罪呢？本来景司令已经说了，前两年的粮赋都得补缴，但我苦苦祷告，说都怨老袁家那鼻痂子，不怨大家，这才免了一年。但家里有参加游击队、自卫队的，坚决不免，连同今年的一并缴纳，除非你把自己的男人和儿子叫回来。并且从今年开始，这些主户的粮赋上调两成，如有抗拒，一律以通共罪论处！还有我的土地，该怎办你们都清楚，我就不说了。至于你们拿走的那些粮食就算了，都乡里乡亲的，就当给你们资助了。”随即便将指头直直地戳向袁继耀：“狼疤子，你把你那狼耳朵奓起！还有你们几个，都给我听好！景司令说了：你们几个属于通共首犯，以后没有我的允许不能离开雁栖岭；你们几家的皇粮上调一翻，并且要连前两年的一并补齐；还有王家祠堂，就后来那个什么狗屁苏维埃大院没收充公……"

但就这还不过瘾，离开高小后，他竟然又专程跑到东翅梁袁家祖坟，一脚将袁老太爷坟前的祭食砂锅扒拉了出来，扒下裤子挣老命地屙了半锅子臭屎，又一脚扒拉回"饭桌"，然后就像刚刚完成了一个了不起的壮举一样，看着自己的"杰作"嘿嘿傻笑了半天，这才重新跃上马背走了！

从那以后，他就变本加厉，到处催粮要款，连擅自加码的老毛病也犯了，对所谓的"通共家属"则更是剐骨殖无情，将整个雁栖岭弄了个鸡飞狗跳，直到龙志宽率部一举解放了延北全境之后才终于安生下来。

而就在红军攻打延北县城兴隆寨的时候，耿万顺和他的民团也被国民党当局调过去参与了守城之战，并于城破之后当了俘虏。本来，按照他这两年的所作所为，自然是要被镇压的，但就在他被押回雁栖岭当天，袁继耀和梁先生就动用了一回私人关系，以袁国良和梁毓文父亲的面情苦苦哀求负责镇压他的土改工作队队长对他暂缓执行，然后连夜跑到安定找龙主席去了。两亲家一见到龙志宽，径直报上了自己儿子的名号，并且极力把耿万顺美化了一番。龙主席一看是袁国良和梁毓文的父亲，便给了他们这个面子，饶了耿万顺一命，但批斗和重新划分田产自然是免不了的。

整整一后晌，耿万顺就那么瓷愣愣地在炕楞上坐着，始终不理会任何人，脸色也越来越惨白晦暗了。

正当所有人都感到事法不对的时候，耿万财的婆姨耿罗氏突然迈着大步进来了。她径直走到耿万顺面前，看着他嘿嘿冷笑了两声就开口了："耿区长！耿团总！这下如了你的意了吧！前晌的事儿我都看见了，我就在绑你的那棵树上圪蹴着呢！真不知道你当时心里都想了些甚？你现在想想，你得意的时候是怎糟蹋继耀我干大和岭上人的？你落难的时候人家又是怎救你的？你好好闻闻，看自个儿身上还有没有那么一点点人味儿了！我虽然死了，但我死得其所，我这辈子活得值，没什么遗憾，唯一的遗憾的就是等上你这么个没人味儿的老子。你好好活着，猪狗不如地活着！我再给你说一遍，我永远都不进耿家的祖坟，永远不进！”

所有人都惊呆了，因为耿罗氏说话的声调和语气像极了耿志高，尤其是“死得其所”和“遗憾”之类的辞藻，根本不是一个目不识丁的小脚农妇能说出来的。而就在所有人对此感到惊愕的时候，她又突然不说了，深深打了一个哈欠，随即慌乱地看着大家，就像刚刚从昏迷中醒过来的病人一样有气无力地来了一句：“我怎在这儿呢！”

耿万顺瞪着眼睛朝耿罗氏看了半天，浑身猛地颤抖了几下，紧接着便哈哈大笑着冲出窑洞，径直朝雁头峁方向狂奔而去。他一路跑一路笑，待爬到陡坡处的时候，便俯下身子手脚并用，不顾一切地快速朝上爬着，一边爬一边还像打洞的兔子一样狠劲儿朝身后扬撒着黄土，哈哈大笑着一遍又一遍地重复着一句后来被他念叨了一辈子的话：“老爷不要了！”

耿万顺疯了！

那天，他整整在雁头峁坐了一后晌，笑了一后晌，也骂了一后晌，任凭所有人磨破嘴皮子都无济于事。眼看太阳就要落山了，耿万财只好打发耿志远将高小的门板卸来，用几根老麻绳将他强行固定在门板上，抬着下了雁头峁。

所有人都不说话，只默默行进在萧瑟的秋野上，就像一群缓缓移动着的死尸。只有被死死地固定在门板上的耿万顺不消停，依旧笑着喊着咒骂着：“狼疤子，刚和玉皇大帝划了几拳，那尿纯粹是个脏皮，说好不带五十里魁宝，但拳拳给你出个五魁首，就那都让我溜了三个干三。哈哈哈哈！老爷不要了！”

袁继耀神态黯然地瞄了耿万顺一眼，随即慢慢转过身子，满脸忧伤地望着黑黢黢的“十八罗汉”。时令已过秋分，雁栖岭已渐渐荒凉下来，加之两年前的那场三天不熄的大火灼伤了苇根，旱芦苇从此在岭上绝了种，使这秋日夕阳下的“十八罗汉”愈显潦落，就像一位久病的干瘦妇人。在这一派潦落中，野狼又开始嚎叫了，那腔调极尽哀婉凄切，像是在哭诉什么。之前，因为五狼庙的那个传说，岭上人一直把野狼当作神物，导致这雁栖岭的狼明显要比其他地方的同类好过得多！但这些年，各路"扛枪的"你方唱罢他登场，使它们的生活也彻底乱了套，夜夜哀嚎个不停！望着望着，他的脸愈加阴沉了，随即自言自语一般发出了一句没头没尾的感慨："唉！连狼都不得安生！"

第五十一章

当沙城那雄浑的城墙再次于遥远的地平线上出现的时候，袁国良陡然产生了一种想哭的感觉！因为这座从久远的驼铃声中一路走来，鼎兴于金戈铁马、刀剑嘶鸣之下的塞北重镇的确承载了他太多的记忆。

自从八年前的那个春天，不满十六岁的他带着初生牛犊不怕虎的生猛气概一头扎进它的怀抱之后，他的人生和命运就与这座孤悬塞外的重镇紧紧结合在了一起。

起初，对于这座城市来说，他分明就是一个刚刚落炕、脐血未干的婴儿。的确，在最初的半年多里，他就像这茫茫大漠里的一粒沙尘，毫不起眼，以至于没人知道他就是富甲延北的岭上袁家的二公子，只知道他是一个靠担茅粪和抱砖扛石头艰难维持学业的穷小子。即便如此，他依旧朝气蓬勃，始终保持着一种与稚嫩的年龄严重不符的旷达和超脱，并很快就凭着睿智和血性拓出了一片属于自己的天地。从共青团员到被龙志宽同志亲自介绍入党；从沙城中学这座陕北最高学府的学生会主席到"陕北各校学运联合会"的秘密掌舵人；从党组织的重点培养对象到景山岳的座上宾，可谓风头一时无两！而尤其让他记忆深刻的是，正是在这座黄沙围拢、朔风常拂的古城里，他幸运地收获了秋水般明净的青春萌动，尽管这缕萌动很快就不幸沦为了揪心扯肺般的剧痛，并且直到现在，这抹疼痛依旧像永不愈合的伤疤一样牢牢地绾结在他的心尖上，但无论如何，她也曾让他那业已随风远去的青春春柳一般鲜嫩过，野花一般芬芳过，溪水一般清澈过，火焰一般炽热过！

总而言之，八年前的那场赶考总体上还是比较出彩的！但接下来的这场考验又将会是怎样一个结果呢？他的确没有任何把握，至少当下还没有。当然，有一点却是绝不含糊的，那就是他已经为这次考验做好了万全的准备，上刀山下火海入油锅，所有的可能他都已经想过了，并且他生来就是一个不安分的人，越是惊险坎坷就越能调动他内心膨胀的血脉，在他看来，人就是专门为征服各种挑战而生的，不然活着还有什么意义呢？

袁国良久久立马于沙梁。身后，火球般的夕阳正缓缓坠向遥远的天地相接的地方。绚丽的夕阳下，他慢慢收起眸子里隐隐的泪光，一股天塌地陷不皱眉的坚毅伴随着一抹从容的浅笑浮上了他那瘦削但棱角分明的脸庞。"让暴风雨来得更猛烈些吧！"这么一想，他便收起笑容，又像平日里指挥作战一样，直直地将马鞭戳向沙城方向，转身对景秀川和马飚吼道："把那个堡子给我拔了！"随即纵马驰下沙梁，箭一般地朝着十里开外的沙城狂飙而去。

对于他们的突然到来，景山岳自然深感震惊。但他毕竟是久经世故的老江湖了，很快就镇定下来，只不温不火地对参谋长吴长云吩咐道："你去见他们，先把他们带到客房安顿下来，晾上几天再说。如果他们问起咱，就说到北草地会见内蒙王爷去了。"说完便转身从后门走了。

吴长云把他们客气有加地迎进城里，径直去了沙城警备司令部的客房，安排到三个房间里，每间房间的门口都配了两名警卫。当然，吴长云这么做也是有苦衷的："共产党的特务无孔不入，我必须保证把你们毫发无损地交到司令手里。"

简单洗漱之后，吴长云又在二楼的豪华餐厅为他们举行了一场正式得类似外交礼节的"接风宴"。不用说，这宴席极度奢华，几乎穷尽了整个沙城的山珍名肴，但氛围却令他们感到极度别扭。那吴长云不仅强行将袁国良按到主宾位上，而且自始至终一口一个袁先生、景先生，话题也仅仅局限于忆旧，绝口不谈正事，甚至就连景秀川叫他"叔叔"的时候，他也依旧是"请讲！景先生"，客气得就像接待兄弟部队的军官。

　　显然，景山岳这招还真把三位年轻人搞蒙了。他们原本想象，等待他们的必将是一场狂风骤雨，并且已经为此做好了准备，而今竟猛然间来了这么一出，便难免乱了些方寸。好在他们也已是经见过大风大浪的人了，所以很快就稳了下来，直接来了个胡诌海聊肠满肚圆，直到临散席的时候，景秀川才故装醉意地对吴长云说：“吴叔叔，我知道我爸就在沙城，所以麻烦您一会儿复命的时候转告他：我们虽已是落难之身，但以我们的素养，即便落草也绝非喽啰，所以绝不会为难他！如果他这避而不见就算是驱逐令的话，那就真没这个必要了！天下如此之大，哪里没有我等的容身之处！我们就等到明天早上，如果他不杀我们的话，那咱们就就此别过吧！但有一点请他务必相信，我们三个绝对是‘一把韭菜不零卖’，要收都收，要驱都驱，要杀都杀！这是我路上给国良和马飚做过的保证，请他务必相信我绝不会食言！”

　　他的话当即使吴长云陷入了被动，但他又绝不能承认景山岳就在沙城，便急忙换了一种口气：“秀川，老爷子真奉南京之命到伊盟会见各王爷去了。不知你们是否知道，眼下日本人在内蒙古动作频频，极尽挑拨离间之能事，一些王爷也蠢蠢欲动，欲实行所谓的‘民族自决’。所以我尽量联系，但真不敢保证能联系得到！再说，即便联系上了，少说也得三四天才能赶回来，所以你们务必要耐心等待，因为你们的事儿事关重大，我绝不敢擅自做主。但有一点我必须给你讲清楚，那就是在司令回到沙城之前，你们是绝对出不了招待所的。”

　　之后一连几天，每到饭点，吴长云就会准时陪他们用餐，除此之外，他们就只能无所事事地在客房里待着了。当然可以相互串门，但无奈那些警卫极端负责，寸步不离，所以便只能靠下棋来消磨时间了。

　　就这样，直到第八天，也许是看他们实在太无聊了，吴长云竟然安排他们打了一次靶。不用说，他们都是玩枪的好手，枪枪命中靶心，就连报靶的勤务兵都禁不住感慨了一番。而就在打完靶交枪的时候，袁国良无意间看到练兵场旁边营房二楼的一扇玻璃窗后面闪过一张模糊的面孔。他的心当即一紧，急忙收回目光，笑着对吴长云说："参谋长，派人给咱找匹马，再到伙房拿两颗'蔓蔓'，我给咱表演个'过命之交'，让您高兴高兴！"

因为"过命之交"这个名字是他的原创，除了雁栖游击支队和陇东支队的人，没人知道它的意思，所以吴长云便好奇地问他："这'过命之交'是怎个玩法？"

"一会儿您就知道了！"袁国良神秘一笑。

马和洋芋很快就被找来了。

袁国良将两颗洋芋分别抛给景秀川和马飚，转身对吴长云和一位参谋说："可否借二位的佩枪一用？"

二人便将随身的手枪给了他。

袁国良很快上好子弹，转身返回靶场，瞄准靶心，左右开弓地一连试了两枪，然后便叫勤务兵将马牵了过去，跃上马背走到距离靶子两百米开外的地方站定。景秀川和马飚便会意地跑到靶子那边，相距十多米各自站定。袁国良举起右臂朝天放了一枪。他俩得令，一齐将手里的洋芋放到自己的头顶上。吴长云当即慌了，这才明白这真是"过命"呢，吼喊着制止起来。但已经来不及了，只见袁国良用力将马镫一磕，策马朝景秀川和马飚狂奔而去，只一眨眼工夫就来到距离他们十多米的地方，然后猛地抬起双臂，只听啪啪两声，两颗洋芋瞬间就爆裂成了两团碎末飞溅出去。在整个过程中，景秀川和马飚始终都面带微笑，一动未动，直到袁国良的马跃过他们身边的时候，才一边扒拉着落在头上的渣沫，一边步履坦然地朝边上走去。反倒是吴长云被吓得不轻，一屁股瘫坐在地上，脸煞白煞白的，好一会儿都缓不过神来，直到袁国良过来给他还枪的时候才慌忙站起，转身朝营房那边快速瞟了一眼。

袁国良之所以要表演这番"过命之交"，绝非仅仅为了展示枪法，而是因为他凭直觉判定，刚才从营房玻璃后面闪过的那个人影就是景山岳。要知道，这"过命之交"玩的绝不仅仅是枪法，而是相互之间以命相托的信任，作为玩了大半辈子枪的老军人，景山岳自然不会不明白这个道理。而袁国良正是想由此给他展示他们之间那种严密无缝、不可离间的稳固关系。其实，他们在雁栖岭的时候就曾多次玩过这个"把戏"，起初自然不敢用真人，而是把洋芋戳在棍子上，直到反复练了十多次之后，才在真人头上试了一把。第一个"过命"的就是磨石坚，但袁国良没敢"飞马"，只是固定射击，据说就这都把磨六吓得尿了一裤子。后来就慢慢改成"飞马过命"了。

就在袁国良表演完"过命之交"的第三天，也就是他们抵达沙城的第十天，景山岳终于露面了。那天吃午饭的时候，吴长云突然通知说景司令马上返回沙城，并将于下午三点在司令部接见他们。果然，刚到三点，景山岳就在一众随从的簇拥下过来了。袁国良他们急忙起立向他打了声招呼："景司令！"

景山岳神态自然地微笑着点了点头，然后径直走向袁国良，握着他的手问："国良啊！咱爷俩几年没见了？"

"快六年了！"袁国良回答说。

景山岳仰头作推算状："哦！真快六年了。你们还都那么年轻，但咱已经老了，没几个六年了。"

"不，司令依然英武如初！"袁国良说。

景山岳苦笑着摇了摇头："这话倒是中听，但不中用啊！生老病死那是世间铁律，谁都躲不过。"说完便指着站在旁边的马飚问道："这得是马飚？"

马飚急忙挺了挺胸脯："报告司令！我是马飚。"

景山岳快速将他打量了一番："都是些好后生嘛！坐，都坐！"说完便走到他们对面的沙发上坐了下来。

现场总共五个人，他们三个、景山岳外加吴长云。景山岳低头呷了一口热茶，语气平和地说："最近，内蒙古的个别王爷又跳弹得厉害。咱奉南京之命到附近几旗转了一圈，到鄂托克旗才接到你们到沙城的报告。本想尽快返回，但又想去一趟也不容易，该安抚的都得安抚一下，所以就只能让老吴暂时接待你们了！怎？没委屈你们吧？"

"没有！参谋长照顾得很周到。"袁国良说。

景山岳点了点头："周到就好！你们的事儿咱已经知道了，所以在这儿就不说了，回来就好！刚和老吴商量了一下，你和秀川离开这儿都快六年了，对沙城的情况也应该有些陌生了。马飚一直没来过，就更不用说了。所以你们就先到附近各处转转，熟悉熟悉情况。至于职务嘛！随时根据情况安排，但眼下只能在我身边干。不是咱不信任你们，毕竟在那边好几年了，又都是些骨干，一下就让你们带兵不服众啊！再说了，即便大家没意见，真让你们带兵去剿共，你们忍心对共产党下手？人都是有感情的。况且我很清楚，你们此次脱离你们的组织，纯粹是因为生命受到了威胁，并不是因为信仰的动摇！国良，得是这？"

袁国良笑了笑："既然司令如此直爽，国良也就不藏着掩着了。您说得不完全对，此番脱离组织，起初实属无奈，但从离开陇东到现在的十几天里，我已经变成一个无信仰主义者了。这些天，我一直都在回想这几年走过的路，越来越觉得，尽管所有的主义都打着'为民'的旗号，但事实上主义和主义之间的争斗最终苦的都是老百姓。我出身于农家，最不愿看到他们受苦受难，所以此番前来只有一个意思，秀川是我从您手里带走的，现在把他亲手交给您。至于我和马飚，雁栖岭是回不去了，如果您能开恩放我们走的话，我俩就到套区置些田产，从此隐姓埋名，自耕自食，不问世间纷争。"

景山岳死死地盯着他："自耕自食，你能干得了那活？"

袁国良微微一笑："司令有所不知，我家的家教极其严格，尤其是在劳动的培养上，几近残酷。在雁栖岭的时候，我们都是前晌念书后晌劳动，就是到沙城以后，每年放假回家的第二天就得上山，所以对于耕种锄割，我真能做到信手拈来。不是我狂妄，要论受苦的话，我绝对不会比雁栖岭的任何一个后生差。"

"这咱知道，上次去雁栖岭的时候都听说了，所以咱不是这个意思，咱是说你生来就不是困于田垄的耕牛，绝对不可能……"正说着又猛然停了下来，起身将现场环视了一圈，"你们先坐！国良，你来一下！"

袁国良便跟着去了他的办公室。刚一进门，景山岳就一脸神秘地说："给你看个东西。"说着便走到公案后面，俯下身子打开保险柜，拿出一张马莲纸，微笑着朝他递了过来。

袁国良快速将纸上的字扫了一眼，脸色瞬间就变了，一副茫然不知所措的样子。

景山岳点了一根雪茄抽了一口，随即眯着眼问道："这字不是刚写的吧？"

袁国良慌忙点了点头。

"那你给咱念一下子，时间长了，不记写些啥了！"景山岳吐了一口浓烟说。

袁国良迟疑地看了他一眼，随即小声念了起来："种种迹象表明，国良确属共党无疑，且为沙城共党重点培养之对象！然因此人甚优秀，故实不忍对其下手！倘能促其悔改，定为栋梁。如其冥顽不化，亦为令人钦佩之英才，杀其良心不安！"再看后面的落款时间，竟是民国十九年正月十九日晚，也就是六年前景山岳为他和景秀川去太原读军校举办饯行宴的那天。

袁国良久久地盯着这张已经老旧的马莲纸。这么多年来，还没有任何一件事情让他如此震动，如此不知所措，他简直都有些感动了，不，是真有些感动了！

景山岳按了按手示意他坐下，然后一连吐了几个烟圈，随即直起身子说："国良啊！前几年，你娃在咱面前一直就是个戏子，一连给咱唱了几年堂会，但你入戏了，咱没入！年轻人啊！你这么灵的娃，难道就不想一想，咱这陕北镇守使纯粹就是瓜皮不成？还能让你们这些鼻嘴子娃哄得麻米二道的？咱今儿就给你挑明了，你当咱是从你打秀川之后才注意上你的？错！早在你掏茅粪的时候咱就注意上你了。那天半夜，咱因为有急事从家里往司令部走，恰好碰见你挑着一担茅粪迎面走过来，副官就指着你说这是沙中的一个学生，他弟的同学，因为家里穷交不起学杂费，就一边揽工一边念书，怕白天里耽误功课，便找了这么个活计，而且周末还去工地扛石头抱砖呢。咱问他挑了多长时间了，他说已经两三个月了！咱当时就想，一个十五六岁的娃，为了念书竟然能忍受如此之煎熬，将来必成大器！所以当天就安排人通知你的那些东家们给你涨了工钱。得是涨了？"

袁国良这才知道当年为什么能遇上那么好的事,所以便点了点头:"涨了,直接翻了一倍。"

景山岳笑了笑,继续说道:"你打了秀川之后不多时,咱回老家路过延北的时候还专门把你打问了一下,没想到你竟然是富甲延北的岭上袁家的子弟!你老爷当年百里拔寨的壮举,我一来陕北就听说过,所以对你家也多少有些了解。再后来,又听杜校长说你把家里给你的银圆锁在箱子里不花,自己揽工打闹学杂生活费的时候,叔对你都有些五体投地了!"

袁国良笑了笑:"我大那人比较传统,按他的规划,本来是让我哥读书当先生,我回去接他的班,经管家里那摊子产业呢。但我不答应,沙城中学招考的时候,他就把我绑起来在我家的洋芋窖里关了几天,所以就没能参加考试。开春开学之后,还是我嫂子和我的老师梁毓文给了我一些钱,并给子川先生写了一封信,这才被杜校长特招入了学。但梁老师也没钱,他给的那些钱刚够缴学费,我嫂子给我的又是她订婚的喜钱,我不想花。所以一开始担茅粪真是为了打闹生活费。后来,我大也认了,给钱了,但我觉得第一学期的那种困难生活更能让我得到历练,所以就没花家里的钱,继续揽了一年工,直到最后一年才因为学习忙放弃了。"

景山岳笑着点了点头:"叔绝不唬你。就在你打了秀川被押到司令部的时候,咱就感觉这事儿不是学生娃打架那么简单,并且当时就断定你是在下一盘大棋。说句不好听的,你学校谁不知道景秀川是咱的儿?谁不知道打景秀川就等于在阎王爷头上弹脑瓜崩呢?如果仅仅是为了给同学出气报仇的话,你敢冒这个险?后来,你又开始着手改造秀川了,那咱就全明白了,你是为了接近咱,跟咱搭关系,然后在咱身上有所谋求。得是地?而且,就在你们因为子川先生去世闹学潮的时候,其实咱很明白背后的头头就是你,所以咱抓了两个教师就猛然叫停了,因为再查就查到你头上了,咱不愿意!你当时就没觉得奇怪?"

袁国良笑着点了点头:"感觉到了。"

景山岳将雪茄一灭:"后来的事儿咱就不说了,反正都如了你的愿了。但有一点你必须清楚，你本事大这不假，但咱要是不配合，你能成？如果咱当年就像对待其他共产分子一样一刀把你砍了，不就啥事儿都没了？咱为啥要护着你呢？就一点，看上你这人才了，实在不忍心对你下手，这话你信不？"

袁国良又点了点头。

景山岳继续说道："在你娃面前咱不作假，你这次过来之后，咱也派人到陕甘一带调查过了，你和秀川、马飚已被共产党定成叛徒，连党籍也被开除了。但你千万不要以为咱这就相信了，咱没那么瓜，假戏做真是鼻嘴子娃都明白的事情，咱只是不想纠结这里面的真真假假罢了！娃，你叔已经六十了，还能活几年？就像你说的，什么共产主义、三民主义，你叔现在才不管这些，就为了占个地盘。以前咱常想让你辅佐秀川，将来接咱的班，但现在咱也想明白咧，咱不能和人家张老八比，人家东北在易帜前就是独立王国，张老八就是皇帝，父传子自然是顺理成章的事儿。但咱呢？处处得受南京和省上节制。再说就一个半师的兵力，拿啥给人南京和西安提条件呢？所以你是真的投靠也好，过来搞兵运也罢，对咱来说已经不那么重要了，因为咱这'伙食账'一结，这地盘还不知道姓啥呢！所以叔只有一个请求，不论你将来到哪里都要把秀川招呼好，这对你不过分吧？"

袁国良正要说什么，但被景山岳制止了："你啥都不用说，咱也不问！咱这些天想了又想，就咱俩来说，我不欠你啥，要说欠，就是杀了你对象杜光霞。但咱当时确实不知道她是你对象，不然关起来不就行了？反正就按咱刚才说的，你们先熟悉上一段时间，至于你的职务，现在就给你透露一下，听说你前两天跟秀川耍了一把'过命之交'，那咱俩也耍一把，直接让你担任咱的警卫连连长。现在的连长都跟了咱好几年了，也该提拔一下子了。咱就不信，凭咱俩的交情，你娃能对咱个人下手？退一万步说，即便有一天真死在你娃手里，咱也认这个栽了！只是你在那边是师级军官，有些委屈你了……"

自然，谁都不会相信景山岳的这番话全是掏心窝子的。他早就知道袁国良的身份，并且因为欣赏他而一直没有对他下手这不假，但能如此泰然地看待他此番来沙城的目的，就有些表演的成分了。这些天，他自然没闲着，就在袁国良他们抵达沙城的第二天，他就派出几路人马到陕甘边侦察了一番。但正如他所言，其中的真真假假，一时是很难弄清楚的。所以他现在重点考虑的根本不是他们此番投奔的真假，而是如何慢慢将其弄成"真投奔"的问题。而要想促成此事，就必须擒贼擒王，事先拿下袁国良。但凭他对袁国良的了解，硬来是绝对不行的，所以便一咬牙出了这么一个大招。当然，这看似一步险棋，其实不然，因为他很清楚，以袁国良的气度，是绝对不会把党派之间的恩怨记到他个人头上的，他甚至对袁国良对他个人安全方面的忠诚度深信不疑，正如他在最终下定这个决心的时候想的那样："尽管你娃这些年处处跟咱对着干，但咱还是把身家性命都交给你了，你娃自己盘算咯！"况且他很明白，这警卫连连长的位子虽然重要，但也有它的特殊性，全连一百多人，哪个不是他的亲信！根本就没你做文章的余地。

对袁国良来说，景山岳这招无疑是他没想到的，也是最难对付的！本来，他已经做好了应对各种刁难考验的准备，包括"纳投名状"，但没想到一切竟是如此顺水顺风，这反倒让他有些茫然无措了。并且从客观上来讲，景山岳这招还真是高明！这么多年来，就个人情感来说，他一直不曾恨过他，反而还有些感激，因为从严格意义上讲，他这些年的成长的确是与他的扶持和帮助有很大关系的，至少从刚才那张马莲纸来看，要不是景山岳，他说不准早就成了一堆白骨了。当然，他之前就一直是这么想的，正如他经常对景秀川说的那样："我和你爸之间只是主义之争，不存在个人仇怨。"所以，就像景山岳琢磨的那样，他是绝对不会对他个人下手的。

他们就这样顺利地通过了景山岳的考验。半个月后，景秀川和马飚被安排到作战室当了正连职参谋。而袁国良则出乎所有人的预料，成了景山岳的"御前带刀侍卫"，并且是整个警备司令部除吴长云之外唯一一个可以佩枪进出景山岳办公室的人。

第五十二章

当一支疲惫的、兵瘦马弱的队伍于一片晨雾迷蒙中陡然出现在保安县所属吴旗镇的二道川的时候，陕北，这块北接莽莽朔漠，南扼八百里秦川的焦枯而伟大的土地便又像二百多年前的明末农民起义时一样，再次浓墨重彩地登上了中国历史的舞台，并且很快成了天下瞩目的"角"。

中央红军来了。

一时间，从陕甘边到保安再到甘泽县的上石湾镇，到处都是欢迎中央红军的接待站，老乡们源源不断地将刚刚倒进囤子的粮食送了过来，甚至连瓜果梨枣也一并交了过去，用陕北人的全部真诚、热情和慷慨让这支疲惫之师于离开南方根据地一年之后再次体味到了家的感觉。于是便有了那首后来风靡全国的民歌《山丹丹开花红艳艳》。

但是，如此重大的消息传到雁栖岭已经是十多天之后的事情了。

自从回到雁栖岭，磨石坚他们整日除了练兵就没什么事情可干了。但他们的心却没闲着，分别在东南西北二十里处安排了岗哨，在防范景山岳的同时，还要防范自己人。回到岭上的第三天，他还派人北上沙城，试图请袁国良回岭"主持大局"。但无奈那时候袁国良和景秀川他们正被吴长云"软禁"在沙城警备司令部，所以没能见到。

那天下午，在雁栖关放哨的战士突然带来了一个信使。那信使一见磨石坚就开门见山，说龙军长要他和谭鹤鸣立即将全团带到保安县长宁镇接受整编。

此时，磨石坚还不知道中央红军来陕北的事儿，更不知道陕甘红军已经被整编成了红二十八军，便问那信使："龙军长是谁？"

"龙主席嘛！"

"那怎又成了军长了？"

信使便将中央红军到陕北和陕甘红军整编的事儿详细给他讲了一遍，包括龙志宽被关押和毛主席命令"刀下留人"的事儿，还给他看了龙志宽的亲笔手令。

磨石坚这才放下警惕："好！那咱明天就开拔。"

一到长宁镇，磨石坚和谭鹤鸣就到保安县城见龙军长去了。"你现在有多少人？"简单的寒暄过后，龙军长就开门见山地问。

"三百六十八人。"

"哦！又扩了不少嘛！之前你们团不才二百多人嘛！"说完又瞪了他俩一眼，随即板起脸说："磨石坚、谭鹤鸣！鉴于你俩擅自脱离根据地的严重错误，经军党委研究决定：免去磨石坚的团长职务，降为营职，即日到红军大学脱产学习，以观后效！谭鹤鸣降职为军部特务营营长，所属部队缩编为军部特务营，员额一百二十人，其余兵员补充支援中央红军！"

磨石坚当即慌了，倒不是因为免职，而是他真不想去学习，所以就哀求了起来："龙主席！免职可以，但您能不能不要让我学习？哪怕让我当战士都行。我娘生就不是念书的料子，在雁栖岭念了五年书，总共没识下四个字，一看见字就瞌睡！能不？求你老人家了！"

龙军长伸手在他脑门上重重戳了几指头："我还不老呢！你当红军大学谁想进就进呢？告诉你，只有师以上干部才有这个资格。是毛主席看咱陕甘同志的文化和理论水平普遍不高才给咱破例的。你给我记住，报到后必须规规矩矩，尽快把你身上那股山大王味儿给我去了。"

磨石坚一看已经没了回旋的余地，便只能服从命令了。而就在这时，他又猛然记起了一件大事，便看了龙军长一眼，嗫嗫地问："那袁国良呢？他是真叛变了还是你安排的？"

龙军长猛地直了一下身子，眼皮用力朝上一翻，好一会儿才面带忧色地来了一句："定论都出了，你还问这干啥？把你自个儿管好就行了！"

于是，磨石坚便再次陷入了揪心的痛苦之中。尽管谭鹤鸣一再给他分析，如此机密的事，龙军长是不会轻易告诉咱的，但他依旧不能从"偶像"叛逃给他造成的痛苦中走出来，好长时间都浑浑噩噩，直至两个月之后从红军大学结业时都没能缓过来。

而就在磨石坚为袁国良的"叛变"而感到揪心地痛苦的时候，袁国良的命运正在接二连三地发生着魔术般的变幻。

自从当了沙城警备司令部的警卫连连长之后，他就一直无所事事。因为景山岳没有大事基本不出动，即便出动也不过是到所属各部队的防地巡视一圈，要不就在城里出席相关活动，也真没什么需要警卫的。所以在大多数时间里，他只能在司令部闲着，陪景山岳下下棋，喝喝茶，聊聊天，别无他事。但他生来就不是一个乐享舒适的人，一闲着就浑身不自在。加之他已经知道中央红军抵达陕北的事儿了，而这必将给革命形势的发展带来一系列重大变化，而他却只能被动地置身于变局之外，所以心里一直很烦乱。

而正当他为此烦乱不已的时候，景山岳又突然去世了。说起来，他的去世也实在是太过突然了！当天，他们还到城外视察了一圈防务，但就在回来换衣服的时候，佩枪竟突然走火了，并且端端就伤到了心脏。于是，这位在沙城盘踞了近二十年的"陕北王"就此意外谢幕。

不用说，景山岳的去世对陕北乃至整个西北的"地缘政治"产生了很大影响。就在他去世之后的第二天，高又成就接替他担任了沙城警备司令和八十六师师长。

"一朝天子一朝臣。"尽管就私交而言，这高司令和景山岳一直不错，但依旧对司令部的人事做了一系列调整，而首当其冲的便一定是事关他个人安危的警卫部队了。所以仅仅五天之后，袁国良就被挪开了，给了一个骑兵团一营副营长的职务。不过这对他来说倒也不啻为一件好事，因为至少已经靠近"兵"了。并且机缘巧合的是，那一营长田英男恰好是他在沙城中学时的同学，并且和景秀川一样，也是他当学生会主席时的副职，虽然好几年都没打交道了，但谅他也不敢对自己呼来喝去。

果然，就在任命宣布后的当天，田英男就亲自跑到司令部接他来了，并且一见面就急忙跟他表态："以后咱俩就商量着来，不存在正副这一说。"

一到沙城西边的乌拉素驻地，田英男就把全营人马集合到营房前面的草滩上，为袁国良举行了一个简单而热烈的欢迎仪式。

全营人马以连为单位列好方阵之后，田英男就带着他策马来到队伍正前的一处矮梁上站定。

"这就是司令部给咱派来的副营长，姓袁。大家欢迎！"

"欢迎袁副营长！欢迎袁副营长！欢迎袁副营长！"所有人唰地抽出马刀，直直地指向蓝天，一连齐呼三声。

田英男将手一摆："副营长是司令部任命的，咱改不了。但弟兄们以后就叫他袁营长，咱一营以后就不存在副营长这一说了。为什么呢？因为袁营长就是我常给你们说的当年在沙城中学打景公子的那个袁国良，太原步兵学校毕业，刚从司令部警卫连连长的位置上提拔过来的。袁营长可是神枪手，最近疯传的'过命之交'就是咱袁营长玩的。一会儿就现场表演一番，让你们开开眼界！"他刻意避开了袁国良的"共产党履历"。

场子很快就摆开了。当然，因为他们之间还没有建立起他和景秀川、马飚之间的那种相互托命的信任，所以自然不会用真人，只把洋芋插在柳椽尖上，然后栽到草地上。这样一来，袁国良也就没有任何负担了，便直接加了戏码，让他们在西、北、东三个方向各栽了两根柳椽，插了六颗洋芋，六支"靶子"相互间隔三十米，呈门洞形排开，并让田英男手里也捏了两颗。因为他来的时候随身带了两把手枪，所以连枪都没试就直接开演了。与上次的练兵场相比，这里的场地明显宽敞多了，袁国良便直接驱马退到了四百米开外，然后猛地举起右臂朝天放了一枪，随即旋风般地朝"靶子"狂飙而去。啪啪啪一连六声枪响，六颗洋芋就像炸雷过后的雨点敲到尘土上一样，接连腾起六团乳白色的雾沫，碎成了一包飞溅的渣子。"好！"现场随之爆出了一阵海潮般的欢呼声。随即，袁国良又猛地勒住马缰，调头冲了回来，跑到距离田英男三十米左右的距离，又举起左臂朝天放了一枪。田英男得令，将手里的两颗洋芋一齐高高抛到半空。袁国良猛地将身体向后一仰，左右开弓，两颗洋芋瞬间又烟花般地在空中爆裂了。现场彻底沸腾了，全营三百多名骑兵一起挥舞着马刀喊了起来："袁营长！袁营长！"久久未能平息。

不用说，袁国良这个"见面礼"当即让他在骑兵营站住了脚。当然，就骑兵来说，他的确还是个外行，所以他一直注意向田英男和老兵们请教，加班加点地苦练各项基本功和骑兵战术。田英男也说到做到，非但从不把他当副手，反而处处抬着他。当然，他也很注意约束自己，从不越位。士兵们就更不用说了，早已经把他当成了偶像，争着跟他学起了枪法，平日里也一口一个"袁营长"，有时候甚至连"袁"字都省了，直接叫他营长。尽管他一再纠正，但依然无济于事。

就在他就任副营长之后不到一个月，田英男突然告诉他，骑兵团马上要扩编为旅了，由司令部直辖，并且三个营都要顺势升格为团级建制，还说骑兵跟步兵不一样，有它的特殊性，不可能从外面派军官，肯定是顺势提拔，要他抓住这个机会，争取弄个团长。

那一刻，袁国良还以为他是话里有话，变着法地表达想往开调他的意思呢，便赶忙以试探的语气问道："咱俩在一块儿不就很好嘛！是不是我哪里出格了？"

没想到田英男把脖子一拐："你看你，几年没见怎还学会疑神疑鬼了？如果我不想和你搭班子，还用拐弯抹角给你捎话呢？告诉你，咱们司令部的新任参谋长就是我二舅，往开调你不就一句话的事嘛！咱俩在一块儿固然好，但一人占一个团不就更好嘛！再说了，你是不是当副职的料我还不知道？"

袁国良这才确定田英男所言属实，并且如果真像他所言能弄个团长的话，那简直太好了。不过好归好，但他又比谁都明白，就他眼下的情况而言，这种可能性几乎等于零，于是便苦笑着说："那样好是好，但我这身份你又不是不知道，别说当团长，到时能继续给你当副职都算烧了高香了！"

田英男稍稍犹豫了一会儿，猛地站了起来："咱俩到外面走走？"

两个人很快就到了距离营地好几里的一处空旷的草滩上。田英男突然凑到他耳边问道："你当年有没有听黎先生说过'一龙一虎'的事儿？"

袁国良一惊，但很快就恢复了镇定："没听过。什么一龙一虎？"

其实他这话完全是假话，因为他确曾听黎先生说过这事。那是因为子川先生去世，他跟黎先生策划学运的时候，曾向先生表达过一个顾虑："如果景山岳提前下手，把我控制了怎办？到时谁来直接领导，传达组织的指令呢？"黎先生微微一笑："没事，子川先生在沙中的时候就藏下了一龙一虎，现在你这条龙出世了，但那只虎还卧着呢！如果出现了你说的那种情况，就让他出世。"不过因为景山岳后来并没有对他下手，所以他直到毕业都不知道那只"虎"究竟是谁。

田英男看着他笑了笑："你什么都不必说，我能理解你现在的处境，不得不处处谨慎。但咱无论如何先把我刚说的那个目标实现了再说。不瞒你说，我这几天连怎么做都想好了。你毕竟在那边真刀真枪地干过，有实战经验，虽然兵种不一样，但血性和协同配合都是一个道理。所以咱就从抓战斗力入手，根据实战的需要对训练进行调整。这就是你最近需要考虑和解决的事情，尽快让咱一营脱胎换骨，抓紧时间给上面人眼里点几滴眼药，说白了就是要引起高司令的注意。这其实并不难，毕竟我二舅在他身边嘛！再给你说句掏心窝子话，我二舅也是刚刚到任，也得物色和培养几个自己人呀！"他一口气说了一大堆，态度也足够真诚。

但袁国良依旧没敢完全相信他，便开玩笑般地在他肩膀上捣了一拳："让我负责训练就直说嘛！还绕这么大的弯子。"

当天晚上，袁国良就突击草拟了一份训练计划，核心要义就是在抓单兵作战能力的同时，还要着力强化部队的血性和团队精神，这也是他在游击队的时候经常强调的事情。放在骑一营，就是要高强度训练人和马在极端环境下的忍耐力和战斗力，因为在这短短一个月时间里，他就明确意识到，就当下的中国军队，尤其是西北军队来说，骑兵无疑算是快速突击部队了。既如此，就必须要做到来如闪电去如狂风。加之与步兵已基本进入热兵器时代不同，骑兵的特殊性使它必须停留在"半冷半热"的状态，而相对于热兵器来说，冷兵器就更需要血性了，而且官与兵、兵与兵，甚至人与马之间都必须建立起一种比步兵更加到位的默契，关键时候相互之间只需一个动作甚至一个眼神就要明白对方的意思。同时，官与兵、兵与兵之间还必须构建起类似于"过命之交"的信任，否则，如若遇到某种极端情况，整个部队就有可能全线动摇。

田英男全盘采纳了他的建议，并很快付诸了实施。人马齐抓，速度与耐力并进，三十里，五十里，八十里，一直到一百二十里层层突破，从马术、刀术到射击再到人马协同，不到两个月，全营的整体战斗力就得到了很大提升。

四月底，伊盟某旗王爷又开始与日本人眉来眼去了，司令部便命令一、二两个骑兵营以最快的速度开到扎萨克旗与该旗的交界地带以示警告。在那次行动中，一营远远把二营甩在了后面，提前大半天抵达了指定地点。要知道，二营的驻地距离目的地少说也要比一营近一百来里路呢！

行动结束返回驻地后，高又成就亲临驻地了解了一番情况。抓住这个机会，田英男把他们的日常训练工作美美吹了一番，并直接把所有的变化归结为"袁国良带来的变化"。不用说，高司令自然十分满意，当场就给他们透了底："为防止内蒙古的局面进一步恶化，经上峰同意，司令部决定把骑兵团扩编为直属骑兵旅，下辖三个团。英男，你到三团去！"接着又在袁国良的肩膀上拍了拍说，"后生，你还在沙城上学的时候我就听老景说过你，说你人才难得！你虽然在共产党那边干过，但我一向疑人不用，用人不疑。不管咱们是不是一个信仰，但在维护版图完整这一点上应该是一致的吧！所以你就就地升任一团长。这一团是加强团，虽然编制还是三个营，但我多给你一个营的兵力，将来驻扎神木陕蒙界，坚决把那几个摇摆不定的王爷给我盯死看牢，关键时候就雷霆出击，绝不能让他们外附的幻想得逞。"

真所谓狼行千里吃肉。就这样，仅仅半年时间，袁国良就在一个完全陌生的环境下完成了从连长到加强团团长的飞跃。就在高司令离开之后的第三天，他就被正式任命为骑一团团长，并且在他的请求下，景秀川也从司令部调了过来，再次做了他的参谋长。当然，他的这个请求无疑是冒险的，但考虑到如果不这样做，以后就很有可能再没机会与景秀川产生交集了，所以他便硬着头皮冒了这个险，直接找到高司令推心置腹了一番："我知道我俩都是从那边过来的，本不该提这个请求。但您知道，我到骑兵营才两个月，各方面还不太熟悉，这下猛然扩编成一个团，充实进来一大半新兵，没个顺手的副职真不行！秀川跟了我好几年了，配合也一直很默契，只要您把他给我调过来，我就敢立军令状，如果我负责的那几个王爷出了问题的话，无需您过问，我袁国良自个儿就把脑袋放到您的公案上了。"

看他如此直接，高司令便也没有拐弯："好吧！我说了，我向来用人不疑，那就把他调过来，放手干你的去吧！"

第二天，袁国良就率领新扩编的骑一团离开原驻地，开拔到位于陕蒙交界处的昭君淖了。

这"淖"就像靖州人说的"海子"一样，也是湖泊的意思。这湖背靠毛乌素沙漠，面朝尔林兔大草原，天蓝色的湖面浩渺无垠。时值初夏，湖畔古柳依依，白杨参天，各色野花竞相绽放，这浩瀚的"大漠之眼"便因此多了几分江南水乡的娇柔味儿。尤其是傍晚，当火球般的夕阳抵近西岸沙梁的时候，浩渺的湖面便被镀上了一层金光，在晚风的拂掠下有如一层熠动着的金箔，如若正好有几条渔船徐徐归岸的话，活脱脱就是一幅极具立体感的《大漠渔舟唱晚图》了。

据当地人讲，这里本没有湖，当年昭君出塞走到这里的时候，南望长安不见家，伤心至极，掩面痛哭，并且一哭就是一整夜。上苍念其伤感，于半夜时分突然雷电交加，暴雨如注，大雨过后便在她宿营的山湾下面形成了一个浩瀚无边的湖泊，于是这"淖"便有了另外一个极富诗意的名字——昭君泪。

而就在移防昭君淖的第二天，袁国良突然得知了一个让他感到天塌地陷的消息——龙志宽同志牺牲了！

这消息是炊事班班长采购食材的时候从附近居民那儿听来的，说他们村昨天来的一个掌箩匠告诉他们，龙志宽十几天前就在黄河那边被打死了，还说棺材就是从他们村过的黄河，他还帮忙抬了。

袁国良一屁股坐在椅子上不停地颤抖着。窗户、办公桌、床铺，几乎所有的东西都剧烈旋转起来，眼里也涌集了一股难以抑制的潮热。可他知道这里不是流泪的地方，尽管高司令如此慷慨，但估计也在他身边安插人了，所以他便急忙将头仰起，紧紧闭上眼睛，但这番努力依旧没能战胜内心那汹涌的伤感，眼泪还是势不可挡地喷涌而出了！为了不让人看见，他急忙站起来舀了一瓢凉水胡乱抹了几把脸，然后叫上景秀川，策马朝营地后面的沙漠里去了。

听到这个消息，景秀川也蒙了，但从主观上还是不愿相信，便一再追问："这消息可靠不？"

"空穴不来风！一个掌箩匠为甚要编造这事儿呢？"

"不应该啊！按理说，像龙主席这个级别的人牺牲是要暂时封锁消息的呀！他即便真抬了，也不可能知道里面就是龙主席。"景秀川依旧不愿接受这个事实。当然，他的这番分析也的确有几分道理。

"对啊！这会不会是国民党造的谣呢？之前不就造过好几次呢嘛！长短你明天就到沙城，以给高司令汇报扎营事宜为由给咱打探一下。"袁国良说。

第三天午后，景秀川回来了。不幸的消息终于得到了确认：龙主席真的牺牲了！

那个时间，黄河两岸的桃花开得正艳！

那天下午，他们俩在空旷无人的沙梁上整整坐了一下午，泪水如山洪一般，几乎也要成湖了！当然，实事求是地讲，此刻的他们并非全是在哭龙主席，多多少少也有些"抱人家的灵堂哭自己的恓惶"的意思，因为龙主席这一牺牲，他们的事儿就很有可能永远都说不清楚了！

第五十三章

大气候一变，小气候自然跟着变了。随着中央红军的到来，雁栖岭的情况很快就发生了一些变化。

一过年，根据地就展开了声势浩大的扩红运动，按照十六至三十岁的青壮年兄弟二三抽一、四五抽二、六七抽三的政策，岭上差不多有一半的年轻人在"打过黄河去，抗日救中国"口号的鼓舞下扛起了长枪。其实，绝大多数雁栖子弟并不知道"抗日"是什么意思，甚至都不知道世界上还有"日本"这么一个国家，但依旧毅然决然地跟着队伍过了黄河，来到了子弹横飞的东征战场。我们完全可以想象得到，对于刚刚丢下老镢头的他们来说，那惨烈的战场意味着什么！所以等到回撤的时候，至少有一半雁栖子弟不幸呈骨河东了，其中就包括磨石坚的弟弟磨转世。于是，岭上至少有好几十孔土窑洞门前都挂上了写着"光荣烈属"的木牌牌。

队伍一扩充，粮饷自然也要跟着扩充。从南方过来的中央红军加上原来的陕甘红军，再加上新近扩充的兵员，红军的总数很快就接近了五万，并且大都集中在保安、甘泽、延北、安定、青州等七八个县，而这些县的全部人口加起来也就二十几万。尽管如此，岭上人也很快就完成了任务。袁继耀更是不落人后，不仅完成了定额，还另外多交了十石小麦和三十石谷子。要知道，自从被袁国良"革了命"之后，袁家已经不是当年的袁家了，这四十石粮食绝非小数！当然，明眼人应该都能想得到，袁继耀之所以如此慷慨，绝不仅仅是因为他的认识有多高，很大程度上也与他儿子现在的处境不无关系。不过，共产党对他也还不薄，不仅把他夸奖了一番，还给他颁了一块"支红模范"的牌牌。但就这，他的"堂心"依旧不空，生怕哪天再生出什么岔子来。而就在他为袁国良的事儿提心吊胆的时候，另一件更让他抓狂的事儿又拦头袭来了！

其实，这事儿说突然也突然，说不突然也不突然。

本来，按照袁国温走之前所说，他三年之后毕业就会回来，可一眨眼都六年过去了，却依然不见他的影子，并且一直杳无音信，就像从人间蒸发了一样。在之前的三年里，问题倒还不大，但三年一过，梁毓书就有些坐不住了，虽然表面上还是不动声色，该干啥照常干啥，但背过人，心里总不由得烦乱。当然，烦乱的肯定不止她一个人，她父母，她的公公婆婆哪个不为此而烦乱呢？尤其是最近一段时间，袁继耀总感觉岭上人在背地里拿这事点画他呢，就差把指头直接戳到他脑门儿上了！他终于撑不住了，便直接提了一把杀猪刀去了"状元盆"的梁先生家："臭娃那小子卖了良心了。我不识字，寻不上，你跟我走趟北平，我非把他寻上，把那颗小蒜脑提回来不行！"但他这番冲动当即让梁先生呵斥了回去："你这是耍猴呢？到哪找呢？你当北平是你牛背梁！还提个杀猪刀，让人家看见还当你要跟我遭人命呢！"

袁继耀痛苦地抱着头，一声接一声地叹息着："唉！你说我怎下下他这么个大！你哪怕上天，就不能回家走一趟？捎句'拦羊话'也行啊！你不知道家里人都等了你几年了？"

梁先生狠狠地剜了他一眼："还回来！回来能走了呢？不是我说你呢！你这人甚都好，就是太倔，一口咬住个屎橛子，给根麻花都不换！国良当年要到沙城念书，你直接把那绑到洋芋窖里了，逼得娃娃担了几年茅粪！国温为甚要偷跑？还不是怕你把他也绑到洋芋窖里呢？如果你当时让他顺顺走了，说不准就没今天这事儿了。就知道接你的班，守你这摊子产业。不是说你的想法不对，时代不一样了嘛！好多事情都要跟着变呢！不能抱住一本皇历往老念嘛！"

袁继耀伸手抹了一把眼泪："先生哥！虽然人都说我是岭上第一家掌柜的，

但说到底也就是瞎老百姓一个，就像那井子里的蛤蟆，只见过碟子那么大的个天。况且你也知道，我这半辈子都没能走出老太爷的影子。他留给我的家产多这不假，但条条框框更多，躲都躲不开。所以我就一门心思想着把老太爷挣下的这份名声和家业守好、传好，谁知道这外面的世界能有那么大的变化呢？但不管怎，我在你跟前这亏人事已经做下了，我那杂儿子已经把良心卖了，你就是杀我剐我，咱以后再说，咱现在就说山菊怎办？"

"你甚意思？"梁先生惊讶地盯着他问。

袁继耀重重叹了一口气："山菊已经二十大几了，不能再等了！不是我见不得娃娃了，说句不好听的，你兄弟我从小就是在寡妇窝子里滚大的，所以绝对不可能让山菊步我那些婶娘们的后尘。你放心，将来不管是'走'还是'招'，山菊永远是我袁家的媳妇，我袁家的产业永远有她的一份。娃娃这几年给我袁家出了大力了，从良心上都不能亏待她。"

梁先生仰起头痛苦地思索了一会儿，然后也深深叹了一口气："话说不坏，也许国温已经不在了！不是我咒娃娃呢，当下这个乱世，什么事都有可能发生。"

"那他是狗嚎怨自身！"袁继耀恨恨地说，但脸上却拂过一抹浓浓的哀伤。

"怨不怨咱先不说。我的意思是再等个两三年，如果他还不回来，咱再说下一步的事儿。"

"那怎给山菊说呢？"

"只能照实说了。"

……

第二天晚上，两亲家就正式对梁毓书摊牌了。

梁毓书自然很伤心。虽然她早就料到会有这么一天，并且已经为此做好了充分的准备，但当这事儿真正搁到面前的时候，她依然忍不住揪心扯肺。眼下事情已经挑明了，也就不需要遮遮掩掩了，所以她便当着两位老人的面痛痛快快地哭了一鼻子，直接把这些年累积于心的压抑和苦闷倒了个底朝天。

但梁毓书毕竟是梁毓书。等内心积攒的情绪彻底抖落完，便又恢复了惯常的坚定。

"这事儿是我自己造成的，歪歪好好都不怨你们。我走也不走，招也不招，就等！六年不行十二年，十二年不行就一辈子，我绝对不相信臭娃会负了我。"

袁继耀痛苦地一连把枣木炕楞拍了几下："娃娃哟！你还年轻呢！大就是在寡妇窝子里滚大的，那真不是一句话。你四个奶奶当年歪好还有你姑姑们呢！后来又有我这么个压心的了，你拿甚压心呢？"

"大，你是不是见不得我了？"梁毓书眼里又盈满了泪水。

袁继耀当场就哭了，肩膀头子一耸一耸地，黄豆一般的泪珠子雨滴般地砸到坚硬的枣木炕楞上，啪啪直响。

"娃娃，你说这话就是往大的心上扎刀子呢！大怎可能见不得你呢？大常说，大这辈子干的最称心的事就是瞅下了你这么个儿媳妇！但正因为称心，大才不愿意苦害你。如果你真就这么守一辈子，大将来睡到棺材里都不得安心。娃娃，大今儿就当着你们父女的面把话说明：你就再走一步吧！你自己找。你找谁，谁以后就是我袁继耀的儿。能不？"

梁毓书也哭了，一边哭一边说："大，这天底下再就没我看上的男人了，你让我到哪找呢？我已经想好了，如果臭娃真不回来，以后就让二娃给我过个娃娃，我跟二娃说。"

"那二和尚那颗小蒜脑能长几天还两墩搁着呢！你敢靠他？"袁继耀浑身剧烈地颤抖起来。

但无论他怎么说，儿媳妇始终不松口，这场"谈判"也只能不了了之了。并且经过这次摊牌，梁毓书终于彻底放下了之前的心理负担，该吃就吃，该睡就睡，等到开始春忙的时候，便又像往年一样正常出山了。

但是，随着一支驼队的意外出现，情况就慢慢变了。

本来对袁家来说，过驼队并不是什么新鲜事，因为每年开春的时候，他家都要将所有过路的驼队请到家里接待一番，这也是好几十年的惯例了。当然，他们的这份热情也是有回报的，他家的雁回头多数就是靠这些回程的驼队免费捎到沙城酒号的，几十年来也省下了不少人力和驮子钱。

那天后响，袁继耀正带着黑栓他们几个长工在官路峁种糜子，迎面又过来一支驼队。但这支驼队却有些怪，连招呼都没打一声就径直走了，就像他们根本不存在一样。这难免让袁继耀感到有些纳闷，便主动凑了过去。没想到果然都是些生人，从驮头到脚夫一个都不认识。于是他便热情地把他们请到了家里。那天，梁毓书正好没有跟着出山，当袁继耀带着驼队回到他家碹畔上的时候，她正在柴垛上搂柴呢，袁继耀便对她说了一句："山菊，让你妈赶紧准备顿好饭，来客了！"没想到他这一声"山菊"竟然引起了年轻驮头的注意，当即盯着梁毓书打量起来，并且在席间，只要她进来，他就老盯着她看，等酒到半酣的时候竟然直接开口打问上了："袁东家，敢问你这儿媳妇贵姓？"

"姓梁！"

"娘家是哪里人？"

"就这岭上的。"

此时的袁继耀已经明显有些不情愿了。

那驮头也发现了主家的不悦，便急忙解释："东家千万不要误会，我是谷川人，我们村也有一家姓梁的，后来到南边当先生去了，他女子也叫个山菊……"

"你是桃花店的？"袁继耀直接打断他的话问道。

"对！桃花店的。"

正说着，山菊又端着一大盘煎饼来了。

"山菊，你娘家来人了！认得不？"袁继耀笑着问。

梁毓书当即愣在了那里。十几年了，当年的娃娃早已经长成了大后生，哪能一下子认出来呢！

那驮头很快就憋不住了，猛地站起来说："我望春嘛！"

"望春哥！"梁毓书高兴地喊了起来。

这望春姓吕，是梁毓书在桃花店的隔墙邻家，并且两家人一直都处得很好。由于梁先生不善农事，所以春种秋收沾了吕家不少光，尤其是他到雁栖岭的那两年，拿轻掇重的活儿全得靠吕家帮衬。这吕望春大梁毓书两岁，加之性格也比较合，从小就能玩得来。在桃花店那几年，尤其是梁毓文到县城念书之后，两个孩子就成天泡在一块儿，溜洼洼抓蛤蟆，刨辣辣掰花花，不亦乐乎。并且就像袁国良一样，这吕望春也是个"撩撩"，心性也硬，谁要是打山菊了，他拳头一攥就"英雄救美"去了。慢慢地，两家大人就开玩笑结起了亲家，关系也似乎更加紧密了，就连吃顿好饭也总要互相端两碗："让我们女婿吃咯！""让我们儿媳妇吃咯！"梁家从桃花店离开那天，小望春还因为舍不得山菊，美美号了一鼻子。

后来，吕望春就到镇川堡的一家皮货行当了脚夫，这些年一直走平遥、银川一线，但自打中央红军过来后，南部山区的物资需求量猛增，老板便又另外组织了一支驼队，专门负责从镇川堡到南部山区一带的运输，并让他当了驮头，于是便有了和梁毓书的这次他乡遇故知。

从此以后，只要路过牛背梁，吕望春便要到袁家来一趟，喝点水，吃顿饭，顺便将袁家的雁回头捎到沙城。因为打小就熟络，梁毓书便自然把他当娘家哥看待了，一口一个"望春哥"地叫着，相互之间也就不存在太多忌讳了。但令她想不到的是，岭上人很快就开始嚼舌根子了！并且没过多长时间，关于她和望春之间的长长短短就被传得满沟二洼都是，而且越传越离谱，越传越瘆人！有人说曾亲眼看见山菊和望春在后庄湾抱住亲嘴儿呢！还有人说山菊已经怀了望春的娃娃，前些天还因为口寡爬到杏树上吃酸毛杏蛋子呢！更有好事者竟然像袁国温刚走那会儿一样，把她们的"风流事"编成了信天游：

山菊花儿它满山开，

开了六年都没蜂采！

柴蜂不来就来黄蜂，
来了个脚夫吕望春。

青杨柳树它好栽栽，
望春哥哥他好人才。

白天想你山疙瘩站，
黑夜想你把星宿看。

桃花落了它来年开，
这回走了多会儿来？

我照哥哥在雁头峁，
越照我心里越发焦！

前山的核桃后山枣，
相思病害上不得好！

就在岭上人一哇声地疯传这些闲话的时候，吕望春又来了。说来也巧，就在那天早上起驮的时候，他的汗褂被驮鞍上的钉头子扯开了一道一拃长的口子。那天梁毓书正好没出山，便让他脱下来给他缝了几针。而正当她把刚刚缝好的衣服递给望春的时候，她婆婆红椒就提着一筐子苦菜进来了。因为之前就听过不少关于他俩的闲言碎语，所以看到这个场景，当即误会了，丢下筐子就朝吕望春扑去："你个外路人都撵到家里欺负人来了，老娘今天非跟你遭人命不行！"梁毓书和吕望春急忙解释，但她根本不听，只死死地攘着吕望春还没有穿好的汗褂不放。

这番响动自然惊动了左邻右舍，院子里很快就聚下了一大堆人。那些婆姨们也被这外路人的"过分"做法惹毛了，便一齐上手吊到了吕望春身上，并当即打发了几个娃娃到山上叫袁继耀去了。娃娃们掂不来轻重，老远就吼叫起来："干爷爷！臭娃家我婶婶嫁汉来了，让我干奶奶捉住了！"

袁继耀当即蒙了，撂下锄头就挣命朝家里跑去。

"怎了？"一到院子，他就上气不接下气地问。

"这孙子外路人都欺负到咱家里了！"好几个婆姨抢着说。红椒更是放开声号了起来："我说要注意呢注意呢，你还常袒护你那碎妈，说不可能不可能，这下好了，把你爷爷都气得从坟里跳出来了！"

"老叔，你听我说，真不是那么个事儿嘛！我婶子误会了！"吕望春一脸无奈地说。

"老娘耳不聋眼不花，看得清清楚楚的，狗屙下的都是你屙下的！"红椒大声叫骂着。

"都散了！往家里走。"袁继耀黑着脸吼了一声，然后把吕望春和梁毓书叫到了窑里。

二人就把事情的前因后果详细给他讲了一遍。

袁继耀没有立即说什么，只黑着脸思谋着。从主观上讲，他相信他们的话是真的，且不说吕望春，单从他对儿媳妇的了解来说，她是绝对不可能干下这种轻浮事的。但他转念一想："天上无云不下雨，地上无土不生根！"这种事情谁又敢肯定呢？如果连一点影子都没有的话，那些闲话是怎传出来的？但不管真假，这说到底也是你情我愿的事情，你能把人吕望春怎？大不了打一顿，但那又有什么意义呢？你就把那杀了，这骚气味儿也去不了了。况且这事的根子又在自己人身上，如果那砍脑小子不要卖良心的话，哪会发生这事呢！于是便黑着脸朝吕望春扬了扬手："好了好了，我不想听你说那么多，你走吧！"

一看袁继耀竟然要放人了，红椒立即加大了哭声："等等！把梁行顺叫来，说不下个一二三他不好走。"

梁毓书终于忍住不了，两步跨到婆婆面前，瞪着眼睛吼道："你叫我大干甚呢？我给你说了，就缝了几针衣裳嘛！你怎还生硬把脏皮朝自个儿身上扯呢？非得我嫁汉你才高兴是不？退一万步说，即便我真嫁了，也不是我大让我嫁的，要杀要剐就我这个人！你把我大叫来干甚呢？"

这下，红椒便彻底失去了理智，猛地冲到袁继耀面前大声号哭着："你看你看，嫁汉还这么有理！"

袁继耀顺手就狠狠给了她两耳光："你灰种子再敢给老子吱一声，老子就把你活剥了！"说着一把抓住她的衣领，胳膊一甩就将她扔到了炕上。

趁着这个空空，吕望春赶忙转身走了！

那天，梁毓书整整睡了一后晌，当然不可能睡着，一直都在翻来覆去地盘算自己这几年的处境。

六年了，她一直苦苦地守着，并且一直都像男子汉一样充当着袁家的"二掌柜"！当然，直到现在她都对当初放走自己男人的做法不后悔，因为她多少还念了那么几年书，绝对不会像岭上其他女人一样只知道守着男人过"老婆娃娃热炕头"的生活，而是想着如何让自己的男人有更大的出息。并且她到现在都认为自己不会看错人，依然坚信只要袁国温还在人世，早晚都会回来的，因为她始终对自己充满了自信，凭她梁毓书的容貌和品性，不可能连个男人都拴不住！后来，她越来越感觉袁国温这些年一直杳无音信很有可能是出事了，也就是说他已经不在这个世界上了！尽管她从主观上绝对不愿意接受这个事实，也从来没在任何人面前提过这个不吉利的猜测，但在当下这个乱世，没有什么事情是不可能发生的。眼下唯一让她感到后悔的是当初真应该先怀个娃娃，这样的话，即便他真的永远都回不来，自己也就有块"压心石"了！

她就这样睡着，想着，哭着，直到窑里完全黑下来之后才硬撑着起来，到厨窑做饭去了。婆婆今天是不可能做饭的，英子早已经出嫁了，二英这段时间又伺候她外婆去了，她不做谁做？但等她来到厨窑的时候，竟然看见老公公正扎着围裙，站在案板边笨手笨脚地切洋芋呢！一时间，她还真有些想哭的感觉。这些年，他也真是太不容易了，各种各样的压力一个接一个，没有一点好活气。先是袁国温的不辞而别，然后又被国良逼着划分了几代人挣下的家产。等他终于明白和慢慢接受了他的"主义"之后，国良竟然又突然跑到国民党那边了。这段时间，眼看着共产党闹得红红火火，他的负担就越来越重了，倒不是不希望共产党红火，而是怕他们跟他算账，所以只要区上的政策一下来，他就第一个站出来带头响应，生怕慢上一步引来什么后果。而且不止两个儿子，就连刚刚嫁到磨家的英子也因为磨转世的牺牲而守了寡。虽然已经有了外孙，但那可怜的娃娃连自己的老子都没见过，所以便按照的岭上的风俗叫了个"墓生"！这么一想，她便哽咽着说："大，我做，你歇着。"

晚饭自然都没吃好。婆婆一直蒙头睡着，嚎一阵哭一阵，尽管她都把饭端到她跟前了，但她理都不理。她也没什么胃口，只挣扎着吃了半碗，然后洗了家什就回自己的窑里去了。

而就在她刚进到窑里坐下的时候，老公公就来了，并且一进门就说起了她和国温的事："山菊，你要听话呢！臭娃那孙子卖了良心了！你已经二十六七了，不能再等了。大还是那个态度，你不管招还是走，都永远是我袁家的媳妇……"

"大，我不是跟你说了嘛！这天底下再就没我看上的男人了！你让我往哪走呢？"梁毓书打断公公的话，一边流泪一边说。

老公公稍稍犹豫了一下："我看望春那后生就不错，你们也从小就熟悉，你不好开口大跟他说。"

梁毓书口张得老大，脸上慢慢浮上了一抹哀婉和委屈相互掺杂着的复杂表情。她满脸惊愕地盯着老公公，整个身子都剧烈地颤抖起来："大，你这话就等于拿刀子捅我呢！我妈怀疑我能理解，也不怨她。但我真没想到你也是那么想我的！这么多年来，我在你心里就连这么点儿信任都没熬下？你把我梁毓书看成什么人了？"

袁继耀这才发现自己一心急把话说下问题了，便急忙解释道："娃娃，刚才那话大真没说对！大真不是那么想的。这么多年了，你在咱家既当牛又做马，但凡有点良心的人都不会那么想你，大怎会那么想呢？只是大真觉得……"

"先不说了！睡吧！我知道该怎弄了！"梁毓书直接打断了公公的话，上到炕上头一蒙就睡了。

第五十四章

梁毓书整整一夜没合眼，越想越觉得委屈。

是的，袁国温是她放走的，并且从现在来看，她当初也的确有些鲁莽和不负责任。但她之所以那么做，不就是想让他有更大的出息嘛！也许只有她才真正了解，相对于袁国良，袁国温虽然性格乖巧内向，心性也要绵和一些，但也是个胸怀大志、很有铆劲儿的年轻人，只是因为他所追求的事业看上去不如袁国良的"革命"那般轰轰烈烈罢了。就在他们成亲前后，他就曾不止一次地对她说，他之所以要上大学，就是为了工业救国。他还说："中华民国这么大的国家，除了打几张桌椅板凳，烧几个瓷碗水瓮之外就啥都造不出来，所以就有了洋油、洋碱、洋布、洋钉子等一系列名字里带'洋'的东西！"也就是那时候，她才知道就连她们已经用了好几年的"洋火"都是外国人造的。

"所以我就想学工业，我要向世人证明我们中国人不仅能打钉子钻石油，还能造汽车、造火车、造轮船、造飞机，还要比他们造得好！"

每当说这些话的时候，他的眼里总会盈满泪水。而正是这泪水触动了她，让她觉得有义务帮助自己的男人实现梦想，所以便放走了他。

尽管如此，她也早就认识到，自己的鲁莽的确给袁家造成了很大的压力，可她本人也不轻松啊！并且严格来讲，她才是最大的受害者。袁家人好歹还有个出气口，正如她婆婆面对国温的几个姨娘们关于她能否守住的担忧时说的那样："她怨谁呢？她还要男人呢？我不跟她要儿就行了。"而她呢？她能找谁出气呢？所以这六年来，不管心里有多苦，她面上总坚持着，从来没在任何人面前流露过哪怕一丝不快，正如信天游里唱的那样："木鸽子喝了消冰水，脸上硬撑我心里灰！"不仅如此，她还总设法减轻公公的负担，以此来救赎自己的罪过！当然，她这么做也并非仅仅为了赎罪，更重要的是在履行她为了两个男人——袁国温和袁国良而在公公面前许下的承诺，等公公老去的时候替他们掌管袁家的家业！单单这一点，她就完全可以理直气壮地说："我，其实就是拿牺牲自己来成就袁家两兄弟呢！"

但她的牺牲和付出又能换来什么呢？婆婆那么想，她倒能理解，女人家嘛！但公公的话真让她接受不了。之前，她总以为自己这几年的表现已经让她们公媳之间建立起了一种高度的信任，正如老公公常给人说的那样："有山菊在，我袁家就垮不了！"没想到他一句"我看望春那后生就不错"瞬间就让她的心彻底凉了！这不明摆着就连他都认为她和望春之间有问题嘛！所以她便想到了走。当然，她所想的走并不是岭上人常说的那种"跟人跑"，而是换个生活环境，等国温回来她就回来。她相信他会理解她的遭遇和无奈的。至于往哪儿走，她一时还没拿定主意。但天下这么大，哪儿还弄不来一口饭吃！于是她便拿起纸笔，一口气写下了几大张告别留言：

大：

……受苦受累无所谓，但我绝对受不了冤枉和委屈。我真没想到，在你眼里，我梁毓书竟是如此轻浮放浪之人！所以你千万不要找我，即便找上我也不回来！我知道你可以绑，但绑住人绑不住心！我想你是了解我的。当然，我也不会走得太远，我还要等国温回来证明我的清白呢！即便他真的永远不回来，等你们老的时候，我也会回来给你们养老送终的。这是我的义务，我断然不会不尽！并且，一旦在外面安顿下来，我就会隔时给你们报平安的……

梁毓书

等袁继耀看到留言的时候，已经是第二天晌午的事儿了。早上一起来，他就没见儿媳妇。要在平时，她总要比他起得早一些，等他起来的时候，她已经把整个院子都扫了。所以他便回到自己窑里，打算让红椒过去看一下。这老公公进儿媳妇的窑总有些不方便。但红椒还没有从头天的震怒中平静下来："有甚看头呢！愿哪死咯呢！嫁汉还有理了！"袁继耀便只好到她住的窑外面听了一会儿响动，但里面静悄悄的没有一点声响，于是他便轻轻叫了一声："山菊，你妈问你想吃甚呢？"但她竟然没有接话，而以他对她的了解，她即便生气也绝不会给他摆脸子的，所以便轻轻敲了几下门，然后直接把门推开了。果然没人！起初，他还当她又去杏树梁英子家了，自从转世牺牲后，她就总往那里跑，给英子宽心解闷，所以便没当回事。但整整一前晌，他的眼皮一直跳个不停，心慌得厉害。等到吃晌午饭的时候，他终于撑不住了，便跑到儿媳妇的窑里，直接打开柜子将她的梳妆盒打开，因为他知道她的钱都在里面放着。这一打开，他当即愣住了，盒子里除了几张写满字的马莲纸，果然空空如也！他赶忙将这几张纸折起来揣进衣兜，径直朝梁先生家去了。

梁先生接过纸快速扫了几眼，脸色猛然就变了，苍白苍白的。

"写了些甚？"看梁先生脸色不对，袁继耀急忙问。

"毓书走了！"

"走哪了？"

"能给你说走哪儿就不走了！"梁先生的语气猛然严厉起来。

袁继耀当即乱了阵脚，一屁股坐到锅台边上，猛地拍了一下大腿："先生哥，怎办呀？"

梁先生狠狠瞪了他一眼，接连冷笑了两声："你这会儿问我怎办呀！我哪知道怎办呀！我常当你是个精明人，没想到纯粹也是个八成灰疙蛋。我女子哪怕真嫁汉子了，她也不是山里逮的个野雀嘛！不还有我呢嘛！你呢？院子里就唱开大戏了，就短捣锣挂灯了！你那究竟是给谁扬灰气呢？告诉你，我梁行顺说到底也只是个讨吃过路的，你袁家不在这岭上活人了？再说，谁看见我的女子跟望春明铺二盖了？夜天，望春还专门跑到我这儿，把事情的前因后果都给我说了，不就缝了几针衣裳嘛！那针线疤子都在呢！你们怎硬要说两个娃娃有问题呢？不沾一身骚气味儿你就活不了了是不？我还准备等亲家母的气稍微稳一下过来跟你说这事儿呢！没想到就捅下这么大的乱子！这么多年了，我梁行顺什么家教，毓书什么品行，你心里就没一点数？我的娃娃听名儿是你袁家的少奶奶，但自到你袁家门上享过一天福没？你看看她那手，别说女人，这岭上有几个男人的手能像她那么粗糙？你是光眼瞎了还是连心都瞎了？咱退一万步说，即便两个娃娃真有那想法，他们敢在大天白日干那事儿呢？你这颗脑让门夹了？我告诉你，我就剩这么个女子了，我还指望她将来号我几声呢！眼下这人是从你袁家走的，那你就必须把这个'无事'给我保起。如果毓书出了什么事，我梁行顺跟你没完！"

梁先生发火的时候，袁继耀一直抱着头呆坐着，没有辩解一句，因为会听话的都能听明白，尽管他的这些话有些重，但从本质上讲也都是为他袁家考虑的。所以直到梁先生停下来之后他才一脸哭相地解释道："都怨我那灰疙蛋婆姨嘛！等我跑回去的时候已经没办法挽回了，恨得我美美把那扇了几耳光。"

"那我不管！那又不是我婆姨呢！你一推三六九，把过都怨到婆姨身上，好像你还是'精枣果馅'一样。我就不信，你如果什么都没说的话，毓书会走？毓书是那种跟老婆婆都要较劲儿的糊涂蛋吗？你究竟说什么让她受不了的话了？为什么不提前跟我沟通呢？平常大凡小事都屁颠屁颠地往我这儿跑，怎关键时候就不记我是你亲家了？你原来都是逗我耍呢是不？那我不跟你耍了！我明儿就回我的桃花店呀！"

一听梁先生要回老家，袁继耀就更加慌乱了，急忙哀求道："好我的先生哥呢！出了这么大的事，你走了我怎办呢？"

梁先生又是嘿嘿一声冷笑："怎？我给你卖了？怎办！你随便怎办！你既然有吃刀子的嘴，就要有屙刀子的屁股！"

看梁先生的气一下子消不了，袁继耀便转身朝梁李氏打了声招呼，随即灰溜溜地退出了梁家。

他一回到家就把所有的怨气都撒到了婆姨身上，一脚把婆姨踩到脚地圪塄，拉起一根劈柴就美美抽了一顿，并且把梁先生的话拣重点的给她重述了一遍："你哪只狗眼看见山菊跟人明铺二盖了？即便他们真有那想法，敢在大天白日干那事儿？不沾一身骚气味儿你就活不了了是不？你给爷爷出个寻咯，要寻不回来，爷爷非活埋你不行！"

第二天一大早，袁继耀又去梁先生那讨计策去了！他想，先生这会儿应该冷静了，还想着让他和自己一块儿出去找毓书呢！"找嘛！不找怎办？娃娃这几年受了这么多苦，又遭铺了这么大的冤枉！真是唉！"但等他走到梁先生家的时候，发现大门房门竟然都紧紧锁着，牲口圈里的骡子也不见了。他当即一惊，一脚将大门踹开，掀开房门进到起居的后房，一斧子将炕桌抽屉上的锁子敲开，但正如梁毓书的梳妆盒一样，里面也是空空如也！他再没敢停留，连房门都没关就挣了命地跑回家里，然后叫上黑栓和磨六，三人三马追梁先生去了。

他们一路狂飙，终于在二十里外的高家川追上了他。

袁继耀策马挡住去路，翻身下马，双手抓住梁先生的肩膀："先生哥！你这是干甚？你不能说走就走啊！千错万错都是我的错，但我真不是故意的，真是我婆姨捅下的乱子！我夜天又美美把那捶了一顿。当然，我那天晚上一着急说那话也真不对，问题还大呢！但你就不能原谅我一次？至于山菊，我寻，我哪怕走遍天下，磕头下跪都要把娃娃寻回来。我刚还到你那儿准备叫你一块儿去寻呢，怕我一个人寻不回来。你就看在咱兄弟俩这么多年交情的份上，给兄弟个机会能不？我就问你一句：这么多年来兄弟我对你怎个？说句掏心窝子话，我在县老爷跟前都没有像在你跟前那么低声下气过！"他这一急，用词也有些不当了。

"那你以后就再不用低声下气了！"梁先生说。

袁继耀顺手在自己嘴上拍了一掌："受苦人说不了话嘛！但我那意思……"

刚说了半句竟直接咚的一声跪了下去："先生哥！咱不说别的，你就不心疼兄弟的可怜？我这几年遭铺了多少事儿！我几个妈齐扎扎死到我面前，连尽孝的机会都没给我留。国温一去不回，生死不明。几辈子人刨挣下的家当猛然就让那二老子糟践了。等我刚品见将来的天下肯定属于红军的时候，那孙子又猛然跑到白军那面了！这段时间我做梦都梦见红军的刀子在我脖子上架着呢！倒不是我怕死，问题是我死了这个家怎办？英子年轻轻地就守寡了，我的墓生可怜的连老子都没见过。现在山菊又走了。哥呀！我也是娘怀十月养下的，不是铁打的，也撑不住啊！"说着又猛地站了起来，径直把头杵到梁先生面前："你看我这头发都快白光了，我才四十四啊！哥呀！你在的话，我哪怕号鼻子还有个号处呢！你这一走，我上哪儿号呢？你知道我重脸面，除了你，我不想在任何人面前掉眼泪！"他一边说一边哭，最后几乎是放声号开了！

他这番掏心窝子的话把大家都带哭了，就连黑栓和磨六这两个岭上有名的硬汉也都扑簌簌地掉起了眼泪，梁李氏更是泣不成声，边哭边对男人说："他大，咱不回了，你看继耀都成甚了！"

其实根本不用她说，梁先生也早就撑不住了，只是拉不下那个面子而已，甚至早上临走的时候，他的心里就一直在敲鼓，但一想到"一言既出"，便又硬着头皮走了。

这些年，不光袁继耀把他当亲哥了，他也早就把袁继耀当成亲兄弟了，甚至几天不见心里就感觉空落落的。所以便急忙揩了一把眼睛，猛地搂住袁继耀的肩膀："回！天塌不下来，即便塌下来咱弟兄俩一块儿扛！"

袁继耀赶忙用袖子擦干泪水，硬把梁李氏扶到自己的马上，并亲自牵马执镫走到最前面。但没走几步就又哭了，尽管他曾试图坚忍，厚实的嘴唇用力闭合着，直把牙齿憋得扑棱棱直磕，但无奈内心的汹涌实在无法阻挡，终于还是哭了！

梁先生也终于放下了脸面，不顾一切地哭开了，因为他这会儿才猛然发现，小他六岁的袁继耀竟然比他还老，不仅满头苍白，原本直挺挺的腰板也明显佝偻了不少，根本不像正值壮年的汉子。于是，他便从内心深处猛然生起一股强烈的愧疚："兄弟，自打毓文出事后，哥还真有些漠视你了！"

两亲家一路走一路哭，直到爬上墩岇梁，"十八罗汉"的英姿再次出现在他们泪眼里的时候，梁先生才伸手揩掉眼泪，然后大声对袁继耀说："兄弟！把腰板挺起来！就像那雁头岇一样！"

第二天，袁继耀就将农事托付给黑栓，和梁先生一道找梁毓书去了。

他们先到桃花店和谷川县城找了一圈，然后北上沙城，但一连找了二十多天都毫无音信，于是便到镇川堡找到吕望春，就这场误会给他解释了一番。听到梁毓书离家出走的消息，望春也很震惊，当即把自个儿责怪了一番："都怨我！但我们从小就要得好，像亲兄妹一样，心里就没那么多忌讳，这才让你们岭上人误会了！不管长短，你们先回去，这人找人能找死人，我一年走南闯北过的地方多，说不准哪天就碰上了！"

于是两位老人只好无功而返。但等他们回到岭上，袁继耀的儿媳妇让脚夫吕望春拐跑的事儿早已经传遍全岭了。

还真让吕望春说中了！之后不到两个月，他竟然端端碰上了梁毓书。

那天半前晌，当他带着驼队行进在无定河与沙溪河交汇的沙河口时，打老远就看到玉米地中间的小路上过来一个人，并且从衣着和步态来看应该是个女的。脚夫们也都看见了，便一哇声地挑逗起来："三月里桃花花开，妹子你就走过来，蓝袄袄红鞋鞋，站到哥哥跟前前来。"按常理来说，这个女人肯定会在一片放浪的哄笑声中慌忙钻进旁边的玉米地，但这个女人却不一般，非但没有慌乱，反而依旧微扬着头，自顾自地前行着，全然不顾这群粗俗汉子们的挑逗。

"嘿！今儿还真碰到硬颗子了！"

"就是，看来这世上还真有不怕狼的羊呢！"

正当他们感到惊愕的时候，一直沉默着的吕望春突然发话了："都悄悄！我看那好像是山菊，就雁栖岭袁东家的儿媳妇！"

"你是不想你妹子想疯了，她在这干甚呢！"

吕望春策马冲了过去。果然是梁毓书！

"山菊，你瞎跑甚呢？"

梁毓书显然也深感意外，当即大吼一声："啊呀！望春哥！我正准备找你呢！"

"你这几个月都去哪了？"

"沙城地毯厂。"

"那你现在是准备回老家呢？"

"不是，那掌柜的不规矩，让我扇了一耳光，干不成了。"

"好好好！那我这趟就不走了，让二驮带着他们去，咱先到镇川堡，明天我就把你送回去。"吕望春说。

梁毓书一听要送她回去，当即急了："我不回！我已经想好了，以后就跟你赶牲口。"

"好我的仇人呢！现在都惹下一河滩事儿了！还敢胡来呢？你听我说，咱回！你看把我两个老叔都急成甚了！前段时间还到镇川堡找我了，你公公那么要强的人，哭得就像泪人一样。他们已经知道那是误会了，所以你也要要性子就行了。再说你一个女人家，怎能赶牲口呢？这天底下都没个女脚夫。"吕望春乞求道。

"我一当不就有了！反正我已经想好了，如果你不带我，我就找别人。我的脾气你是知道的。"

见她如此执拗，吕望春便没敢再对着干，不论长短，先把她稳住再说，于是便让了一步："那咱说好，等这趟回来你就跟我回雁栖岭！"说完便叫一名小个子脚夫拿来他的换洗衣服让她换上。可衣服是换了，新的问题又出现了，头发怎办？要知道，这赶牲口的路上并不安稳，时不时就会遭遇土匪，这长辫子的确很不方便。

正当吕望春盯着她的头发发愁的时候，梁毓书竟然将手直直地伸了过来："哥！把你那刀让我看看！"

吕望春还真以为她对自己的刀感到好奇呢，便直接递了过去，没想到她接过去瞅了瞅刀刃，趁他不注意，伸手攥住自己的辫根儿，只听呲的一声，长长的辫子就齐根儿落到手里了。

"妈哟！你这秃楚楚的怎回雁栖岭呢嘛！"吕望春简直要崩溃了。

梁毓书转身嘿嘿一笑："没法回就不回了。从现在起，以前那个梁毓书已经死了，以后我就是梁脚夫。谁说女人不能当脚夫？我就当了，说不准将来还能像你一样当驮头呢！来，众位弟兄，谁会剃头？再给我修整一下！"

所有人都被她这一番操作惊呆了，愣愣地看着她。

"老吴，咋给修整一下！你让我怎给我两位老叔交代呢嘛！我真是倒了八辈子遭了，摊上你这么个人手！"吕望春简直无奈了。

老吴顺手从褡裢里掏出剃头刀，只一会儿工夫就让她从模样俊俏的少奶奶变成了寸发端竖的二后生。

梁毓书伸手摸了摸秃楚楚的头顶，哈哈一笑："弟兄们，都记住！以后就叫我毓书兄弟。"

一番折腾之后，驼队便又出发了。其间，吕望春把梁毓书叫到队伍后面，详细了解了一番她这两个月来的情况。

离开雁栖岭后，梁毓书直接去了沙城，一来是考虑到那里地方大，找营生肯定容易。二来是因为袁国良也在那里，万一遇上什么事也好对付。尽管她是一个硬正人，但从来没出过门，根本不知道雁栖岭之外的世界是什么样子，总有些胆怯。等她到了沙城找好住处，正好等上新办的一家地毯厂招学徒，她便用假名报了名。那掌柜的一看她落落大方，关键还识字，便收了她。一开始，一切都还顺当，但没过多久，随着她身上劳动印记的逐渐退去，俊俏的容貌日渐凸显，问题就跟着来了。

有一次，那掌柜的突然指着梁毓书问工头："这女工是哪来的？怎没见过呢？"

"这不是你招来的嘛！就那个识字的，姓李。"

"哦！"

从此，那掌柜的就开始格外关照她了，第二天就给她调整了岗位，要她协助管理账房。这虽然是个轻便营生，可她并不情愿，因为她更喜欢编织地毯这样的手艺活，可一想自己初来乍到，不便拒辞，便应了下来，只是一待账房没活就又跑去编毯了。但很快，她就意识到那掌柜的之所以要她协理账房，并不单单是因为她有文化，而是有别的图谋，因为自从她到了账房之后，他就见天地来，并且一来就不走了，总寻着话题跟她拉话，后来竟慢慢轻浮起来。她当即产生了离开的念头，但她知道这家伙在沙城财大气粗，不想点办法还真不好走，于是便开始思谋如何对付他了。

那天，他又来了，并且像往常一样轻浮了起来。此时，她已经想好如何对付他了，便没像之前那样巧妙抗拒，而是故意给他造成错觉，引他步步上钩。他果然上当了，动作越来越大，最后竟顺手摸了一把她的脸说："就你这脸蛋，干这营生真是糟蹋了！"

梁毓书猛地站了起来，抡圆胳膊就给了他一耳光："你是不是不想活了？"清脆的耳光声和叫骂声当即将旁边房间的女工们吸引了过来。

那家伙做梦都没想到一个女工竟然敢打他，还问他是不是不想活了，所以当即愣了，直到大伙儿围过来之后才缓过神来，指着她咆哮道："你敢打老子？"

"像你这种牲口，人人可打！老娘知道你在这沙城财大势大，但老娘既然敢打你就不怕你！"梁毓书直直地戳着他的鼻梁骨大声叫骂道。

她的气势显然起作用了。也是，区区一个女工，不仅敢动手打他，态度还如此嚣张，这还真让他一时品不来深浅了，便没敢再过分造次，语气也明显软了下来："老子扣你工钱！"

梁毓书哼哼冷笑了一声："实话告诉你，老娘还真看不下你那几个铜子儿。但你既然这么说，那老娘还非要不行了，少一个铜子儿都不行！"

"谁给你的这么大的底气？"

"它给的！"梁毓书从裤兜里掏出袁家后来给她补打的金镯子，啪的一声拍到他面前。

区区一只金镯子对那掌柜的来说自然不算什么，所以便轻蔑地笑了。

"认得这个字不？"梁毓书拿起镯子径直杵到他眼前。

"那不'袁'字嘛！"

梁毓书点了点头："你知道以前景司令的警卫连连长袁国良不？"

她这一问，那掌柜刚刚轻松下来的面容又收紧了，慌忙问道："他是你什么人？"

"你先别管他是我什么人。你就说你知道不？"梁毓书继续逼问道。

"知道，现在是骑一团团长嘛！"他明显已经有些底气不足了。

梁毓书哼哼一笑："对！我不想告诉你他是我什么人，我只给你这么说，我让他三更到这儿见我，他绝对不敢五更来。你信不？"

此时，掌柜的心里已经有数了，便径直道起了歉："哈呀！袁太太，实在不好意思，高某有眼不识泰山！刚才都是误会。没问题，您如果实在不愿意干的话，您说结多少就结多少，高某绝不还口。"

梁毓书便顺势来了个将错就错："那倒不必，该拿的我一分不少，不该拿的我也一分不多。我说了，我不缺这几个铜子儿！只是来到沙城以后闲着没事干打发时间呢！"

"那是那是，袁太太还能缺住几两银子！冒犯冒犯！"那掌柜的说着就让账房取来了钱。

学徒嘛！挣得自然不多，也就两块银圆，并且这里面还包括一个月账房协理的工钱，不然连两块都没有。梁毓书接过银圆，转身将一位工友叫了进来："师父，姐夫殁了，你娃娃又多，这点儿钱你拿着，也不枉咱师徒一回！"说完就转身走了。

那掌柜的一直把她送到大门外面，并且不停地赔着罪："还望您大人不计小人过，原谅高某的轻浮，千万不能告诉袁团长……"

梁毓书泰然一笑："姓高的，你记住！我从来都没见过你，希望你也给工友们都安顿好,这地毯厂从来都没有过我这么个人。袁国良什么性格你也应该有所耳闻，如果这事传到他的耳朵里, 别说你这点儿摊场, 估计连你这个人都得从沙城消失！"

尽管她如此安顿，"袁国良太太"大闹高记地毯厂的事儿还是很快在整个沙城传开了，并且没几天就传到了袁国良耳朵里。他自然很是纳闷："把他的！怎突然冒出了个太太！"于是便直奔地毯厂，把那掌柜的叫来详细了解了一番事情的全过程。待高老板颤颤巍巍，没敢有任何保留地讲了整个事情的经过之后，他当即明白了，但也并没有为难这姓高的，只一脸严肃地说："以后多干点人事，不要仗着有几个臭钱就胡作非为，无法无天！"

离开地毯厂后，袁国良一路走一路想："她怎会来沙城呢？怎还揽起工了？"但无论他如何绞尽脑汁，也没能想出个子丑寅卯来。"不管怎样先把人找到再说。"这么一想，他便径直去了警备司令部，向高司令说明事情的原委后就带着警卫连全城"搜捕"去了。但尽管他掘地三尺，却始终没能找到她。

他当然是不可能找到的，因为此时的梁毓书已经跟着吕望春的驼队从银川返回了，正骑着马悠哉乐哉地在三边与鄂托克旗交界的草原上漫步呢！并且一边走一边还哼唱着一首哀婉而多情的信天游。这歌是她当天早上才从住宿的骒马店老板娘那儿学来的：

> 天上的流云地上的河，
> 再好的妖精都不如我！

> 浮水上鸭子刮水的鹅，
> 你走到天涯都记着我！

弟兄们都说，那老板娘是黑子的相好的，叫个粉桃。

第五十五章

　　从银川回来后，梁毓书就赖在驼队不走了，还总威胁吕望春："你如果不留我，我就找别人，这天底下又不是只有你一支驼队！"无奈之下，吕望春只好再次让步，想着等几趟下来把她走夯就好办了，所以便专门和商号掌柜的商量着一连走了几趟恰克图。

　　相对银川而言，恰克图不光路途更远，来回一趟就得一个多月，加之沿途大多是无人区，条件也艰苦多了。但没想到这梁毓书还真是个硬骨殖，非但没走夯，反而愈加享受了，以至于第二趟回来的路上，她竟然笑着对吕望春说："我看咱以后不如专走北线算了，比西线有意思。"

　　吕望春当即火了："你还真上瘾了！这趟回去以后，我就是绑都要把你绑回雁栖岭！一个女人家，成天钻到男人堆里。像个甚！"

　　"女人家怎了？我钻男人堆干甚了？"

　　"就那么点事，说明白就行了嘛！你放下家里不身，受这号洋罪图甚呢？"

　　"图畅快呢！"

　　"问题是你畅快我就不畅快了！你说你都是成了家的人了，时间长了没事都有事儿了！"

　　"你放心，我沾不住你！"

　　"那你成天跟着我干甚呢？"

　　"那我不跟了。我走！"

　　"走走走！赶紧走！你还怕死我了！"

梁毓书头一转，当即驱马离开了队伍。

"你准备走哪呢？"

"没你管的！"

"那你把马给我撂下！那是商号的。"

梁毓书当即翻身下马，背起行囊就走了。

二驮急忙挡住她，对着吕望春怨怪道："你就不能少说两句？这茫茫荒野，让她一个女人家去哪呢？"

"她愿去哪儿去哪儿！"吕望春说着便朝二驮眨了眨眼。

二驮便知趣地让开了，驼队继续前行。

梁毓书背着行囊快步向绥远方向而去，连头都没回。

等她远远地消失在一条小山梁后面的时候，吕望春终于憋不住了，带上二驮追了过去。

"好姑奶奶呢！我咋是夙了！我上辈子就不知欠下你多少人情了！"说着便一把将她抱到马上，牵着马朝回走了。

回到镇川堡，吕望春便真的动了一回绳子，直接将梁毓书绑到商号后院的一孔窑洞里，正式和她摊牌了："你要跟我赶牲口也可以，但绝对不能再这么偷偷摸摸了，我今儿就派人到雁栖岭把两位老叔请来，咱当当对面把所有事都拉清楚。"

袁继耀和梁先生很快就赶过来了。尽管他们把嘴皮子都快磨破了，袁继耀还不顾老公公的脸面给她泪流满面了一回，但梁毓书却铁了心了，说啥都不回去。

"大！臭娃走了六年多了，书无书信无信。以前我一直都硬撑着，但现在我撑不住了，我也是人啊！大，你常让我走，我也知道你是为我好，但人不是牲口，卖到哪里是哪里。我可能天生就是袁家的媳妇，让我在臭娃之外和别的男人过一辈子，在我看来那连死了都不如！对，我是赌气跑出来的，如今我的气早消了。赶牲口是个苦营生，但正因为苦，才不会像在家里那么让人心慌。所以你们就给我三年时间。我等到第十年，臭娃回来我给他解释这摊子事。如果还不回来，那我也就死心了，心一死就不慌了，我就回家，继续帮衬你操持家业，然后等国良成家了，给我过继个娃娃就行了。并且我过去说说的话一直算数，等你老了，我给咱照看家业。你甚心都不要担，我绝对不会做任何辱没咱袁家和梁家名声的事儿！"

话都说到这个份上了，袁继耀还能说什么呢？便只好仰天长叹一声，给她撂下一笔钱，然后给吕望春千安万顿了一番便转身回去了。其实，这个结果，他早在来的路上就已经想到了。

的确，此时的梁毓书已经从骨子里喜欢上赶牲口这个营生了。尽管这个营生其实一点儿也不轻松，甚至比上山受苦还要苦得多，正如脚夫们经常哼唱的那首信天游里说的：

> 撂下我的妹妹赶牲口，
> 光景要是得过谁想走！

> 赶脚的路上它苦难多，
> 泪滴滴就汪满沙窝窝。

> 一步跨过那个无定河，
> 能不能回来还不好说！

但正是这份清苦，让她意外收获了一种好几年都不曾体会过的踏实的感觉。十几个人、几十峰骆驼、几匹马，不紧不慢地游荡在大漠草原上，无拘无束，自由自在，那种美妙的感觉真是连说都没法说。关键这些骆驼和马不会给你制造闲言碎语，更不会给你编排那些酸溜溜的信天游。脚夫们虽然粗野，满口浑话，但纯粹只是为了逗闷，绝对不会对你造成伤害。当然，作为女性，起初她的确有些不太习惯。但很快，随着她对他们的进一步了解，她慢慢觉得，也许正是这份粗野造就了他们的可爱，映照出了他们的善良。的确，对于这些终年与黄沙草滩为伍，与忧愁寂寞为伴的汉子们来说，所有的粗野都是天性的释放，而天性正是最真实、最善良的东西，所以便慢慢释怀了、接受了。

当一家孤零零的、充满野味儿的骡马店于落日的余晖中赫然出现在不远处的沙湾里的时候，气氛就更加欢快了，就连那些负重的驼马都仰起了头，自觉加快了步伐。

"黑子，你看粉桃又照你呢！"

"让她照！老爷今黑里三碗干饭九根葱儿，非把那小妖精给活活摊散了不行！"

"你哪怕圪蹴到葱地峁子都不顶事！你看那小妖精，可耐戳打呢！"

"那是没给她上足王法！"

每当他们说这些话的时候，梁毓书总是嘿嘿嘿地笑着，抑或转身给上一鞭子，当然不会太用劲儿。

说是骡马店，其实就是几间勉强可以遮风挡雨的茅草房。但对脚夫们来说，这已经足够了，因为那里至少有热乎乎的饭食，有比沙草滩要舒服很多的大通铺，还有能有效抚慰他们寂寞和劳累的老板娘。要知道，做这种生意的人大都比较开朗，尤其是老板娘，必须懂得些风情，不然就恋不住客。

"粉桃，来来来，过来！"

"怎了么？哇……哇吖！吃奶呢？"

"谁不给吃谁孙子！"

"叫妈就给你吃。"

"那我不吃了，就捏一下，看是不是又让黑子揉大了！"

"唉！和尚小子，蜂蜇你的嘴头子呀！"

女人愁肠哭鼻子，男人愁肠唱曲子。尽管清苦，但路还得往前走，并且还得唱着走！于是，这茫茫旷野上便会飘荡起一首又一首哀婉透骨的歌子，而其中好大一部分歌曲就是他们的前辈们用心血创作的：

张家畔（那个）起身刘家峁站，
峁底里下咯（哟）我把朋友看。

三月里（那个）桃花它红又红，
为甚我们赶脚人他就这么苦命？

不唱两句酸曲（哟）我不好身，
唱上两句酸曲（唉）又想亲人！

这哀婉的歌声过后，往往就是一阵逼人的死寂。这当间儿，梁毓书的作用就体现出来了，她总会挑选一些较为欢快的歌子跟上，用以稀释涌集在他们心里的浓郁的惆怅。弟兄们最爱听她唱《绣荷包》，她就一遍又一遍地唱。后来，只需她一开头，要么最多只唱上一段，就变成了和声，大家边走边唱，尽管那声调简直是鬼哭狼嚎，但所有人似乎都很投入，也很陶醉。

年年你走口外，
月月你不回来。
捎书书带信信，
要一个荷包袋。

一绣鸳鸯鸟，

戏水在河边，

一针针一线线，

穿过妹妹心尖尖。

二绣并蒂莲，

盛开在山巅，

其中的情意，

哥哥你记心间。

……

虽然她唱的曲儿大都是表达思念的，只是旋律稍稍欢快一些罢了，但对于这群汉子们来说，只要这曲儿是从她嘴里唱出来的，那效果就明显不一样了，好似闷热的三伏天悠忽拂过的凉风一般令人舒爽。而且只要她一唱，沉闷的气氛很快就会得到扭转，瞬间又活泛了起来，就连话题也猛然变得轻松愉快多了：

"黑子，你夜黑里把粉桃挼了几把子？"

"怎还不挼她六七把子？"

"那店掌柜呢？"

"睡了。"

"你就当着他的面挼的？"

"说那号倒遭话，那能行呢？压到灶间锅台上挼的。"

"唉！我说今早上的黄米干饭怎带一股骚气味儿！"

……

刚入驼队那会儿，一到骡马店，梁毓书就不敢开口说话了，只管埋着头吃喝。看她眉清目秀的样子，一些泼辣的老板娘就挑逗她："看人家这后生，长得跟戏班子里的小生一样！"

"那你看上不？"有人递话。

"俊是俊，就怕中看不中用，就那小身板，两下摇散架怎办？"

一般来说，驼队都是日行八十里，每支驼队在哪家店歇息也大都是固定的。所以在她正式加入驼队之后，吕望春就让他们一路上住宿的所有店家对"客房"做了一番改造，在大通铺旁边加盖了一间小房子，这小房子有两道门，一道通着大通铺，一道直接通向外面。面对店家们的不解，他就随便编了一个借口："那小后生是我们商号老板的公子，从小爱干净，怕我们的虱子给他爬上呢！"被褥则干脆随身携带，所以相对于弟兄们，她的住宿条件自然优渥多了。

尽管如此，梁毓书还是更喜欢露宿。

在经过无人区的时候，每当太阳落山，驼队就停止前行了，找一处避风沙湾卸下驮子，将牲口赶到就近的草地上，然后开始埋锅做饭。作为女人，做饭的事儿自然少不了她。露营的饭食比较简单，一般都是小米饭，最多加一些洋芋块子。但说来也怪，同样的食材经过她手就很受欢迎，以至于弟兄们都说："这饭一有女人味儿就香了！"

露营自然是要生篝火的，一吃过饭，弟兄们就到附近的沙柳林子里掰些枯死的枝条，扛几个腐朽的古柳桩子过来点着。柔柔的夜风拂过，猎猎的火苗旗帜般地随风摇摆，呼啦作响。大伙儿围坐在火堆旁，你一言他一语地闲聊着。她便趁这个空空拿出针线，一边闲聊一边给他们做些缝缝补补的活，也只有这个时候，她才又做回了女人。

"毓书，你念过书，有文化，你说真有投胎转世这一说没？"

"这我也解不开。"

"哈呀！如果真有的话，我下辈子高低转个东家，穿绸子戴缎子，顿顿猪肉粉条子，再问上八个老婆，够怎美气！"

"你解开个屁呢！东家也有东家的难肠呢！你没听老年人说：活人不简单，简单不活人。凡转人的都是上辈子亏人事做得多了！我看转甚都不如转猫，甚活都不用干，成天就往锅圪墶一卧，饿了就抓个老鼠，顿顿吃肉。"

"东家还愁甚呢？不就愁下顿吃甚好的呢嘛！毓书，你们家不就是东家嘛！愁不？"

"怎不愁？愁事儿比你们都多！"

"我听说你们家以前光地就有五千多亩，真的？"

"真的。"

"哈呀！那是甚响气！"

……

闲话聊够了，有人又提议："三害，再给咱倒腾一轮子，把夜天那段子书给咱说完。"

这三害是个单眼瞎子，小时候曾托过几年盲人书匠，虽然只学了点皮毛，但在这赶牲口的路上就算是大师了。

夜天我说在闺楼中，

咱接住茬子往下明。

都说女人好了咱们男人爱，

男人好了女人也一样样爱！

那张美蓉一看见李相公，

当场就得了一场相思病。

茶不思来她饭不用，

睡到炕上就嘻嘻哼。

这相公要和我订了婚，

我不穿棉袄就暖三冬。

这相公要和我装了新，

我少活二十年都愿情！

……

自制羊皮三弦的音质并不怎么清脆，三害的唱腔也并不怎么婉转，但在这空寂无边的大漠里，却猛然多了几分独特的韵味，那嘈嘈切切的韵律就像从辽远的未知境界里悠然飘来一般梦幻。

但比起这些，梁毓书最享受的还是夜静之后将睡未睡的那段时光。闲聊说唱完毕，她便回到用四头骆驼围成的专属于她的空间，钻进狗皮被褥里，当然不会立即入睡，总要斜靠在骆驼身上默默地坐一会儿。因为有狼，篝火便不会熄灭，但也不加柴了，便没了明火，只有煨着的树桩在夜风的撩拨下一翕一灭，给人一种无限空灵的神秘感。火堆旁，多数人已经拉起了如雷的鼾声，但值更的弟兄们依旧低声聊扯着，尽管他们将声音压得很低，可依旧依稀可辨。

"我大已经七十三了，一满不行了，今年下来我就不赶了，回呀！"

"唉！你比我强多了，我连我大的面儿都没见过，我还在我妈肚子里的时候他就殁了，就是殁到赶牲口的路上的，所以我妈那会儿说甚都不让我赶牲口，但不赶怎办？就那二亩薄地吃不上嘛！"

梁毓书久久地斜靠在驼背上，痴痴地望着那深邃的墨蓝色夜空。那夜空真是净极了，一盘满月静静地点缀于沙梁上空，山泉一般清澈。四围的星宿也渐渐稠密起来，那一道泛着隐隐白光的星带应该就是传说中的天河吧！这么一想，她便又开始寻找牛郎和织女那两颗不幸的星宿了。小时候，奶奶曾给她讲过他们的故事，并且不止一次地给她指过这两颗星宿的位置，但她总记不住，大概就是隔着天河相互闪光的那两颗吧！于是，她又不由得联想到了自己，突然感觉自己和袁国温比那牛郎织女还苦，人家至少每年还能见那么一面，抱头痛哭一场，但快七年了，她的男人却始终音信全无，就像凭空消失了一样，以至于她对他的模样都有些模糊了，只在见到袁国良的时候才又清晰了起来。这对双生兄弟实在是太像了，一样的个码身材，一样的五官面容，就连走路都没有什么明显的区别，只是袁国温明显要文静一些，不像他弟弟那般英气逼人。因为他性格内向，不善于表达，加之懂事之后因为他们之间的特殊关系而造成的羞涩心理，导致他俩之前都没怎么说过话，所以她对他的了解也相当有限。但就在成亲之后短短不到两个月里，她就慢慢发现，其实这袁国温也是一个很出色的年轻人，只是因为袁国良的光芒过于耀眼，将他衬托得黯淡了一些罢了。关于这点，他自己也很明白，有一次，他就一脸郑重地对她说："我知道咱岭上人都说我跟二娃差远了，我也很清楚二娃干甚着呢！对，他那活儿我真干不了，但并不是只有那条路才能出人头地！我就念书，工业救国，科学救国，照样也能干出一番天地来。这家就是小社会，也存在竞争呢！将来二娃婆姨当她的将军太太，你就当你的科学家夫人，也不比她差！并且从人类社会的长远发展来说，一个科学家要比一个将军重要得多。总而言之你放心，我绝对不会让你在二婆姨面前抬不起头的。"也就是那天，她才发现他弟弟无意中给他造成的压力太大了！于是赶忙解劝他："我从来都不认为你不如二娃，所以你也不要想那么多，咱跟谁都不比，过好自己的光景就行了！"他笑了笑："你可以不想，而我不能不想，男人家，就得有股子不服输的豪气！"所以直到现在，她都一直不相信他真会像她公公说的那样对她"卖良心"。他之所以这样，一定是有他的难处，抑或像她曾多次心惊肉跳地胡盘算过的那样："出事了！"不然他绝对不会这样的。但无论如何，她只能等，她也愿意等，哪怕一辈子！当然，她也知道，她这次离家出走一定给袁家造成了很大的压力，甚至可以说使袁家一下子陷入了自老太爷"开天辟地"以来最严重的舆论危机！但对她来说，这也是一种无奈的选择，因为如果继续在雁栖岭，她很有可能会疯掉的。那些闲言碎语实在是太可恶了，尽管她曾对此不屑一顾，但后来的教训却告诉她，有些闲话传着传着就"真"了，你不理它，可它撵着理你啊！这人言啊，有时候真能杀人呢！好在上次都跟老公公说清楚了，她心里的压力和负罪感也就轻多了。

夜渐渐深了，风也慢慢凉了下来，掠过她那泪潸潸的脸庞，生凉生凉的。她也有些困了，便顺手抹了一把眼泪睡了。但一时又睡不着，翻来覆去地辗转着，骆驼身上的汗酸味伴着清凉的夜风缕缕传来，刺得她鼻孔直痒痒。她猛地把头蒙在被子里，重重打了一个喷嚏，终于慢慢睡了过去，直到望春哥的声音再次在耳边响起："备饭！起驮！"

但很快，望春哥那熟悉的声音就永远从她耳边消失了。这事儿发生得太突然了，以至于她久久都不能接受。那是她正式加入驼队第二年的五月端午，天热得厉害，当他们从盐池驮盐返回，行进到安边的时候，吕望春忽然说自己好像有点"热晕"，她便赶忙把自己的水囊递给他，但没想到他刚一伸手就倒了下去，然后就再没醒来，等回到镇川堡的时候，尸体都有些变味了。

本来，埋了吕望春之后，她也产生了回家的念头，因为没了吕望春的庇护，她的脚夫之路估计就没法走了。但没想到驼队的弟兄们竟然一起苦苦挽留起了她，还建议商号掌柜让她接替吕望春当驮头。起初，掌柜的很是犹豫。"女人家，哪能干得了这活儿！"但弟兄们个个就像关乎自己的命运一般对掌柜的发起了攻势，就连二驮也不顾自己的前途，当场表示将全力辅助她。看弟兄们如此真切，她就动情了，当场表态："姬掌柜，年前你都见过我家人了，也了解我的情况了，所以你应该知道我根本不是靠这个糊口，只是在家里烦得不行。快一年了，我已经喜欢上这个营生了，也跟弟兄们有感情了。毓书虽然一介女流，但这个驮头对我来说也不算什么。从今以后，我的工钱就不领了，你就直接给望春家我嫂子，她们孤儿寡母不容易！"于是，梁毓书又成"梁驮头"了！

她这驮头刚上任不久，就发生了一件让她摸不着头脑的怪事。就在她执驮第二趟从银川返回，走到鄂托克旗地面的时候，迎面就撞上了"候小子"。正当她远远地立在荒野上为自己的"点儿背"而叹息的时候，那家伙竟然满脸堆笑："幸会！梁老板！鄙人姓杨，江湖人称'候小子'。之前我还真不知道我的地面上竟然藏着一位女驮头，失敬了！今日专程前来拜会就一件事：从今往后，这一带的天就是你的天，地就是你的地，你想怎走就怎走，也再不要给任何人交过路费了。

杨某虽然人微言轻，但在这方圆几百里地面上，说话还是管用的！"

这番话当即把梁毓书搞蒙了，好大一会儿才缓过神来，急忙问道："敢问掌柜的为何如此抬爱？"

那候小子嘿嘿一笑："这你就别问了！"说完便纵马而去。

梁毓书边走边思谋这件怪事。这候小子聚众好几百人，是方圆几百里地面上最大的土匪，经常活动于陕蒙交界，烧杀抢掠无恶不作，今儿怎突然给她"拜起年"了呢？当然，以她的头脑来说，这事儿也并不难分析，没走出二里地就全明白了。

这候小子还真是说到做到，就在她走第三趟的时候，周围大大小小的"绿林好汉"们就纷纷前来就近的骡马店拜见她，并且争着表起了忠心。这消息很快就在她的同行里传开了，没多久，好多商号就找上门来，请求将自己的驼队归于她的名下，当然是有报酬的。她也就全部接了下来。当然，她也不能彻底坏了道上的规矩，一直巧妙地周旋于商号驼队和响马土匪之间，来了个人人各取其利，和谐共存。于是，从沙城通往银川的驼路上便猛然出现了一位红装款款、秀发飘飘、模样俊俏的女驮头，还有了一个响亮的名号："漠里红"。

第五十六章

连续三天都没有找到梁毓书，袁国良便只能将这事儿托付给马飚，心事重重地返回了自己位于昭君淖的驻地。

此时，他已经当了将近三个月的骑一团团长了。这期间，尽管龙主席的牺牲给他带来了巨大的悲痛，也给他的命运蒙上了一层晦暗的阴影，使他经常为自己的未来感到担忧，但也不至于彻底击倒他。"革命嘛！总要有牺牲，只是这个牺牲相对有些惨重罢了！"他经常这样宽慰自己。至于他本人的前途命运，则只能走着看了。

当然，他所说的"走着看"绝不是被动等待，而是积极状态下的观望。早在得知骑兵扩编的时候，他就在心里定下了一套严密的方案：想办法弄个团长，然后悄无声息地对部队进行全方位改造，确保部队牢牢攥在自己手里。而要想实现这个目标，他本人就得像在雁栖游击支队时那样，尽快成为全团人人信服的灵魂。当然，关于这方面，他早在担任副营长的时候就奠定了一定的基础，只是在他看来，那还远远不够。他要的是全团对他发自内心的、以命相托的信任和没有任何条件的服从。所以早在移防昭君淖的路上，他就在心里制订了一个以"官兵绝对平等、纪律绝对严明、步调绝对一致、行动绝对有力"为主要内容的整军方案。

到达昭君淖当天，因为营房不足，袁国良就命令包括他自己在内的各级军官带头露营，将营房让给士兵们。后来，他干脆打消了加盖营房的想法，只加建了一批柳把庵子。"当兵就不舒服，舒服就不当兵。如果都住在恭亲王府的话，谁还想打仗呢！"同时，他还彻底取消了团部小灶，要求所有军官必须和士兵们同吃同住同训练，不能有任何特权思想，还颁布了永久禁酒令。当然特殊节日例外，但也必须由团部统一安排，且得定量。

在训练上，他进一步扩充了内容，在全面强化体能、马术、刀术、骑射等单兵素质和战术配合训练的同时，还添加了步兵的全部训练科目，并且按照"骑兵无后勤"的理念，将报话兵、卫生兵、炊事兵全部纳入了训练范围，人人必须达到"上马即骑兵，下鞍即步兵"的目标。后来，当他听说伊克昭盟老王爷的卫队长包尔图刚刚退役，便又高薪请其出山，担任了全团的战术教官。这包尔图原本是草原劲旅，也就是僧格林沁曾经率领过的那支骑兵部队的标统，早年一直转战南北，并在华北与洋人过过招，实战经验相当丰富，退役后又受伊克昭盟老王爷的邀请担任了卫队长，现在虽然已经年过六旬，但一上马鞍依旧虎虎生威，尤其是马术和刀术，更是出神入化。而更让人惊喜的是，作为草原牧民的儿子，他还深谙狼道。在抵达营地当晚，他就给几位团职军官讲了整整一夜草原狼："你们还当成吉思汗、忽必烈是草原上的头号勇士？不，草原狼才是腾格里最优秀的勇士，就连成吉思汗的战术都是从它们那儿学来的。"当年秋冬相接，河湖刚刚开始结冰的时候，他还真带着袁国良和三位营长现场观摩了一回草原狼的集体围猎。

那天，草原上恰好飘起了羊毛雪，风也硬扎扎的，刀割一般。望远镜里，一小队一小队的狼逐渐抵达了"指定集合地点"。

"它们要在这一带打伏击了！"包尔图小声说。

"伏击谁呢？"

"北边过来的黄羊。"

"它们怎知道黄羊会过来呢！"

"经验，每到这个季节黄羊就会南迁，北边太冷了。"

"那它们怎知道黄羊什么时候过来呢？"

"侦察兵是干啥的？"包尔图朝更北边的地方指了指，"你看山梁上的那丛狼窝草！"

袁国良将望远镜转向他手指的方向，一丛茂密的狼窝草里果然隐藏着一条狼。那狼面北而卧，微扬着头，一动不动，就像被点了穴一样。

"北边还有呢！"包尔图说。

他们就那样静静地隐藏在沙柳林里，密切关注着"战场动态"。但直到半下午都没有任何动静。袁国良终于有些忍不住了："它们会不会判断失误呢？"

"耐心等着吧！战斗应该在落日前后展开。"

果然，等太阳距离西边的山梁不足两丈的时候，那些"侦察兵"们就陆续回来报告军情了，果然有十好几条。

"这些侦察兵至少在昨天就派出去了！"包尔图说。

接到"报告"后，"主力部队"立即进入了战斗状态。之前，它们虽然都匍匐着，但还可以稍稍调整姿态，可此刻，所有的狼都平展展地伏在地上，连头都不动一下。

"它们怎么下达命令呢？"

"狼也有狼的语言，只是我们听不懂而已！当然，此刻它们用的是眼神。"

不一会儿，黄羊群果然在遥远的地平线上出现了，足足有一两千只。

"从现在起，你们只把望远镜对准狼群，再不能动了，黄羊的鼻子很灵的，如果嗅到人的味道跑了以后，咱就麻烦了，狼会报复咱的，就咱这几个人根本不是对手。"

袁国良便将望远镜对准狼群。所有的狼依旧一动不动，但明显正憋着一股子劲儿，尤其是那眼神，极尽凶残。黄羊群还在迅速南移，全然不知道噩运马上就要来临了。此时，他猛然发现了一个问题，便急忙将声音压到几乎只有他自己能听到的程度问："那么多黄羊，就这一二百条狼，能对付得了？"

包尔图微微一笑："这你不用担心，它们比人聪明。"

正说着，黄羊群的头阵就进入了狼群的伏击圈，但狼群依旧一动不动，直到所有黄羊全部进入它们的有效攻击范围，随着一声冲天嚎叫，所有的狼唰地一下就地跃起，朝羊群狂飙而去，速度有如闪电。而更令人惊奇的是，它们的出击竟然井然有序，总体分为三个作战单元，每个单元都有"司令官"，狼王则带着它的几名"贴身警卫"跟在侧面，不断用嚎叫声下达着指令。

"你看，东边中间的那条是狼王，也就是这次战斗的总司令官，所以你之前说的长官每次都要带头冲锋陷阵不对。长官是统揽全局的，不能只一味地逞勇，当然极端情况就另说了。"

正说着，一支队伍已经拦头将羊群截住，另一支也已经迂回到了北边，剩下的那支则从西边发起了猛烈攻击，只在东边留下了一个口子。羊群当即乱作一团，挣了命地朝东跑去。

"为什么不在东边挡，聚而歼之呢？"

"看见东边那个水泡子了没？它们是想借助有利地形呢！"

果然，他们发现所有的狼此刻并不急着撕咬，而是狂叫着从三面死死地逼迫着羊群向东移动，只在有黄羊企图脱离队伍的时候才毫不犹豫地冲上去一招毙命！就这样，不到半个钟头，几千只黄羊全部被赶进了水泡子。水面刚刚上冻，清水玻璃一般的冰层很快就塌陷了。

"走吧，胜负已经定了。"

"它们把羊群赶进水泡子干甚？"

"冻起来明年开春前后吃。"

"那附近的牧民不会打捞？"

"捞是会捞，但绝对不敢过火，不然狼群就会报复，会对你的羊群或者马群下手的，那就麻烦了！我刚当兵的时候在锡林郭勒的一个军马场，大概就在这个时间，狼群也在距离马场几十里的一个水泡子里存了些黄羊。那时候正好有一支汉人的骑兵在那里拉练，他们不信狼群会报复，不顾我们的反对，把那些黄羊全都捞出来吃肉卖皮子了。但第三天，狼群就展开了报复，直接将马场八百多匹良种骏马全部赶进了水泡子，无一幸存。我们三百多骑兵，对手大概也就三五百条狼，但根本不是对手。狼的战法大体跟今天一样，但场面却要比今天惨烈得多。那狼王一看我们有枪，便让狼群主力直接冲进马群里，把马群截成好几群，狼马混群，让你没法开枪。狼王则干脆上了马背，在几百匹战马的背上跳来跳去地指挥着，还没等我们把外围负责驱赶的狼清理完，马群里的狼就又出来补上了，根本打不完。当然，战马要比黄羊难对付得多，总试图离队四散逃跑，但那些在两翼负责把持方向的狼就直接跃到靠边的马身上，将獠牙或者爪子深深地扎进马肋，就像狼皮筒子一样吊到马身上，甩都甩不掉。有的狼腰杆都被马蹄刨断了，但依然在马肚膛上拽着，没有一个怯阵的。临到水泡子的时候，那狼王竟然又派出十几支小分队，直接朝我们发起了进攻，并且很快就把我们的坐骑逗惊了，场面自然就失控了……那场面我到死都忘不了！也就是从那天起，我就开始琢磨狼的战术了！所以后来我的兵就没打过败仗。跟八国联军那次真是因为装备差得太远了，人家拿的机枪，咱还光靠马刀。但就那，我的兵都没尿的，没有一个不是死在冲锋路上的！"

这场观摩和包尔图的讲述给袁国良美美上了一课，直到回到驻地，他都没能从那慑心的震撼中走出来。的确，狼群那种天地无存的隐忍、闪电一般的速度、排山倒海的冲击力、必死的决心和必胜的信念，还有那股不达目的誓不罢休的韧劲儿无不给他造成了极大的震撼，正如包尔图所言："任何勇士都会为之战栗。"

回到营地的当晚，袁国良就召开了全团班长以上会议，决定将"狼道"作为全团的主旨理念，深深融入每一位骑士乃至每一匹战马的血液里。

很快，骑一团就按照全新的训练大纲展开了训练。包尔图不愧是久经沙场的老骑士，总能把训练最大限度地贴近实战，刀术射击，速度耐力，跨越堑壕、水渠、篱笆架子、土墙围子等等基本功就不说了，单在战马训练上的那些花样就一次又一次地颠覆着这些老骑兵的认知。为了训练战马的胆识，包尔图让人栽了几十副两丈多高的木架子，等战马冲锋经过架底的时候，从上面往下抛扔着火的草把子，或者将附近几十个村落的狗集中到草地上，在它们前面投放几十只野兔，然后让骑兵们从正对面展开冲锋。这些手段真的挺管用，起初，战马还会躲避火球和猛犬，但没几次，胆识就明显见长了，直接视而不见，只管按照主人的意图一路狂飙。

训练自然离不开考核。按照"狼道"理念，袁国良他们建立了一整套近乎苛刻的考核制度：一月三考核，如果在连续三月的考核中有两次不达标就得扣饷，然后集中强化训练，经训练依然不达标的，士兵退役，军官降职；所带部队考核不达标兵员超过总兵员五分之一的，军官就地降职。当然，作为老带兵的，他也很清楚，如果不动点手段，他的这些设想和目标是不好实现的，尤其是三个营分开驻扎的现实肯定会给这些制度的执行留下折扣的空子。所以在最初一段时间里，他在严格参加训练的同时，隔几天就抽出时间突袭各营督导巡视。这不，就在他第二次到二营巡视的时候，问题就出现了。

那天整整下了一天的雪，雪夜拉训结束已经抵近凌晨，但他并没有休息，直接带着景秀川直奔二营驻地去了，没想到正好撞上二营长带着营连级军官在灶房喝酒呢！当他瞪着眼睛赫然堵在门口的时候，所有人都慌了，唰地一下全部站了起来。袁国良大步跨进去，飞起一脚就将桌子踢翻了。由于用力过猛，桌上的菜碟竟直直地飞到了天花板上。二营长文玉高一看团长如此动气，当即哆嗦起来："团长，我错了！"但袁国良连看都没看他一眼，甩开马鞭照准他的脸就是一家伙，接着又是一脚飞踹，文玉高便就地朝后飞了出去，一屁股坐进了身后的发面盆里，把面团挤了一地。但他急忙挣扎着站了起来，又端端正正地立在那里。

"你知道禁酒令不？"

"报告团长，都怪我！我们也是刚拉练回来，看弟兄们又冷又累，就少喝了点。"文玉高怯怯地看了他一眼说。

"拉练就有功了？就能违反纪律了？我也刚拉练回来，谁给我喝酒呢？"

文玉高再没敢对答，只直挺挺地立着。

"玉高，你是不是以为你在一营的时候跟我学了几天射击，跟我关系处得不错，我就不会拿你开刀了？"

"报告团长！不是。"

"不是就好。告诉你，我还就爱拿关系好的开刀，正因为咱关系好，你违反我定下的规矩才让我更伤心。你知道不？"

"报告团长！我错了。您按规定撤了我吧！"

"你以为我不敢？但看在你以前当二连长的时候还干得不错的份儿上，这次就把你饶了。但你记住，绝对没下次了，不光喝酒，还包括其他的。如果你二营在这个月的联合拉练中有一个连被评为后进，你小子就连当连长的机会都没了。明白了没？"

"明白了！"文玉高挺了挺腰板说。

袁国良点了点头，随即换了一个语气说："当然，我打你不对，但我实在太气愤了，因为我真没想到你文玉高竟然在全团带头违反纪律！你如果受不了的话，就还上我一鞭子？"

"报告团长！您打得好！"

"既然不还就洗一把，跟我走！"

"去哪儿？"

"掂着一张烂脸好意思见兵呢？不要眉脸了？"

他这一鞭子挨得还真不轻，脸颊上拉开了一道两寸长的口子，黏糊糊的血流了一脖子。

"没事，明天早操，我还要把我挨打的事儿和团长对二营的期望一并告诉全营弟兄们，我们知耻后勇！"

"那好吧！既然你有如此决心，我就不多说了，我希望等我再来的时候，能看到一个全新的二营。"

……

二营果然很快就成了全团的标杆营，并且带动全团形成了一股你追我赶、力争上游的风气。于是，全团又传开了一则顺口溜：

菜碟上房顶，营长进面盆。

照脸一鞭子，抽出个模范营。

在战斗力实现飞跃之后，袁国良又根据骑兵部队"无谋可参"的实际情况，让景秀川把主要精力放在了思想政治方面，扮演起了政委的角色，让每一个人都明白自己为什么要当兵，当兵究竟要干什么，什么样的兵才算是好兵，怎样才能当一个好兵等一系列道理，全面强化了全团士兵的思想认识。当年冬天，全团改造工作已基本完成，完全达到了他预期的人马合一、全团如一、昼夜无碍和"聚是一把锤，散是万颗钉"的目标。全团弟兄对他的忠诚度也早就不成问题了，就连高司令安排监视他的副团长李兆阳也直接跟他坦白了，反水当起了他的"反间谍"。

基于此，袁国良便开始谋划如何实现最后一步计划了——把骑一团连根儿带过去。他甚至已经选好了路径，经乌审旗直抵三边。此时的三边已经是红军的根据地了，从昭君淖到三边的路上也没什么风险，因为就骑一团现在的情况来说，其他骑兵别说堵截，连影子都追不上。所以眼下最关键的问题只有两个：一个是如何与组织接触的问题，因为他已经被"那边"宣布为叛徒了，龙主席也牺牲了，他的问题就没人能说清楚了，如果谈不好是绝对不敢贸然行动的。还有一个问题就是马飚，一定要找一个合理的借口把他调到骑一团，不然他们一走，就等于直接把他送到国民党的案板上了。但这个借口还真不好找，当初要景秀川的时候已经算是触到高司令的底线了，再要马飚就纯粹是"司马昭之心"了。况且，高司令当初之所以把马飚留在参谋部，也明摆着有把他当人质意思呢！

而正当他为如何解决马飚的问题而苦苦思索的时候，西安事变爆发了，等他知道这事儿的时候，事情已经解决了。这一下，他"归队"的政治基础就荡然无存了，共产党绝对不会为了一个骑兵团而置统一战线和中华民族的前途命运于不顾的。

当然，对于国共合作，袁国良总的来说还是高兴的，因为眼下日本人步步进逼，整个国家已经到了生死存亡的时刻，绝对不敢再内斗了。但他也很清楚，这次合作不论时间长短都只能是暂时的，且不说中途破裂，就是抗战胜利后也早晚得翻脸。当然，就眼下而言，他还来不及考虑如此久远的事情，并且这也不是他能管得了的事儿。

七月份，蒋介石发表了那则"人无分老幼，地不分南北，皆有抗日守土之责"的通电，正式拉开了抗日统一战线的帷幕。当月，为强化对绥远日军和内蒙古分裂势力的震慑，当然也不排除强化对共产党边区的监视，国民政府将原驻甘肃的新一军一部调往沙城，与原来的八十六师合编成一个军团，并调辛亥老将董宝山将军出任沙城警备司令兼军团长。

一到沙城，董宝山就联系蒙西各盟的王爷们进行了一场会盟。在此次会盟中，作为军团骑兵主力的骑一团全体将士高调亮相绥西大草原。不用说，他们来如闪电去如狂风的彪悍作风，千军万马如一人的战术配合和气吞万里如虎的凌云气概让所有人深感震撼，以至于连董宝山都禁不住内心的感慨，现场赋诗一首：

千人千员骁，万马万匹骄。
纵横如闪电，又见霍嫖姚！

当天晚上的宴席散尽后，董宝山就在下榻的蒙古包里召见了袁国良，详细询问了他的履历和骑一团的训练情况。袁国良便毫无保留地全部抖了出来，包括之前在共产党那边的情况都没有遮掩。看他如此坦诚，董宝山微微一笑："那没啥！现在就更没啥了！信仰是信仰，民族是民族。不瞒你说，我跟共产党那边好多领导人的私交也不错，所以你就放手干吧！你的部队'撩'得很，但你既打过仗，就应该明白演习和打仗可不是一码子事，能在生与死的考验面前屹立不倒的部队才算真正的好部队。统一战线来之不易，我们全国的武装必须要做好随时开往前线的准备。回去后继续加紧训练，有啥困难和问题随时向师里报告，也可以直接找我。得行？"并且当即答应了他关于授予骑一团"野狼团"称号和狼头旗的请求。

趁着这个机会，袁国良便把马飚的事儿也提了出来："董长官！我请求再给我加一个副团长。"

"你得是瞅见谁了？"

"马飚。"

"马飚？就司令部那个参谋？"

袁国良点了点头："董长官！按理说我本不该提这事儿，因为他也是跟着我从共产党那边过来的。但您知道骑一团为什么在不到一年半的时间就能从全旅凸显出来不？很大一部分原因就是我借鉴了共产党的思想政治工作办法。我们的参谋长也是跟我从那边过来的，一年多来，他其实一直都在扮演政委的角色。所以如果把马飚调来，让他接替参谋长搞思想工作，那参谋长就能……"可他的话还没说完就被打断了："嫑说那多，就再给你加个团副，老部下用起来顺手，得是地？"

"对！我就是这么考虑的。"

"能成。"

于是，马飚的事儿就这样顺利解决了。

第五十七章

梁毓书当驮头没几天，袁国良就于无意间得知了她的情况。这事儿是一营长苗震海告诉他的。苗震海老家正是镇川堡的。那天，他刚休完探亲假回来就跑到袁国良的庵子里，给他送了几包镇川干炉，顺便聊了几句。其间，他就像突然记起什么似的问道："团长，你老家是南老山的？"

"嗯！怎了？"

"我这次回家拜访我舅舅的时候，听他说他们商号的驼队里竟然有一个女驮头，老家也是你们南老山的。"

"南老山哪的？"袁国良瞪着他问。

"这我倒没问，就听说她男人走了好几年都没回来，她好像是跟家里人闹意见跑出来的，起先在驼队当脚夫，走银川一线，后来就直接当了驮头，你说厉害不？"

"是不是姓李？"袁国良直接问。

"姓梁，名字我没问。"苗震海说。

"她是我嫂子。就是去年大闹高记地毯厂的那个李毓书，本来姓梁，跑出来之后改成了她妈的姓，可能又改回去了。"袁国良说。

"哦！对！听我舅说他男人也姓袁，她大和她公公正月还来过一趟，要接她回去，但她怎都不愿意。"

袁国良本想当即就去镇川堡走一趟，看能不能把她说转，然后再亲自把她送回去，眼下国共已经合作了，他回雁栖岭也不存在什么问题了。但一想到两位"老将"出马都没顶事，他又没了底气，于是便决定先在暗中观察一下再说，所以便想着让苗震海再回去一趟，将她下趟出驮的时间、具体路线、在沙城附近哪个骡马店住宿等所有情况都打听清楚。没想到苗震海当即将桌子一拍："这不用打听。我大以前就是我舅舅家的驮头，我当兵前还跟他走了一年银川，对路线很熟悉。驼队一般八十里左右一宿，第一晚住怀原县响水堡，第二晚住陕蒙界的白城子，第三天就进入乌审旗地面了，这都是死规规，不会变。"

"那时间不好掌握啊！"

"我舅说她昨天走的！明天正好进到乌审旗了！"

半夜，袁国良就带着苗震海和他的警卫排从昭君淖出发了，天一亮就来到了位于乌审旗地界的一个村落。苗震海说，这村子叫刘家伙盘，驼队就从这里经过，然后一路向西，但这会儿肯定还没过去。

于是，他们便直接到村西五里的一座沙梁后面藏了起来。沙梁前面是一片空旷的盐碱滩。

半前晌，东边的沙梁上果然出现了一支驮队，不一会儿便走到了距离他们不足千米的地方。

"是不是我嫂子那支队伍？"袁国良低声问。

"没问题，你看旗子上的那个'姬'字嘛！"

正说着，一位脚夫就开口了："头，望春殁了咱都伤心！但光靠伤心过不了光景，所以我看咱还不如浪起来，把牲口赶好，多挣几个铜子儿，把光景过好，把望春的婆姨娃娃招呼好比甚都强！你说呢？"

"对！都浪起来！"一袭女声回应道。

"那你给咱带头浪一个，唱个《五哥放羊》！"

于是，一首略带悲伤的歌曲就在这空旷的盐碱滩飘开了：

正月里它正月正，

正月十五挂红灯。

红灯挂在大门外，

我叫我的五哥哥他看灯来！

歌声一落，整个队伍就静默下来，似乎被一股沉痛死死地笼罩着。

"头，你这曲儿不行！听得让人越难受了！不如让黑子给咱来个酸的。"

"能了！黑子，给咱往死里酸！"那女人说。

"你说得哦！不要唱完又骂我！"

"不骂！尽管酸，让弟兄们红火一把。"

那男人嘿嘿一笑，随即仰起头扯声扯气地唱开了：

一更子月儿它灯碗碗红，

拜识的娘老子就爱财神，

燥得我和干妹子身不成，

今黑夜给我留下一扇门。

二更子月儿它树梢梢上挂，

来到妹子的门圪塝圪蹴下，

叫一声我的亲疙蛋快开门，

干格崩崩清格斩斩冻死人。

三更子妹子她点着了一盏灯，

喜得我牙呲转就抿也抿不定，

掏出来疙瘩馍馍先把狗哄定，

悄悄家慢慢家溜进妹子的门！

歌声戛然而止，但所有人都明显有些意犹未尽。

"再唱嘛！溜进门做甚来了？"

"不能唱了！再唱头骂呀！你们自己想咯！"

"怎这么个孙子！赶紧唱！"

"唱！我不骂！"那女人又说。

手托住炕楞脱下一双鞋，

掀开了妹子的那花铺盖，

白个生生的肉肉露出来，

我双手手抓住妹子的奶！

所有人都轰的一声笑了。那女人也跟着咯咯咯地笑了起来，一边笑一边说："这是不是按你跟粉桃的事儿编的？"

"不是，我爷爷给我教的。"那个叫黑子的男人说。

"那你爷爷也是个老烧挠子嘛！"

"那你当甚呢！老汉儿年轻那会儿也是我们上下川有名的'撩撩'。唉！都死了好几年了！我今年过年烧纸的时候还给那说：这下又有钱了，咋拿上串我二干奶奶咯！"

又是一阵冲天的哄笑。

笑声过后，有人又开口了："头！咱赶牲口的都是一群粗汉子，但心不坏，逗逗闹闹是图红火呢！但我们心里都可抬举你呢！你说你一个东家少奶奶，放下清福不享跑出来遭这茬子牲口罪，就凭这个，弟兄们就从心里服你。以后咱真就在一口锅里搅稠稀了！你放心，弟兄们都拥护你，如果碰上土匪，我王铁栓第一个给你挡枪子！"

"对对对！我也挡。"

那女人似乎有些感动了，大声说："感谢弟兄们！我的情况你们都知道，我男人到北平念大学走了，但这几年一直书无书信无信，我待到家里心烦得不行才跑出来的。所以我不可能一直赶牲口，等过几年我男人回来了，或者我死心了，我就回去接替我公公掌管家业。到时候如果我家还旺，你们愿意的话就都跟我去雁栖岭，把望春家嫂子也搬过去。你们愿意继续跟我的就给我家当长工，想另立门户我就帮衬你们挖窑置地，反正亏待不了你们！"

"好！我们都跟你走。"

袁国良缩在沙梁后面，一切都看得清清楚楚，也听得清清楚楚，心里不由得泛起了一股浓郁的感动。他本来是想见他嫂子一面的，但耳闻目睹了这一切后便又打消了这个念头。尽管她把自己糟践得像个秃小子一样，但你看她多高兴，多自在啊！好几年都没看到她这样了，那就让她继续高兴自在下去吧！他就那么静静地趴着，一直目送着她从自己的视野里完全消失。

当天晚上，他就把景秀川叫到庵子里，将梁毓书赶牲口和当驮头的事情给他详细讲了一遍，并让他天一亮就带着一个班去候小子那里走一趟。

"你告诉候小子，就说我袁国良愿意跟他交朋友了，条件就是他必须保证姬记驼队一路上的安全。至于原因嘛！就让他别问了。"

袁国良这么做是有底气的。因为两个月前，他就在城川一带灭了候小子的一支力量，杀了个片甲无归，并且第二天就带领骑一团两天狂飙四百多里，直捣他位于后套的老巢，要不是那家伙在当地经营多年，得到消息提前逃窜到黄河以北，估计现在都没他这个人了。而就在袁国良班师回营没几天，那家伙就专门差人到昭君淖拜会他来了，并且带了整整二十根金条，要跟他"交朋友"，但被他当场拒绝了："请你告诉候小子，这没用。以后他要再敢在距我营地三百里内的地面上出现，定剿不饶。至于这些金条，既然带来了，我就笑纳了。他如果受不了，可随时来找我。"可即便这样，那家伙还是不死心，依旧一次又一次派人前来拜会，礼品也一次比一次重，有一次竟然送来了一把据说是扎木哈用过的马刀，但袁国良一直没有理会，只是再没有没收他敬献的那些礼物，都原封不动地退回去了。

对候小子来说，袁国良的突然示好无异于"正想上天等上个龙抓"，便当场表了态："请参谋长转告袁长官，既是他的指令，杨某一定照办！鄙人虽然人微言轻，远不如咱袁长官那般雷霆万钧，但在这方圆几百里的道上，我说马就没人敢说驴，我说狗就没人敢说鸡！"

于是，梁毓书不红都不由她了！

随后，袁国良又打发接替马继财在沙城给他家管理酒号的马腾回了一趟雁栖岭，将自己对梁毓书的安排"汇报"给了他大和梁先生。两位老人一听如此情况，也放心多了。

然而，袁国良的负担并没有因此而减轻。尽管梁毓书暂时算是安顿好了，虽然她也如此享受自己现在这个营生，但说到底她也是女人，安全问题不存在了，赶牲口路上的那份艰辛却是他没办法帮助解决的。尽管她说等他哥回来或者等她死了心就回去，但他很清楚，他哥回来的希望已经很渺茫了。自到沙城以后，他就不知托了多少关系打问过多少回了，但一直杳无音信。至于死心，那就更没边没沿了，谁知道她多会儿才能死心呢？她大他两岁，虚岁已经二十八了，还往什么时候等呀！就她那个犟脾气，唉！

可就在他向景秀川倾诉烦恼的时候，景秀川竟然笑着来了一句："其实这事儿很简单，你把她收了不就行了？"

"你当这骑一团是我家的长工队？"

"不是！你把她收到家里嘛！"

"我要是能把她收到家里还要跟你说呢？"袁国良都有些烦了。

景秀川嘿嘿一笑："你是真不懂还是装不懂？我的意思是你把那从大嫂变成二嫂！"

"甚大嫂变二嫂？哦！你常说这号不托下巴子话，那能弄成呢？"袁国良瞪了景秀川一眼说。

景秀川两手一摊："那就没办法了，除了这招就没招！"

"去去去！什么烂参谋长！"

景秀川嘿嘿一笑："我烂参谋长？你哪怕把刘伯温请来都参不下比这更高的谋了。"说完就转身走了。

袁国良陷入了沉思，脑海里不断重复着景秀川的话。还别说，单从情感来讲，他并不排斥景秀川参的这个"谋"。他很清楚，这么多年来，在他心里，梁毓书其实并不仅仅是嫂子那么简单，但至于除了"嫂子"之外还扮演着什么角色，连他自己也说不清楚。当然，自从他十岁那年在山上砍了半天柠条，美美哭了一鼻子，然后叫出第一声"嫂子"之后，他就再没想过和她之间的事情，然而这"没想过"和"彻底放下"却绝对不是一码事。尤其是今天，经景秀川这么一点拨，他才惊讶地发现，原来他嫂子竟然一直都在他心里藏着，只是因为藏得太深、太隐秘了，以至于连他自己都忘了。自从杜光霞牺牲后，他就一直心如止水，再没想过自己的婚姻之事。到了沙城之后，不知有多少人给他牵媒搭线，并且女方也大都非富即贵，有富商之女、官宦千金，也有像杜光霞那样出身于书香门第的女子，但他一直都提不起兴致，最多只是为了顾忌搭线人的面子，草草应付了事。之前他总以为这完全是因为杜光霞，直到今天他才猛然发现，这里面竟然还有他嫂子的原因呢！尽管他从来没有想过"接盘"，但潜意识里却早已滋生出了这个念头。这人心啊！

"把大嫂变成二嫂。"袁国良反反复复琢磨着这句话。此刻，他从主观上已经越来越认同景秀川的方案。他哥回来的可能性已经不大了，甚至基本可以判定他哥已经不在了。如果真像岭上人说的那样在天有灵的话，他哥也肯定乐意看到他和他嫂子结合，因为只有把毓书交给他，他哥才最放心。而从这个角度来讲，这在某种意义上就成了他对他哥必须尽到的义务了。并且他很自信，只要他下定这个决心，他嫂子那边的问题也不会太大。因为他能感觉到，这些年，他也肯定一直在她心里藏着呢！眼下唯一让他感到有负担的就是老家的风俗。在雁栖岭，别说他哥目前还处于生死不明的状态，即便真殁了，他嫂子的出路也只有三条：要么改嫁后走，要么招一个男人到袁家，要么终身守寡，自古都没有小叔子或伯子哥"接盘"的先例，并且这种情况一直都是岭上绝对不可逾越的禁忌。这怎办呢？

袁国良一根接一根地抽着烟，眼看一包烟就要抽光了，依然没能想出个所以然来，便只好再去找景秀川了。

此时，景秀川已经熄灯了，他便轻轻敲了几下门。

"谁？"

"我嘛！睡了？"

"进来，门开着呢！"

袁国良便推门走了进去。

"火在办公桌边上呢！把灯点着。"

景秀川并没有睡，和衣在床铺上坐着。

"你不睡觉把灯熄了干甚？"

"等你着呢！"景秀川正经八百地说。

袁国良笑了笑："就你刚说那事能弄呢？"

"我刚说甚了？"景秀川竟然卖起了关子。

袁国良笑着推了他一把："跟你说正事儿呢！"

"哦！我刚想了一下，那还真弄不成，那不成'挂牌烧嫂子'的了？"说着将身边的空烟盒拿起看了一下，顺手扔在了地上。

袁国良会意一笑，赶忙起身到自己的庵子里拿了几包烟过来，拆开一包给他上了一根，掏出火柴为他点着，一副屈膝讨好的样子。

"那我这参谋长还烂不烂了？"景秀川狠劲儿抽了一口，一边吐烟一边斜着眼问道。

"不烂不烂！"袁国良嘿嘿笑着说。

"既然不烂，那我就再给你参上一阵儿。你看哦！依我看，你哥回来的可能性已经不大了，甚至就殁了。按照你们雁栖岭的风俗，咱嫂子的出路你很清楚。咱一条一条分析。第一，如果她改嫁或后招了，将来抱个娃娃往你面前一站：'毛蛋，叫二叔！'你能受了不？"景秀川女声女气地模仿起了梁毓书说话的神态。

这话当即让袁国良感到一股揪心的痛，脸上也浮上了一抹悲凉，但他并没有说话，只在心里想："你那不废话嘛！别说到时候，现在想想心都像针扎一样。"

景秀川瞟了他一眼，继续说道："咱再说第二，如果咱嫂子不改嫁也不招，守一辈子寡，你甘心让她受那份儿清苦不？"

"那肯定不甘心！"袁国良说。

景秀川点了点头，继续分析道："好！问题是如果你不出马，咱嫂子守寡就基本铁定了，因为除了你，就没人能把她从你哥那儿拉出来！这我不瞎说吧？"

袁国良猛地点了几下头："对对对！"

景秀川两手一摊："那不就行了！"

袁国良又给景秀川递了一根烟，自己也抽了一根，一脸苦相地说："问题是我们雁栖岭就没这个先例嘛！"

"什么规矩都是人定下的嘛！你们一弄不就有了？你就说你能看上咱嫂子不？"

"那没问题，要不是我大和梁先生当年把她和我哥定成一对儿，她现在就是你二嫂。"

"那就对了嘛！咱嫂子也能看上你呢！这我在雁栖岭那会儿就看出来了，梁书记、耿政委、磨石坚、马飚都很清楚。况且我还亲耳听先生夫人说过，本来你和咱嫂子才是天配的一对儿，但梁先生说你不是拴在槽头的牛，不适合过日子，所以就把咱嫂子订给了你哥。有这儿事没？"

袁国良笑着点了点头。

景秀川脖子一拐继续说道："这表明啥？这就表明梁家是不太可能反对的。

剩下的关键就是你大我老叔了，这就更好办了！因为不光你舍不得咱嫂子，我老叔也舍不得他儿媳妇。以嫂子这几年在你家的表现，他能忍心让她守一辈子寡？或者能忍心让她后半辈子站到人家脚地上？我老叔又不是那种死脑筋人，驴粪蛋滚到羊圈里——反正都是自家的粪。这个道理他能不懂？"

"你这分析都对，但问题是怎弄呢嘛！嫂子叫得惯惯的。"此时，袁国良已经是满眼期盼地看着他的参谋长了。

"还怎弄？这层糊窗纸只能你先往开捅，你先提出来让她考虑。当然，嫂子就是再中意你也不可能立即答应，毕竟中间还隔着你哥呢！但这就看你决心大小呢。所以你千万不能犹豫，因为这事儿从某种意义来讲就是帮助你哥呢，而且这事儿除了这样就别无选择！"

"事倒是这么个事！但我也不知道为什么，从小就有点惧咱嫂子，所以在她面前老是扯不展嘛！"袁国良无奈地说。

"还为什么？我告诉你，这就是爱情！就是因为你在她那里一直心怀鬼胎着呢！"

"可能真是这个原因。"

景秀川哼哼一笑："你就听我的，先找个机会把你的意思给她表达清楚，如果不行就找个合适的机会硬下，绝对下不错，因为她也中意你这个大前提是不会有任何问题的。如果下错了，我以后就不姓景了，就姓烂，你就叫我烂参谋长，怎样？"

就在骑一团到鄂尔多斯草原参加完会盟演练返回的路上，袁国良竟然无意间碰到了梁毓书。那天，他正和景秀川、李兆阳在队伍中间小跑着，打头的一营长就在前面的沙梁上朝他吼喊起来："团长，嫂子的驼队又过来了。"袁国良急忙驱马上了沙梁，果然看到东边的沙梁上过来一支驼队，队伍中间，一位身着红衣的女子端骑马上，款款而行。

"快，抓住这个机会！"景秀川说。

"哈呀！一到跟前我就又尿了！"袁国良哭丧着脸说。

"唉！还成天血性血性，你的血性呢？"

"这跟打仗不一样嘛！"

景秀川恨铁不成钢地甩了一下马鞭："这就是打仗！绝对不敢尿，一尿就麻烦了！"说着转身对司务长吼道："把那马奶子酒拿过来一坛子！"

司务长很快就过来了，当即从马上卸了一小坛子酒递了过来。景秀川接过来打开递给袁国良："酒壮尿人胆，喝上几口！"

袁国良用马鞭轻轻一拨，咬了咬牙，随即箭一般地策马朝驼队而去。

猛然看到一人一马远远地朝自己狂飙而来，梁毓书一时难免有些震惊，但等她看见他身上的军装之后就立即稳了下来，并且很快认清了来人，因为那身板、那骑姿对她来说简直再熟悉不过了。

她当即叫停了队伍，抹下防晒的纱巾，忐忑地"谋划"起了即将到来的相遇。尽管她早就料到他已经知道了自己赶牲口的事儿，候小子的事儿应该就是他运作的，但如今猛然戳到面前，多少还有些不好意思。

正在她忐忑不安的时候，袁国良就过来了。

"敢问是哪家商号的驼队？"袁国良勒住马缰故意问道。

"岭上袁家的！"梁毓书说。

袁国良嘿嘿笑了："漠里红，候小子给你拜年了没？"

"你袁大团长的指令他哪敢不从！"

"哦！你都知道了？我当你还以为全凭自个儿长得俊呢！"

梁毓书轻轻抽了他一鞭子："你在这干甚呢？"

"到内蒙古会盟演练，正准备回驻地呢！"

梁毓书点了点头，转身向大家介绍道："这是我婆家兄弟，叫袁国良，在昭君淖当骑兵团团长呢！"

众人一哇声地打起了招呼，袁国良也一一跟众人问了好，然后指着前面不远处的树林子对梁毓书说："咱到那儿拉几句话！"

梁毓书点了点头，催马跟着他朝前面的树林子走去。就在这时，一个娃娃哇的一声哭了，袁国良这才注意到驼背上的沙柳篓子里还有个娃娃呢！

"不哭，妈妈和你二大说几句话，马上就回来。"

袁国良当即瓷了，瞪着如环大眼死死地盯着她。

"路上捡的，还是个小子。"梁毓书显然明白了他的疑惑，急忙解释道。

他"哦"了一声，随即从随身携带的包里掏出一把奶酪，走到那娃娃跟前递给他一块，笑着问："你叫个甚？"

那娃娃竟然不哭了，两眼直直地盯着他回答道："狼儿子！"

"狼儿子？"袁国良很是惊讶。

"叫个袁驮生，狼儿子是他干大们逗他呢！"梁毓书笑着说。

"哦！袁驮生，好名字！"袁国良又将剩余的奶酪展到他面前，"叫二大。"

那娃娃还真挺乖巧，竟然真的怯怯地叫了一声二大。

袁国良哈哈一笑，伸手将他从篓子里抱了出来，嘖地在他脸上亲了一口："走！跟二大和妈妈一块儿拉话走！你小子把咱袁家长孙的位子都占了。你知道不？"

到了树林子以后，袁国良便把自己如何听到她离家出走、如何苦苦找她、如何听到她加入驼队以及让候小子保护她的整个过程详细讲了一遍，并就今后的出路跟她深入交流了一番，当然并没有直接把自己现在的想法端出来。

"嫂子！你离家出走我理解，你受委屈了，但你为甚要躲我呢？你看你把自己都糟践成甚了！何必呢？就那么点事我解决不了？"

"你解决不了！除非你把你哥叫回来。"梁毓书哭着说。

"你以为我不想叫？到了沙城以后，我不知动用了多少关系，但怎都打问不上嘛！再说，这事儿为甚非得我哥回来不行呢？"

"因为只有他才能证明我的清白！"

袁国良一时没有明白她的意思，便苦笑着说："我哥都离家七八年了，甚都不知道，怎还只有他才能证明你的清白呢！"说完才猛然明白了，赶忙又说，"哦！我知道了。但事情还没到那个地步嘛！大后悔得要命，都不知哭了多少鼻子了。咱今儿既然拉起这事了，就直接把话给拉开。我哥回来的可能性已经不大了，所以你必须做好这个思想准备，必须要考虑下一步！我和大的意见一样，你改嫁后走也行，招人上门也行，不管怎样，你将来的男人都跟我哥一样，就是我的亲弟兄。怎样？"

"你也见不得我了？" 梁毓书哭得更伤心了。

"看你说的！我怎会见不得你呢？咱老袁家老老小小谁不念你的好！你这些年在咱家遭了多少罪，出了多少力，谁不知道！咱老袁家是那没良心的人？问题是你还年轻，咱四个奶奶守了一辈子寡，那份儿清苦你又不是没见过！"

"咱岭上就没有我看上的人！"梁毓书直接说。

"外面也行嘛！我知道你对我哥还不死心，我也盼望我哥哪天能突然出现在咱面前，但问题是这个可能性实在太小了！你是个开通人，要接受这个现实呢嘛！"

梁毓书瞪了他一眼说："这天底下除了你哥，我谁都看不上。他不回来我就等，等一辈子，反正已经有驮生给我压心了。"说完便嘤嘤地哭出声来。

她一哭，小驮生也慌了，眼泪汪汪地扯了扯她的衣襟，然后张开双臂比画着说："妈妈不号！等我长大就给你挣这么大的元宝！"

梁毓书伸手在驮生头上摸了一把："妈妈不号，有驮生呢！妈妈甚都不怕！"

看她如此伤心，袁国良便赶忙换了一个话题："嫂子，驮生是怎捡的？"

梁毓书慢慢止住哭声，然后将驮生的事儿详细讲了一遍。

那是五月初的一个晌午，太阳红得像着火了一般。当她带着驼队走到鄂托克旗草原的时候，无意间看见不远处的一棵大榆树下坐着一个衣衫褴褛的妇人，好像正在叫他们："好人！好人！"但声音明显很低，有气无力的样子。她便急忙策马跑了过去。这妇人二十多岁，怀里抱着一个两三岁的娃娃。但她已经不行了，连说话的劲儿都没了，只一个劲儿地抓着娃娃的手朝她递："求你好人了。"梁毓书以为她是饿坏了，便急忙叫人拿来水和干粮，但那妇人摆了摆手，指着旁边她自己的干粮袋子，只说了一个"病"字，然后就昏过去了，并且很快就没气了！于是，梁毓书便让二驮将就近的骡马店掌柜叫来，让他作了证，然后就地把她埋在那棵大榆树下，抱着那娃娃给她磕过头之后就带着走了。说来这娃娃好像真跟她有些缘分，当天下午就在众人的引逗下叫了她一声妈妈，也就是从那一刻起，她"等一辈子"的决心就下死了，并且当场给他取了一个名字："袁驮生！"

听完她的讲述，袁国良又俯下头亲了驮生一口，然后死死地盯着梁毓书问："嫂子，你看我怎样？"

"甚怎样？"梁毓书显然没明白他的意思。

"我是说你如果不嫌弃我的话，咱俩过。"

梁毓书惊呆了，嘴巴张得老大，水灵灵的大眼死死地盯着他，薄薄的嘴唇不停地翕动着，一副欲言又止的样子。

远处沙梁上又过来一支驼队，一首极具山西风味的小曲儿伴随着夏风悠然飘了过来：

> 桃花花（你就）红来杏花花（你就）白，
> 我翻山越岭就寻你来呀！啊格呀呀呆！

> 墙里头（你就）开花墙外头（你就）红，
> 全庄里就看下你一人呀！啊格呀呀呆！

> 花椒树（你就）开花一溜溜（你就）麻，
> 心里头有你就放不下呀！啊格呀呀呆！

第五十八章

袁国良和梁毓书之间的这层糊窗纸终于被捅破了！但这事儿怎说也不是三言两语就能解决的，且不说雁栖岭的风俗，单就袁国温这个特殊的存在就实在不好逾越，正如梁毓书在几近灵魂出窍的惊诧过后的那句话："你是不疯了？我是你嫂子啊！"

袁国良一脸严肃地说："我没疯！你也不忙表态，考虑考虑。"然后就跃上马背旋风般地狂飙而去了。

梁毓书久久呆立在原地，痴痴地望着他的背影，眼泪不由得流了下来："多么富有激情的生命啊！"

"妈妈！他是不是坏人？"袁驮生自然不明白大人之间的事情，便以孩子的判断问道。

"不！他是好人！"梁毓书哽咽着说。

袁国良的背影很快消失在沙梁后面。梁毓书终于抑制不住内心复杂的情绪，再次嘤嘤地哭出声来，哭了好久，似将这些年的艰辛和委屈一股脑地倾泻了出来，直到火辣辣的太阳已经西斜下去的时候才擦干眼泪，抱着驮生返回驼队，将他放回驮篓，随即翻身上马，扬了扬头："走嘞！"

弟兄们也都觉察到了她情绪的变化，便都没有挪步，只定定地看着她。二驮更是直接绕到她面前问："看你那眼都哭成甚了？怎了？"

"他让我回去。"梁毓书搪塞道。

这二驮也是个聪明人："我们刚还分析，候小子那里应该就是他安顿的，那就说明他早就知道你赶牲口的事儿了，今儿为甚突然又让你回家呢？"

梁毓书没有搭话，径直催马向前走了。

整个驼队都因为她的失落而沉闷下来，一直默默前行着，直到当天晚上在无人区露营的时候都没怎么说话。

那天晚上，梁毓书只匆匆扒拉了几口饭就抱着驮生来到属于她和驮生的独立天地，斜靠在骆驼肋膀上考虑起了心事。驮生自然不明白她在想什么，便从裤兜里掏出两块奶酪，自己吃了一块，给她递了一块："妈妈，你吃！可好吃呢！"

她便接过来填到嘴里。

"好吃不？"驮生笑着问。

"好吃！"

"那个二大再来不来了？"

"来呢！还给你送奶酪来呢！"

小家伙当即高兴地笑了。

远处的沙梁上，草原狼又开始嚎叫了。

"狼儿子！过来！你'一家子'又要跟你拉话呢！"

驮生"哦"了一声，随即从骆驼脖子下面钻了过去，一边跑过去一边问："哪呢？"

"那不是，前面沙梁上那几个绿点子！"

小家伙真就仰头来了一声稚嫩的狼嚎："啊——哦——"

脚夫们已经从梁毓书那里知道了岭上袁家的传奇身世，包括母狼喂奶、神狼献子等所有的事儿，所以自打捡到驮生后就一直都叫他"狼儿子"。

"快！人家问你说今儿见了个谁？"

驮生就仰起头扯声扯气地吼道："二大！"

"你说二大，狼能解开呢？要心里想着你二大学狼嚎呢！"

于是驮生又是一声奶声奶气的狼嚎。

　　这稚嫩的狼嚎声让梁毓书又一次想起了自己那渐已遥远的过往。就在她到雁栖岭的第二年春天，她和袁国温、袁国良、磨石坚他们在西翅梁下面的山洼掰桃花，雁头峁上就猛然传来了一阵狼嚎，她吓得要命，袁国良急忙跑到她跟前说："没事，有我呢！这岭上的狼都跟我们一家子呢！"说完便仰天来了一声狼嚎，学得比驮生可像多了。那时候，岭上人也都叫他"狼儿子"。

　　她慢慢将目光从驮生身上移了回来，仰起头痴痴地望起了东天上的那盘满月。很快，所有的事情就像皮影戏一般陆续从她脑子里涌了出来。那束漂亮的、满溢清香的野山菊，那场将他的鼻血碰出来的激烈"战斗"，还有她大和她公公商量着结亲家时她那句冒失的话等等。现在想想，当初要是由她选，抑或再等几年选择的话，她肯定会毫不犹豫地选择袁国良，但命运就是那么安排的，就像岭上人说的，配婚娘娘早就把那根红线扯到袁国温身上了，你能怎办？当然，她那时候也并没觉得有多难受，因为那时候还小，不懂！后来慢慢懂了，却又习惯了，况且她也慢慢发现，袁国温也不错，头脑聪明，学习也好，只不过比他兄弟柔弱一些罢了。那么，袁国温就袁国温吧！所以就再没考虑过这档子事儿。直到今天她才惊讶地发现，其实她从心里一直就没有放下过袁国良。也就是说，这么多年来，他始终在她心里存在着，只是因为他们之间的特殊关系，使她从主观上从来没有这么想过罢了！现在想来，要不是因为这个"特殊存在"，她为什么会一次又一次地在关键时候挺身而出帮助他呢？那年，当她公公不让他念书的时候，十四岁的她竟然直接找到她公公，当着众人的面叫出了第一声"大"。当时她一点都没感到惧怕和难为情，就那么冒冒失失、三言两语就把公公的后路给堵死了，直到她带着他返回塾院的时候才感觉有些后怕，连她自己都醒不开刚才哪来那么大的勇气！不止这一次，后来，每当他遇到障碍的时候，她都会毫不犹豫地出手相助。就连他因为没法推动雁栖岭的土地改革而发愁的时候，都是她从中斡旋，促使袁家带了那个头。甚至就在袁国温上大学这件事儿上，她也是一直等到他上军校走了之后才放袁国温走的，因为她很清楚，如果国温提前走了，他就不好走了，弄不好又得进洋芋窖。现在想来，她之所以如此对他，绝不仅仅因为他是自己的婆家兄弟，很大一部分原因是她就愿意看到他高兴，愿意为他付出一切。心甘情愿！

于是，她便在心里反复咀嚼起了他的那句话："如果你不嫌弃我的话，咱俩过！"平心而论，如果说嫌弃，那纯粹是自个儿哄自个儿的心呢！并且据她对他的判断，他产生这个想法也不仅仅出于对她的怜悯。也就是说，和她结合也并不委屈他，而且就现在的情况来说，两家的大人也绝对不会强烈反对的。至于岭上的风俗，她真连想都不会想。但即便如此，如若真要让她接受他的意思，她一下子还做不到，再怎说，她也已经是袁国温的人了，并且成亲前后那短短几十天时间里，他们之间已经建立起了一定的感情，虽然没有肌肤相亲过，但毕竟同床共枕了那么长时间，总还是有些感觉的，尤其是他走的时候泪流满面地给她磕的那头和说的那些话，至今深深地在她脑子里刻着呢！怎能半路把他丢下呢？

尽管如此，她还是撬不过自己的心。之后的一段时间里，每当走到距离昭君淖不远的地方，她心里总不由得想，他会不会再次突然出现，甚至都不是单纯地想一想，期盼的成分更大一些，而且驮生也老是问她："二大怎还不来呢？"这便让她愈加烦乱了。

当然，在这段时间里，袁国良的心也没闲着，只不过他还有景秀川这么一个倾诉对象，所以不至于太憋屈。

"咱嫂子说那话的时候是什么表情？"

"很惊讶，但好像也不反感。"

"那就行了嘛！她总不能当场就答应啊！先等等，不行就发起第二波攻势，硬下！"

"硬下我是真不敢！就说那句话都是驮生把气氛推到那儿了，不然还真不一定敢说。"

"我后来才发现你也有尿的时候呢！问题是关键时候绝对不敢尿，一尿就再没机会了！你总不能等咱嫂子给你捎话说'能行'吧！你已经把意思表达了，如果迟迟不行动，咱嫂子会怎想？你那是耍呢？"

"那你说怎办？"

"就等一个月，不行就硬下！这事儿不能扯，一定要趁热打铁。再说了，你这也是为了她嘛！又不存在道义上的问题。你看人家嫂子当年为了让你念书那股勇气！你再拿不下这个豪横，能对得起她不？"

于是，袁国良就全权委托景秀川为自己的"第二波攻势"做起了准备。这景秀川不愧是跟他多年的老参谋长了，样样行行事无巨细，先派人到沙城搞了几坛最好的雁回头，然后在营地周围的村落里定了几只大绵羊，等到临近期限的时候，又派苗震海带着侦察排到乌审旗一带严密监控起了梁毓书驼队的行踪。

八月十五早上，苗震海派人回来报告，说梁毓书的驼队已从银川返回，进入了鄂托克旗地界，按照路线，今晚将在鄂托克旗与乌审旗交界处露营。景秀川当即让人把羊杀好，跟袁国良带领警卫排，驮着烧酒、羊肉、行军锅，从昭君淖出发了，并于当日下午先于梁毓书赶到了露营地。

对于袁国良的再次突然出现，梁毓书自然很是惊喜："你怎又来了？"

"和你们联谊一下，犒劳犒劳弟兄们！你看，羊都杀好了，炖的炖，烤的烤。专门到沙城寻的，咱家的头等雁回头，也拿来了。"

此刻，袁国良又有点厌了，连说话都有些颠三倒四。

这当间儿，景秀川便把二驮叫到旁边，把全部实情给他讲了。这二驮一听如此情况，自然也很高兴，当即根据需要做了一番安排："黑子，你今儿把驼圈子稍微围远一点，要不咱男人家喝酒划拳，吵得头和狼儿子睡不成。"

"不敢，有狼呢嘛！"黑子还不明就里。

"让你弄你就弄！这么多人呢！它狼敢来呢？"

人多手多，刚一会儿，羊肉就下锅了，用红柳棍子架在火堆上的羊肋骨也冒起了油花。

"总管"景秀川便端着酒碗开腔了："脚夫弟兄们！感谢各位一年多来对我

毓书嫂子的关照和支持！为此，袁团长特意举办此次宴会以表谢意！由于条件所限，就只能这么简单了，但这酒可是好酒，我们袁团长，也就是你们头家的头等雁回头，专门为招待你们从沙城运过来的，我大在世的时候就喝这个。哦！各位可能还不了解我，我是骑一团的参谋长，叫景秀川，我大就是景山岳。"

众人惊愕地"哦"了一声。

景秀川笑着点了点头继续讲道："我想，这酒各位应该也不常喝吧！所以今儿就放开了喝！不要怕醉，明天我安排人把驼队一路给你们送回镇川堡。你们放心，这方圆几百里的天是咱们的天，地是咱们的地。来，举杯！"

众人一齐仰头喝了一杯，一哇声地夸赞起来："哈呀！真是好酒。"

一连三杯过后，袁国良便要起身敬酒了，但景秀川一把扯住他，对着他低声耳语道："喝醉不办事了？"随即转身对大家说："因为袁团长明天要到沙城开会，所以就让他少喝点，大家有气就朝我撒。"

起初，脚夫们还有些拘谨，但十多杯烧酒下肚后也就放开了，争着跟袁国良和景秀川划起了拳。因为有事儿，袁国良每次只喝一小口，弟兄们当然不会计较，因为对他们来说，能和"这么大的长官"划拳喝酒无疑算得上他们一生最大的谈资了，还计较什么呢？

小驮生戴着袁国良的军帽，虎兴兴地坐在他怀里，双手抓着一根羊肋骨，吃得满脸是油。他自然不懂得酒场上的输赢规矩，所以每当袁国良赢拳别人喝酒的时候，还总以为他二大又输了，便大声吼喊着："二大，好好赢嘛！怎都让人家喝了！"

"这狼儿子多会儿都养不成狗儿子！老爷们都服侍你几个月了，如今刚见了你二大两面，老爷们就成了'人家'了！老爷就不让你二大喝！"二驮笑着逗他。

驮生伸腿就把二驮蹭了一脚。

"唉！你娃娃等老爷再'架架楼'你着！"

袁国良哈哈一笑："那肯定嘛！生下就是我们袁家的人，要不怎会学狼嚎呢？

来，再给二大学一个！"

小家伙真就仰头来了一声。

梁毓书并不怎么说话，只看着驮生咯咯咯地笑着。

时间已经不早了，不少人都略略有了些醉意。景秀川便对梁毓书说："嫂子，我看早了完不了，不如你先带驮生睡去。"

梁毓书便起身安顿了几句，准备带驮生离开酒场。但小家伙似乎还没红火够，说什么也不走。

"你先走，我一阵儿送过来。"袁国良说。

酒场还在继续，这十几个脚夫哪撑得住一个排三十多人的轮番轰炸，很快都醉得不省人事了。袁国良便抱着驮生去了"驼围子"。

梁毓书当然还没睡，正靠着骆驼的肋骨膀子仰着头对着月亮发呆呢！

袁国良将驮生放到地上，然后坐了下来，伸手挠了挠头，问道："嫂子，你考虑得怎样了？"

"你哥肯定会回来的。"梁毓书看着月亮说。

"我也盼望他能回来，但问题是这可能性基本就没了，七年了啊！"

"那我就等，七年不行十四年，十四年不行就一辈子！"

驮生也玩累了，三下两下扒掉外衣，径直钻进他的小号翻毛羊皮毯里，动作熟练得像老脚夫一样。但刚一睡下就又像突然记起什么似的坐起来，拍着自己旁边的狗皮褥子对袁国良说："二大，你睡这儿，可暖呢！"

他的话瞬间让袁国良的心开始怦怦乱跳了，便急忙说："你先睡，二大跟你妈妈拉阵儿话。"

小驮生很快就睡着了，嘴角挂着一抹浅浅的微笑。

月亮依旧静静地挂在天上，微凉的夜风依旧一阵接一阵地刮着，轻轻地撩拨着梁毓书刚刚蓄起的半长头发，那朦朦胧胧、飘飘忽忽的感觉陡然让她多了几分妩媚。

袁国良掀起羊皮毯将自己的双腿盖住，侧过脸问："你就说你嫌弃我不？"

梁毓书慢慢低下头，紧咬着嘴唇，陷入了久久的沉默，但身子却一直微微颤抖着，以至于被她脚尖挑起的那坨狗皮毯子都在柔柔的月光下轻轻抖动起来。

袁国良再没有说话，只一边抽烟一边热辣辣地盯着她。待扔掉烟头后，他终于彻底地、毫无掩饰地爆发了。他猛地掰过她的肩膀，将她按倒在用羊皮袄卷成的枕头上，用自己粗壮有力的四肢将她紧紧箍住，整个儿抱在怀里。

也许是没想到他会如此粗暴，在这一系列动作过程中，梁毓书一直都像柔弱的羔羊一般没有任何反抗，只瞪着一双乌溜溜的大花眼惊恐地盯着他，就像被吓呆了一样，直到他将酒气熏天的嘴巴凑到她脸蛋上的时候才颤抖着低声说："干甚呢！这可是野外啊！"

"闭嘴！"袁国良终于豪横起来了。

梁毓书真的闭嘴了，直到她的衣服被一件一件地搭到旁边的驼背上，赤裸裸的身子紧紧地贴靠在他同样赤裸裸的身体上的时候都始终一言未发，只任凭他蛮横无理地摆布着。

月亮已经下去了，但风依旧没停，反而刮得越紧了。远处的老榆和近前的沙柳一齐狂乱地摇摆起来，发出阵阵压抑已久的海潮般的啸叫，久久不肯平息。在这山呼海啸间，三害的羊皮三弦又叮叮咚咚地弹响了：

> 天上刮风又下雨，
> 地上金童配玉女。
> 配婚娘娘拿主意，
> 让你跟谁就跟谁！

风终于停了，天地瞬间静谧下来。袁国良坐起身子，斜靠在骆驼肋膀上，伸手从驼背上他的外套里摸出一支烟卷点着，悠闲地吸了起来，也不磕烟灰，任凭它自由地落在自己毛茸茸的胸脯上，然后被风吹散到齐腰掩着的狗皮毯上。梁毓书一动不动地仰面睡在他身边，忽闪着水灵灵的大眼望着深邃而黢黑的夜空，静腼得就像一只歇晌的羔羊。

“我这牲口还得赶！”好一会儿，她才柔柔地，似乎是自言自语地说。

“行！你怎高兴就怎来！”

“你要保证把驮生当你亲生的一样对待！”

“这不用你说！”

“你要给大他们说清楚我是清白身子。”

“好！”

……

尽管袁国良和梁毓书的结合掺杂着几分悲剧色彩，但无论如何，有情人终成眷属还是一件令人愉悦的事情。之后，袁国良依旧当他的团长，梁毓书也依旧赶她的牲口，只在从银川返回的路上走到乌审旗的时候，才把驼队托付给二驮，她自己则带着驮生到昭君淖营地旁边刚搭建的泥坯房团聚去了。

在这间简易得几乎有些简陋的泥坯房里，他们相互给了对方身体和心灵上太多的慰藉。他那四射的激情和壮实的身板总能让她一次又一次体验到实实在在的安全和幸福；她也总用如水的柔情和热辣的身体让他一次又一次感受到作为男儿的豪迈。闹了一天的小驮生早就踏实地睡了，在一片“雷电交加”中尽情地编织着属于自己的梦。

生活啊！真是一首变奏无常的乐曲！

第二年二月，梁毓书身怀六甲，不得不暂时离开驼队，常住到那间泥坯房里了。也正是从那时候起，一家三口才过了一段他们一生中最甜蜜、最快乐的日子。虽然只有短短几个月，但对他们来说，这段时光无疑是值得终生铭记的。

几乎每天，梁毓书和小驮生都会站在练兵场后面半山腰的那棵大柳树下观看袁国良他们训练。每当考核的时候，驮生便一跳一跳地为他大鼓劲儿呐喊：“冲冲冲，超超超！"这娃娃也是个强性性，每当他大败给战友的时候，便总要哭闹一番："不算！重来，那个干大耍赖皮呢！"训练结束后，只要不带班，袁国良就会立即回家，其时，小驮生总会站在院子外面等他，一看见他远远过来，就"大"的一声向他跑来，他也总是展开双臂，一把将他扛到肩膀上。梁毓书也已经摆好了碗筷，单等他回来吃饭了。尽管都是些普通的饭食，但因为掺和了家的温馨，就明显比部队大灶的饭香多了。袁国良也真是一个细心人，总是利用一切时间帮她做家务，劈柴、扫院、洗衣、做饭什么活都干，甚至连一贯为陕北男人所不齿的寻尿盆儿、倒尿盆儿都不放过。时间稍长，这些事自然就传到了团里，并且很快成了一个话题。

"看看看，团长又提个尿盆子！"

"哈呀！咱团长夫人保险可厉害呢！把团长都整成那副尿样了！"

就连景秀川、李兆阳和马飚几个团职军官都经常逗他："我们这下弄明白了，其实你根本不是狼转的，而是四川的猴转的。我嫂子也不是谷川老户，祖上肯定是从山东逃荒过来的！"

但面对这些调侃，袁国良总是嘿嘿一笑："没办法！从小就尿人家着呢嘛！"

六月初六那天早上，随着一声嘹亮的婴儿啼哭声，老二出生了，也是个儿子，叫了个袁漠生。这名字是景秀川取的。

"从时间上推算，这娃娃就是你那晚在沙漠里'一枪命中'的，所以我看就叫漠生算了！"

小漠生的到来给已经二十七岁的袁国良带来了极大的幸福，那段时间，只要在家，他总要凑到熟睡的儿子面前，贪婪地把儿子身上的那股奶香味儿吮吸上半天。那一刻，他那线条刚毅的脸就变得柔和多了，笑得像花儿一样："啊呀！可好闻呢哦？"伺候婆姨也更加周到了，端上吃端下喝。有时竟不顾前来伺候月子的老娘在场，直接就喂了起来："再吃一口。听话！可亲呢！"并且只要儿子一换下尿布，他就拿起盆子到院子里清洗去了。

他的这股殷勤劲儿差点没把他妈给碍眼死，经常骂他："活得没点男人架势！"

"那男人应该是甚架势？"袁国良笑着问。

"你把那直直杠杠的！一天浅皮溜眼，把你们老袁家的人都丢完了！"

"我们老袁家的男人祖祖辈辈都对婆姨好嘛！我大不也一样？"

"你大比你悍性硬得多呢！就你嫩妈走了以后，那老坏种把你妈一脚踩到脚地圪坮，拿劈柴把子美美抽了一顿。你晓得不？谁跟你一样：'可亲呢！再吃一口哦！'一听我就心上泛潮！"

"那你说打上好还是哄上好？"

"多少要有点王法呢！你嫩妈可不是个省油灯，等将来压制不住你就记起了！"

"人家怎不省油了？我看好着呢嘛！"

"你就把你嫩妈搁碗架上！"

"碗架太窄了，搁不下嘛！"

"你搁，尔格就搁，成天就知道毓书、毓书，你是不都忘记自个儿是谁养的了？"

袁国良嘿嘿一笑，故意说："这很正常嘛！你不听书匠说'公鸡的尾巴比草鸡长，看见婆姨比娘强'嘛！"

他妈终于火了，抓起刚刚摆净的尿布直接朝他甩了过来，他顺手逮住晾到绳子上，转身故意朝房里吼道："毓书，我走了，你要好好吃饭呢哦！我今儿后晌再给你弄条湖鱼。"说完便嘿嘿嘿地笑着走了，只留下他妈在那里暗自生气："唉！真亏了八辈子人了！老先人手上都没见过个婆姨！"

但他的这份温馨并没有享受多久，因为当年八月，内蒙古和山西的局面就陡然严峻起来，归绥、九原、忻州等临近重点城镇相继沦陷。根据最高当局的命令，沙城部队立即进入临战状态。董长官还点名要求骑一团全员待命，随时准备根据局面的变化开往伊盟黄河沿线，必要时还得主动渡河投入战场，以缓解陕蒙一带的河防压力。这样一来，梁毓书和孩子们在昭君淖就待不下去了。从沙城开会回来的当天，袁国良就把局势向梁毓书解释了一番，并且第二天就从附近村子里雇了几名老乡，把她和两个儿子连同老娘一并送回了雁栖岭。

于是，梁毓书的"驮头生涯"便彻底结束了。但她人走了，名声还在陕宁蒙一带被传颂着。有人说她沉鱼落雁，头上的面纱轻易不揭，因为只要一揭开，所有的男人就会烂醉一般瘫软在地；还有人说她之所以有如此来头，是因为她是宁夏和沙城两位大长官共同的红颜知己，不一而足。

第五十九章

就像当年的出走一样，梁毓书的突然回归又是一件轰动全岭的新鲜事，只不过不同的是，对于她的回归，乡亲们一致表现出了最诚挚的善意。就在她刚刚到家的那天后响，牛背梁乃至附近村庄的一些婆姨就提着鸡蛋和杂面条到袁家大院探月子来了。

"哎哟！你看这碎孙跟二娃小时候像不像！虎眉正眼的！"此时，她们都已经知道梁毓书和袁国良结合的事儿了。

"真的你说！看那拳头攥得紧揞揞的，头来保险也跟老子一样是个人尖子！"

"那保险嘛！你不听人说龙生龙凤生凤！娘老子都是人尖子，这碎孙能差了呢？"

说着说着自然就把话题引到梁毓书身上了。

"奶水怎个？够吃不？"

"够！"梁毓书笑着说。

"那就好，缺奶水娃娃可是难抚养呢！"

"那你不要操心，人家山菊跟咱坐月子要吃没喝一样呢？二娃肯定鱿鱼海参见甚给吃甚，奶水保险格汪汪的。"

当然，她们最好奇的还是梁毓书赶牲口的事儿。

"听说你都当了驮头了？"

"嗯！当了几天。"梁毓书笑着说。

"你看人家娃娃能行不！你说土匪响马的几千里路上，怎敢来了！"

"有二娃呢！那些土匪都怕他呢！"

"二娃尔格当个甚官？"

"团长。"

"带多少兵马？"

"一千多。"

"哈呀！那比支队长还大嘛！你回来就不要走了，好好把两个娃娃抚养上，让二娃放开踢打，你娃娃头来保险有两天县长太太当呀！"

对她们来说，县长就是最大的官。尽管雁栖岭早已经是老根据地了，但她们似乎并不管共产党还是国民党，只管用最朴素的话语表达着最诚挚的祝福。

院子里就更加热闹了，主角当然是小驮生。这娃娃已经四岁多了，正穿着用他大的旧军装改剪的小号军装，手提一把木头削成的马刀对着众人海吹呢！

"我这是假的！我大拿的可是真的。可快呢！一刀就把草人的脑给砍下来了！"

"你大当个甚官？"

"当个袁团长，管美美一群人马，让怎就怎，可牛呢！不信我引你们看走！"

"那你大为甚不回来呢？"

"他要管人呢！顾不上嘛！"

"那你长大干甚呀？"

"也当袁团长呀嘛！"

"听说你还会学狼嚎呢？"

"嗯！会了。"

"我就不信，那你给咱学一声！"

小家伙真就仰起脖子来了一声稚嫩的狼嚎。

"哈呀！这还真是老鼠的儿子会打洞！"

袁继耀正跟黑栓他们忙着杀羊呢！昭君淖的客人都几百里路上把他的儿媳妇

和孙子送回来了，自然是要好好招待一番的。但此时的他却明显有些心不在焉，不停地扭头朝驮生这边张望着，憨笑着。黑栓便故意喊他："好好杀你的羊，操心一刀子豁到手腕子上！"但他依旧管不住自己，尤其是听到驮生那声奶声奶气的狼嚎后，更是不由得泪眼婆娑起来。

也是，自从梁毓书走了以后，这偌大的院落就剩他们老两口和二英三个人了，那份孤寂真是太难熬了！尽管庄里人经常会过来串门，英子也经常带着墓生过来给他们解闷，但对他来说，一百个庄里人都不如梁毓书娘们三人来得实在，甚至连外孙子似乎也总是差那么点感觉。这不，就在刚才，他亲家磨六还故意问他："你说句掏心窝子话，你看见你的两个孙子和我们墓娃谁亲？"

"一样样亲嘛！"

磨六脖子一拐："一样个屁呢！那你以前见了墓娃怎不这么憨笑呢？"

"那是常见呢嘛！"

"好！那老爷能看上呀！看你老尻以后再笑不笑了！你如果过个半月二十天还嘴咧开憨笑的话，我就给我们墓娃安顿，让他长大以后不要给你这偏心眼子外爷喝烧酒，直接给你老尻灌上两坛子尿！"

的确，两年多来，袁继耀从来都没有像今天这么高兴过。岂止是没这么高兴过，简直就是在无尽的痛苦和煎熬中度过的。尤其是起初那段时间，他简直都要疯了，便将山里的活全部交给了黑栓，成天在家里闷着，甚至好长时间连后院都没有去过。直到一个多月后，他猛然发现后院已经生出了杂草，这才意识到事法有些不对了！"院子生杂草，主家必倒遭！"难道我袁家还真在我手上塌火散架呀？去你的吧！只要他老爷还有一口气，这火就塌不了！这么一想，他便三下两下锄掉杂草，扛着锄头就上山了。

当他重新出现在地头的时候，人们吃惊地发现，他的苦水居然比之前更好了，成天都两不见太阳，不仅所有的庄稼都要锄捞三遍，地畔也像以前一样被刨刮得光光堂堂，就像不要命了一样，劝都劝不下。黑栓便只好想了一个办法："你成天就像解不开熬煎的牲口一样,我们几个能陪伴过你呢?你不要命我们还要呢!"从此,袁继耀虽然不那么拼命了,但依旧一会儿都不闲,就连阴雨天都要给自己找点活干,光架囤就编下好几十个,直把所有的空窑都放得满满当当,就像磨六说的"把孙子手上的囤子都编下了"。

但话虽然这么说,作为半辈子的老哥们儿,他们也知道他这是借劳动麻醉自己,抑或是用身体的劳累来驱逐心烦呢!但也正是这股子硬劲儿,让袁家非但没在这天塌地陷的舆论危机中散架,反而于艰难中始终保持着一种兴旺的景象。两年来,他家不仅一直都是仓满囤冒尖,还又一连得了两个"支前模范"的牌牌。

这下好了,所有的问题都因为梁毓书母子的回来而不存在了。自从他们娘仨回来以后,大院的人气好像猛然就旺了,那种踏实的感觉就像并非只添了三口人,而是直接添了几十口甚至几百口一样。他只感觉到天立即高了,地也当下宽了,就连自个儿也好像突然年轻了。

之后没多久,岭上又开始了忙碌的秋收。这些天,驮生已经跟袁继耀混熟了,并且已经让黑栓他们调教出来了。袁继耀在大院对面梁割庄稼的时候,那小家伙就总站在碥畔上吼他:"老狼!回来耍来!"他便直起身子嘿嘿笑上一会儿,然后饱含亲昵地回复:"爷爷给你挣吃喝着呢!一阵儿回来跟你耍。"

每当他从山里回来,远远地出现在村头的时候,驮生就像以前在昭君淖迎接袁国良一样打老远就跑了过来,一边跑一边喊:"老狼!骑马马!"他就顺从地把锄头递给长工,把驮生架到脖子上。但驮生依旧不满足,一边纵着身子一边在他头上拍打:"驾!驾!跑嘛!"他真就跑了起来,并且总要遵照驮生的指令学几声马叫,直把黑栓他们笑得前俯后仰:"这哪是回来个孙子,明明就是从北草地来了个耍猴的!"磨六更是每次都要"嘲笑"上半天:"我记得不知谁以前老笑话我惯孙子呢!说我人老八辈都没抱过个孙子,我看那些人好像连我都不如嘛!"其时,袁继耀总是嘿嘿笑着:"这个好汉还真没夸出咯!真不由嘛!人常说抱上孙子自个儿就成龟孙子了,实实的!"

也正是这次回岭，梁毓书发现岭上又发生了不少变化！好多面熟的年轻人都不见了，都参了"红"了！各个村庄也又增加了不少写着"光荣烈属"的木牌牌。女人们都忙着纺纱、做军鞋，说还定了任务，每人每月两双，得按时交到庄里支前会那儿。山里也又多了不少新歌，但不同于之前的"哥哥妹妹"那种酸曲儿，大多是反映革命的，据说都是"南边的公家干部"来到岭上之后编下的。

> 骑白马，挂洋枪，
>
> 三哥哥吃的是八路军的粮，
>
> 他有心回家看婆娘，
>
> 呼嗨哟！打日本就顾不上。

而相对于这些变化，耿家的变化无疑是最大的了。在这两年里，耿得福和耿得禄两兄弟都被马家吹手班送进了耿家祖坟，成了耿家的列祖列宗。当然，这只是自然的生老病死，算不得什么，但就在两兄弟入土不多时，他们家族就交上了背运，变故接连不断，基本上算是把他们打趴下了。

耿家这一系列变故源于一起"花案"，而这"花案"的制造者正是耿得禄的三弟耿得寿。这耿得寿膝下三子，老三耿万华早在东征扩红的时候就参加了红军，但走的时候已经成了亲，婆姨是莜麦岔张家女，叫个来花。就在他走后不多时，官帽梁一带就传出了耿得寿和来花的好多难听话，还都说得有鼻子有眼。要知道，耿得寿的老婆几年前就死了，大儿子和二儿子也已经搬进了新修的窑院，整个耿家西院就只剩下他和来花两个人了，而这样的环境最容易滋生类似传闻。就在梁毓书离开雁栖岭的当年九月，来花她妈带着九岁的儿子过来看望女儿，夜间，来花便哭着把自己的遭遇对老娘倾诉了一番，没想到正好被藏在门外的耿得寿听到了。第二天一大早，当来花在门外问他吃甚饭的时候，耿得寿竟然气呼呼地来了一句："人腥汤泡捞饭！"这本来是灾难即将降临的一个明显信号，可年轻的儿媳妇并没有觉察，便和了一块荞面准备吃干羊肉剁荞面呢！就在她剁面的时候，耿得寿提着杀猪刀冲了进来，只两刀便要了她妈和她弟弟的性命！好在来花那天正好因为肚子不舒服而在腰间扎了一根一拃宽的毡带子，所以没有伤及要害。

听到动静的耿志远和随后赶来的村里人很快将耿得寿制服，并派人到区政府报了案。

来花的娘家虽然都是穷苦人家，但户族却很大，当天晌午就纠集了几十号人先于政府工作人员赶了过来，当场将耿家西院来了个"赤土摊平"，还捎带着把中东两院也打砸了一番。

后来的结果就可想而知了，耿得寿自然被边区法院判决偿了命，家产也被全部变卖，用来赔付张家的两条人命了。就这样，仅仅一夜之间，耿家三门就从大户沦为赤贫百姓了。

如果他们甘于赤贫，抑或心性不要太急的话，说不准还有翻身的可能，但耿家人从来都是急性性，根本不可能接受这个落差，只一心想着尽快东山再起，于是便将目光盯到了一座坟墓上。

这坟墓位于二担山下的一个阳湾里，里面埋的是清顺治年间的延绥总兵刘震疆，所以岭上人便把那个阳湾叫作"总兵墓湾"。既然是总兵墓，规模自然不小，六十六级台阶从湾底一路铺到墓园门前，三对一人多高的石人、石马、石狮子分列左右，三块硕大的青石碑面南而立，最小的也有一米多宽、两米多高、一尺多厚。要知道，雁栖岭一带都是红砂石，所以这些石材最近也要从八十里之外的谭家坪搬运，所以岭上便一直流传着一个颇为夸张的说法，说当初修建总兵墓的时候，拉石头活活累死了十八头老犍牛，光民工灶上的咸盐就吃了整整三石六，墓里面光元宝就埋了整八斗。按常理来说，这种坟墓自然会吸引盗墓贼光顾，但据袁老太爷在世时说，前清时期，政府一直派专人守护。后来，总兵墓湾下面的荒草湾村迁来了几户刘姓人家，当他们听了这总兵墓的传说后，竟一口咬定刘震疆就是他们的先人。当然他们也不完全是胡乱攀附，因为老太爷曾看过他们的家谱，上面还真写着：“三世祖刘震疆，官拜延绥总兵，敕封震远将军，顺治三年，与闯贼残部鏖战于怀原，伤殉，葬延北雁栖岭……”所以清朝灭亡后，刘家人就自动接过了守墓的责任，直到墓地被盗。

当然，谁都没看见是耿家人盗掘了总兵墓，但就在刘家人发现先人的墓被盗掘的前几天，耿家除了二门的耿志远，其余人竟然一夜之间全都消失了，没有人知道他们究竟去了哪里，为什么要走。

但第二年冬天的一个夜里，耿万财又突然回来了，并且直接跑到袁家大院，认了他们盗掘总兵墓的事儿，还哭鼻子抹泪地请求袁继耀出面为他们了结这事儿呢。按照耿万财的说法，这盗墓的主意最先是耿得寿的大儿子耿万发提出来的，说是他三门已经破落了，二门的万顺也疯了，田产也让耿志高他们划分了，总之这几年就不顺头，还不如把那总兵墓给挖了，把那些元宝拿上到关中地重置田产，那边是“白区”，不斗地主。起初，他还曾严厉劝阻了一番，但一想到那八斗元宝，也就迷了心窍。第二天半夜，他们兄弟几个就背过耿志远，直接从坟冢后面攒了个洞。可等他们进到墓里后才发现根本没那么多东西，只盗得四个“拽脚元宝”、一副铜马鞍和一把长柄大刀，之外就是“口含钱”之类的零散东西。因为刘家人经过几十年的繁衍，也算是雁栖岭一带的大户族了，事情一旦败露就非跟他们遭人命不可。所以当天晚上，他们几家就带着盗得的东西跑了，然后辗转来到南面几百里外老梢林里一个叫上畛子的地方，在那里开了几大片荒地，重新安顿下来。但很快，噩运就接二连三地降到了他们头上，先是耿万发让豹子咬死了，接着耿万胜得了羊毛疔死了，随后家里人一个接一个地死，而且大多是男丁，仅仅一年时间，两门的男丁就只剩下他、他的三小子和耿万胜的二小子了，所以才不敢硬撑了。

因为墓里盗得的那些东西还没被卖掉，袁继耀便应下了他的请求。

起初，刘家说啥都不了这事儿。“他老耿家想挖就挖，想了就了，门都没有，除非让我们把他老耿家的祖坟也挖上一回。”后来，经过袁继耀百般斡旋，祖坟是不挖了，但又坚持说那总兵墓里真有八斗元宝，直接就开了个天价。

"我们老先人那么大的官，那么大的战功，连那么几两银子都没挣下？我听我爷爷说，这'八斗元宝'就是他听你家老太爷说的。他老人家还瞎说呢？"

"他也是听老辈人说的嘛！埋刘总兵的时候他在场呢！我看无论如何，趁他们现在还有几亩地了结了算了，不然等耿家偷偷把地一卖，一溜再跑了，你上哪寻？即便寻上了，烂杆户一个，你能把他怎？当然可以报官府，让官府把耿家人的脑全剁了，但你们能得个甚？"

就这样整整一个冬天，这事儿才终于在袁继耀的软磨硬泡下解决了。盗得的东西自然得归还，还得重新打制棺材安葬刘总兵的遗骨，最后还把耿家大、三两门几乎所有的田产划拨给刘家做了赔偿，只留了一点起码的口粮田。

总之，短短两年时间，耿家的三门就有两门散了架，泯然众人了！唯独耿万顺依旧是老样子，成天拉着一根焦头子棍，披头散发地到处游逛，嘴里也依旧嘟囔着那句永不变调的老话："老爷不耍了！"

不过，就在耿家于一片"崖塌水淹"中大架崩散之后，耿万顺的二小子耿志远却越来越被岭上人刮目相看了。和袁继耀起初对两个儿子的规划一样，这后生从雁栖高小毕业后就被选定为耿家二门的第三代掌门人，回到家里务起了庄垄。和他的祖辈们一样，这后生也有一身好苦水。那些年，耿得禄已经老了，耿万顺则顶着民团团总的乌纱帽，一门心思闹着他的世事，所以这耿志远刚满十六岁就成了耿家二门事实上的管家了，待耿万顺疯了以后便全盘接管了家业。也就是从那时候起，他就开始着手修复耿家的名声了，就在他大疯后没几天，他就亲自拟了一副楹联让石匠雕刻到他家门楼的石柱上：戒狂戒妄有时常思无时日，莫霸莫横大起终有大落时！横批：耿铭于心！并且根据他自己总结的耿家几代人心胸太窄和心性太强的教训，给刚刚出生的双生儿子分别取名为"宽心"和"平心。"平日里也一改耿家过去的强悍作风，处处注意与邻为善。谁家订婚娶媳妇了，他总是主动支助："钱不够言传，要粮就过来盘"；有人因为老人去世，坟地正好看到他家的地上而提出跟他置换土地的时候，他也总是一脸慷慨："换甚呢！直接埋你的就行了，谁家还没个老人！"并且来年耕种的时候还总要把坟地留得宽宽的。就连坟地主家提醒他没必要留那么宽的时候，他也总是笑着说："没事！让我干爷爷宽套些儿！大不了少打几升谷子，那能碍个甚事儿！"他的表现很快就赢得了岭上人的普遍认可和积极回报。这几年，耿万顺一直到处疯跑，但只要在岭上，不论走到哪里都会有一碗热饭吃，甚至连以前曾对他恨之入骨的人也不例外，只是不知道他享受这个待遇的时候，知不知道这全是靠儿子的脸面挣来的。

就在袁家因为梁毓书的突然出走而横遭变故之后，也正是耿志远第一个站出来给了袁继耀最诚挚的心理慰藉："没事，干大，我从小和我国温嫂子一块儿念书，她虽然性子强，但不是那种糊涂人，气一消肯定会回来的。"梁毓书迟迟都没有回来后，他更是隔三岔五地就往袁家大院跑："干大，你这几天抽空到我地里看看，我感觉我的糜子太稠了！""干大，你说我的羊最近为甚老落羔呢？是不是起什么驳差了？""哈呀！要说煮干羊排的话，咱岭上人谁都没我干妈那手段！再给咱煮点，让我们父子俩喝两口！"袁继耀当然很清楚，他其实就是为了给他解闷，根本不是糜子稠了、羊出驳差了，更不是想吃羊排了。

投之以桃报之以李。看耿志远如此通泰，袁继耀就给他来了个推心置腹，直接把两家几代人之间的恩恩怨怨和各自的是非得失毫无保留地抖落了出来。不用说，他的那些发自肺腑的，尤其是关于人心向背方面的话有如醍醐灌顶，当即让耿志远明白了他们几代人都没能搞明白的道理，并且很快就帮助他甩掉了祖上留给他的被动，基本上实现了耿家几代人一直想实现但从来都没有实现过的"事事戳到人面上"的目标，跟袁继耀一样成了岭上的"人面子"了。

第六十章

　　梁毓书母子回到雁栖岭没几天，沙城一带的空气就骤然紧张起来，日本人调集了大量部队屯于黄河对岸，不断对国共两党的河防部队发起挑衅。九月中旬，一小股日军步兵竟然偷偷越过黄河，陡然出现在府州县皇甫川一带。当天上午，袁国良就接到董长官亲自打来的电话，要骑一团以最快的速度开往皇甫川一带贴近监视，随时报告情况。

　　接到命令后，骑一团很快就运动到了皇甫川中段沙湾子一带，并派侦察排抵近侦察了一番。

　　据侦察排报告，敌人总共二百来人，似乎并没有什么作战任务，只一路沿西北方向猛进，但行至孙家山之后又突然不动了。

　　袁国良当即排兵布阵，命令李兆阳和马飚分别带领二营、三营从川道两边的丘陵上并行南下，他和景秀川则带领一营从川道地一路向南，三路人马呈口袋状同步推进。如得到攻击指令，便由二营、三营各派一个连，立即运动到敌人前面扎住袋口，断掉退路，然后四面合围，来他个干净利落。但是，等他们刚刚运动到距离孙家山不到二里的时候，敌人就发现了他们，并立即前锋转后锋，调头回撤了。袁国良当即给董长官发报："已抵近敌部，敌发现后，并未向我挑衅，立即原路回撤。从种种迹象看，此部为敌侦察分队，若任其撤回，后患极大，不如主动出击，就地全歼。请示！"司令部很快回电："来电已悉！继续严密监视，万不可贸然出击，以致备战大局陷于被动！"

　　看完电报后，袁国良不由得叹息了一声："就知道个监视！这不就是陪着小日本看风景呢嘛！"尽管如此，命令还得执行，于是他们便只能继续尾随跟进了。

敌人似乎慢慢品见了他们的路数，很快就嚣张起来，明显放慢了回撤速度，还纵火烧毁了几个村庄。

袁国良继续报告："敌回撤途中，竟无视我部存在，纵火烧毁村庄，此绝乃赤裸裸之挑衅，如再不出击，恐造成民意被动！"

司令部回电："不可莽动！继续坚忍监视！"

"还坚忍个屁！都是些尿包软蛋！"一营长气愤地骂道。行进在两翼山梁上的李兆阳和马飚也一再用旗语请示是否出击。袁国良紧咬着嘴唇，一脸痛苦地对通讯兵命令道："告诉他们，继续严密监视！不可妄动！"

但他们的坚忍换来的却是敌人的更加肆无忌惮，待跟进到皇甫镇附近的时候，竟然一连射杀了好几名来不及躲藏的过路群众。这一下，李兆阳和马飚彻底忍不住了，尤其是李兆阳，最后竟亲自跑来了，对着袁国良就是一阵抱怨："咱这百十里路上跑来就是看日本人杀人放火来了？光监视不动弹的话，监视那顶甚呢？"

"司令部自有司令部的打算！"袁国良说。

"有个屁打算呢！不就怕日本人大兵压境嘛！那能躲过呢？日本人已经在河对面集结了多少部队了！那是看风景呢？咱哪怕雇上二百来顶八抬大轿，把这二百来人敲锣打鼓地送回河东，日本人也照样会对河西发起进攻。东北倒一枪没放，忍了，保住了？还抗战救国，救个屁！"

这些道理袁国良自然明白，只是此时的他心里还积存着李兆阳所不知道的另外一份担心："延安方面是否已经做好准备？"因为他很清楚，一旦日本人下定决心过黄河，只沙城这点力量是很难阻挡的，至少没有决胜的把握，日本人一旦渡过黄河，延安就会陷入被动！不过，换个角度想，李兆阳的分析也对着呢！从方方面面的情况看，日本人进攻陕北和伊盟一带的部署已经定下了，这跟消灭不消灭这支侦察队没有一点关系，倒不如先把它消灭掉，提振一下陕蒙的抗战劲头。

于是，他便派人将马飚也叫了过来，开了一个战前会议。

"我决定抗命行动，全歼这支侦察部队，如果司令部追究责任，我一个人顶着！"袁国良咬牙切齿地说。

"咱几个一块儿顶！"景秀川和马飚一起说。

李兆阳则更直接："追究屁呢！行动结束后，咱就在这儿等着看风向，如果司令部要追究责任的话，咱干脆就脱离战斗序列，直接北上伊盟，然后跨过黄河到敌占区打游击。咱这么强悍的队伍，放着日本人不打，成天躲在后方嘻哈流星跟耍猴一样，有甚意思呢！"

"瞎说甚呢！"袁国良瞪了他一眼，随即安排起了正事。作战方案定下后，他又让通讯兵给司令部谎报了一番军情："司令部并董长官：我部的坚忍使敌愈加狂横，一路纵火烧毁大小村庄五座，射杀无辜民众十三人，并多次向我部开枪，致我两名战士轻伤，若再不出击，恐无法向府州人民交代，造成政治之被动！故，我部已决心寻找有利地形向其发动进攻，并确保一举全歼！"随即直接命令关掉电台。

李兆阳和马飚很快回到了自己的战斗岗位。此时，战士们早已憋了一肚子气，听说即将发起攻击，一下子就兴奋起来，士气极其高涨，根本无需动员。

当他们一路跟进到皇甫镇西南十多里的一处开阔川道的时候，袁国良立即下达了攻击令。负责封口的两个连当即从两边的山梁猛插敌人前方，与此同时，川道和两边山梁上的三路人马闪电般地压了过去。这是一块两边被矮缓坡地夹着的开阔地，皇甫河贴着东边的山根而过，在川道里画了一个大大的弯。滩地上，庄稼已经全部收割，只剩了一地不足一拃高的秸秆茬子。这种地形十分有利于骑兵的短促突击。加之日军也没想到他们竟然敢主动发起进攻，所以，当四面猛地腾起几股遮天的黄尘之后，当即乱套了。不过，他们毕竟是从东北一路打过来的老兵，实战经验相当丰富，很快就稳住了阵脚，挣了命地朝西边山根下的村落跑去，妄图依托院落顽抗。但没等他们跑出几十米，李兆阳就已经率部突到了村庄前面的空地上，死死地封住了他们的去路。东、南、北三支力量也很快渡过了皇甫河，狂风一般压了过来，还没等日军转过身子，闪着寒光的马刀就铺天盖地地劈了过来。在这无遮无掩的空旷地上，刚才还不可一世的禽兽们立即成了毫无反抗之力、任人劈砍的大白菜，仅仅几分钟时间就被收拾得干净利落。

全团立即开始打扫战场，掩埋敌人尸体。袁国良让通讯兵重新架起电台向司令部发电："战斗已结束，敌部被全歼，共计二百零四人，缴步枪二百零四支、手枪十二把、各类子弹共计万余发、手雷八百一十六枚、军刀三把、战马六匹；我部共阵亡三人，重伤两人，轻伤十一人，战马受伤十一匹。"

回电却只有短短四个字："速回驻地！"

袁国良他们是半夜时分回到昭君淖的。一到驻地，一股不寻常的气息就迎面扑来，整个营地戒备森严，团部外面的空地上赫然停着两辆吉普车和三辆运兵的大篷车。

"袁团长，董长官召见！"刚一进营地，司令部郭副官就过来通知他。

团部会议室里，董长官黑着脸端坐在椅子上，军团参谋长李栋才和骑兵旅旅长周云山分立左右侧后，不大的会议室被一片逼人的肃杀之气笼罩着。

袁国良快速环视了一圈现场，随即大步跨到董长官前面，立正敬礼道："骑一团团长袁国良报到！"

董长官连看都没看他一眼，只不紧不慢但又不失威严地说："你愿给谁报到就报到去，我管不了你！"

袁国良没敢再搭话，只直挺挺地站着。

董长官慢慢抬起头，斜着眼盯了他一会儿，猛地拍了一下桌子大声吼道："一个小小的团长，竟敢在阵前违抗命令关掉电台，你想干啥呢？这'袁嫖姚'是不是真把你叫飘了！"

"报告董长官，国良愿接受任何处分！"袁国良说。

"那我问你，按照条例规定，临阵抗命者该怎？"

"杀！"袁国良说。

董长官点了点头："那好！既然你明知故犯，那我就不容情了。"说完便转身对站在他身后的李栋才大声吼道："骑一团团长袁国良阵前抗命，依律当斩，拉出去毙了！"

骑兵旅旅长周云山急忙为自己的爱将开脱："董长官息怒！国良一时昏了头……"

"闭嘴！他这一昏就把抗战大事给误了，军纪岂是儿戏！"

"董长官，那电台我知道，十几年的老电台了，可能出故障了，不然给他二十四颗脑袋他也不敢关。是不是国良？"周云山情急之下便想了这么一招。

袁国良看了他一眼："就是故意关掉的！"

董长官转身瞪了周云山一眼，以更大的嗓门吼道："你少给我打马虎眼！我还没老糊涂呢！这部电台年是年初才进的美国货，我特批给他骑一团的。"

周云山猛地在自己头上拍了一巴掌："董长官，眼下大战在即，不论怎，国良可真是一顶一的趁手军官，关键时候真顶用呢！这您也是知道的，就让他戴罪立功。能不？"

"不行！我就不信离开他还抗不了战了！这兵不斩不齐，如果我今儿饶了他，明儿就会有十个一百个抗命者出现，这兵还带不带了！毙了！"接着便转身走到门口，朝院子里吼了一声："警卫连，执行！"

周云山猛地冲到门口把门闭上，随即扑通一声就地跪下："董长官，我求您了！这杀人不是割韭菜，杀了就活不过来了！一捋到底，或者判刑能不？"

"不行！刘春山！让你执行你没听见？"董长官隔着窗子就吼开了。

僵持间，有人用力从外面推起了门，只周云山一个人自然扛不住，但他还是一边用劲挣扎着，一边朝李栋才大声吼道："参谋长！你就不能替国良说句话？"

李栋才终于开口了："云山，你放开！"他的话刚一落地，门就被强行推开了，但进来的却是李兆阳、景秀川和马飚。他们一进门就朝董长官敬了一礼："报告董长官，攻击是我们几个一块儿研究决定的，这责任不能光让袁团长一个人承担。"

"怎？你们这是逼驾来了？"董长官大声吼道。

袁国良狠狠瞪了他们一眼，大声说："是我决定的，所有的责任由我一个人承担。不要绑，我自己走，就到营地外面执行算了！"说完便转身准备离开。

此时，全团一千多号人早已将团部围了个水泄不通，见袁国良出来后，站在门口的二营长文玉高就一把将他扯进旁边的房间，带着二十多名战士将他死死地护了起来，其余人都齐刷刷地面朝会议室跪在了地上。

见此情况，李栋才便赶忙圆起了场："董长官！我看就按云山说的，把他的团长搂了算了，你看这情况嘛！"说完就到旁边房间叫袁国良去了。但文玉高他们说啥都不放人，直逼得李栋才向他们透了底："董长官也就是吓唬吓唬嘛！如果真要毙，为什么不调回沙城再毙呢？我给你们担保上！"

这文玉高真是急迷糊了，竟然直接威胁起了李栋才："参谋长，我今儿就把态度给您亮明，没有袁团长就没有骑一团，如果把袁团长毙了，那我们骑一团就脱离序列，到河东……"

还没等他说完，袁国良一巴掌就袭了过来："不要命了？"

李栋才也瞪着文玉高说："你放心！毙不了。董长官早在路上就给我交底了。但你刚说那话真是不要命了！如果让董长官听见，不毙都得毙！"说完就带着袁国良出去了。

袁国良又回到了会议室，一个立正站到董长官面前。

董长官瞥了他一眼，冷笑着说："你骑一团竟敢当场造我的反！真是没想到啊！"随即狠狠在他头上戳了几指头："好吧！就看在你把这帮弟兄们统得不错的份上，这颗杏脑就先给你留着。但死罪可免，活罪绝不能饶，必须处分！"说完便让李栋才宣读命令："骑一团团长袁国良阵前抗命，擅自关掉电台，性质极其恶劣，依律当移交军事法庭处置。但念及该袁一贯表现良好，经军团司令部研究决定：免掉其团长职务，调回司令部担任正营级参谋，以观后效；副团长李兆阳、马飚，参谋长景秀川因负次要责任，扣俸一年，于原岗位戴罪悔过；骑兵旅旅长周云山因负领导责任，亦扣俸一年。另外，任命原骑三团团长田英男为骑一团团长，即刻就任！"宣读完命令，李栋才和周云山就安排董长官到客房休息去了。

袁国良灰溜溜地坐在椅子上，点了一支烟大口吸了起来。田英男从外面走进来拍了拍他的肩膀，一脸真诚地说："老同学，没事，董长官根本不是真要毙你，就吓唬吓唬嘛！他舍不得。我就先给你照几天摊摊，用不了几天，你还得回来，因为骑三团团长就没定人，我的团副暂时代理着呢！"

"回来甚呢！能捡条命就不错了。"袁国良一边抽烟一边灰头土脸地说，那表情真像刚刚经历了一场生死考验，但这全都是装出来的，他心里想的却是："这还用你说？我还能连这都看不出来？"

正说着，李栋才就带着周云山进来了。他将在场所有人环视了一眼："你说你们这事儿干的！就你们有血性！就你们爱国！我知道你们怎想的，但司令部有司令部的考虑啊！对，日本人过不过黄河跟你们打不打这支侦察部队没什么关系，但是你们要明白'牵一发动全身'的道理。日本人的动作这么快，我们现在最关键的就是争取准备时间，多一天一个说法。你们以为大的军事行动就像你们骑一团一样，说开拔就开拔？方方面面牵扯的事儿太多了！咱们、北边的傅作义和延安方面的联合作战指挥体系怎弄？后勤保障怎弄？咱现在和延安是统一战线，延安又是共产党的老巢，一旦咱北边顶不住，他们往哪撤？这不都得准备嘛！这几天，董长官正没日没夜地跟延安沟通协商呢！你们就猛然戳了这么一刀子。这一戳，整个河西就全乱套了！这会儿，咱们和共产党的相关部队正紧急朝神府沿黄一带集结呢！连后勤保障都没准备好！你们听那电台声！"

旁边房间里，滴滴答答的电台声果然此起彼伏，一刻不停。

李参谋长低下头喝了口水，然后问袁国良："国良！你现在说你这个团长该不该撤？"

"该！杀头都应该！其实我当时也想过这些，但鬼子实在太狂妄了，射杀了民众之后还转身朝我们放枪呢！不过，从现在的情况看，真是小的没忍乱了大谋。"此时的袁国良已经发自内心地认识到了自己的鲁莽。

李栋才笑了笑，随即换了一种语气："如果你不是袁嫖姚的话，估计真把你小子毙了，临战状态下是不需要过军事法庭那道手续的。不过也不要灰心，我心里有数，董长官心里也有数。"说完又转身对坐在他旁边的周云山说："还有你，多少年的老人手了，怎还连个咸淡都品不来？你就不想想，董长官平时对国良多看重！还真能因为这么个事儿把他毙了？不就做做样子，而且还得做像一点嘛！总不能说抗命有功吧！路上早给我交了底了，还把你吓得！就差号鼻子了！"说完便转身去了作战室。

不一会儿，董长官就把袁国良叫到旁边房间，给他宣布了一个消息："日本人已经从伊盟方向发起了进攻，河防战斗已经打响，司令部即刻就要前移了。你那参谋就先别当了，暂时恢复骑一团团长职务，随时准备根据战况的变化接受调遣，就算是给你一次将功补过的机会吧！再给你说明白点，如果河防作战压力过大，你骑一团就得以最快的速度从上游过河，于敌后发起攻击。这很有可能就是一次自杀式进攻，因为我不敢保证你过河之后还能过来，但正因为如此才派你去。你不是号称'袁嫖姚'嘛！我倒要看看你究竟是真嫖姚还是假嫖姚！"

战局变化的速度远远超出了所有人的预料。当天下午，董长官就从前方发来电报，命令骑一团即刻出动，务必于天亮前赶到河防战场上游六十里处的吴家围子，然后就地隐蔽，待第二天夜里浮桥搭好后渡过黄河，直扑日军后背展开猛烈攻击，迫使敌军放弃强渡。

袁国良当即下达了开拔令，并于凌晨四点准时到达了吴家围子，连人带马隐蔽到了距离河滩五里处的一片茂密的沙柳林里。河防部队的一位工兵排长和两位地方负责人很快就过来了，说材料已经基本准备妥当，天一黑就开始动手搭建简易浮桥，确保骑一团于凌晨两点准时过河。顺着他手指的方向看去，果然都是扛着木料门板跑动的黑影。他们必须赶天亮前把所有的材料搬到岸边的树林里，因为天一亮，日军的飞机就可能过来侦察，不好行动。

"这里有没有熟悉对岸地形的人？"袁国良问。

"有。这段时间，河东人一群一群地往来涌呢！"工兵排长说。

"给我找一个年轻人，不光要熟悉对岸的地形，会骑马，还要懂蒙汉两种语言。"

工兵排长很快就带着一位蒙古族大妈和一名年轻的蒙古族小伙子来了。那大妈一过来就咚的一声跪下，放声大哭起来，一边哭一边不停地诉说着，但因为她满口蒙古语，一句都听不懂。那年轻人便哭着翻译了一遍，说自己叫宝力格，这大妈是他的额吉，河对岸托克托人。他们那边早在去年就被日本人占了，他的父亲和三个哥哥都被杀了，只有他和老额吉捡了一条命。据他说，日本兵真是惨无人道，所过之处无不大开杀戒，每当汽车陷进沙地的时候，就把来不及逃跑的牧民和牛马打死垫到沙里，碾着尸体往前走，光他们那片就杀了好几十人，他的三个哥哥就是这么死的。老人家是让他替那些死难者报仇呢！袁国良赶忙将她扶起，咬牙切齿地说："这仇我一定给你们报！"

听了儿子的翻译，老额吉立即从胸前的口袋里摸出一把蒙古族人常戴的那种银质长命锁，不由分说地戴在了袁国良的脖子上，还一个劲儿地嘟囔着："腾格里……"

"成吉思汗的勇士，戴上它，长生天会保佑你的！"宝格力翻译。

第二天凌晨两点，骑一团顺利渡过了黄河，然后按照宝格力的指引一路贴着黄河疾驰而下，天刚麻亮就运动到了日军背后。

因为战斗打得正激烈，加之漫天秋雾的掩护，所以直至骑一团运动到距离阵地不足千米的地方发起攻击的时候，日军才猛然发现有一支强悍的力量有如天降一般出现在自己背后，并且已经势不可挡地压过来了。因为日军主力大都已经前置到河滩地上，后面的二级缓坡地上只剩了一些预备队和从事弹药运输的蒙奸部队，所以并没有多少抵抗力，骑一团几乎没受到有效阻击就突了过去，向纵深阵地发起了猛烈攻击。突进核心阵地后，日军的轻重火力便派不上用场了。一千多名骑士来回冲击，锋利的马刀闪着寒光雨点般地落到鬼子身上。对岸的河防部队一看日军的进攻明显松动下来，也加足火力来了一波反攻击，轻重机枪、大小炮弹铆足了劲儿地朝对岸最前沿的日军阵地倾泻，日军只好放弃对对岸的进攻，意图将主力调到河滩上面的缓坡上，集中力量对付突来的骑一团。但对岸的河防部队怎可能随随便便就放过他们呢？照着他们撤离的方向又是一顿更加猛烈的狂轰滥炸，等日军付出巨大的伤亡撤到二级缓坡地带的时候，骑一团早已经撤走，朝着浮桥渡口的方向一路狂飙而去了。

就在他们全速朝渡口机动的时候，天空突然传来了飞机的轰鸣声。袁国良当即下达了"天女散花"令。

这"天女散花"是他们和包尔图在日常训练中摸索出来的战术，就是一旦遇到敌人空袭，部队就快速散开，通过降低密度来降低伤亡。但令他感到意外的是，四架几乎擦着他们头顶而过的日机并没有发起攻击，只象征性地丢了几颗炸弹就迅速朝西北方向去了。袁国良当即一惊："完了！"

果然，等他们撤到吴家围子对岸的时候，浮桥已被彻底炸毁，就连对岸的村庄也被夷为平地。很快，东南方向腾起了一股冲天的黄尘，日本骑兵压过来了。

此时，过河已绝无可能，并且继续沿黄河向西北方向撤退就会陷入背水一战的被动！无奈之下，袁国良只好命令全团火速朝正北方向撤退，待与敌骑拉开一定距离后再折向朝东进击，适当远离黄河，以拓宽迂回空间。这一下，连续两年多的速度和耐力训练就派上了用场，仅仅两个小时，他们就已经机动到了吴家围子东北方向大约一百二十里的牛头疙蛋一带，将原本已经近在咫尺的日伪骑兵远远甩到了后面。

利用这一喘息之机，袁国良立即让各营清点了伤亡人数，并向司令部发送了过河后的第一份电报："司令部并董长官，此战我部共损失一百零三人，另有十七人轻伤，重伤和阵亡的具体数字因撤退紧急，部分落马伤员没能撤出而无法统计。眼下浮桥已被炸毁，敌骑兵又步步紧逼，故近期过河已绝无可能！据此，我部暂时只能就地与敌周旋，开展游击作战，待出现转机再作计议。在此，国良代表全团目前健在的一千一百七十七名陕北子弟郑重承诺：如终不能过河，骑一团誓将以最大的勇气和最强的血性，顽强战至最后一兵一卒，决不辜负长官之重托！"

回电很快就过来了，内容很简单："来电已悉！河防危急已解，感谢你们！现正积极与傅作义部及八路军一二〇师协商，力争助你部早日脱险。请务必保持电台畅通，谨慎行动。军团全体将士向你们致以最崇高的敬礼！"

第六十一章

尾随的敌人并没有跟上来，只追至吴家围子对岸就停止了追击。当天晚上，骑一团就隐蔽露宿于牛头疙蛋东北四十里处的一片繁茂的红柳林里。

暂时安顿下来后，袁国良便派出八个侦察小组，趁着夜色将方圆六十里的情况侦察了一番。局面自然十分严峻，日军调集了大量骑兵，从四面把他们死死地围了起来，但因为不敢靠得太近，所以具体兵力并不清楚，但从敌人营地的篝火来看，每个方向都差不多有一个团的兵力，并且从隐隐传来的说话声判断，东、南、北三个方向都是日本人，只有西边是蒙奸骑兵，这样的部署明显说明了一个问题，敌人料定他们会全力向西突围，向傅作义部靠拢，所以便故意将战斗力相对较弱的伪骑兵放到西边引诱他们上钩呢！

"这个当不能上！说不准蒙奸后面还有第二梯队呢！干脆反其道而行之，直接挥师向东，先趁包围圈尚未完全合拢，从敌人的结合部突出去再做打算。"景秀川说。

袁国良皱着眉头思谋了一会儿："对！时间紧急，绝不能等到天亮。但因为侦察还不够精准，很难判断结合部的具体方位。加之从来没有和日军骑兵接触过，对其战斗力并不了解，所以全团必须做好恶战的准备。记住，此次行动以跳出包围圈为最终目的，所以攻击必须准、狠、猛，一旦撕开口子就立即摆脱纠缠。总之，先把敌人的部署打乱，然后在乱中寻找机会！"

全团立即上马开拔，三个营呈"品"字形互为犄角，全速朝东出击，凌晨四点就靠近了敌人，并当即发起了攻击。

大概是因为没想到他们会从东边突击，所以敌人在东边部署的兵力并不多，也就两个营的样子，加之属于仓促应战，所以阻击并不怎么顽强，几番冲击过后，口子就被撕开了，等南北两边的敌军赶到的时候，骑一团已经向东突出了二十多里，并转身朝东南方向去了。

暂时摆脱敌人后，袁国良赶忙向司令部发电："昨夜，敌从四面对我部形成合围态势，我部遂趁包围圈尚未合拢之际成功从东边突围，现已暂时摆脱纠缠。其间与日骑正面遭遇，兵力约两个营，激战二十分钟，我部落马七十六人，轻伤十二人。现预朝东南方向迂回，力争在运动中寻机西进。"

司令部回电："来电已悉！东边乃敌腹地，危险势必加大，故请尽快寻机西进！我已与傅部协商，待你部抵近河套后将全力策应突围。"

天刚亮，天空就猛然传来了敌机的轰鸣声，全团被迫再次"天女散花"。与昨天不同，两架敌机来回疯狂轰炸扫射，仅仅几分钟，全团就减员四十多人。轰炸结束，全团刚一收拢，侦察兵就报告：西、南两个方向的敌人已经于二十里外会合，兵力大约有一个团，正从不远处朝他们斜刺过来，但速度并不快。这明显是故意不跟他们直接接触，只把他们当羊群驱赶呢！因为这样一来，敌机就派上用场了。所以袁国良便决定主动发起攻击，与他们搅到一起，暂时规避敌机的轰炸。但此时，全团已经减员一个半连，而敌人却拥有一个整编团的兵力，必将是一场敌众我寡的恶仗。于是，袁国良便来了一场紧急战前动员："弟兄们！再往东就是日伪的腹地，而且我们也没法对付敌机，只能挨炸！所以我决定主动向后面的敌骑兵发起攻击，调头向西突围。关于抗战的道理，以前都说过了，我现在就说一点：过河回撤暂时不可能了，咱们都是英雄的陕北子弟，我们在河东多流一滴血，就能多牵制一批敌人，河防作战就能少一分压力，陕北就少一分危险。从现在起，上至团长，下至伙夫，全部投入一线作战。如果我阵亡了，参谋长就是团长，李副团长、马副团长、一、二、三营营长以此类推。咱们团是董长官亲自命名的野狼团，既是野狼团，就要真正成为一群横行千里的狼。我说过，狼应该怎样？"

"用我们锋利的獠牙，坚决撕碎一切敢于叫板之敌！"

袁国良点了点头，猛地举起马刀直直地指向西边不远处那团滔天的黄尘，仰头发出了一声裂云般的狼嚎，随即箭一般地冲了出去，直扑西边来犯之敌。

一阵猛烈的对射过后，双方就搅到了一起。一时间，人喊声、马叫声、马刀的撞击声响彻云霄。马蹄扬起的尘土有如三春的沙尘暴一般遮天蔽日。果然，敌机很快就过来了，但看到双方已经混战成一片，只来回俯冲了两圈就调头离开了。敌机离开不久，喊叫声就明显稀疏了，地上的尸体和伤员却越来越多了。敌人终于下达了撤退令，但仅仅撤出了不到二百骑。

伤亡数字很快就统计出来了。袁国良一边拧挤外套上的血渍，一边向通讯兵口述电报："向东突围后，敌机一路纠缠轰炸，我部被迫主动发起攻击，经一个钟头的恶战，共灭日骑八百余，我部阵亡三百一十三人，重伤五十二人，轻伤二十九人。一营长苗震海阵亡，连级军官阵亡三人。虽减员严重，但接连两次恶战已使部队得到充分历练。现我部拟向西北方向运动，寻机向傅部靠拢。"

司令部回电："来电已悉！向所有阵亡将士表示深切哀悼！并给予你团全军通报嘉奖一次！你部今后应尽量规避作战，以保存力量。另，弹药给养如何？请速告！"

"弹药尚足，唯粮食已剩无多，预计可再维持一周。天气渐冷，过河时冬装还未配发，但我部定将设法解决。"

部队没敢稍事停留，立即朝西北方向而去，当天下午又与伪军一支骑兵部队迎面对撞，但交战不到几分钟，敌人就丢下几十具尸体匆忙撤出了战斗。因为已连经两次恶战，加之情况不明，所以袁国良只命二营尾随了不到五里就停止了追击。

就在二营前出追击敌人的时候，景秀川向袁国良汇报了一个重要情况："这支蒙奸骑兵的头领还知道我的名字。我也感觉他很面熟，但又实在记不起他是谁了！”

袁国良震惊地盯着他："怎可能呢！"

"真的！刚才迎面冲击的时候，他就是从我面前过去的。我一刀就劈了下去，但让他拿马刀挡住了，随即眼睛一瞪叫了声'秀川'，然后就命令他的人撤了。"

"你听清了没？"

"没问题。"

"我说怎突然撤了呢！你好好想一想是谁！"

"肯定是熟人，但一下又想不起来。"

正当他们为此感到困惑的时候，二营长文玉高就带兵返回了，并直接跑到袁国良跟前，给了他一个小本本，说是路上捡的，里面歪歪斜斜写了几句很奇怪的话。

"秀川：切莫西进，有伏！托县空城，有给养可取，附近也无敌。可换我部伤俘服装，冒充三师二团三大队，从南门进，暗语：'吃了甚？莜面栲栳。谁蒸的？我二妗子。'用神府话！得手后立即朝东南撤离，我会设法联你。袁在哪？到时一并告我！恒兴昌糖醋鲤鱼。"

"杨耀先！"袁国良和景秀川几乎一起喊道。

这杨耀先是他俩上太原步校时的同学，祖籍神木，祖上走西口到了归绥，经过几代人的打拼积累了不少家产，据说在整个归绥都能挂上名号。当年，袁国良因为痛打四大队大队长成名，担任了新组建的五大队大队长，杨耀先也正好从三大队抽到了五大队。要知道，五大队的学员全都是这一期的捣蛋鬼，学校就是考虑到袁国良的拳头硬才专门新组了这个队。杨耀先也不例外，是出了名的好战分子，但脑瓜子很是灵光，也许是惧于袁国良的血性，所以非但没敢捣乱，反而在五大队组建之后的第一个周末就请袁国良到街上的恒兴昌撮了一顿。景秀川也参加了。席间，杨耀先自称杨家将之后，还说他家祖祖辈辈都会耍杨家枪。看袁国良好像有些不信，回到学校后，他就到宿舍拿出六尺长枪到操场上舞了一番。还别说，这枪舞得还真不赖，招招式式虎虎生威。从此以后，他们三人就成了朋友，几乎每个周末都要到恒兴昌改善一下伙食。因为他们都不缺钱，所以一直都是轮流坐庄，但这杨耀先也是个仗义人，总抢着出钱。后来随着关系越处越密，他们也就不分你我了，并且因为袁国良爱吃糖醋鲤鱼，每次必点，所以他便用了这么一句暗语。

"耀先都当'二狗子'了！"景秀川感慨道。

袁国良略略思索了一下："应该是有什么难言之隐呢，不然他不会的。"

几位团职军官立即开了一个小会，重点研究了杨耀先的情报。因为给养已经严重不足了，所以他们便决定铤而走险。当然会定行动方案：到达县城附近后，主力先就地寻找合适地形隐蔽，然后由景秀川带领全团二十多名换了伪军服装的神府籍战士去叫门，如有诈则立即撤离，如果如杨耀先所说顺利进城，就立即控制城门，然后朝天鸣枪，示意主力进城。

方案定好后，全团当即急速朝东南而下，并于凌晨一点运动到了距离托克托五里的一片榆树林就地隐蔽。

托克托县城距离黄河不远，只一两公里的样子。城墙并不高，南门楼上果然只有十几个伪军。景秀川他们便直接大摇大摆地来到城门前，一位府州籍排长仰头喊道："开门！"

"哪部分的？"一位小军官模样的人晃动着手电问。

"三师二团三大队的。"排长不紧不慢地回答。

"这老半夜了，干甚呢？"那小军官又问。

"你个疙泡！打仗还管白天黑夜？皇军派我们回来取给养。"

"后响吃了甚？"

"莜面栲栳。"

"谁蒸的？"

"我二妗子！"

城门果然吱的一声打开了。景秀川带着小分队不慌不忙地进了城，随即从兜里掏出一把银圆，仰头对城墙喊道："弟兄们辛苦了！下来领赏，再给我们带一下路，头次过来，寻不见。"

一听有赏，十几个人就都不淡定了，争着往下来跑，但等待他们的却是寒光闪闪的马刀。

不动枪弹地解决了这十几个倒霉鬼后，二十多人立即下马就地占据了有利地形，随即向主力发了信号。城里的伪军听到枪声很快就赶了过来，总共有七八十人。但因为他们在明处，加之骑一团个个都是神枪手，所以等袁国良率主力赶到时，景秀川他们已经消灭了三十多个人了。一大群骑兵洪水般冲进城门，袁国良当即朝天鸣了一枪，大声吼道："一营城外警戒，二营占领城墙，三营正面攻击，如有抵抗，坚决消灭。"一听竟然来了一个团，伪军们哪还有抵抗的底气，当即举手投降了："长官饶命，中国人不打中国人。"

"想活命就快说！弹药库和给养库在哪儿？"李兆阳朝一个军官模样的伪军脚底开了一枪喊道。

"我带你们去！"

部队分头进了弹药库和给养库，满库的枪弹和给养简直让他们眼花缭乱，几乎都不知道该拿啥了。

"拿罐头，就装铁盒盒的那些箱子。还有药、绷带。"景秀川说。

战士们一拥而上，紧力气扛了起来。

就在他们忙着搬东西的时候，袁国良正在敌司令部装大爷呢！他端坐在城防守备队队长的办公椅上，一指头戳到"二狗子"队长的脑门上把他教育了一顿！那队长大汗淋漓，不停地点着头、哈着腰："对对对！长官骂得对！中国人不打中国人。"其余伪军则被命令双手抱头在院子里蹲着。等景秀川他们搬足了给养过来之后，袁国良便转身对马飚做了一个砍杀的动作。一阵剧烈的枪响过后，几十个"二狗子"就结伴见阎王了。袁国良顺手拿起桌上的毛笔，唰唰唰地在墙上写下一行字："攻城者，中华民国驻沙城部队骑一团。团长袁国良！"随即率部冲出县城，旋风般地消失在草原的茫茫夜色里了。

天还没亮，袁国良的大名就被报到了日军蒙疆最高司令长官冈田正男那里。得知他竟敢主动进攻托克托县城的消息，这位司令官大为震惊，当即通过电话把负责围剿骑一团的旅团长野山夫臭骂了一顿："无能！区区一个骑兵团，竟然能在你三个联队的重兵围剿和空军的配合下横冲直撞，如入无人之境，绝乃帝国之耻辱！再给你十天时间，如果剿灭不了的话，你就对天皇陛下忏悔吧！并且之后就没有空军配合了，空军有了新的任务，抽不开身了。"随即啪的一声挂掉电话，又对着旁边的情报部门负责人一顿咆哮："限你三天之内把这姓袁的包括他的祖宗三代全部给我查清楚！否则你也忏悔吧！"

第三天一早，关于袁国良的全部信息和照片就被放到冈田的公案上了："袁国良，男，二十七岁，陕西延北县人，曾入太原步兵学校速成班学习，毕业回陕路上发动兵变，将景部一连带往雁栖岭，成立陕甘游击队雁栖支队，先后担任雁栖游击支队支队长、陇东挺进支队支队长。后投奔景山岳，历任警卫连长、骑兵营副营长、骑一团团长。该袁生性狡诈，骁勇彪悍，极具号召力，所带部队战斗力极强，被称为当代霍去病！"

冈田正男一发飙，形势就骤然恶化了。尽管敌机果然再没有过来空袭，但地面的围剿明显比之前要残酷多了。好几天了，野山夫的三个日骑联队和两个蒙奸骑兵团始终像夏日傍晚的黑云一样罩在他们头顶，几乎连喘息的机会都不给。之前，他们一般都是选择从蒙奸骑兵把守的方向突围，因为相对而言，蒙奸骑兵的战斗力要弱一些，加之他们中的好多人只是为了混口饭吃，也不愿意太卖命，所以抵抗都不是太顽强。但无奈他们能想到的，野山夫也能想到。第二轮围剿刚开始，野山夫就把三个联队划为四个行动队，然后把两个蒙奸骑兵团的建制打乱，分散整编到四个日骑行动队里，导致袁国良他们每次突围都要付出巨大牺牲，而且每次跳出包围圈之后都要尽可能地朝远方机动，用推迟新的包围圈形成的方式争取喘息时间。但这样一来，人和马的体力消耗就明显要大多了。这不，就在第二轮围剿开始没几天,各种各样的问题就都来了。首先是给养的问题。过河的时候只随身带了三天的干粮,虽然在托克托得到了一些补充,阵亡的战友们也在客观上给他们节省了不少,但这起不了关键作用。牧民早跑了,没来得及跑的也都被日军强行集中到固定的地方统一管理,根本征集不到任何吃食。所以不到十天,吃饭的问题就开始显现了,迫使他们不得不把进餐作为一项纪律来严管,统一进餐,统一定量,任何人不得擅自加量,更不能擅自加餐。而水就更加稀缺了。在方圆近二百里的地面上,除了黄河,便只有两条麻捻般的小河和几个不大的水泊子,但这也是日伪重点防范的地区,根本不容易靠近。后来敌人干脆在小河上游用土坝断了流,然后不停地在水坝里投毒,只留了两个水泊子重兵把守,等着他们前来取水呢!没了水,干粮就没法吃了,因为他们带的干粮都是炒米、牛肉干之类的便携式干货,没有水根本无法下咽。坚忍坚忍再坚忍!尽管他们曾多次进行过极限忍耐方面的训练,但所有的极限忍耐都是有极限的。所以后来,他们不得不铤而走险,多次对驻扎在水泊子周围的日伪军发起攻击,并且每次都要付出惨重的代价。但这又有什么办法呢?好在后来连着下了两天冷雨,他们就用行军锅、头盔、罐头盒等几乎所有能派上用场的器物盛接雨水。但这也根本不能解决实质性问题,且不说雨的大小,关键是敌人不给你时间啊!几百号人、几百匹马,一天得消耗多少水啊!所以水就成了比饭更难解决的问题了!

半个月后,全团彻底断粮了。无奈之下,他们只好把目光移到那些因为受了伤而失去战斗力的战马身上!可对于骑兵来说,战马就是不会说话的战友啊!所以第一次宰杀受伤战马的时候,尽管袁国良一再动员,但所有人都不愿下手。无奈之下,袁国良和几位团职军官只好亲自动手宰杀。当然不会煮,没那个时间就不说了,关键是没水。可等他们把一块块生马肉递到战士们手里之后,战士们又都不动口,倒不是因为肉是生的,他们之前就用生牛肉和生羊肉训练过,好多人甚至在极限考核的时候吃过老鼠,主要是感情上那道坎过不去。"所有人十分钟之内必须下肚!"无奈之下,袁国良只能下命令了!战士们只好一边流泪一边用马刀辅助着吞咽。唯有泪水最化心。于是，袁国良接着下了一道命令："都把眼泪擦了！从现在起，不管遇到什么情况，任何人都不能流泪，这是铁的纪律！"

但仅仅几个小时之后，他定下的这条铁的纪律就被他自己触犯了！当天夜里，骑一团意外与一支日军骑兵小分队来了个迎面对撞，便当即发起攻击，一举将他们全部歼灭了。但在此次作战中，九连长呼鲁图受了重伤，大腿挨了一枪，右臂直接被齐茬砍掉了！虽然经过卫生兵的一番忙碌止住了血，但已经完全丧失了作战能力！本来，对于枪炮横飞的战场来说，伤残是再正常不过的事了，可就在部队准备重新开拔的时候，呼鲁图却说啥也不走了，用左手把手枪支到自己的太阳穴上，坚持要去见他的"腾格里"。

"团长！雄鹰断了翅膀就无法翱翔于蓝天，草原狼断了脊骨就无法驰骋于大地！就咱现在的处境来说，带着我就等于带着累赘！所以我就见腾格里去了！慈祥的腾格里一定会微笑着接纳我的。"他脸色苍白，但神态却很镇定。

"呼鲁图，你不要乱来！不然你让我怎见你阿爸呢？"袁国良大声制止。

"不！团长。我阿爸是不会责怪你的。他会为我感到自豪的，因为他的儿子没有辜负他的希望。他的儿子是成吉思汗最优秀的勇士！再见了！团长。再见了，弟兄们！腾格里会保佑你们的！因为你们都是腾格里最优秀的勇士。"说完他便饮弹自尽了！

袁国良瞬间泪流满面。他突然记起了包尔图曾经给他讲过的一个关于草原狼的故事。呼鲁图就是包尔图的小儿子，他肯定也听他阿爸讲过。

当年，在观摩完草原狼集体围猎返回的路上，包尔图突然问袁国良："你知道成吉思汗当年为什么用区区十万铁骑就能踏平大半个亚欧大陆？"

"可能是因为蒙古铁骑战斗力彪悍吧！"袁国良说。

包尔图点了点头，随即又问："那战斗力为什么会如此彪悍呢？"

"这个原因就多了，不是一句两句就能说清楚的。"

包尔图笑了笑："原因当然很多，但有一点最关键，我们蒙古骑士一直都有一种残酷的制度，它让我们的铁骑始终能轻装上阵，保持不竭的战力。"

"什么制度？"袁国良好奇地问。

包尔图叹了一口气："具体什么制度我就不说了，在疆场拼杀了半辈子，到死都不愿意回想执行这个制度的场景。我只能告诉你，这也都是跟草原狼学的。就我刚当兵时见过的那次草原狼集体围猎，至少有好几十条狼的脊骨被军马给刨断了。断了脊骨的狼就像断了翅膀的雄鹰，用你们汉人的话说就废了！围猎结束后，狼王带着其他狼仰天长嚎了几声，然后就把这些废了的狼照喉咙全给断了气，让它们都到腾格里那里去了！所以说草原狼才是腾格里最彪悍的勇士！"

从此以后，这个"口子"就被呼鲁图拉开了，几乎每天都有战友因为受伤暂时丧失战斗力而在袁国良面前自尽，并且有些人的伤情其实并不重，甚至仅仅因为臀部或腿部受伤而暂时没法骑马，要不是处境特殊，疗养一段时间就啥事都不碍了，但他们竟然都把自己当累赘给淘汰了。一营副郭明旺、五连长赵海云都是这样，以至于袁国良不得不让马飚专门负责"战后控场"，尽可能地减少自我淘汰的数量，并且每次拼杀过后都要急忙吼上几声："控场！赶紧控场！"但是，随着局面继续恶化，就连他自己都越来越觉得"控场令"有些做样子的意思了！不淘汰怎办？就眼下骑一团所处的境况来说，这样的淘汰无疑是必要的。而他所能做的，也仅仅是发自内心地为他们的血性致以最崇高的敬礼！尽管这份残酷和无奈简直都要把他折磨疯了，但又有什么办法呢？

慈祥的腾格里一定会微笑着接纳他们的！

第六十二章

形势愈加严峻了！

十多天来，全团又六进六出包围圈，累计行程两千两百多里，大小作战八次，人马早已经疲惫到了极点。减员也很严重，全团总兵力只剩一个半连了。但敌人依旧穷追不舍，刚刚费了九牛二虎之力突了出去，转眼敌军又像跟屁虫一般尾随而至，根本甩不掉。夜里倒还能稍微喘息一下，但也一直是马不卸鞍，人不离马，就连睡觉都要靠着马肋，随时得上马开拔。所有人都瘦得脱相了，眼睛深陷，红血丝蛛网一般盘结着，就像泼了猪血一样。营养虽然不良，但似乎并不影响须发疯长。头发还好说，用马刀割掉就行，但胡须就不好对付了，用马刀割抓不住，擦根儿刮又会伤到面皮，所以只能蓄着。陕北人大多是"全脸胡"，寸把长的胡子密匝匝布满全脸，像极了毛乌素荒原上密布的梭梓疙瘩。衣服也早就"恶水"得不成体统了，敌人的、战友的、自己的血渍结痂其上，稍微一动就呼啦作响。更加严峻的是，随着气温不断下降，这身单薄的"硬壳子"越来越不管用了，迫使他们不得不从敌人那里想办法。但无奈，缴获也是极其有限的，所以他们只能用马刀把有限的棉衣棉裤割成若干小块，分配着绑扎到最不抗寒的膝盖、胳膊肘等处，其他部位就暂时顾不上了。总之，就他们当下的形象而言，如若人手配上一把弓箭出现在某个城镇，人们一定会把他们当作突然闯入现代文明的原始部落狩猎队。

前些天，傅作义部、共产党大青山游击队和晋北地区的一二〇师都还策应得不错，频频对绥远各据点展开袭扰，尤其是傅作义部，竟直接向包头方向发动了进攻，但效果并不明显。因为日军蒙疆司令部似乎铁了心要消灭骑一团，所以对小规模的袭扰始终置之不理，只在傅作义部向包头攻击的时候才适当调整了一下兵力部署，将围剿骑一团的兵力由起初的三个日军联队和两个伪军团调整为两个日军联队和一个伪军团，可这对已经减员到只剩一个半连的骑一团来说也并没有多少实质性意义。而就在这崖塌水淹的境况下，通讯兵又在一次突围中阵亡了，电台也被炸坏了，彻底与司令部断了联系。之后没几天，各方面的策应也停止了！原因很明显——司令部已经认定这个世界上不存在骑一团了！

即便如此，全团所有人依旧没有绝望！只要一得空，这些刚刚与死神擦肩而过的汉子便又像是给自己打气壮胆一样嘻嘻哈哈了起来。

"团长，这儿真是个好地方，平展展的！等把日本人拾掇了以后我就来这儿，盖上两间瓦房，找上一个蒙古族女子，养上几颗儿，漫上一群羊，到时间你们就都带着婆姨娃娃转来，烧酒羊肉顿顿管饱。怎美气！"

"这主意好，到时候我也漫一群，咱作邻家嘛！"

"你不能漫！你好好当你的将军。到时候我逢人就吹：袁司令当年就是我的团长！那都是过命的交情！看哪个财主黑皮敢在他老爷跟前炸子儿呢！"

夜里，当他们终于在一片茂盛的红柳林里暂时安顿下之后，除了岗哨之外的所有人便靠着马肋倒头就睡了。但一到交半夜，漫天的雾气又把大家潮醒了，于是便又三五成群地闲聊起来。

"唉！死倒不怕，关键还没尝过女人是个甚味儿！只要能活着过了河，他老爷就夜都不隔，就地弄个婆姨，当天就装新！"

"放你外爷的驴屁！你当那是捉猪娃呢？"

"团长不说咱已经都是英雄了嘛！还说现在的女子们就爱英雄，尤其是女学生，抢着往上贴呢！还弄不下个婆姨？"

"你解开个屁呢！那些学生女子长得倒水灵，但根本不是咱受苦人的茶饭，成天民主自由、女人解放，只咱能拢定呢？老爷就在老家瞅一个，虽然长得不太栓正，但耐戳打，不高兴就拿鞭杆子抽上一轮子，黑里吃口和菜饭还直把稠的往你碗里舀呢！"

"二满，你不是说你有过一个相好的？真的还是吹呢？"

"谁吹谁是驴下的！"

"那弄了没？足劲儿不？"

"你大做你就解下个弄！你听老爷慢慢给你们说嘛！那是我们庄刘二财主的二女子，叫个凤儿。哈呀！就往死俊了！我们那儿可是有名的出好女人的地方，俊女子堆天摞地，但周打方围就没人家那来俊的女子！身排端正正的，白格生生的鹅蛋脸，大花眼，眼眨毛最少都能架五根洋火棍子！"

"不要吹你大的饿牛皮了！我就不信比团长家嫂子还俊？"

"不差甚！"

"好好好！你就说怎勾搭上的？"

"那年黑龙潭庙会，我趁人不注意就在那的屁股蛋子上美美拧了一把，然后就好上了！"

"拧了一把就好上了？"

"哦嘛！第二天，我又把那压到场峁子上的糜草堆里啃了一顿，直接就在脸蛋子上咬下一行牙印子！"

"那后来呢？"

"后来我就寻媒人提亲去了。但刘二财主那老尿嫌我穷了，说甚都不答应！人常说有金有银不如肚子里有人。我就跟凤儿说，咱干脆把娃娃先往上一怀，你大不答应都没办法了。"

"那怀上了没？"

"怀屁呢！那天晌午，我就把凤儿往河滩玉米地里一引，刚脱了衣裳，正压住亲嘴着呢，就让几个打猪草娃娃看见了，满庄吼喊着说我俩在玉米林里赤尻子打架呢！怕得我衣裳一搂就跑。刘二财主引十几个狗腿子满世界寻我，要我的小命呢！我就连家都没敢回，在后山的串关里钻了一夜，第二天就跑到沙城当了兵了。刘二财主寻不上我，就拿劈柴把子把凤儿美美捶了一顿，直打得在炕皮上趴了半个来月。这一下她的名声就让我弄瞎了，周打方围就没人要了，我就又托人商量了一回。唉！但那二财主一口咬定个屎橛子，给根麻花都不换，说他哪怕把女子踏进无定河都不给我。"

"再后来呢？"

"当年冬上，刘二财主就把她卖给山西过来的一个风盒匠了。唉！听说临走前哭得就像泪人一样！风盒匠倒无所谓，关键还是个四十几的老光棍嘛！"

"唉！那咋弄成甚了！"

"所以我就下定决心，训练就好好练，打仗就好好打，争取也弄他个一官半职。到时候我就把高头大马一骑，往刘二财主面前一站，把马鞭直接戳到他的脑门儿上：我罗二满倒连个打风盒的都不如了？"

……

大多数时候，袁国良是不会参与他们的讨论的。一来是因为他一掺和，弟兄们就放不开了，不利于他们排解压力。二来是因为他也有他的事情需要考虑。

作为这支身陷绝境的疲惫之师的掌舵人，他的压力无疑是最大的！尽管有景秀川、李兆阳和马飚他们辅助，但除了景秀川还能给他参点"谋"之外，其他人其实都只是过硬的执行者。而就当下的处境而言，又绝对容不得他有一丝一毫的马虎，因为稍有不慎就会把全团带入万劫不复之地。所以在他们讨论他们的问题时，他只能闭着眼睛假寐，抑或望着深邃的夜空和漫天的星河考虑接下来的行动。当然，在他们的导引下，他也经常分心，思绪不由得就会飘回雁栖岭，想起他大他妈、梁毓书和两个儿子，还有梁毓文、耿志高、磨石坚、杜光霞，甚至还能想起他那将近十年都杳无音讯的哥哥。每当这时，二十多年来的点点滴滴就会争着从他的记忆深处涌将出来，和马桩的几场"恶战"、与他大和梁先生的冲突、在山上劳动的场景以及两个儿子那稚嫩的脸庞等等，心里很快就开始烦乱了，猫抓一般。这时候，他就会凑过去加入他们的讨论。

"二满，等咱将来到山西抗日的时候，想办法把你那相好的找上，赎回来！"

"唉！好团长呢！早都娃娃疙蛋了，还赎甚呢！我就想让那刘二财主明白：一个猪娃子头上都顶二升糠着呢！你倒把我罗二满看死了！"

"对！人活一口气。我们就要证明我们不比任何人差，比如我们这段时间就给日本人上了一课，已经让他们知道我们一点都不比他们差了。"

"对着呢！但我就解不开，这日本人也不是三头六臂刀枪不入，怎呼啦啦就把大半个中国都给占了呢？"

"都是因为国人不团结，不是想着自保就是窝里斗。家不团结该穷，户不团结该尿。说的就是这个道理。"

"对！团长，等咱过河以后，就让董长官干脆组建一个骑兵军，你给咱把司令一当，美美训练上几个月，然后调头杀过来，到时候咱就一路硬上，弄死他！"

"好，如果我当了司令，你们最小都是团长。"

……

每当这时，袁国良就不由得被这群朴实的陕北后生身上那种藐视一切的乐天精神所感动。在身陷绝境的这段时间里，他比之前更加清晰地看到了他们身上所具有的那种可贵的气质——既有农耕民族的温顺厚道，又不缺游牧民族的血性和气吞万里的气概！这也许就是陕北自古所处的特殊地理位置所决定的吧！于是，他愈加坚定了一个信念："狼头旗"绝不能倒，并且一定要把它扛回河西，因为那不仅仅是一面旗帜，而是百万陕北儿女精神气概的集中体现。

当再次突出重围，机动到托克托县城西北八十里处的一片树林里隐蔽休整的时候，袁国良便将部队进行了重新组编，将全团目前仅存的一百八十人编为两个作战大队六个分队。一大队由他亲自担任大队长，李兆阳任副大队长；二大队由景秀川任大队长，马飚任副大队长。

当天夜里，南边十多里外佛爷庙的一位小沙弥突然找到他们，并给袁国良带来一句话："糖醋鲤鱼请你们长官速来佛爷庙一见！"

有了上次的配合，袁国良已经彻底打消了对杨耀先的顾虑，便带了六名警卫直奔佛爷庙去了。

这佛爷庙位于旷野里的一座小山岗上，住着一老一少两位僧人，几天前突围路过的时候，他还曾进去问过路。

庙宇并不大，前后两个小院，几间简陋的砖瓦房。小沙弥直接把袁国良带到后院居中的房间里，随即转身出去了。

果然是杨耀先，还有一位慈眉善目的老僧。

一看到袁国良，杨耀先便激动地大喊起来："大队长！还真是你！"说着就给他敬了一个军礼。

袁国良急忙还礼："感谢老同学于绝境中冒险搭救。"

"都为抗战，何必言谢！"

"既说抗战，又缘何委身日寇呢？"袁国良不解地问。

"我步校毕业后一直在我小叔的部队里当营长，去年提了团长。我那小叔早先还挺坚定，但前段时间也禁不住日本人的威逼利诱，当了伪骑三师师长。我本来是想离开的，但又想着看能不能劝说我小叔重新抗日，所以就留下了，没想到竟然碰上了你！"杨耀先一脸无奈地说。

"哦！我说嘛！杨家将的后人怎会当'二狗子'呢！那你是怎么认出秀川的？"

"他脸上的伤疤嘛！你忘了？那是我戳下的。"

袁国良这才明白了。当年他和景秀川跟杨耀先学杨家枪，有一次过招比画的时候，杨耀先失手戳到了景秀川的腮部，留下了一道两寸多长的伤疤。

在他俩说话的时候，那老僧一直不停地打量着袁国良。杨耀先便急忙对他说：

"哦！他就是我刚说的河东过来的骑一团团长，叫袁国良。"

老僧死死地盯着他："敢问袁将军哪里人士？"

"河西延北县人。"

"莫非是岭上袁家？"

"正是！大师还知道我家？"袁国良很是惊讶。

老僧没有立即搭话，只痴痴地盯着他，就像是打量好久没见的亲人一样，好一会儿才回过神来，双手并举眉前："阿弥陀佛！多年前随师父云游贵地，曾蒙宽公缘济！他老人家有个孙子叫袁继耀，现在如何？"

"正是家父，一直在家耕作为食。"

老僧释然地点了点头："阿弥陀佛！善哉善哉！"

"时间紧急，赶快谈正事吧！"杨耀先赶忙打断他们的话。

按照杨耀先所说，野山夫即将发起新一轮围剿，并且已经组织起了一支专门力量对付骑一团，共有两个日本骑兵联队和两个伪军骑兵团。按照野山夫的部署，其中一个日军联队扎于托克托西二百里处的沙井一带，断掉骑一团的西突之路，剩余部队从东、北两个方向同步压缩，实施铁壁合围，并强令十日内务必全歼。又用指头在地上画了一幅草图，简要讲解了野山夫的围剿计划，并建议骑一团全速朝东南方向孔家伙盘突围，因为那里是他们团和伪二团的结合部，到时他将设法配合。

交代完正事之后，杨耀先接着说："原本还想跟你谈两支部队整编，也就是我的部队反正事宜呢！但大师认为就当下敌我力量对比而言，多我一个团非但起不了什么作用，反而因为目标太大不利于灵活机动，还不如暗中助你作用更大。你什么意见？"

"大师所言极是！两支未经磨合的部队编到一块儿，指挥调度都不顺手！"

老僧点了点头："之后的局面将更加残酷，希望将军做好准备。但请将军相信老衲，用不了多久就会拨云见日的。"

"大师何出此言？"袁国良不解地问。

老僧微微一笑："吾观气象，旬日必降温降雪，贵部一贯来如闪电去若狂风，若黄河封冻，岂不如履平地？"

"哦！若果如大师所言，即是天助。"袁国良抱拳说道。

老僧郑重地点了点头："已近十一月，但贵部依旧单衣裹身。幸好小寺新近购进一批羊皮，劳烦将军一会儿路过时带人前来寻取。"

袁国良急忙起身拜谢："多谢大师！若突围成功，日寇被驱，国良必将前来致谢！"

老僧摆了摆手："守土抗战，僧俗共责，何须言谢！只是将军取走东西之后，务必纵火烧掉小寺！"

"为什么？"袁国良不解地问。

"将军不必多问，按老衲所言行事即可！"说完便起身朝后房走去，"二位请回吧！老衲也累了！"

全团当即朝东南方向开拔，路上顺便到佛爷庙取了羊皮。就在袁国良刚刚跨进庙门的时候，小沙弥告诉他："绝尘大师已经圆寂了，临走前托我捎给将军两句话：第一，将军此生因雪而来，因雪而去，因雪而盛，因雪而枯；第二，他俗姓楚，叫楚立革！"

袁国良急忙朝后院跑去。此时，大师的肉身已经被架到院子里的一堆劈柴上了。他当即双膝跪地，泪流满面地叫了一声"干爷"，然后起身准备点火。但小沙弥一把拉住他："不可，师父圆寂前突然嘱咐我，火光会暴露你们的行踪，所以请将军先走，等你们突出去之后，我来！"

"那你怎办？"袁国良问。

小沙弥镇定地笑了笑："四海为家！"

袁国良立正朝小沙弥敬了一礼，随即带领部队朝东南方向狂飙而去了。

拂晓时分，当他们终于再次突出重围，一路狂飙到一道缓梁上的时候，西北方向猛然腾起一股钻天的火光。袁国良当即命令部队呈典验队形列成四排，面朝火光集体行了一个骑兵持刀礼。

灰蒙蒙的夜色渐渐退去，东方再次亮出了一抹鱼肚白。

第六十三章

之后，袁国良就把希望寄托在老天身上了，并且从方方面面的征兆来看，大幅度降温是完全有可能的。所以他们这些天尽量不远离黄河，只想着等一封冻就不惜一切代价突围过河。

但野山夫也看破了他的心思，不仅一刻都没有放松围剿，还总不让他们靠近黄河。好在关键时刻，杨耀先又设法送来了情报："你部应继续迂回，尽量避战。另外，为拖延时间，我已经对我小叔透露了咱俩的同学关系，并让他向冈田建议对你部恩威并加，力争劝降。敌亦欲拿你大做文章，以动摇河西各部抗战决心，便采纳了我的建议，要我只追不剿，迫你绝望。故，你务必积极配合，渐以犹豫动摇之态示之，反反复复，以拖延时间等待黄河封冻。"

从此，骑一团便按照杨耀先的建议，一边在茫茫草原上兜圈圈，一边佯装接洽，并隔三岔五地给杨耀先送去袁国良的亲笔回复："想我受党国恩典多年，实不愿叛国投敌，故兄言之事，一时不能定夺，望予时周虑！"云云。

当袁国良的亲笔手书被放到冈田正男公案上的时候，他还高兴了一番。当然，他并不傻，不大可能完全相信。但就长远来说，逼降袁国良的效果显然比彻底剿灭他不知要好多少倍，因为就袁国良部目前这区区一百多人来说，剿不剿灭对战局根本没有任何影响，但如果能劝降他，就不啻给河西坚持抗日的人当头泼了一瓢凉水："连当代霍去病都投降了，咱还抗个屁！"所以就均衡利弊而言，这个"险"怎都值得一冒。袁国良和杨耀先便利用了敌人这一心理，合力演起了双簧，隔几天就给他们上点"眼药"。

但为了稳定军心，佯装接洽的事儿只被严格封锁在四位团职军官层面。但很快，几乎所有人都察觉到了情况的变化：两个日军联队突然扎在西边不动了，单派杨耀先团一路尾随，但并不发起攻击。景秀川也隔一两天就要离队外出一次，并且大都在半夜，颇有些神秘。终于，连二营长文玉高都忍不住了！一天在红柳林里潜伏休整的时候，他背转人对袁国良说："团长，这两天好像突然有些变化，我也不知道是什么情况，但我把我的态度给你表明，我文玉高绝对不当'二狗子'！"

袁国良一惊，顺手用马鞭在他头上轻轻敲了一下："你竟然敢怀疑我？我会不会当'二狗子'你小子心里没数？这不是为了争取时间嘛！杨耀先现在也是咱的人，跟我演双簧呢，等黄河一封冻就跟咱一块儿过河！明白了没？"

也正是文玉高的这份怀疑，让袁国良猛然产生了一股强烈的内疚。一个多月了，全团弟兄们一直都跟着他在绝境中奔命，不管情况多险恶，几乎连眼睛都没眨过一下！要知道，早在浮桥被炸掉之后，所有人都已经明白他们已经陷入了绝境，尤其是随着部队的不断减员和给养的彻底断掉，前路就更加渺茫了。尽管如此，所有人都始终保持着昂扬的斗志和陕北人那种与生俱来的乐天精神。可是，因为形势的需要，他又不得不对他们保守这个秘密。这倒不是他不相信他们，而是每次战斗都有人落马，落马之后究竟是自杀了还是被俘了，这就谁都不知道了。虽然从目前来看，那些有可能被俘的弟兄们还没有给他们造成任何麻烦，但不到最后，谁又敢保证绝对不出问题呢？这可是"狼头旗"过河的唯一机会了！所以他又强忍住这份内疚对文玉高说："这是绝密，目前除了我们四个团职军官，就只有你知道，绝对不能再传了！"

机会终于来了。农历十一月初三后晌，一股强劲的西北风突然从草原深处铺天盖地地袭了过来，气温陡然下降了十多度，寒冷透骨。初五早上，天突然阴了，并很快如绝尘大师预言的那样飘起了羊毛雪。临黑的时候，杨耀先突然率部迫近他们，随后竟然带着他的参谋长直接来到他们的休整地。按他所说，经过连续两天的低温，黄河已经完全封冻。但敌人也已经有了防范，又于西边临近黄河处增加了一个伪军骑兵团。可如果再不过河，别说剿，冻都冻死了，所以就只能冒险行动。随后，双方就行动配合事宜详细商讨了一番。杨耀先提议：骑一团全速向西开进，务必于天亮靠近伪骑二团和日军骑兵联队的结合部。他的人马则佯装追击，与骑一团间隔五里一路尾随，等靠近敌人时再猛然加速，合力对伪骑兵团发起攻击。

"怎么区分你团和伪二团？"袁国良问。

"我们团统一在脖子上围系蓝色哈达。这就是为什么要等天亮才靠近敌人的原因。一则容易辨识；二则如果夜里抵近黄河的话，对岸的河防部队肯定会因为不知晓情况拼命阻击，这个误会就严重了。"杨耀先的参谋长说。

行动很快正式开始。按照约定时间，杨耀先离开半小时后，骑一团就开拔了。听说要拼死一搏突围过河，所有人的情绪当即高涨起来，立刻翻身上马，箭一般地冲进了风雪交加的暗夜。

骑一团在前面疾驰，杨耀先部步步紧追，一夜急行九十余里。但是，就在天刚麻亮的时候，袁国良竟突然发觉有些不对劲儿了！因为雪夜昏暗无光，又是在茫茫雪原，平展展的没有任何参照，竟然走偏了，直接跟日军的一个骑兵联队来了个面对面。望远镜里，十多里外的"狗皮膏药旗"清晰可辨。好在还有一段距离，敌人尚未发现他们，但已经没有回转的余地了，因为此时调整方向，一旦被敌人发现就会再次陷入重围。并且此刻，队伍已经出现了一定程度的慌乱，就连景秀川都有些乱了阵脚，瞪着眼睛问道："会不会是杨耀先给咱布下的大局？"

"只能赌一把了！"袁国良说。

这时，紧跟在后面的杨耀先发现他们停止了前进，立即用事先商定的旗语询问究竟。

"加速前进，汇合！"袁国良他们回复。

杨耀先过来后也呆住了，愣愣地盯着袁国良："走偏了！怎办？"

"转向已经来不及了，只能强行突击。"

杨耀先略略思索了一下："硬突是绝对不行的，日军骑兵的战斗力咱都知道。这样，我带两个营发起正面攻击，你带其他人从侧面急速突围。"

"那我也留一半人。"袁国良说完，转身对景秀川说，"我跟兆阳带一大队攻击，你和马飚带二大队突围。"

"哪有一把手断后的道理？我和马飚断后，你和兆阳撤！"景秀川说完就用最高指挥官的口气下达了命令："耀先，咱两部合编组成两支攻击队，我带一支从侧面进攻，你带另一支正面攻击。团长，你先就地隐蔽，等我们与敌接触后立即全速从我侧后突围。"

杨耀先点了点头，随即转身对他的参谋长云峰说："你带一营随袁团长突围，二三营跟我阻击。"

"团长，你也是一把手啊！我和郭团副阻击。"云峰说。

杨耀先伸手在他肩膀上拍了拍："有袁团长就够了！以后就跟着他。我给你说过，他是一位了不起的人物。"

最后的告别时刻到了，现场气氛一下子悲壮起来。

"团长，感谢你当年的那泡尿！记住咱的事儿！有机会到我爸坟前走一趟，告诉他，我景秀川没给老景家丢脸！"

"国良兄，就此别过吧！杨家将的后人是不可能当'二狗子'的！"

袁国良瞬间泪流满面，因为他很清楚这些话意味着什么，但又一句话都说不出来，只快速从兜里摸出蒙古族额吉送给他的那把长命锁递给杨耀先："把这拿上！"

杨耀先接到手里掂了掂，又抛了回来："听说你已经有儿子了，就算他干大我送他的。"

两支攻击队很快列成了进攻队形，闪电般地朝着敌人的正面和侧面冲了过去。

长长的马鬃和天蓝色的哈达旗帜一般飞扬着，马蹄翻起的残雪四散飞溅，烟雾一般朦胧。袁国良泪流满面地趴在矮缓的沙丘后面，探着头一动不动地朝他们离去的方向张望着，直到两支攻击队那坚毅的背影于初雪覆盖的旷野上慢慢缩成两条跃动着的细线的时候才猛地站起来，翻上马背，将马刀直直地刺向西方的天空，仰头就是一声撕天裂云般的狼嚎："啊——哦——"犀利的尾音还未完全落地，骑一团的弟兄们就纵马跃了出去。云峰他们也很快反应过来，紧跟着狂飙起来。

因为早已经断了联系，所以当袁国良他们举着狼头旗突然出现在黄河东岸的时候，对岸的河防部队着实恐慌了一阵。"骑一团，袁国良！"所有人都一边纵马狂飙一边大声呼喊。对岸这才明白了，一位军官模样的人立即举起望远镜："怎还有伪军呢？"

"都自己人。快！接应。"

只一眨眼，袁国良他们就下到了河滩上，随即一个猛子就跃了过去。

"快！准备阻击追兵！"

随着那军官的一声令下，整个河防部队立即进入了战斗状态，轻重机枪一齐对准了对岸。

袁国良纵马跃上西岸二级台地后面的沙梁上，猛地拨转马头，身子一纵站到马鞍上，举着望远镜呆呆地朝河对面草原深处张望着，好一会儿都一动没动，要不是蓬乱的发须在冷风的撩拨下徐徐抖动着，简直就是一尊屹立千年的雕塑，就连河防团团长跑来跟他打招呼他都没理，直到看到一小股日军骑兵在河对面不远处绕了一圈又立即转身离去之后，才泪流满面地，像一头受伤的野狼一般咆哮道："给董长官发电，骑一团突围过河了！"说完就一头栽下马鞍，倒在半尺多厚的雪地里了。

得到骑一团成功突围过河的消息后，董长官竟一时不敢相信，直到亲自跟袁国良通过电话后才终于相信这竟然是真的。

"国良！我代表集团军全体将士对你部成功突围表示最热烈的祝贺和最崇高的敬意！不瞒你说，我们把追悼会都给你们开了！现在，我命令你们就地休整一天！明天我亲自北上接你们回沙城。但在回到沙城之前，你部所有人不得理发、洗漱，除吃饭之外一律保持现在的状态，再坚持三天，我要让整个沙城、整个陕北的人都看到你们英雄的形象！"

十一月初八一大早，沙城工农学兵商各界就紧急行动起来，按照司令部和董长官的安排，当天将隆重举行欢迎骑一团凯旋入城仪式，并为他们召开表彰大会。

初雪方霁，天宇碧蓝。沙城，这座地处大漠边缘的九边重镇完全沉浸在一片节日般的喜庆之中。南门顶上，"热烈欢迎骑一团凯旋"九个硕大的木制猩红大字一字排开，庄严肃穆。南北向的主街道上，依托六座骑楼搭成的彩门渐次傲立，宽阔的青石街道上，手执标语横幅和彩色纸旗的人群密密匝匝。标兵持枪肃立，以间隔两米的距离从南门口一直排到城北司令部的大操场上。南门外的空地上，全体凯旋将士整齐列队。袁国良立马队伍最前面，后面是副团长李兆阳和杨耀先部参谋长云峰。司令部警卫连十六名战士抬着杨耀先、景秀川、马飚和杨部副团长郭正光的牌位紧随其后。之后是其他阵亡将士的牌位，全部由八十六师某团战士们分四列用木盘子端着。其他幸存勇士骑马列于队伍最后。按照董长官要求，包括袁国良在内的所有幸存将士依然保持着突围前的状态，统一身着楚立革资助的羊皮坎肩，腿绑羊皮护膝，乱发蓬飞，胡子拉碴，一脸污黑，眼睛也依旧在窨里窝着，只是因为一连两天的充足睡眠，血丝已明显少多了。

九点整，入城式正式开始。随着李栋才参谋长一声令下，十二杆长号伴着鞭炮声一齐仰天长鸣。随后，三十六支唢呐齐奏秧歌调在前引导。由沙城各界组成的百人秧歌队挥舞着花伞和彩绸，踏着八面大鼓和十六副大镲敲击出的节拍紧随其后。在鼓乐和秧歌队的导引下，袁国良策马碎步进入南门。人群立刻沸腾了，人们尽情地挥舞着各色彩旗，"欢迎英雄凯旋！向英雄学习！向英雄致敬！"的呼号声震天动地。袁国良胡子拉碴地端坐马上，一路执着骑兵持刀礼，碎步穿过一道道彩门，并且每过一道彩门都要下马接受相关代表的致敬。当他经过母校沙城中学大门的时候，现场猛然失控了。上百名学生不顾标兵的阻拦，呼啦一下涌了过来，不由分说地将袁国良从马上"拉"了下来。一名男生一弯腰将他扛到肩膀上，几百名学生一边簇拥着他朝前走一边齐声呼号："沙中之骄、陕人之傲、国家之栋、民族之梁！"队伍后面的李兆阳见状，当即指挥几百名幸存勇士喊起了口号。在他们的带动下，呼号声立即统一了："中国不亡，抗战必胜！中国不亡，抗战必胜！"其势裂云袭日，直冲霄汉，气氛也陡然达到了顶点。

队伍慢慢来到位于司令部大操场的主会场。靠东的观礼台上，"欢迎骑一团凯旋暨庆功表彰大会"的横幅格外醒目。台下，工农学兵商各界代表整齐列阵。工作人员将骑一团和杨耀先部全体幸存将士和阵亡将士的牌位引导到台下最前面的位置列好阵，袁国良和其他几位团职军官则被带到操场旁边的房间换装去了。

十点整，随着董长官带着司令部领导班子和骑兵旅周云山旅长、袁国良和杨耀先部参谋长云峰走上观礼台，表彰大会正式开始。按照大会安排，先由袁国良介绍了此次突袭作战和突围过河的相关情况；随后，各界代表依次向袁国良和云峰献锦旗；董长官发表了简短讲话，对骑一团过河解河防之危和在绝境中坚持战斗并最终成功突围的英勇气概予以了高度赞扬；最后，参谋长李栋才宣读了军政部发来的嘉奖电：

陕蒙晋绥司令部并董宝山将军：

欣闻你部骑一团于绝境之中突出重围，凯旋河西，胜慰！特此祝贺！并对骑一团和杨耀先部全体将士表示热烈祝贺和深切慰问。

当此国难，骑一团全体将士谨遵领袖抗日救国之主义，处逆不乱，屹绝不倒，四十余日折返奔袭八千里，作战二十三次，歼敌两千余后成功突围，实乃我民族之英，国防之雄！杨耀先部迷途知返，重归抗日阵营，功亦卓著。

为彰两部之功德，激全民全军抗战之勇气，特对骑一团及杨耀先部表彰如下：

一、授骑一团"陕蒙晋绥抗日英雄团"之称号；

二、授骑一团团长袁国良三级云麾勋章，副团长李兆阳和杨部参谋长云峰四级云麾勋章，追授杨耀先、景秀川、马飚、郭正光四级云麾勋章。

三、授全体阵亡将士"抗战志士"称号，各抚恤银圆三百，并勒石为记。

四、授全体凯旋将士"抗战英模"称号，每人犒发银圆两百。

五、经你部申请并报请军事委员会核批，同意你部以原骑兵旅为基础扩编骑兵师，下辖两个旅六个团。任命原旅长周云山为少将师长，袁国良为副师长兼新一旅旅长，加少将衔，余下职位由你部酌定。

此令！

中央军事委员会军政部

就这样，袁国良顺利完成了从正团长到副师长的跨越，并且扛上了将衔。但对于这样的破格拔擢，他却一点儿也高兴不起来！突围前还顾不上多想，只一门心思考虑着如何突出绝境，但自打过河后，所有阵亡的兄弟们就一齐在他脑子里晃荡起来，只要一闭眼就都是他们的影子，尤其是每当想到那些因为受伤而无法继续跟随大部队行动的弟兄们举枪自决的惨状，他总会泪流满面。加之阵亡将士的公祭和家属的抚恤、新一旅的筹建等一系列繁杂的工作还等着他，怎能高兴起来呢！而更让他感到烦恼的是，一些熟人和故朋旧友竟然也争着给他添起了乱，不是要给他接风就是要给他压惊，要不就是给他庆功祝贺，简直烦得要死！这不，就在沙城公署专员崔世仁为他举办的庆功宴上，他终于忍无可忍了，当着董长官的面就给这位胖乎乎的专员来了个"马瞎子不眨眼"！

袁国良一贯十分抵触这种场面，无非就是吹吹捧捧，吃吃喝喝，简直百无一用。所以，刚接到崔专员的请柬时他就准备婉言谢绝，但无奈董长官一番规劝："地方上也都是一片好心，不能不给面子。再说搞好军地关系也有利于抗战嘛！"

所以他便只能硬着头皮接受了。

宴会很是隆重。不仅袁国良，就连跟他一道突围过河的五十二名勇士和杨耀先部的那个营也全部到场，直把行署所有房间都用完了。宴会档次也很高，蒙汉大菜竞相登场，尤其是雄踞正中的烤全羊，威武霸气，十分惹眼。烧酒自然是号称"沙城第一坊"的袁记雁回头的顶级窖藏了，并且开席前，崔专员还一脸媚相地说："袁师长，这酒以后在沙城就喝不到了！听说共产党因为粮食紧缺，前段时间把你家的酒坊都给叫停了。不过不用担心，我还抢存了一些，明天就派人给你送几坛过去。"席间，沙城各大员挨着过来给袁国良敬酒表示敬意。因为连续四十多天都吃不好饭睡不好觉，袁国良的身体情况到现在都没有得到回缓，加之心情极度烦乱，所以十几杯烧酒下肚就有了些醉意，好几次都想提前离场，但又碍于董长官的脸面坚持着没走。而正当他烦乱的时候，紧挨他的崔专员又上劲儿了，端着满满一杯酒摇摇晃晃地站了起来："诸位！我提议咱们再共同敬袁师长一杯，恭贺袁师长升职加衔！"

"崔专员，这断不合适！"袁国良急忙拒辞。

也许是因了几分酒意，那崔专员显然没能掂量出这话的分量，还一脸媚笑地劝起了他，说话也明显有些没边没沿了："袁师长，我知道你还为阵亡的勇士们难过呢！但老兄我希望你能想开点儿。他们的阵亡自然令人悲痛，但战争嘛！哪有不死人的？一将成名万骨枯嘛！古来如此！"

袁国良终于忍无可忍了，猛地站了起来，差点就将指头戳到了崔专员的脑门儿上："你给我闭嘴！"

"国良，不得无礼！"董长官急忙挡架。

但袁国良并没有理他，继续指着崔专员的脑门儿大声吼道："我问你，什么叫一将成名万骨枯？什么叫古来如此？"

现场瞬间僵了下来，所有人都瞪大了眼睛。

但袁国良依旧死死地盯着崔世仁："你说得倒轻巧！我骑一团此次过河突

袭，陷于绝境整整四十二天。在这四十二天里，我们在日军三个骑兵联队和伪军两个骑兵团九千多人马的围追堵截下纵横八千多里，九进九出包围圈，大小作战二十三次，全团一千二百八十人，今天能坐在这里的连我才五十二人！参谋长景秀川、副团长马飚阵亡，六个正副营长只回来文玉高一个，十八个正副连长阵亡十五个，五十四个正副排长阵亡四十一个，八十一个班长阵亡四十七个，你能想来这是甚概念不？"

所有人继续在座位上愣着。

袁国良一脸严肃地将现场扫视了一圈，继续说道："我再给你说说我们这四十二天是怎过的！自打过河就没动过烟火，因为只要一生火，日本人的飞机就来了。随身携带的干粮只维持了十天，就这还都是阵亡的弟兄们节省下的。后来，我们冒险打下了托克托县城，缴了一批牛肉罐头才又勉强维持了十天，从第二十天开始就彻底断粮了。牧民早都跑了，大面积都是无人区，根本征集不到任何吃食！我们就只好宰杀受伤的战马，用马刀割着吃生肉。那生肉是什么味道，你现在就可以尝尝！弟兄们真是吃怕了，以至于都说他们连死都不怕，就怕吃饭！衣裳呢？直到八天前绝尘大师资助羊皮的时候还都是单衣。现在什么天气？你把你的皮大氅脱了到院子里转一圈试试！从来就没睡过一个囫囵觉，没等安顿下来靠在马肋骨上眯一会儿，敌人就压上来了。偶尔还能钻一夜红柳林，但一下雾就冻醒了，就只能干坐着等天亮。当然这都没啥，舒服不当兵，当兵就不舒服。更残酷的是好多弟兄其实当时并没有阵亡，只是因为受伤暂时丧失了作战能力，为不拖累大部队而举枪自尽的！三营长高二宝、二连长艾丕明、五连长赵海云、九连长呼鲁图等都是这样。但就这，弟兄们都没有一个说尻话的。也就是说，我这少将副师长就是踩着弟兄们的白骨上来的，有甚好恭贺的呢？"

此时，所有人都将头深深地埋了下去。

袁国良瞟了众人一眼继续说道："打仗总是要死人的，这我知道。但请大家都按着胸口想想，就在我们提着脑袋与敌人拼命，吃生肉、钻红柳林的时候，你们都在干什么呢？对！你们无须陪我们玩命，也无须陪我们忍饥挨饿、钻红柳林，但把那花天酒地的钱省下来多造点枪炮子弹不好吗？把那时间用来考虑一下民族的前途命运不好吗？尤其是你崔专员，身为沙城地方最高行政长官，非但不思抗战救国，还惦记着我家雁回头停坊了，抢存烧酒呢！我都没惦记，你惦记甚呢？我看延安的政策就对着呢！酿酒干甚呢？把那几百石高粱送到抗战前线，让当兵的吃饱肚子不好吗？当然，我知道你宴请我、犒劳我都是好意，但有必要这么铺张吗？其他不说，光这几十只羊和几十坛烧酒能造多少枪弹？能杀多少鬼子？我刚才出去到其他桌子上转了一圈，我的弟兄们都没怎动筷子，要知道他们大多数人从娘生下都没吃过这么好的东西！为甚不吃？他们难受，吃不下去啊！再看看你们的人，杯盘狼藉，风卷残云，真是商女不知亡国恨！你们问问从绥远一带逃过来的百姓，沦陷区的同胞们过得是什么日子？真是连牲口都不如！如果你们再这么麻木下去，他们的今天就是你们的明天！我这绝非危言耸听，就隔一条黄河了！同仁们！"

所有人都呆若木鸡地在原地愣着。崔世仁更不用说了，胖乎乎的脸红一阵黑一阵，巴不得就地找一个老鼠窟窿钻进去。但袁国良心里却明显比之前要好受多了。他转身跟董长官打了个招呼："我得去秀川家走一趟。"随即离席而去。

董长官透过玻璃窗久久地盯着他的背影，直到他大步走出大门时才回过神来，转身拍了拍崔世仁的肩膀："国良这些天压力太大，身体又虚弱，压不住酒性，不是针对你呢！别往心里去！"接着又端着酒杯站了起来，目光冷峻地将现场环视了一圈，一脸严肃地说："诸位！袁师长醉了！但刚才那番话可绝不是醉话。国难可真要当头了！就像他说的，就隔一条黄河了！真心希望所有人都能警醒！拜托了！"说完仰头一饮而尽，随即直接宣布散席，转身对李栋才和周云山说："走！咱也去秀川家。"

第六十四章

　　阵亡将士公祭和抚恤工作结束后，新一旅的筹建和新兵招募工作就紧锣密鼓地展开了。一切都出奇地顺利，沙城附近的年轻人听了骑一团的英勇事迹后，争着涌来要当兵，尤其是沙城中学的学生，竟一下子过来了二百来人。他们列着队，喊着口号，打着"日寇已逼近黄河，我等岂能安心读书"的横幅集体参了军。就这样，仅仅三天时间，三千多名新兵就全部征召到位了。

　　按照司令部的安排，新一旅集中驻扎在沙城西边四十里处的乌拉素，并着即展开突击训练。之所以是突击，是因为抗战局面已经不允许他们按部就班了。这不，就在部队刚刚开进乌拉素没几天，形势就陡然紧张起来。日本人进一步加大了对河套地区的威逼，拿成吉思汗陵大做文章的企图也愈加明显了。为此，重庆方面在责令加强河防力量的同时，被迫开始了第二手准备，将搬迁成陵的事儿提上了日程，并指定由董长官负责前期准备工作，确保成陵不落入日寇之手。为此，董长官便命令新一旅务必于三个月之内形成战斗力，然后立即开往伊盟黄河沿线警戒，为迁陵的前期准备工作争取时间。

　　接到命令后，袁国良当即取消了原骑一团幸存老兵的探亲安排，紧锣密鼓地展开了训练工作。不过就训练而言，眼下的新一旅倒有一个得天独厚的优势，因为那幸存的五十二名老兵无疑都是最过硬的教官。于是他便因势利导，在训练中打破团营建制，直接将全旅划分为三个大队五十个训练分队，自己担任总教官，副旅长李兆阳、云峰和参谋长田英男分别担任三个大队的教官，其他五十名老兵各自带领一个分队，并限期一个月内完成体能、马术、刀术、射击等基础科目训练，然后用一个月时间完成团级建制的合成作战训练，务必提前一个月形成战斗力开往伊盟防线。

"具体任务大家就不要问了，只要明白极其特殊、极其紧急就行了。董长官给了咱三个月，但日本人不一定给咱这么长时间。所以咱就两个月，而且必须基本上达到原骑一团的战斗力！困难就不要讲了，不讲我也知道。但我们新一旅全体弟兄就是为了克服困难而生的！想想呈骨河东草原的勇士们，什么困难是不能克服的？"在全旅连以上军官会议上，袁国良如是说。

突击训练随即展开了。全旅五十个训练分队在五十名老兵的带领下你追我赶，迅速掀起了训练高潮。袁国良本人也利用督导的间隙亲自到一大队参加训练。当然，他这么做也是有用意的，因为从沙城中学入伍的二百名新兵全部在一大队，而这些人无疑将是新一旅骨干中的骨干，正如他对李兆阳说的那样："你一大队的训练标准必须更高、更严，至少要给我培养二十个营连级军官！"

训练自然极其残酷，就连前来巡视的周云山师长都忍不住安顿："不敢太过火，你看他们都磨煎成啥了！"

"当兵不舒服，舒服不当兵。跟我们在河东那时候比，这就等于在炕上睡大觉呢！"袁国良说。

骑一团的英勇事迹极大地激发了沙城一带民众的爱国情怀和抗战积极性，训练期间，社会各团体、机关学校以及商界人士纷纷前来慰问，牛羊猪肉堆积如山。伊盟一带的爱国王爷和旗主们也纷纷前来慰问，不仅捐赠了三百多匹良种战马，还给他们派来了十多位经验丰富的骑术和刀术教官，就连年近七旬的包尔图也又从伊盟老家赶了过来，再次出任了训练顾问。

年底，新一旅在乌拉素一带的荒漠里举行了一场训练成果检验。按照董长官要求，整个军团除河防前线各团之外的全体团以上军官集体到场观摩，连内蒙古的几位爱国王爷和旗主也一并应邀出席。近四十里的地面上扬尘滚滚，杀声阵阵，各支人马来如闪电，去如狂风，整个毛乌素都为之而沸腾。检验结束后，董长官亲自为新一旅授旗。旗帜延续了原骑一团团旗的元素，青天白日满地红旗帜上，一颗硕大的目露寒光的狼头雄踞正中。面对庄严的狼头旗，三千六百多名陕蒙男儿"一寸河山一寸血，誓驱日寇复河山"的呼号声响彻茫茫大漠。

小年一过，全旅便离开乌拉素，开到伊盟北部距离黄河不到三十里的巴兔店子一带驻防去了。当袁国良派人将狼头旗插到黄河岸边一座小山峁上的时候，对岸伪军岗楼上竟然还有人端着小喇叭问："你们是不是去年过河的袁国良部？"

起初，新一旅并没有具体任务，只是单纯的驻防。但五月底，陕蒙晋绥司令部、绥西傅作义部、共产党河防部队乃至雁北地区的八路军都紧张联动起来，成吉思汗陵移迁事宜立马就要付诸实施了。

按照董长官的命令，军团主力夜行昼伏，于六月六日夜间准时开拔到了扎萨克北三十公里处驻防，并成立了前线指挥部，由参谋长李栋才任总指挥，下辖东西两路军。八十六师师长任西路军总指挥，下辖八十六师两个步兵团和骑二旅两个团。袁国良任东路军总指挥，统一节制骑兵新一旅、伊盟黄河沿线两个河防团和骑二旅第六团。不过，日伪并没有集中重兵破坏迁陵，所以整个迁陵过程十分顺利。可为了稳妥，所有警戒部队直到成吉思汗的灵柩运抵延安之后才解除了临战状态。但从此，袁国良部再没有回防乌拉素，而是直接扎到巴兔店子一带了。

临近春节的时候，驻扎包头一带的日军突然集结重兵，分南北两路向绥西的傅作义部猛攻。根据傅作义将军的请求和国防部的命令，腊月二十五日，袁国良率领新一旅和骑兵二旅第六团从巴兔店子西北方向渡过黄河，被编入傅部战斗序列，番号为骑六军暂编第四师，由袁国良任师长，李兆阳和云峰任副师长，田英男任参谋长，并于第二天就投入了西山口对日阻击战的战场。

按照作战方案，此次作战采取诱敌西进的办法，由骑六军一路诱敌西进，将日伪进攻部队引到西山口往西一百里处的丰惠口一带予以围歼。但为了给主力部队争取充分的准备时间，同时为了假戏真做，待敌人西进到西山口之后，傅长官又严令骑六军必须就地展开阻击，并且至少要坚持两天时间。

阻击战打得十分激烈，等到第二天下午一点，全军四个师除袁国良部，伤亡均已过半。无奈之下，傅长官便下令骑六军主力后撤惠德安一带再行阻击，并点名要求暂四师执行断后任务，还通过无线电话直接对袁国良下达命令："国良！我是傅作义！按理说你是我从老董那借来的，不该让你断后。但断后的重要性你很明白，一招不慎全线动摇，所以基于你部的战斗力，就只能让你断后了。三师剩余部队也全部划归你部，由你统一调度，必须坚持到下午五点。总之，胜负就寄托在暂四师和你袁国良身上了。拜托了！"

傅长官能亲自下达命令，并且如此诚恳，这让袁国良很是感动，于是当即回复："感谢傅长官的信任！都是党国的抗日武装，何谈借与不借！请长官放心，我暂四师必将顽强阻击，直到接到撤退命令为止！"

至此，双方已激战一天半了，都已经疲劳至极。日军也暂时停下了攻击，于阵前休整去了。瞅准这个空隙，骑六军主力趁敌不备，立即撤离。袁国良也立即开始部署下一阶段的阻击，成立了阵前指挥部，自己担任总指挥，骑三师师长石保仓任副总指挥。为加强力量，将骑三师剩余不到一个半团的兵力整编为暂编第四团，由副师长和参谋长分别暂任正副团长。将骑六团的三个营分别编入原新一旅所属的三个团，四个团按顺序分别接守原来四个师的防线。

半小时后，敌人重新发起了进攻，并且一波比一波猛烈。眼看伤亡越来越大，袁国良立即调整了战术，等敌人的冲锋部队接近的时候，直接以营为单位发起反冲锋。日军好像跟他铆上劲儿了，也不发动大部队进攻了，只派出几百人的分队一轮又一轮地冲锋，双方已经逐渐不分攻守，接连在阵前展开了一轮又一轮的惨烈肉搏。

太阳已渐渐抵近西边的沙梁。四点，四团长郭海川阵亡。四点二十分，副师长云峰阵亡。时间一分一分地熬，战士们成片成片地倒。熬到四点半的时候，敌人再次暂停了攻击。袁国良被迫再次对部队进行了整编，将四个团合编为两个团，由李兆阳和文玉高分别担任团长，并做了最后的动员："弟兄们！我已经给傅长官承诺了，哪怕把暂四师全部搭上都要坚持到接到撤退命令那一刻。一个暂四师没了，必然会有更多的暂四师接上来。要记住我们的口号：一寸山河一寸血，誓驱日寇复河山！中国不亡，抗战必胜！"

"一寸山河一寸血，誓驱日寇复河山！中国不亡，抗战必胜！"雄壮的口号声响彻天宇。白云为此震颤，落日为此滴血。

四点五十分，敌人又开始攻击了。

此时，袁国良直接来到了最前沿，正满眼充血，挥舞着马刀不顾一切地喊叫着："一营，冲！二营，上！兆阳，带三营上！"不到二十分钟时间，他们又接连打退了日军的三次冲锋。此时，袁国良似乎已经完全忘记了时间，也已经不在乎身边的无线电话响不响了，只一个劲儿地盯着敌人的进攻队。

"玉高，你带四营……"

还没喊出那个"上"字，他猛然感到右臂一阵剧烈的疼痛，马刀也突然从手里掉了下去。

"医疗兵，快！救师长！"

袁国良只听见田英男大喊了一声，便有些迷糊了，只隐隐感觉自己好像在地上跪着，所有的山梁、草原也都跟着剧烈旋转起来，并且全都变得血红血红的，就像被浇了血一样！在那一片黏糊糊的血红中，他似乎又看到了雁栖岭"十八罗汉"那刚毅的、刀凿斧劈般的轮廓，还有母亲那慈祥的笑脸，听到了她那忧伤而深情的呼唤："妈的二娃吔……"

"妈！"他婴儿一般地呼唤了一声，随即重重地倒了下去！

等他再醒过来的时候，已经是九天之后的事儿了。那天，他好像做了一个梦，恍惚间又回到了雁栖岭。竟然是夏天，成片成片的麦子在炙热的山风里摇摆着，滔起了阵阵金黄的麦浪。他就在这麦浪里走啊走啊，但永远都走不到尽头。火辣辣的太阳炙烤着他。他只感到渴得厉害。"水……"他轻轻嘟囔着。紧接着，周围似乎突然凌乱起来，风好像更大了，隐约有女人的声音传来，但并不清晰。

"水……水……"他继续嘟囔着，似乎已经有些急躁了。很快，他就感到嘴唇湿湿的、凉凉的，似有秋日挂满露珠的草叶轻轻拂过。"水……水……"他感到愈加干渴了，直接喊了起来。

他似乎又听到了一阵急促的脚步声，随即传来了男人的声音，好像还不止一个，有一大群呢！

"快！快给胡长官报告！"他终于听清了一个男人的话。

"怎又成胡长官了？"这么一想，他好像猛然记起了什么。"上！"他终于吼出了那个"上"字！但声音并不高，就像被人卡了脖子一样。

他猛然间又从麦浪翻滚的雁栖岭回到了激烈厮杀的西山口。太阳已经重重地压在西山梁上了，就像火球被驮在马背上一样。如火的残阳下，弟兄们一拨一拨地顶上去，又一拨一拨地倒下。

"英男！准备！"他终于发出了一声清晰的命令。但突然发现自己的马刀竟然不见了："狗子，我的马刀呢？"

慌乱中，他终于睁开了眼睛，但四处竟然白花花的一片，很是晃眼。

"别动，袁师长！"一个穿着白大褂的男人突然出现在他面前。他当即一惊，想坐起来，但周身一阵剧烈的疼痛，似乎已经由不得他自己了。

"这是哪里？"他惊恐地问。

"西安战区医院。您已经昏迷九天了！"白大褂说。

他愣愣地看了一会儿白大褂，似乎还不太明白。他想伸手抓抓头发捋一捋，可突然感觉连手好像也没了。

"袁师长！您伤得太重了！身上扎进去十几块弹片，右臂直接被弹片炸断了，因为创面感染，又截了一截。"

他一惊，急忙扭头看了一眼自己的右臂，果然秃秃的，就像一截被锯掉树干的矮桩。他终于完全明白了，久久地，一动不动地盯着自己那矮桩一般的右臂，好大一会儿才转过脸，使劲挤出了一丝笑容，对站在床边的医护人员说："谢谢！谢谢你们！"

"袁师长客气了！您受伤一事牵动了好多人，绥远的傅长官、沙城的董长官、西安的胡长官，甚至连重庆方面都一天几个电话，严令不惜一切代价挽救您的生命！"白大褂说。

"谢谢！麻烦大家了。"

正说着，突然又来了一群着军装的人，走在最前面的一位四十多岁的中年人立到他床前给他敬了一礼，自我介绍说是西安行署的参谋长。

袁国良本想坐起来，但被白大褂按住了，于是又急忙睡着给他回礼，但又发现右臂没了，便只好用左手给他回了一礼，好在左臂好像还不碍事儿。

参谋长慢慢在他旁边的椅子上坐下，探着身子说："袁师长，重庆方面也很挂牵你，昨天晚上还打电话要我随时报告你的情况呢！"说完就转身对旁边的一位随从说："你赶快回去，立即给重庆报告，就说袁师长醒过来了。"

"谢谢！麻烦大家了！"

这时，白大褂又发话了，建议大家尽快离开，让病人休息。参谋长站起来轻轻握着袁国良的左手说："你刚醒过来，需要休息，我就先不打扰了。胡长官正从潼关往来赶，下午也要过来。"

"等等！绥西战局如何？"袁国良问。

"大捷！"

"真的？"

"真的。"

"我的部队什么情况？"

参谋长看了白大褂一眼，随即犹犹豫豫地说："好着呢！你先安心养伤，绥远方面也肯定会来人的，到时候他们会通报你的。"

"不，请您现在就告诉我，我能扛住！我受伤的时候已经只剩两个营了，我有思想准备。"袁国良一脸乞求地说。

参谋长重重吐了一口气："还剩一个营，好像阵亡了一个姓石的师长，还有你的两个副师长，参谋长轻伤，团级军官只幸存一个，其他就不太清楚了。你知道，绥远方面不受西安节制，伤亡也不向这里报告，我也是听傅长官和胡长官在电话上说的，因为人不熟，没记住。"

袁国良点了点头："好！谢谢！我知道了。"

待大家离开后，白大褂俯身给他嘱咐了几句注意事项之后也离开了，病房里只剩一个二十四五岁的小护士。

袁国良也有些累了，准备休息一会儿，但怎都睡不着，于是便闭着眼睛，将西山口的战况捋了一下："石宝仓阵亡了，云峰是我眼看着阵亡的。按刚才所说，李兆阳也应该不在了，田英男轻伤，幸存的那个团长应该是文玉高。"捋着捋着，眼泪便不由得涌了出来。

"袁师长，不能哭，您脸上也有伤，小心感染！"那小护士急忙过来，一边用棉签给他擦泪一边说。

袁国良憋了一口气将眼泪忍了回去，随即问她："这些天都是你护理的？"

"我们两个人轮班呢！"

"哦！辛苦你们了！我是怎受的伤？"

"炮弹炸的。"

"怎到西安的？"

"飞机运过来的。"

"哪的飞机？"

"听说是胡长官派的。"

"哦！你叫什么名字？哪里人？"

"我叫云彩。我爸是浙江人，富春江畔的，我妈是山西祁县人，但我从小在北平长大！"

"哦！富春江畔，好地方！你父母是干什么的？"

"我爸是搞美术的，我妈是搞音乐的，都留过欧，之前在燕京大学教书，北平沦陷后又到了西北大学。我还有一个哥哥和一个妹妹，我哥叫云海，在外交部工作，我妹叫云朵，正上中学呢！您的英雄事迹在西安传开后，她特别崇拜您，成天跟我问您的情况呢！说一听您的名字就像是英雄。"说着便从床头柜上拿起一张卡片伸到他面前："您看，这卡片就是她托我送您的。"

袁国良瞪着眼睛看了一会儿。那卡片很精致，像书卷一般对折打开，上面画了一个骑兵，正举着马刀狂飙于百花怒放的草原上，身后是纯净的、连绵不绝的雪山，左上角还写了几句祝福的话语："敬赠英雄的袁国良将军：愿您与草原同在，与雪山同辉！西北大学附属中学高一一班云朵敬上！"袁国良羞涩一笑："这娃娃！我算什么英雄！"

云彩粲然一笑："真正的英雄都不把自己当英雄！好了，您不能说话了，该用餐了。"

午饭吃的是小米粥泡饼，还喝了半碗鸡汤。因为脖颈和腹部都有伤，袁国良不能起坐，全是云彩喂食的。

吃完饭，睡了一觉，胡长官就来了，一进门就笑着说："国良啊！我们又见面了！"

袁国良急忙用左手给胡长官敬了一礼："胡长官好！"

胡长官快速回了一礼，随即在床边的椅子上坐下，关切地询问了一番他的身体情况，笑着说："你这一受伤，傅长官简直疯了，直接把电话打到我那里，对着我就是一顿吼叫：'飞机！快！越快越好，误了事儿我在总裁那儿告你！'都没给我说他要飞机干什么。"

"他是受急躁了！"袁国良说。

胡长官点了点头："咱们见过，不知你记不记了，在沙城老景那儿，那时候你还是他的警卫连长，那几天负责警卫我。你那枪打得真是好，左右开弓，尤其是那个'过命之交'，我至今都印象很深！"

"那都是闹着玩呢！"袁国良谦然一笑。

"嗨！那可是真本事！一般人还真不敢玩，那真过命呢！看完你的表演，老景又把你的全部经历给我详细介绍了一番，我当即提出用一个团的美式装备换你，但他说要尊重你的意见，跟你商量呢！他跟你说了没？"

袁国良一惊，但很快就反应过来："说了。但他对我有恩，我不能离开他，就没答应。"

胡长官哈哈一笑："不实在了吧！他就没跟你说。不过也好，君子不夺人所爱嘛！咱谈点儿正事。我想把你家属接过来，以利于你的康复。我知道你们陕北和关中的饮食习惯还是有很大不同的。你家里都有什么人？让谁来合适？我让董长官先把他接到沙城，然后派飞机接过来。"

"不不不，胡长官，有护士就行了，用不着兴师动众劳民伤财！"袁国良急忙拒辞。

胡长官摆了摆手："没事。虽然国难当头，但花这点钱也是应该的，顺便再给沙城运送点物资，那边的局面也很严峻。"

"那就谢谢胡长官了！我家里就有父母和妻子。父母年纪大了，我小儿子还不到三岁，不知断奶没有。如果断了奶就让我妻子来，没断就算了，给他们报个平安就行。老家偏远，他们估计还不知道我受伤呢！"

这件事儿定下之后，胡长官就起身告别了。

袁国良静静地躺在床上，但思绪早已经飘回了雁栖岭，"十八罗汉"那雄浑的轮廓，雁头峁上那苍劲挺拔的烽火台，牛背梁山湾里那座朴实但在周围还有些扎眼的院落，老大老妈那渐已佝缩的身板，还有毓书和两个儿子的笑脸一齐涌了过来。他猛然又记起现在应该是正月，便朝护士问道："小云，今天初几了？"

"初六！"云彩说。

袁国良轻轻"哦"了一声，随即再次陷入了沉思，好大一会儿才又微笑着对云彩说："我老家这会儿正过小年呢！我们雁栖岭有一个'来路虎'和'坐地虎'的说法。'坐地虎'就是当地的老户；'来路虎'嘛！顾名思义就是后来逃荒来的。我家就是'来路虎'。这二者很好区别，就看什么时候过小年。'来路虎'大都是从更北边的怀原一带过来的难民，所以就按怀原的风俗过初六；'坐地虎'就按当地的传统过初七，所谓'人六鬼七'说的就是这个。之所以说'鬼七'，可能是因为跟'坐地虎'经常压迫'来路虎'有关吧……"

那天他说了很多，竟然把袁家的家史，包括母狼喂奶、百里拔寨、神狼献子等几乎所有的事儿详细讲了一遍，就像是怕忘了而专意巩固一样，直把云彩听得一愣一愣的，临了还一脸惊讶地说："如果把您家写成一部家族小说，肯定会特别精彩。我妹妹就喜欢写东西，如果可以的话，我就把这些事情都讲给她，让她写！"

袁国良嘿嘿一笑："现在条件还不成熟，因为一切还没有最终的定势，还不完整！等仗打完了，如果我还活着的话，我一定亲自给她讲！"说完便陷入了久久的、逼人的沉默！

第六十五章

梁毓书是五天之后才赶来的。一路上，与她同行的陕蒙晋绥司令部副司令刘世奎和傅作义部副参谋长李云一直在宽慰她，让她见了袁国良之后不要太动感情，以免刺激他。尽管如此，当她第一眼看到靠着靠垫斜坐在病床上，正练习用左手进餐的袁国良的时候，还是没能压制住自己的情绪，泪水当即像夏日暴雨过后的山洪一般倾泻下来。

他的伤的确太重了，浑身扎了十七块弹片，头上两块，肋部五块，小腿部两块，最危险的一块竟然直接贯穿胸部，差不到半厘米就伤到心脏了。眼下，他浑身缠着绷带，活像一尊石膏模具，着实令人心疼。

"不要哭，这不好好的嘛！"

"你看你都瘦成甚了！"梁毓书哽咽着说，接着又指着他右臂的创面问，"还疼不疼了？"

"不疼了。"袁国良笑着说。

驮生也来了，但直接就被他大的现状给吓住了，躲在他妈后面瞪着眼睛看着他大的半截胳膊，一脸惊恐的样子。

"认不得大了？过来！"

驮生终于确定了那真是他大，便慢慢地、颤颤巍巍地走到他的床前，小声叫了声"大"，随即哇的一声号开了。

袁国良伸过左手在儿子头上抚摸着笑着说："不哭！咱老袁家的后生，眼泪比金子都贵，哪能随便哭呢？过几天大引你看钟楼走！"

小驮生已经虚六岁了，能听懂话了，便很快止住哭声，指着他大的断臂问："你的胳膊是谁砍掉的？"

"日本人！"袁国良笑着说。

小家伙牙一咬，眼睛一瞪："谁叫个日本人？哪去了？你把枪给我，我一枪崩了他！"

众人一阵哄笑。

刘司令和李参谋长一左一右在床前的椅子上坐着。按李参谋长说，袁国良是撤退命令下达前两分钟受伤的。因为他太靠前，被日军指挥官发现了，便让炮兵对他来了个点射，但弹着点偏离了那么一点，直直砸到了石保仓师长的脚底，而他则是被飞溅的弹片伤到的，右臂当即被截断了，浑身上下扎进去很多弹片。田英男立即命令医疗兵对伤口进行了简单的止血处理，让文玉高带领一个班将他送到惠德安，然后又用吉普车送到野战医院。但因为伤势过重，野战医院也处理不了，只简单的止血和输血后就紧急转到西安了。"你知道不？为了调飞机，傅长官把胡长官都给吼蒙了！"

袁国良嘿嘿一笑："听胡长官说了。"随即直奔主题，详细询问了一番战局。情况和几天前那个参谋长所言基本一样，战斗最终取得了胜利，歼敌两万多，但己方也付出了三万多的伤亡，尤其是暂四师，加上三师的那一个半团，总共剩了一个营的兵力，石保仓、李兆阳、云峰阵亡，田英男在撤退的时候小腿肚挨了一枪，好在没伤到骨头，现在已经出院了。

袁国良重重叹了一口气："不管怎，打胜就好！"

"傅长官说了，此次战役你是首功，今天走的时候还特意嘱咐我，要我代表他本人、绥西全体抗日将士和人民感谢你！他已经给重庆方面报告过了，要隆重表彰你。"

……

梁毓书此行带来雁栖岭的不少特产，当然主要是吃的，小米、杂面、荞面、风干羊肉等。一个月后，袁国良出了重症病房，转移到后院的高级军官病房了。这高级病房说来也真是高级，一座单独的小院，三间正房，两间厢房，各样家具、灶具一应俱全，俨然有些家的味道了。袁国良一家住在靠里的套房里，紧挨着的那间是灶房。云彩和另外一名护士也作为他的专职护理跟着过来了，另外配了一名勤务兵，分别住在两间厢房里。之后，梁毓书便竭尽所能地为他调剂起了吃食。她的厨艺很好，尤其是做陕北家常饭，更是花样百变，光荞面就能做出搅团、剁荞面、饸饹、饴饹等七八种样式，直把两名护士和那个勤务兵看得一愣一愣，吃得油光满面。袁国良的身体也恢复得很快，仅仅几天，苍白的脸上就有了红晕。

西安的春天要比陕北来得早，刚出正月，花草树木就开始发芽了。就着春天万物复苏的气息，袁国良的身体也恢复得越来越快了，等到二月底，伤已基本不怎么碍事儿了，但也不能剧烈运动，袁国良便按照医嘱，开始训练左手的灵敏度。通过之前的锻炼，穿衣吃饭已经不是问题了，这段时间他主要是练习打背包、写字、马刀劈刺，反反复复，一遍又一遍地练，直看得梁毓书眼泪汪汪。但他还是不满足，竟然说："要是有一匹马就好了，看上马下马碍不碍事！"

三月底，当平展如砥的关中平原已经完全进入夏季的时候，袁国良终于痊愈出院了。出院的前两天，胡长官还派人把他们一家三口接到行署长官部为他们践了行。席间，胡长官又提出要给他调派飞机，但被他谢绝了。"傅长官昨天也打过电话，说准备让您调派飞机，但我这情况还得疗养一段时间，所以暂时不准备归队。我已经七年没回家了，想利用这个机会回去一趟。董长官已经派车了，估计也快到了。"

果然，接他的人第二天就到了，并带来了董长官的话，让他不用绕山西，直接走延安，并且说他已经跟延安方面联系过了，中途可在那里休整几天，顺便到附近转转，会会老朋友，这都不碍事。

他们一路走得很快，中途只在中部县歇了一晚，第二天落日时分就抵达了延安。因为事先已经联系过了，延安方面竟然给他安排了一个隆重的欢迎仪式。当他们的两辆车抵达延安城南二十里铺的时候，他过去的老上司徐正云已经带着几位相关负责同志等候在那里了。车子刚一停稳，老徐就大步上前，亲自给他开了车门，并与他"激烈"地握了一手："欢迎欢迎！听说你要路过延安，我都高兴坏咧！"

袁国良赶忙下了车，用左手敬了个礼："徐政委好！给您添麻烦了。"

徐正云他比较熟悉，当年在陕甘边的时候就是龙志宽同志的左膀右臂，见过几次面。其他几个人虽然不怎么熟悉，但也都认识，都是当年陕甘边的老同志，尽管因为一些大家都明了的原因，心情有些复杂，但时隔五年多再次谋面，气氛总体上还是很融洽。

简单的寒暄过后，徐正云便上了他的车，一起朝城里驶去。

道路两旁站满了欢迎的人群，有军人、农民，但更多的是学生。他们全部手持五色纸旗，在指挥人员的指挥下，打老远就整齐划一地喊起了口号："欢迎欢迎，热烈欢迎！向英雄学习，向英雄致敬！"袁国良在徐正云的陪同下下了车，快步走到队伍中间，举左手敬礼，边走边喊："向大家学习！向大家致敬！"正走着，猛然看到城门上方"热烈欢迎抗日英雄袁国良将军来延访问"的标语，便停了下来，久久地盯着"访问"二字，一股剧烈的绞痛当即涌上心头！

徐正云很快就看出了他的心思，急忙转身对旁边的一位同志说："我不是说了嘛！'来延'就行了，怎还把'访问'加上了？"

"这是以前写好的那幅，拿错了！"

"胡闹！"徐正云说完，快速走到袁国良旁边笑着说，"走吧！大家听说你要来，都想见见你这位抗日英雄。"

袁国良这才回过神来，颇显慌乱地朝徐正云笑了笑，随即又朝前走了。城门内的气氛更是热烈，好多学生争着要跟他握手。眼看时间不早了，徐正云便过来说："同志们！同学们！感谢大家的热情！时间已经不早了，袁师长刚刚伤愈，一路舟车劳顿，也累了！大家都回去吧！袁师长会在延安留几天的，我们还要邀请他到抗大作报告，到时会提前通知大家的。"说完便朝后面的汽车招了招手。

就在汽车刚开过来的瞬间，袁国良猛然看到了一张十分熟悉的面孔，但就在四目相对的瞬间，那人就猛地转过身子，急匆匆地走了。

"徐政委，磨石坚是不是也在延安？"袁国良一上车就问。

"对！他本来在太行山前线，年初也受伤了，回来养伤，顺便在抗大学习。"

"重不重？"

"没事，已经好了。我下午还派人到抗大通知他了，但他到甘谷坪搞调查去了，没见着。"徐正云说。

袁国良凄然一笑："您这是安慰我呢！他不是不在，是不想来。他对我有误会，原因您应该能想得来。我刚看见他了，但他很快就躲开了。"

徐正云笑了笑："你说对了，我上午正好到抗大讲课，顺便把你来的事儿给他说了，还让他过来一块儿接你，晚上到交际处陪你吃饭。没想到他直接脖子一拐：'我不去！'他这性格，唉！打仗倒是一把好手，但犯错误也是马都撵不上，所以到现在还只是个营职干部。"

"这我能想到，我太了解他了。没事，我想他肯定会来的。"

说着就到了交际处。简单洗漱休息了一小会儿就开始吃饭了，陪客也是刚才那几个人。相对于沙城的那场庆功宴，这饭食就简单多了，总共六个菜，一个清炖鸡，一个猪肉撬板粉，其他的就是一些常见的农家小菜了。

"国良啊！延安就这条件。"徐正云笑着说。

"很好！国难当头，本该这样。"袁国良说。

宾主入座后，徐正云又开口了："本来应该喝点酒，但考虑到你重伤初愈，咱就用这儿的稠酒代替吧！这个没酒精。"

"好！我从小就爱喝稠酒。"

正吃着，工作人员就进来向徐政委报告："院子里来了一位同志，说是您让他来的，但又不进来，就在外面站着！"

"起世！进来！"袁国良直接隔窗喊了一声。

约莫一分钟过后，门帘终于被掀开了，果然是磨石坚。工作人员赶忙给他搬来凳子，但他并不坐，也不说话，只死死地、泪流满面地盯着袁国良，拳头大的喉结剧烈抖动着。

"石坚，来，坐到国良这儿。"徐正云一边朝他眨眼，一边说。同桌的马温玉急忙起身拉他。但他猛地摆了一下胳膊，直直地指着袁国良说："你不好好当你的师长，来了干甚呢？你当年屁股一拍就走了，为了你，我捅下多大的乱子你知道不？就因为你，我脑子一热就把志高他大给弄疯了！你知道不？这几年刚把你忘了，你又来了！还是英雄！屁！你就是叛徒！"

"不要胡说！"徐正云大声阻止。

"没事，让说。"袁国良说。

磨石坚竟然嘤嘤地哭开了："我从小就把你当神神顶着呢！你说走东我就不会走西，你说打狗我就不会打鸡，没想到你竟然当了叛徒！我真是瞎了眼了！"说完便转身准备走了。

袁国良起身拉住他："起世，你先别走，咱一会儿拉拉话！"

"我不跟叛徒拉话。"磨石坚背着身子大声说。

袁国良猛地把他扯了过来："我有话要跟你说，你今儿走了可就没机会了！"说着便硬把他拉到紧挨着他的椅子上坐了下来。

磨石坚本来就是一个直筒子，情绪倒完也就没事了，刚坐定没几分钟，就关心起了袁国良的伤情，虽然还是硬绷着，但眼睛总偷偷地往他的断胳膊上瞟。

因为没喝酒，宴席自然不会太长，不到一小时就结束了。有了董长官的许可，袁国良便没什么好规避的了，散席的时候直接对徐正云说："徐政委，咱拉会儿话，石坚也参加。"其他人就都握手告别了。梁毓书母子和董长官派来接他的人也到各自的住处休息去了。

徐正云让工作人员在后院的角落处重开了一孔窑洞。三人于木制简易沙发上坐定后，袁国良便直奔主题，问起了龙主席的牺牲过程。

"被流弹所伤，石坚就在现场。"徐正云说。

"对！都怪我！我那时是他的警卫连副连长，就在他侧后站着。当时距离敌人阵地比较远，处于射程之外，就没注意。但没想到前面不远处还有一座暗堡，等我发现那个暗堡，刚准备往倒扑他的时候，他就中弹了。"

"龙主席那时刚刚重获自由，思想压力很大，总想给中央证明自己是真革命，还有报答毛主席救命之恩的意思，所以每次战斗都要到最前沿，拦都拦不住。唉！"徐正云一脸凝重地说。

袁国良长长地叹了一口气，随即死死地盯着徐正云问："徐政委，龙主席在世的时候有没有跟您提过我到沙城的事儿？"

徐正云想了想："没主动提过，就是在研究开除你们三个的党籍的那天半夜，我特意到他窑里去了一趟，向他询问究竟，我说我到现在都不相信国良会叛逃，这里面是不是有文章？他沉重地叹了一口气说：'现在的形势很乱，也很复杂，你就不要问了，以后你自然会明白的。'中央过来后，我就到地方工作去了，再没见他。"

袁国良一脸哀戚地点了点头，随即将事情的前因后果详细讲了一遍。听了他的讲述，徐正云的表情终于有些释然了："其实我一直就是这么想的。咱虽然只见过几面，但从龙主席和毓文同志对你的评价以及你那些年的表现来判断，我一直都认为你的信仰是坚定的。"

磨石坚也终于明白了，两眼一瞪："哦！你这么一说我就解开了。其实你刚一走，鹤鸣就给我说这里面有道道，我刚开始也相信他的话，但等中央过来，我到保安接受整编的时候还曾当面问过龙主席，他说：'定论都出了，你还问这干啥？'我就当你真跑了！"接着又说，"徐政委，那既然这样，就要尽快给组织报告呢嘛！"

徐正云点了点头："是要报告。边区这块现在由老高负责，就咱当年在陕甘界的那个老高。他这几天到东边沿黄一带巡查河防走了，等他回来后我先跟他说说，然后看能不能给周副主席汇报一下，隐蔽战线上的事儿都由他负责。不管怎样，眼下处于抗日统一战线，延安和沙城董长官的关系又一直比较和谐，要过来暂时肯定不可能，所以你就只能保持现状，等候指示了。"

"这我知道。关键是我这事儿只有龙主席一人知情，现在已经说不清了。如果长时间拖而不决的话，眼下倒好说，抗战胜利之后怎办？您觉得抗战胜利之后，国共两党还能坐到一条板凳上吗？"

"这还不好说！关键在于国民党。"

袁国良痛苦地仰头思索了一小会儿，随即一脸郑重地说："我敢保证，再次内战是不可避免的！原因很明了，国民党是绝对不会接受党中有党的。即便勉强接受，我们党也不会甘居人下，所以掰手腕是早晚的事儿！"

……

他们一直谈到深夜，徐正云才因为第二天一早有会离开了。磨石坚当晚便没走，二人整整谈了一夜，直将分别之后的点点滴滴，包括雁栖游击队所有老人手以及景秀川和马飚的情况都聊了个遍。按磨石坚说，老人手里面就数谭鹤鸣发展得最好，现在是河防某团的政治部主任，正在绥州黄河沿岸驻防。而他则因为口无遮拦发牢骚、虐杀日军俘虏等一系列错误一直上上下下，光在营长和副营长之间已经徘徊了三次了，最严重的一次是中央红军与陕甘红军大整编的时候，因为陕甘系干部大多是副职而大发牢骚："再骚情，老子又回雁栖岭呀！"所以当场就被抓了起来，要不是龙主席和徐政委极力保救，他今天还真不一定能坐到这儿了。当然，他这人向来是犯错快认错也快，加之他从心里也并不是单纯在乎职位的高低，只是觉得不公平，所以当后来的事实证明中央红军军官的军事素养的确明显优于他们的时候，便主动认了错，做了检讨。

"你这性子真得改。多少年的老同志了，还莽莽撞撞山大王一样，那能行呢？人家中央红军历经五次反围剿，又经过两万五千里大转移的历练，那些军官个个都是经过千锤百炼的。咱陕甘系跟人家比，就没上过什么硬场子，虽然号称军、师，但实际上还停留在游击队的层次上。加之中央刚到陕北那会儿，脚还没有站稳，四面围剿，大兵压境，肯定是以作战为主，那么安排很正常嘛！后来不就好了？老高、徐政委不都重用了？还有安定的老贺、老阎，听说现在也都是旅长、团长嘛！"

"对对对！都怨自个儿！"

"所以要好好进步呢！动脑子呢！不要动不动就说自己没文化。你歪好也是高小毕业，其实这在咱共产党的中层干部里应该已经算是知识分子了，我听说好多团职干部连一天书都没念过，刚参加革命的时候连自己的名字都不会写，人家误甚事儿了？"

"对对对！都怨自个儿！"在袁国良面前，磨石坚一直都是这个样。

"不要光对对对，要改呢！"

"改改改！啊呀！你当年要是把我引上就好了，那我就犯不了这么多错误了，你的胳膊也肯定掉不了。"

"你看，现场就犯了还改个屁！你以为那是赶事情吃八碗呢？我说引谁就引谁？还胳膊掉不了，炮弹砸过来你能抱住还是怎的？记住我的话：凡事多用心少用嘴！"

……

他们就这样一直聊到天亮，磨石坚才因为要到抗大上课而离开了。

袁国良此行在延安总共待了三天。

延水清清，宝塔巍巍。其间，他还在徐正云的陪同下分别到抗大和延安大学做了报告，还到鲁艺观看了新近排练的《黄河大合唱》，参观了延安新市场，所到之处无不受到同志们的热烈欢迎。

短短三天时间，所有的一切都让他振奋，尤其是所有人身上所体现出来的那种艰苦朴素、朝气蓬勃、乐观向上的精神给他留下了极其深刻的印象。但正因为如此，他的心里就愈加难受了。参观完鲁艺的那天夜里，他突然做了一个梦。梦里，他又变成了孩子，七八岁的样子。在老家的那盘火炕上，母亲就在他身边坐着，一个劲儿地给他碗里夹吃的，还总对着他甜笑，可就不给他当妈！他一声声地呼唤着："妈……妈！"一声比一声高，一阵比一阵急切，可她就是不答应，只一个劲儿地对着他笑。他哇的一声就哭了！正哭着就被梁毓书推醒了。

"怎了，做梦了？"

他猛地坐起，慌忙擦起了眼泪，但怎都擦不完。好一会儿，他才终于止住了哽咽，满腹忧伤地搪塞了一句："又梦见毓文哥了！"

第六十六章

延安距雁栖岭并不远，也就不到二百里路。但遗憾的是袁国良此行却并没有实现回家的愿望，因为就在他准备离开延安的前一天晚上，沙城方面突然发来电报，说重庆要举行抗战英模表彰大会，他也是受表彰对象之一，要他取消探亲，火速返回沙城，与董长官和傅长官同机赶赴重庆，所以他便将梁毓书母子委托给了磨石坚，第二天一大早就直奔沙城去了。

这无疑是袁国良一生中最为高光的时刻了。就在这次表彰大会上，当时的全国最高领导人亲自为他颁授了勋章，并与他合了影。表彰结束后，《中央日报》整版报道了他的英雄事迹。当然不只他一个，十位受表彰的英模各占一个版面，他们的正面戎装照和接受勋章时向最高当局敬礼的大幅照片赫然其上。他的职衔也再次得到了提升，不仅被正式任命为师长，还加了中将衔，并且据国防部的人说，在整个军队，以师长职务加中将衔的人极少，总数不会超过五个。不过严格来讲，只有中将的军衔是国民党中央军事委员会给的，至于师长，董长官和傅长官早在来重庆的路上就谈好了：在日本人过河之前，继续延长他的借用期，并在袁部幸存人员基础上重建在西山口几乎被打光的第三师，由袁国良担任师长，田英男担任参谋长，文玉高担任副师长，如果日军重兵强渡黄河，袁部立即整体回归沙城方面的战斗序列，傅长官不留一兵一卒，如果抗战取得胜利，袁国良亦立即归建。只不过当他们二位向国民党军事委员会汇报此番"交易"的时候，老蒋顺手耍了一把仗义："像国良这样的将才怎能当第三呢？换一下嘛！把一师的番号给他！"于是，袁国良就成了傅作义麾下骑一师中将师长。

由于日军一直没能渡过黄河，所以之后那几年，袁国良一直率部在绥西一带抗日，并且一直都是绥西部队的绝对主力，还被提拔成了副军长，但一直兼着一师师长。

等袁国良再回到沙城已经是五年之后的事了。

那时候，日本刚刚宣布无条件投降，可几乎同时，重庆方面的命令就过来了，要求傅作义部立即向东开拔，到归绥接受投降，并尽快抢占包头、张家口等战略要地。而就在这次东进的时候，作为傅部先锋的骑一师差点就与"自己人"来了个迎面相撞。当袁国良带着骑一师从后套抵近包头的时候，八路军雁北部队已经兵临城下，正和顽抗的日伪激战呢！好在正当他为此感到棘手的时候，八路军也发现了他们，并立即撤离了。也正是这次擦肩而过，当即将袁国良心里那份因为抗战胜利而升起的喜悦洗刷殆尽了。因为他很清楚，如果不尽快采取措施，与八路军的冲突肯定是不可避免的。于是，受降仪式一结束，他就立即给董长官发电，表达了归建的意思，因为就他对董长官的了解，沙城方面与共产党发生冲突的可能性相对要小很多，至少目前不会。

果然，两天之后，傅长官就找他谈话了，嘿嘿笑着说："都说我们山西人是老西，那老董比山西人还老西，债一到期就一天都不等，今儿一大早就跟我要账呢！"

"要甚账呢？"袁国良故意问。

傅长官哈哈一笑："要你呢嘛！你什么意见？"

"我服从您和董长官的命令。"

傅长官当即向他传达了国防部的命令："任命袁国良为陕蒙晋绥边部队参谋长。骑一师内原属沙城骑兵一旅的人员全部归建沙城，其他人不动。"之后，他又一脸诚恳地说："国良！感谢你这五年的卓著战绩！本来，按照咱们之前的约定，骑一师应该整体划编沙城，但国防部不同意，我也就无能为力了。"

事已至此，袁国良只好点头应承。

"你从沙城带过来的老人手还有多少？"

"大多数都在西山口阵亡了。前些天统计了一下，连我一共剩十七个人了。"

"那就是说有三千多陕北子弟都倒在绥远了？"

"三千五百八十三人。"袁国良说。

傅长官沉重地点了点头："都是些好后生啊！这仗再不能打了！"

"我估计还得打！"袁国良叹了一口气说。

"听说重庆已经产生了和延安商议和平建国的意向了，不知结果会如何。"

袁国良苦笑了一下："依我看，那只是缓兵之计，全面内战大概率不可避免。"

"这是不是你急着要回沙城的原因？"傅长官盯着他问。

袁国良笑着点了点头："对！我实在不愿意打内战了。这打来打去，最终伤的都是老百姓。十几年的抗战，百姓已经苦到骨子上了，真不敢再打了！坐下来谈嘛！什么事儿不能谈？为什么非要你死我活呢？如果全面内战不幸爆发了，我就回我的雁栖岭，种几亩薄田，守着婆姨娃娃过我的小日子呀！不蹚这趟浑水了。"

傅长官重重叹了一口气："唉！这恐怕不由你，你我都是别人棋盘上的一枚棋子儿啊！"

袁国良没有立即搭话，只叉开手指不停地梳捋着头发。

傅长官默默盯着他看了一会儿，随即以长辈面对即将远行的子侄一般的语气说："我还想给你说几句话，不知你愿不愿听？"

"您讲。"

傅长官的面容凝重起来："国良啊！我绝非翻旧账，但你毕竟在共产党那边待过，现在又是这么个情况，所以你以后一定要处处谨慎。给你透个底儿，本来按照董长官的安排，你回沙城后是要接替周云山当骑兵师师长的，但国防部不同意，面上的话说你这些年战功卓著，必须提拔，不能再原地不动当副军长了，但背后的用意你应该能明白。"

"他们不信任我，不让我直接带兵了。"袁国良说。

傅长官点了点头："岂止是你，老董也一样。这些年，他们不是一直在背地里叫他'七路半'嘛！反正你记住我刚才说的话。你们十七个人，就给你派一辆吉普、一辆运兵车，再带一部电台，一路上方便联系。到沙城后第一时间发报给我。"

随后，傅长官亲自主持了骑一师连以上军官会议。不用说，当弟兄们听说他们的师长要离开骑一师之后都很震惊，情绪也立即低落下来，就像打了败仗一样。尽管傅长官一再为他们打气，说："这纯属国防部的正常调动。再说袁师长又荣升了，这是党国对咱骑一师战绩的肯定，咱们都应该高兴啊！"但不论他怎么说，所有人脸上都阴云密布，直到晚上的饯行宴结束都没能缓过劲儿来。也是，他们已经出生入死地跟了他五年了，在这五年里，袁国良早已成了全师弟兄的精神寄托乃至信仰，如今猛然间要离开了，怎能不揪心扯肺呢？

第二天天还没亮，傅长官就带着司令部和骑兵军班子成员过来为他们送行了，因为袁国良想趁大家不注意偷偷离开，以免再引起骑一师弟兄们的情绪波动。但等他们出了城门，骑一师全体弟兄早已经从十里外的野营驻地赶来了，此刻，他们正以营为单位，整齐列阵于南门外的草地上，见袁国良和傅长官他们的车子出来后，原副师长、新任师长祁步云就快步跑了过来："报告师长，骑一师全体弟兄请求接受您的检阅！"

袁国良急忙下车，一边朝祁步云眨眼一边说："傅长官都在这儿，我检阅啥呢？"

"就满足一下弟兄们吧！这也是他们对你的一片深情厚谊。来！步云，咱俩陪着检阅。"傅长官笑着说。

话音一落，三匹马就被牵过来了，其中一匹就是袁国良的坐骑"踩风驹"。这是他当年在后套训练骑一师的时候，土尔扈特部王爷特意送他的一匹纯种顿河良马。按照王爷所说，它的祖先就是渥巴锡汗当年东归的时候从顿河草原一路骑过来的，因为耐力好、速度快，又通人性，曾连续两年获得部落那达慕赛马冠军，所以便有了这样一个名字。还别说，这马真是漂亮，通身雪白，没有一根杂毛，只在四个脚踝处绕着一小圈齐整黝黑的毛，周身线条匀称流畅，绝对是马中"美男子"。

袁国良顺手在它脸上摸了摸，随即翻身上鞍。踩风驹就像明白他的意思一样，当即迈着"蹓蹄步"朝前面的方阵小跑而去。傅长官和祁步云分别在他左右侧后跟着。

此刻，袁国良的脑子里乱得厉害，也不知道应该呼喊什么口号，于是便什么都没喊，只行着持刀礼，默默地、一脸凝重地从九个方阵前走过，虽然目光始终盯着方阵，但并没有具体看某个人，一个都没看，不是不想看，而是不敢看。

走过最后一个方阵，车子就开过来了。袁国良跳下马，把马缰递给祁步云，转身向傅长官敬了一个礼，随即跳上汽车走了。

他坐在副驾驶的位置上，把头转向车窗，但并没有看窗外的风景，只微仰着头，紧闭着眼睛，可眼泪还是生硬地从眼角处流了出来。此刻，他满脑子都是那些弟兄们，幸存的、阵亡的。多好的弟兄们啊！

正这么想着，坐在他身后的警卫连连长王狗子突然指着后视镜喊叫起来："师长你看！踩风驹！"

透过后视镜，袁国良看见踩风驹正高扬着头，连声嘶鸣着于初秋早晨落满露水的草滩上向他狂飙而来，身子几乎拉成了一条直线，就像悬浮于草尖之上。

"停车！"袁国良当即朝司机喊道。

汽车嘎的一声停住了。还没等袁国良下车，踩风驹已经到了车前，正不停地用鼻子喧磨车窗呢！透过茶色玻璃，他发现它竟然流泪了，明亮的大眼睛里透出一股逼人的哀怨。

"我明白了！你先让我下来。"袁国良摇下玻璃，在它的脑心处摸了摸。

踩风驹似乎明白了他的话，稍稍向后退了两步。但等他刚一下车，它就猛地靠过来，直直地咬住他那随风飘舞的空袖管，一个劲儿地往回扯。

袁国良再也忍不住了，滚烫的泪水喷涌而出。他狠劲儿在它脖颈处搂了搂，似哭又笑地说："兄弟，跟我走吧！"说完又对文玉高说："你们也都回去把自己的马带上，咱骑马走，不能把它们丢下。"

从汽车换成马，虽然速度慢一些，却要灵活得多。

农历七月正是草原一年里最绿的时候。太阳刚上一竿，阳光从他们身后斜斜地射了过来，铺展到面前的草原上，挂着露珠的矮草在晨风的撩拨下簌簌抖动着，有如一层闪着亮光的金箔在弹跃。太阳渐渐升高，雾蒙蒙的天空渐渐变蓝，一嘟噜一嘟噜的白云静静悬浮其上，活像一群洁白的绵羊游荡在碧蓝的草原上。于是便有了两片草原，天上一片，地上一片，一片碧蓝，一片翠绿，但都一样的苍茫寂寥，一样的无边无际。野艾已经结籽儿，那略带苦涩的清香伴着湿漉漉的雾气幽幽腾起，潮乎乎的，薄荷一般清爽。在这一片清爽中，十七匹骏马一字排开。因为暂时远离了血与火的战场，这些原本并非为战争而生的牲灵的心情也似乎爽朗起来，瞧，它们正高扬着俊俏的头颅，悠闲地迈着碎步，不停地打着响鼻，一如当年驮着它们的主人去参加它们记忆中的那达慕的样子。骑士们就更不用说了，虽然刚刚上演的"生离死别"着实让他们难受了一阵，但只有他们这些真正经历过血与火、生与死考验的人才能真正明白"马放南山"的金贵，所以很快便从浓郁的感伤中跳了出来，爽朗的谈笑声伴着充满野艾清香的草原风飘得到处都是。但是，当三棵硕大的老榆树远远地出现在视野之中的时候，他们的心情很快又沉闷下来。

"师长，咱那年突围的时候来过这儿。"

袁国良猛地勒住马缰，定定地瞅着那三棵硕大的老榆树，脸上立即涌上了一抹逼人的悲戚，因为他清楚地记得，呼鲁图就是在这儿去见他的"腾格里"的。于是便策马朝那边奔去。

来到三棵树下，袁国良跳下马背，蹲在地上攒了一个馒头大小的沙堆，点了一支烟插在上面，随即站起来一脸肃穆地喊道："呼鲁图，老哥看你来了！告诉你一个好消息，日本人投降了，抗战胜利了。景参谋长和马副团长还有很多弟兄也都在那次突围中倒下了，兆阳副团长也在五年前的西山口阻击战中阵亡了，你见他们了没？咱真正的老骑一团的弟兄现在只剩五个人了，我、二营长文玉高、八连长杜锦昌、团部警卫班班长王狗子，还有你的一排长罗二满，都在这儿呢！你看见了没？那次突围过河后，你阿爸又给咱们当了几个月教官。他老人家很为你自豪，说你是'腾格里'最优秀的勇士！见了其他弟兄代我问好！就说我袁国良很想他们，也从来都没有忘记他们！将来，我一定会过来陪大家的。"

所有人在他的号令下齐刷刷地朝烟头敬了一礼。

等他们再次上路的时候，罗二满驱马跑到袁国良旁边问道："师长，你说咱跟共产党还打不打了？"

"难说。"

罗二满脖子一拐："反正他老爷是不打了！打日本人咱没说的，那是外国，不打不行！自己人打甚呢？什么事不能坐下拉？他们成天藏在后面，冬天火炉子烤上，夏天凉风吹上，顿顿猪肉粉条子吃上，让咱给他卖命！有本事让他们像咱一样在枪炮林里钻上几回试试！"

"不要胡说！都是营长了，像个甚！"

"我不胡说！我哪怕见了姓蒋的也是这话。他的儿为甚不上呢？他儿子人养的，咱就是驴下的？"

"你是不是吃了疯狗肉了？"文玉高骂道。

罗二满好一会儿都再没有说话，直到他们跃上前面的沙梁时才又一本正经地说："师长，话是那么说，不过我就听你的，你让我打谁我就打谁，袖子一抹就上。"

袁国良转身瞪了他一眼："二满，这话你在这儿说说就行了！什么叫我让你打谁就打谁？让别人听见怎想呢！"说完又大声对大家说："我调到司令部了，再不可能天天跟你们泡到一块儿了。田参谋长的职务还不明确，你们十六个究竟是集中分配还是打乱安排，现在也还不好说，我也不能给董长官提什么要求。如果集中，以后就都听参谋长和文师长的；如果打乱就得自己照顾自己了。千万不要以为仗打完就万事大吉了，告诉你们，有些事儿比打仗都复杂！一定要多留几个心眼，不该说的千万不要乱说，尤其是跟我有关的话。我的情况你们都很了解，所以我的意思你们也应该都明白。当然，我说的是回到沙城之后，现在你们可以随便说。"

……

他们一路走一路聊，当晚在托克托县城住了一夜。本来，他们第二天还想从托克托折向西北，从骑一团当年最后突围的地方过河，顺便祭奠一下杨耀先、景秀川和马飚他们，但当天一早，董长官就发来电报，要袁国良以最快的速度赶回沙城，说是有要事相商，所以他们就只能改变计划，就近从托克托渡河了。

刚刚从伊盟回迁的托克托县县长亲自把他们送到黄河滩上。因为河东的秩序还没有完全恢复，县长便派人划着一只小筏子到对岸的渡口叫船去了。

秋日早晨的黄河雾蒙蒙的。对岸的渡口、村庄、树木全部被灰纱般的晨雾笼罩着，若隐若现，仙境一般。蓦地，一首《黄河船夫曲》就和着徐徐晨风飘了过来：

你晓得，天下的黄河几十几道弯哎？

几十几道弯里几十几条船哎？

几十几条船上几十几支杆哎？

几十几个艄公哟把船扳？

哎了哎嗨哟……哎嗨哟！

这歌声虽然一如往日那般婉转，但又明显不像之前那么低回深沉。对于袁国良他们来说，能在这里听到家乡的曲子，自然是别有一番触动的。"二满，对回去！"

罗二满仰起脖子就唱了起来。

我晓得，天下的黄河九十九道弯哎！

九十九道弯里九十九条船哎！

九十九条船上九十九支杆哎！

九十九个艄公哟把船扳。

哎了哎嗨哟……哎嗨哟！

一唱一和间，三条木船便冲破雾气的笼绕，并排出现在平悠悠的河面上。

"长官也是陕北的？"居中那条木船上，一位长须飘飘的老人吼问道。

"对！绥州四十里铺的。"文玉高回答他。

"哦！那咱是老乡嘛！我满堂川的，年轻那会儿走口外上来的。你们四十里铺的马国胜跟我姑舅呢！"

"哦！那是我大叔嘛！"

说话间，船已经靠岸。待袁国良他们全部上船后，那县长掏出一块银圆递向老人说："这几位是归绥过来的长官，刚从前线撤下来……"

还没等他说完，老人家就猛地挡了回去："不用了！自打日本人占了河东，我这船都停了七八年了。这几天，之前从河东逃过来的人开始陆续过河了，我就又拉起了摊场，但不收钱，都是些难人，哪有钱呢！长官们的钱就更不能收了，他们在前面扑命打日本，坐个船还要出钱？那成甚了！"说着便将粗壮的船桨用力一撑，木船就悠悠离岸了。

船上还有两个年轻的艄公，但并不说话，只顾埋头撑船。船到中游，老人便将船桨拉出水面搁到船舱里，随即一屁股坐到船头，一边装烟锅一边看着袁国良问：

"长官，你们打过西山口没？"

“打过。”

老人重重吐了一口青烟：“听说有一个姓袁的团长，就前几年让日本人围到河东又跑出来的那个，说是后来当了师长了，就是打西山口的时候让日本人把胳膊给炸了，你们知道不？”

“知道！”袁国良笑着回答他。

“哈呀！直说那后生是一颗冷子！带三千多人，硬是把十来万日本人挡在西山口，恒稳不得动，胳膊都炸飞了还端端骑在马上，一连在日本人的阵里冲了几个来回，你说怕人不！听说那仗打赢之后，蒋委员长专门把他叫到重庆给他颁了个奖，还请他吃了一顿猪肉撬板粉！是不是有这么个事呢？”

袁国良笑了笑：“事倒真有这么个事儿呢，但没那么玄乎。当时日本人没有十来万，就两万左右。他的胳膊炸飞以后当时就昏迷了，让人送到后方了。蒋委员长是给他颁奖了，也请他吃饭了，但没吃猪肉撬板粉。”

“甚？那么大的功劳，就连一顿猪肉撬板粉都没挣下？”老人家还颇有些不平。

这时候，船尾那位年轻艄公开口了：“大，你咋是老憨了！人家蒋委员长是什么人！能看下个猪肉撬板粉？我听说人家顿顿吃的是鱿鱼海参老虎脑，仙丹人参灵芝草。”

“哦！我说嘛！”老人家好像终于明白了。接着又问道：“你们见过那袁师长没？听说也是咱陕北人，南老山的，不晓真的假的？”

袁国良哼哼一笑：“真的！”正说着，一阵猛烈的河风吹来，呼的一下将他的帽子吹到了河里，他也一个趔趄坐到了船里，假肢也在慌乱中掉了下来。老人家眼疾手快，拉起身边的细长木杆，唰地一下把帽子挑起来转身递了过来，而就在那一瞬间，他突然瓷了，两眼直直地盯着面前这个断臂后生，好一会儿才回过神来：“哈呀！我看你就敢是那个袁师长呢！”

“对，我就是那个袁师长，叫袁国良。”他笑着说。

"对对对！听说就叫个袁国良！哈呀！老汉我扳了半辈子船，还没拉过你这么个贵人。走！到我家走，我没老虎脑，但刚好站了个绵羊羯子，少说也能杀它个六七十斤。原来准备过年杀呢！那咱今天就来他个一锅烂！"

"不了，老人家，留着您跟儿孙子过年吧！"

老人脖子一拐："袁师长，虽然你官大，又是英雄，但你看来也就三十来岁，我的娃娃都比你大，所以论岁数，我老汉给你当个干大都没问题。只要你娃娃不嫌干大那茅庵草舍的话，那就甚话都不要说了！给你娃娃们吃比给儿孙子吃了强，干大愿意。"

"谢谢干大，你老人家的心意我们领了，但我们刚在托克托吃过早饭，董长官那面还有事，不敢停留。"

老人还挺固执，转身指着对岸二级台地上一片已经黄了叶子的白杨树林说："那是这，我家就在那片树林子后面，你娃娃哪怕喝上口滚水也算是干大的一点心意嘛！顺便还能给我那茅庵子墩点贵气，好让我的后人将来也能出个师长、团长。能不？"

袁国良哈哈一笑："好！那就给你墩墩。"

"好嘞！"老人在船帮上咣咣几下磕掉烟灰，顺手拿起船桨，狠劲儿划了起来。

太阳已经慢慢升高了，雾气也慢慢开始向上升腾，那一团一团的乳白像极了四月里随风舞动的柳絮。西岸宽阔的河谷地上，大片大片的玉米越来越清晰了。由于有充足的黄河水灌溉，黑黝黝的很是壮实，一尺多长的棒子气宇轩昂地雄踞腰间，傲然地昭示着丰收。"多好的土地！多好的人民啊！可这混乱的时局又会将他们带往何方呢？"

袁国良直直地立于船头，几分释然，几分惆怅。

第六十七章

抗战胜利的消息很快就传到了雁栖岭。

这消息是由王家洼子的王老三，也就是当年跟胡三弄下"花花事"的那个王寡妇的婆家兄弟于延安参加完胜利集会之后带回来的。当然，此时的王老三已经不是当年的王老三了。国共联合抗日之后，陕甘宁边区又对行政区划进行了重新调整，将雁栖区整个并入了临近的龙居区，被称为延北县第六区第四乡。这王老三也正是当年加入了共产党，起初是乡里的通讯员，后来当了副乡长，年前又被提拔成了乡长。但是，如此严肃的事儿一经他嘴里出来就完全变味了！因为没文化，加之他去延安参加集会的时候，给他们宣讲抗战胜利相关信息的又是南方干部，所以他也只听明白了个大概，还把"小男孩"原子弹听成了美国的一个小男孩，所以便闹了个笑话："听说是美国的一个小子娃娃害气了，劈头就给日本撂了两颗炸弹。那炸弹可不是一般炸弹，劲大得怕人呢！一家伙就炸死几十万日本人，并且当即排下狠话，说如果再不尿，他就还撂呢！所以日本的'总掌柜'就尿了。哈呀！不知谁养下那么厉害的一颗儿！我看弄不好也是狼转的呢！"

有人问："那个小子娃娃为甚不早早撂呢？闪得咱直打了这么多年！"

"谁知道呢！可能那时候还小呢，抱不起炸弹嘛！不管怎，炸尿就行了！上面让咱都贺呢！这么大的喜事，我看怎都得一顿羊肉吃！我回来的路上已经想好了。咱就明天，每个庄子杀一个绵羊羯子，再带上一口大锅，一家只出一个掌柜的，统一到乡公所，来他个一锅烂。继耀哥，你腰粗，又是老支前模范，如果不够的话，你就把这个底灰给咱揽上，多杀几个。怎个？"

"没问题。放开吃！这么好的事，哪怕把我那五百多黑脑绵羊杀完都不碍事！"

袁继耀这话当然是发自肺腑的。因为他琢磨着日本人一戾就不打仗了，一不打仗就不收那么多支前公粮了，婆姨女子们也就不用点灯熬油纺纱做军鞋了，岭上的年轻人也不用再成批成批地当兵了，最关键的是，他儿子袁国良也不用再打仗了，而且一个师长还稳稳捞到手了。这够怎美气！所以就抗战胜利这件事儿来说，他无疑是岭上最高兴的人。

然而，他的高兴劲儿仅仅维持了半前晌就被梁先生劈头一盆凉水给浇灭了！

在乡公所开完会之后，袁继耀就和梁先生相跟着就近去了先生家。一进门，他就迫不及待地把自己内心的喜悦全给抖搂了出来。一听如此，先生夫人当然也高兴得不行："哎哟！五狼神保佑，这下真弄美了！"

梁先生转身对她笑了笑："你去上圪垯拔几根萝卜，调点菜，我跟继耀喝两口。"

夫人便颠着小脚笑盈盈地走了。待她一出门楼，梁先生便一脸严肃地盯着袁继耀问："你说这下弄美了？"

袁继耀一看亲家脸色不对，便嘟囔着说："这仗打完了，国良的师长就捞到手了，还不美？"

梁先生无奈地撇了撇嘴："兄弟啊！你也真就是个土财主！还弄美了！这下麻烦事才来了！"

"怎还麻烦了呢？"袁继耀一头雾水。

梁先生一屁股坐到椅子上，瞪着眼睛说："你说仗打完了？我说更大的仗还没开始打呢！而且马上就开始了。"

"日本人不已经戾了嘛！还打谁呢？"

梁先生无奈地咂了咂嘴："你这么精明的人就真想不到？日本人是戾了，但是还有不戾的呢嘛！"

"你说共产党跟国民党？那不都合作了嘛！"袁继耀还是不明白。

梁先生直了直身子，一边用指头敲击桌面一边说："我问你，这妯娌之间，为甚婆婆在世的时候不怎么吵架，婆婆一殁了就吵开了呢？"

"婆婆在的时候管着呢，不敢吵。"袁继耀说。

梁先生又无奈地咂了咂嘴："甚管着呢！那是因为婆婆在的时候妯娌们有共同的对手呢，还顾不上内乱。这国共两党也一样，眼下日本这个共同的敌人已经不存在了，这么一来，他们就又跟之前一样相互不容了！国民党是不可能接受党中有党的。即便他接受，共产党也不会甘居人下。共产党的目标一贯很明确，就是他们说的解放全中国，是绝对不可能半途而废的。而且据我看，将来的天下十有八九是共产党的。"

"你怎知道的？"

梁先生吐了一口烟，微微一笑，"你当我这几年的参议员替你瞎当着呢？且不说天下穷人多，几十个打一个，就共产党本身来说，确实有很多方面值得佩服。"

梁先生说替袁继耀当参议员是有原因的。当年延北县按照边区政府的要求组建参议会的时候，本来是要袁继耀当这个参议员的，当时，袁继耀本着一贯的"受苦人要不了洋式子"的原则，本想婉转拒绝，但又想到自己家的特殊情况，组织里面有个自己人也是好事，最后便经得梁先生同意，向当时的区长推荐了他。

梁先生这番入情入理的分析很快就让袁继耀脸上兴奋的光彩荡然无存。他把头深深埋了下去，只顾一口接一口地抽烟，好一会儿才又抬起头，就像是于绝境中终于看到了一丝希望似的说："起世以前给我说过，说是国良不是真顺国民党了，是老龙派到那边拉人去了。不知是不是这么个事？"

梁先生看了他一眼："这事起世也给我说过，但这也只是他的猜测，不过我一直都很相信这个说法，因为国良就不是当叛徒的人！问题是即便真是这么个事，当时知道底细的人肯定很少。况且老龙已经殁了这么多年了，能不能说清楚还两墩搁着呢！"

"无论能不能说清楚，只要国良把那个师的人马归顺过来不就行了？"袁继耀依然不愿放弃最后一丝希望。

梁先生漠然一笑："你当那是你的长工队？你让他锄谷子就锄谷子，你让他割糜子就割糜子？如果国良是连长、排长，那还好说，一个师好几千人马呢！那是说归顺就归顺的事？再说，他上面的长官也肯定不是憨汉，能不在他身边安插人？"

"那按你说就歪好没办法了？"此时的袁继耀几乎已经是一脸哭相了。

梁先生重重叹了一口气："咱考虑的问题，国良也肯定不知考虑过多少遍了。他已经不是当年的二娃了，比你我考虑的肯定要周全，咱两个老汉就不要操这个心了，就是想操也操不过来。但有一点你得注意，以后真不能只顾埋头受苦了，把眼睛睁大些，脑子转快些，走一步看一步吧！"

梁先生对时局的预判很快就应验了。尽管国共两党的最高层在重庆会了面，也签订了所谓的"双十协议"，但还没等和平建国的第一缕光芒投射到饱经战乱蹂躏的大地上，这份协议就成了废纸，全面内战的阴影瞬间就笼罩在刚刚从抗日战争的泥潭中爬出来，还没来得及喘息的四万万国人头上了。

就在那顿"胜利羊肉"吃过没多久，新的征兵任务又下来了，而且比之前任何一次都要重。岭上足足三分之一的年轻人又撂下老镢头扛枪去了，支前任务自然跟着加重了，之后整整一年，吱呀作响的碾磨声几乎就没有停过，军鞋也被一筐箩一筐箩地抬到乡公所，然后成背成背地背出雁栖关。

一九四七年过年之后没多久，山桃花才刚刚拾弄着准备开放的时候，形势就更加严峻了。共产党的首脑机关突然撤离了延安。区乡两级政府的工作人员不分昼夜地在岭上各个村落奔波，一遍又一遍地讲述着"守延安没延安，放延安有延安"的道理，并号召所有人坚壁清野，把粮食、锅盆碗筷甚至水缸，几乎所有的东西能埋就埋，能藏就藏，骡马牛驴等大牲口也都要藏起来，至于猪羊鸡就干脆杀了吃肉。所有人都要做好随时上崖窑或者转移躲藏的准备。总之一个目的：不能让任何物资落入敌手，坚决把他们饿死、困死。

这么一动员，岭上当即乱了套。尽管几乎所有人都没弄明白"守延安没延安，放延安有延安"的道理，但依旧积极配合着行动了起来，埋粮的埋粮，杀羊的杀羊，有些胆小的人甚至提前上了崖窑，没上的也都已经按要求做好了准备，就等乡上一声令下了。唯独两个人似乎一点儿都不忙乱，该怎还怎。

一个是耿万顺。这个已经疯了十多年的原耿氏家族第四代掌门人这些天正跟着区乡两级的工作人员在各个村庄乱窜呢，不仅不慌乱，反倒感觉有些红火，面对劝解也依旧是一个总主意不改："老爷不耍了！"

另一个就是袁继耀。动员过后，他虽然也带着长工们把粮食都埋了，连长工也给放了，也让家人做好了上崖窑和转移的准备，但他自己却依旧该干啥照常干啥，前晌到"十八罗汉"顶上拦羊，后晌就到羊圈刨挖起了粪土，看样子好像还准备等一开春就正常种地呢！这下可把乡长王老三给急坏了，一连登门劝说了好几次。

"继耀哥！这胡儿子马上就来了，你怎一点儿都不怕呢？"

"谁说不怕！我不是也把粮食埋了嘛！"

"那你那些羊呢？为甚不杀？"

"那又不是三五个，杀了一下吃不了嘛！再说都杀了，以后怎办？"

"你不杀，胡儿子来了怎办？这羊能赶到崖窑里呢？"

"我就不准备藏崖窑嘛！这眼看就要开春了，藏到崖窑不种地了？"

"眼下最重要的任务是打胡儿子，你怎还考虑种地呢？"

"不种地怎支前？当兵的没粮吃，怎打胡儿子呢？"

这王老三眼看软的不行就直接来了一招硬的："继耀哥！你要注意你的态度呢！不要忘记你是甚身份。"

袁继耀眼睛一瞪："我甚身份？"

"你不是地主吗？你家二娃现在什么情况你不知道？"王老三直接说。

袁继耀猛地站了起来，几乎要把指头戳到王老三脑门儿上了："我地主怎了？我支前公粮交的没你多还是给边区政府捐的钱没你多？我就一个受苦人，他胡儿子来了能把我怎？他哪怕就是老虎也一口一口吃呀！能囫囵一口把我吞了呢？至于二娃，他为了打日本人把一条胳膊都搭上了，这抗战胜利就没他的一份儿功劳？至于他顺了国民党，儿大不由父嘛！谁能把我怎？"

……

之后没几天，岭上人就都按照乡里的要求上了崖窑，距离崖窑远一些的人也都在乡干部的带领下朝东转移了，还一度到过青州一带。梁先生则带着夫人暂时回了谷川老家。偌大的一座山岭，就只剩下袁继耀和耿万顺两个人，无人区一般空落。因为其他人都跑了，耿万顺也就没处凑红火了，所以一看到袁继耀在山上放羊就撵过来了。这些年，他的情况越来越差了，成年穿着一身露絮老布棉衣，四季不换，头发披得老长，浑身上下脏得就像刚从泔水桶里捞出来一样。

"三哥，你怎不跑呢？"看他远远地过来，袁继耀便吼着问他。

但耿万顺依旧是那句话："老爷不要了！"

"来来来，跟我耍来，咱俩划几拳！"

这耿万顺虽然都疯了十多年了，但拳路还没忘，并且依然是个强性性，一旦输了就嚷叫开了："你耍赖呢！老爷不要了！"袁继耀便依着他："好好好，我不赖了！"然后一连让他赢了几拳。他果然高兴了，哈哈大笑着说："老爷还划不过个你！再来！"

就在他们像娃娃一样嬉笑着的时候，一支队伍从飞燕峁开过来了，足足有两千来人。他俩便停下嬉笑，站起身子呆呆地朝飞燕峁望着。那队伍排着两路纵队，沿着曲曲弯弯的山路快速前行，装扮明显要比他们常见的八路军要牛多了，人头一副头盔，很是威武。

没过一会儿，那队伍就上了东翅梁，一位长官模样的人打马朝他俩小跑过来。

耿万顺"啊"了一声，拉起焦头子棍，转身跑了。他这些年啥都不怕，就怕扛枪的。

"老乡！莫跑噻！"那军官朝他吼道。

但耿万顺跑得更快了，一边跑一边不停地转头回望，满脸惊惧，但依然没忘他的那句口头禅："老爷不耍了嘛！"

"他是个疯子。"袁继耀说。

"哦！那你为啥子不跑噻？"那军官转身问袁继耀。

"甚？"袁继耀一时没弄明白他的意思。

"我说你为啥子不跑噻？"那军官放慢语速重复了一遍。

袁继耀笑了笑："你们又不是吃人的老虎，为甚要跑呢？"

那军官哈哈一笑："对了噻！那别个人为啥子都跑哦？"

"那我就不知道了！"

那军官点了点头："你们这叫啥子地方嘛？"

"雁栖岭。"

"你家在啥子地方？"

"牛背梁，就那儿。"袁继耀用拦羊铲子指了指他家大院。

那军官朝袁家大院看了一会儿："哦哟！有钱人哟！"

"就一个受苦的。"

那军官顿了顿，随即突然问道："可给共产党捐过粮食噻？"

"捐过。"袁继耀犹豫了一下说。

"为啥子要捐嘛？"

"他们有枪呢！"

那军官笑了笑，然后拍着腰上的配枪说："那我也有枪噻，你给不给嘛？"

"粮食都让乡上收走藏了！我也寻不上。"

那军官又笑了，接着便换了一个话题："你几个娃儿？"

"四个。"

"都干啥子嘛？"

"老大出门念大学走了，十几年都再没回来。老二当兵走了。两个女子都出嫁了。"

"你二儿子在哪个部队？国民党还是共产党。"

"之前在北草地打日本人呢，我也解不开是甚党，反正当个师长。"

那军官一惊，仰起头皱着眉头，好像是在回忆什么事似的，好一会儿才猛地转过头，瞪着眼睛问："可是叫个袁国良噻？"

"对，长官认识我儿子？"袁继耀显然很惊讶。

那军官哈哈一笑："岂止认识噻！他那年胳膊都被炸掉了，胡长官用专机把他抢到西安，我当时是胡长官的内务班长，就是我带着医生去飞机场接的他哟！后来胡长官请他吃饭，我就在现场，听他说他就是延北雁栖岭人。哦哟！了不得！蒋委员长都给他颁过牌牌！"说完又瞪着眼睛说："那我问你个问题，你说究竟是三民主义好还是共产主义好？"

这个问题无疑很刁钻。为了给自己争取思考的时间，袁继耀便故意问了一句："你说甚？"

那军官便又把刚才的问题重复了一遍。

袁继耀这才恍然大悟地点了点头，然后仰头朝天空看了一眼说："马上就开犁了，一冬又是干冬，下一场足雨肯定好嘛！"

那军官摇了摇头，随即换了一个更加通俗的表述方式："不对，我问你蒋委员长好还是毛泽东好噻？"

袁继耀又稍稍思索了一下，随即歉笑着说："哈呀！咱就一个受苦人，跟这两个人谁都没共过事，怎能知道人家谁好谁不好呢？不能冒说人家嘛！"

那军官哈哈哈一连笑了几声："老汉儿，你是个滑头！"

"快六十了，也该花了。"袁继耀也跟着笑了起来。

那军官很快收住笑容："那你这羊能不能让我杀几只给弟兄们改善一下伙食？

给钱哟！"

袁继耀略略思谋了一下，一脸歉意地说："长官，按说你也算是我儿子的救命恩人了，不要说给钱，就是白吃也应该。但问题是给你们吃了，共产党将来肯定要找我算账的。你们都是扛枪的，两疙瘩石头夹我们老百姓这么一块肉，谁都惹不起啊！我看长官你也是个通泰人，就放老汉一马能不能？"

那军官盯着他嘿嘿嘿地笑了好一会儿："好！不愧是袁师长的老汉儿！那我就不买了。以后见了袁师长代我问好。"说完跟他握了一手就转身走了。

这支部队在岭上整整待了三天，而且都是在雁栖高小所在的"状元盆"扎营，但并没有进院子，而是在外面的敞滩地搭了好大一滩帐篷。

第三天晌午，雁栖岭上空突然飞来了几个所有人都没见过的铁疙瘩，飞得并不高，哐啷啷的声响几里外都能听到。当飞到"十八罗汉"上空的时候，屁股竟突然开了，还不间断地往下扔东西。那东西全部用麻袋装着，咣咣地往地上栽，其中有一包竟然不偏不倚地砸到了高小的房顶上，当即砸开了一个大窟窿。等那铁疙瘩飞走后，那些当兵的就把所有的麻袋抬到高小外面的营地上，打开麻袋把里面的东西逐人分开，然后便整队走了。

之后大半年，雁栖岭就没有正常过，胡宗南的部队来了走，走了又来，还有小股散兵游勇也时不时就会出现。山民们也就躲走再回来，回来再躲走，一刻都没敢消停。这躲来躲去自然是要付出代价的，仅第一次上崖窑就因为慌乱中踩空软梯或者晕高而掉下悬崖摔死了好几个人。第二次转移的时候，桃树洼的一个老婆儿因为小脚跑不动，情急之下便直接从旁边的悬崖跳了下去，当场就摔了个不出气。还有桑树塌的一个小媳妇子，转移的时候儿子才刚满百天，有一天夜里，当他们在安定一带躲藏的时候，正好碰见胡宗南的部队从山下开过，为制止儿子的哭闹，她便慌忙把奶头填到儿子嘴里，但因为过于紧张没把握住分寸，等部队过完后才发现儿子已经被她用乳房活活捂死了！并且随着乡亲们的来来回回，各种消息也都跟着来了。有人说"十八罗汉"上空飞的那几个铁疙瘩叫个"铁雀儿"，扔下来的那些麻包里面都装些木锅盖那么厚的饼子，还说那些当兵的路过柳叶沟崖窑的时候还在崖窑下面的石头上放下一摞，叫他们下来拿呢！他们起初还没敢拿，怕里面放毒药着呢，一直到太阳落山的时候才壮着胆子拿了上去，先给狗喂了几小块，见狗没事后才分着吃了，还挺好吃。但更多的却是有关"胡儿子兵"胡作非为、烧杀抢掠的消息。有人说他们到处搜人挖粮杀牲口，光在李家园子就杀了四头耕牛；还有人说他们在靖州地界的店家滩一次就烧了几十架门窗，还把碾盘架在大火上烙饼子，把好几盘烧得开了裂；更有甚者说那些恶魔在几十里外的刘界梁村把一位没来得及转移的妇女抓住糟蹋了。反正各种可怕的消息满天飞，至于真假就没法确定了。

但有一点倒是可以确定，那年的灾荒可又遭下了，当然并不全是因为天灾，很大一部分原因是躲避胡宗南耽误了农时，导致耕地大面积撂荒。雁栖岭当然也不例外，尽管袁继耀已经冒险为他们做了试探，但所有人依旧没那个胆量，大部分时间不是在崖窑里就是东躲西藏逃命呢，哪还顾得了种地呢！整个岭上就只有袁继耀这么一个例外。最先那支部队开走之后，黑栓和磨六也回来了，并且再没有走，所以袁继耀的地那年还真产了不少粮食，虽然跟往年没法比，但已经不错了。而且秋收之后，他还给乡上捐了几十石。他这一捐，自然就把不配合坚壁清野的罪责给抵消了，只是不知他当时有没有想到，这竟然是袁家最后一次对外捐粮了呢？

第六十八章

　　虽然远离了硝烟弥漫的战场，但袁国良在沙城的日子过得其实并不轻松，甚至比他在绥西抗战的时候都要熬煎。

　　这份熬煎刚开始是因为他不习惯机关的生活，总感觉这个参谋长实在没什么当头，倒不是因为权力大小，主要是憋得慌。十几年了，不论在共产党还是国民党，他始终都是冲杀在第一线的，如今猛然间把他圈在一间四面围墙的房子里，整日面对一些文件电报，就好比他的踩风驹被突然套到犁具上一样，真是不适应。更要命的是，他整天都要面对电讯处那群女兵，真是糟糕透了。当然，如果换作别人，这就等于是一头栽进福林子里了，可问题是他的人生观又不容许他有这个爱好！但那些女兵似乎偏偏不信这个邪，有事没事总爱在他面前晃荡，赌气一般，甚至每次进他办公室送文件的时候都要磨蹭上半天，不是要他讲战场上的事儿就是要跟他探讨人生，以至于他经常要设法下达逐客令："如果再没什么事儿的话，咱改日再聊，我现在得去董长官那里一趟。"就在他正式上任没几天，他之前的警卫连连长，现在的作战处副处长王狗子就告诉他，电讯处的那群婆姨女子们竟然都模仿他端着假肢走路呢！起初，他总以为她们是对他的假肢感到好奇，于是从第二天开始便再没有戴。其实他之前从来都不戴假肢，总觉得碍事，直到回到沙城之后，因为考虑到机关单位的军容规定才戴上的。但没想到，他不戴假肢依旧无济于事。那天，他正准备去电讯大厅让机要科发送刚刚拟好的绝密电报，但刚出办公室就听见电讯大厅里一片骚动。他就慢慢凑到玻璃门前，发现她们竟然又在模仿他。

"不像不像！人家参谋长那袖筒是在空中飘着的，很潇洒，哪像你一样耷拉着。"

"大厅里没风嘛！"

"走路架势也不像，人家参谋长胸脯直挺挺的，头微微仰着，一看就是英雄！"

"对对对，我感觉他荡着空袖管的时候男人味儿越足了，真是帅气！"

袁国良推门走了进去，第一次对着她们吼了起来："干甚呢？我一个残疾人有什么帅气的？乱哄哄的像个甚！"

但他前脚离开大厅，后脚就又乱了。"哎哎哎！你们看他刚才发火的样子，太帅了！"

唉！把他的！

很快，这股风气就溢出了电讯处，蔓延得到处都是。一天早上，他刚到办公室，刘副司令就过来笑着告诉他，说他老婆给他说，司令部医院的两名护士因为看他忘了看路，一个撞到了墙上，一个掉水渠里了，当场就碰了个鼻青脸肿。

袁国良简直无奈得要命。他知道刘副司令绝不是在编故事，因为就在前几天，他就现场遇到过类似的情况，只是那个女兵没有撞墙，撞到树上了，鼻血淌了一摊，他还帮着收拾了半天呢！于是他便向刘副司令诉了半天苦："你说就我这副模样，又是个残疾人，有甚好看的呢？看倒无所谓，关键电讯处那些女兵还成天学我走路，学我抽烟、说话，甚至连我批评她们都要学。早上到练兵场跑几圈，后面还跟着一群女兵，就连周末到城外遛马都有人撵着！有些人我连见都没见过！喊又不能喊，骂又不能骂！你说怎办？我总不能窝到办公室不见太阳吧！就算窝在办公室也没用，这个进来送苹果，那个进来送核桃，一进来就不走了，我还得想办法赶他们，要不我为甚老往您那里跑呢？"

刘副司令嘿嘿一笑："人家没女人缘急得要死，你是因为桃花运泛滥着急上火，看来这真就像说书的说的：'老天留世他没留公，富的富来穷的穷'！"

"真的很烦，已经干扰到我正常工作了。"

"那没办法，现在的年轻人都崇拜英雄，谁叫你是英雄呢！我看你还不如干脆找上一个，那就没事了。"

"您又不是不知道，我早就结婚了，儿子都两个了！"

"那你就把弟媳妇接过来，这样肯定会好一些。"

其实，就在他刚回到沙城，国共两党的合作还没有破裂的时候，他就曾想过回雁栖岭一趟，把梁毓书母子接过来。他已经差不多十二年没回家了，与梁毓书和驮生在延安分别后也已经五年多没见了，而漠生则更是自他们母子从昭君淖回到雁栖岭后再没见过。加之两个儿子也都到了上学的年龄，岭上的学校早就塌火了，到现在还由他外爷教着。但就他眼下的特殊境遇而言，如果把家安到沙城，一旦出现什么突发情况，实在是不方便啊！所以便一直没有实施。

正当袁国良为此而苦恼的时候，另一则更加可怕的传言在整个司令部传开了，说他之所以不近女色，是因为他有生理方面的残疾，还说得有鼻子有眼！说他在西山口受伤不光掉了胳膊，就连男人的命根子也被炸掉了。这消息也是王狗子告诉他的。他这才明白那些女兵最近几天看他的眼神为什么好像突然变了，不像之前那么热辣了，还隐隐带着一丝怜悯。为了消除这个流言，他便利用周末，把参谋部除当值之外的全体人员带到沙溪河上游的一座水库边上野炊了一次，顺便在九月的凉水里秋泳了几圈，以宣示自己还是一个正常男人。但是，当真相大白于天下之后，那些女兵便又对他群起而攻之了。

唉！这是弄甚呢嘛！

而正当他为这群女兵感到焦头烂额的时候，更大的问题来了。国共两党真刀真枪地干了起来，并且从种种迹象来看，共产党目前明显处于劣势，仅仅几个月就连经营了十几年的红色首都延安都放弃了！此后，袁国良处处注意留心各个方面的情报信息，试图搞清楚党的中央机关离开延安后的去向。但奇怪的是，他们就像凭空消失了一样，没有一点消息。但很快，共产党的西北野战军接连在南边的蟠龙、青化砭和羊马河打了三个胜仗。之后不久，共产党的三号人物竟突然出现在他的老家延北县，在那里举行了一场声势浩大的群众集会，当众宣布了毛主席和党的中央机关还在陕北的消息。起初他还有点不太相信，这些领袖的胆子怎能这么大呢！竟然敢在胡宗南几十万大军的围追堵截下兜圈圈！如果稍有不慎，那还了得？可是之后没多久，参谋部就突然接到绝密电报，说共产党的中央首脑机关就在延北北部一个叫王家湾的村子里，还说是美国人用最新的电台定位技术发现的，并要沙城部队做好准备，严防他们向北"窜逃"。王家湾他知道，就在雁栖岭北边的一条山沟里，距离他家大概三十里路，他的一个姑姑就嫁到了那个村子，他小时候还去过好几次呢！

不过好的一点是，沙城和延安之间尚未发生实质性的冲突，他的处境还不至于过于艰难。并且从董长官对他从绥远带回来的弟兄们的安排来看，他并没有像国防部那样死防着他。虽然他的参谋长一职是国防部"钦定"，已经没了变动的余地，但他最看重的田英男和文玉高两个人竟然都被安排到不错的岗位上了，分别担任了骑兵师副师长和骑一旅旅长。其他人也悉数被安排到了骑一旅，一个副团长、两个营长、三个连长、六个排长，而这正是他心目中最理想的谋求。而且从方方面面来判断，董长官这么安排也一定是有他的深层次考虑的，因为就在他俩商定这个方案的时候，董长官就直白地向他敞了一番心扉："不让你带兵是上面的意思，这我没办法。但今儿就给你交个底，他们打他们的，咱们不到万不得已绝不出手。"

袁国良郑重地点了点头："人民会记住您的选择的。"

董长官笑了笑，一脸严肃地说："这段时间，司令部又调来不少新人，很明显，两方面的人都有，所以你一定要谨慎。还有，我希望你在任何事情上都能随时跟我保持沟通，这样你我就都不至于太被动。"

袁国良眼泪汪汪地看着董长官，正要说点什么，却被他摆手制止了："啥也别说了，我只相信我的判断，你袁国良就不是当叛徒的人！再给你说明白点，我看人根本不看他是什么主义，关键看他有没有民族气节，正气不正气，而你正是拿这两点征服了我！但有一点你千万要明白，我不可能为你蹚平所有的沟渠，也就是说不可能绝对保证你的安全，只能尽力，因为我本人也是出了名的'七路半'，身边也有上面的线人，这也是我要你谨慎的原因。"这话已经够直白的了。董长官似乎要悄悄给自己准备一条隐秘的后路了，而他就应该是董长官所选择的那个"看路人"。

可是，"婆家"的态度已经明了了，但"娘家"却一直没有任何表示，他所熬煎的正是这个。虽然上次在延安，他已经把自己的情况向徐正云汇报了，但因为当时正值抗日统一战线，自然不会有什么回应。可当下局势已经变了，这个问题就到了非解决不可的地步，否则他又将如何面对以后那些错综复杂的局面呢？这些天，他一直都在翻来覆去地思考着这个问题。就眼下的情况而言，绝对不能再等，只能主动接触了。但因为龙主席牺牲，他的事情就没人能说清楚了，他现在就像跟人私奔的女子一样，早都被娘家除名了，又该跟谁接触呢？其实，去年刚到沙城的时候，他就派文玉高以回家探亲的名义跟当时正在绥州任职的徐正云联络过一次，并且终于得到了一个还算不错的消息，说他们的人已经到他身边了，必要时肯定会起用他的，甚至连对接暗号都带来了："老家托我捎话给你。"他当时还真高兴了一番，因为这好歹也算是"娘家人"时隔十年之后的第一声回音，虽然尚未表明会不会原谅他当年的"私奔"，但只要开始联系，一切就都好办了。但是，一年多过去了，"老家的话"却一直没有捎过来，真是太让人揪心了！可他除了等又能怎样呢？徐政委已经到野战军任职了，行踪一直不定，胡宗南几十万大军撒开找都找不到，他上哪儿找去？他简直都要疯了！

袁国良就这样寝食难安了差不多两年之后，"老家的话"终于捎来了。那天，电讯处的小白进来找他在一份秘密文件上签字，待他刚签完准备搁笔的时候，她警觉地朝门口看了看，然后低声说："老家托我捎话给您，客人已经到沙城了，要您晚上九点到莲花滩公园门口接他。他认识您，您只需在那儿等他就行了。"

他当即惊了，瞪着眼睛死死地看着她，好一会儿才慌忙点了点头："好的，我知道了。"

那一刻，他竟猛然觉得这小白好像有些面熟，但又怎都想不起来。

就外表和气质来说，这小白无疑是电讯处那帮姐妹里最出众的，但因为平日里一直很乖静，性格也很稳当，每次到他办公室都是有事说事，说完就走，以至于直到现在他也只知道她姓白，负责绝密文件的收发，连她真正的名字都不知道。他在办公室整整坐了一上午，也想了一上午，直到临近中午还是没能理出个头绪来，便直接把她叫了过来，笑着说："实在不好意思，我还不知道你叫什么名字！"

"我叫白云。"

"哪里人？"

"北平人。"

"什么时候来的沙城？"

"四五年八月底。"

"哦！我怎突然感觉咱好像在哪里见过！"

她淡然一笑："可能是您记错了吧！"说完朝他点了点头就出去了。

袁国良是八点五十五分到达公园门口的。眼下正值酷暑，在公园纳凉的人很多，不停地进进出出。因为他在沙城的知名度和他的那只空袖筒，好多人都认出了他，纷纷过来跟他打招呼，于是他便一边应付众人，一边注意着周围的动静。很快，他就听到有人叫了一声他的乳名。他猛地一惊，转身四下看了一圈，发现公园门口左侧石柱旁边的一个人正对他笑呢！那人一身老粗布衣服，头上还扎了一条羊肚子手巾，一副农民装扮。

"认不得了？我是对面山老谭家的大小子嘛！"

可袁国良依旧没认出他。

"我是鹤鸣嘛！"他走到袁国良跟前直接说。

袁国良这才认出来了。自从当年去了陇东，他俩就再没见过面，算来已经足足十三年了。当时，因为他是支队长、政委一肩挑，所以本来是要带谭鹤鸣去陇东担任副政委的，但因为磨石坚受伤没能跟他去，所以他便让谭鹤鸣也留下了。因为虽然龙主席承诺，等磨石坚的伤一恢复就让他过去担任副支队长，但他知道情况瞬息万变，这也就是一句话了，而像磨石坚那样的莽汉，身边没个稳妥人是绝对不行的，所以他临走的时候还一再给龙主席安顿，说如果磨石坚去不了陇东的话，一定要让谭鹤鸣跟他搭档，不然那小子肯定会闯乱子的。

二人很快来到了位于中街的四海通饭店。这饭店的老板就是田英男他弟田兆男，也已经是十来年党龄的老共产党员了，对袁国良的情况很了解，所以他俩一进门便警觉起来。

"还有客人没？"袁国良边走边问。

"没了！都走了。"

"那就把门板上了！"袁国良说完就直接去了后院的一个雅间。

田兆男也很快就上了门板打了烊，然后在前堂一边望风一边给他们做饭。

"徐政委派你来的？"袁国良直接问。

"对！他考虑咱俩熟悉。"

"什么指示？"

"两项任务，一是密切关注沙城方面的动态，并随时报告！这个很关键，因为党中央毛主席很有可能就在离沙城不远的地方。"

"给谁报告呢？"

"就今天跟你接头那女的，你以后就接受她的领导。"

"第二项任务呢？"

"组织上要求你跟她结婚，以方便……"

"结婚？我已经结婚了呀！我现在跟毓书走一块儿了，儿子都两个了。你没听说过？"袁国良赶忙打断他。

谭鹤鸣点了点头："这我知道！我四三年在抗大学习的时候回过雁栖岭，还专门到你家走了一趟，见老叔和嫂子了。但这是组织的命令，你可能离开组织时间长了，不了解，咱们隐蔽战线的好多同志都是这样。"

"那革命胜利以后怎办？党不容许一夫多妻，即便党容许，我家也不容许啊！你嫂子那关怎过？她这些年也真是不容易！我怎能这么对她呢？再说那女娃娃才二十三四，还没结婚呢！她会同意吗？"袁国良一口气问了好几个问题。

"这个指令她应该也收到了。组织将来一定会设法解决这个问题的，这样的情况很多。再说，只要我能活到那一天，我给你在嫂子那里当证，徐政委也可以证明啊！"

袁国良痛苦地说："那不是证明不证明的问题，我从心里就接受不了嘛！"

"那没办法！个人无条件服从组织，这是铁的纪律啊！"谭鹤鸣苦笑着说。

袁国良将头高高仰起，闭着眼睛，好一会儿都没有说话，直到谭鹤鸣用咳嗽提醒他的时候，他才坐直了身子，一脸忧郁地说："好吧！我服从组织的安排。走一步看一步吧！你现在在哪里？磨石坚他们几个呢？"

"我这些年一直在边区，之前在河防团当政治部主任、政委，现在部队扩员了，我们团成了旅了，我就又当了旅政委。磨石坚抗战时期一直在一一五师，之前是营长，现在应该在东北。史超然、薛海川多年都没见了，听说好像都到山东那边的根据地搞地方工作去了，具体不了解！"

袁国良点了点头："那还好！秀川和马飚都阵亡了，就是我带骑一团过河突袭陷入绝境那次。他们都是好同志！我现在又这么个情况！将来能不能给他俩正名还不好说呢！唉！"

谭鹤鸣也跟着"唉"了一声，然后又满脸期待地说："我分析你当年应该是奉了龙主席的指示才离队的，是不是？"

袁国良沉重地点了点头："不然是怎？你觉得我像叛徒吗？"

"那肯定不会，我当时就这么认为的。"

袁国良叹了一口气，把身子往谭鹤鸣跟前凑了凑："鹤鸣，你说如果我当年要是不离开组织的话，现在会是什么情况？"

谭鹤鸣的脸上也慢慢浮上了一抹浓郁的哀伤："前天还跟徐政委说这事儿呢！他说如果你不离开的话，现在应该也是军级干部，因为你是咱陕甘系除了龙主席之外为数不多的军校科班生之一，能力强，实战经验也丰富。虽然我们党内一直反对'山头主义'，但也承认'山头'的客观存在，所以在用人的时候一直都很注意平衡，安定的老贺和老阎都是沾了这个光了，现在都是军级，但要说综合素养的话，你明显比他们更有优势。不过你放心，将来回去也低不了，毕竟你在陕甘时期和抗战中的表现在那摆着呢！"

袁国良摆手苦笑了一下："不了！哪怕给个司令我都不当了！我早都想好了，一旦胜利了，我就回雁栖岭过'老婆娃娃热炕头'的生活呀！我已经十三年没回家了。说句实话，有时候我真的很后悔当初没听我大的话。"

……

他们一直聊到将近十二点才结束。谭鹤鸣就在那里睡了，袁国良则回了办公室。他回去的时候，电讯处大厅里的灯还亮着，他便过去瞅了一眼，竟然只有白云一个人，但也不干什么，就那么坐着，见他进来后便猛地站起来跟他打了声招呼。那一刻，他的脸不由得就红了，火辣辣的，便急忙转过身子，一边出门一边说："你到我那儿来一下！"

白云便跟在他后面过来了。

"这儿还有没有其他人了？"他一进办公室就问。

她微微埋着头，小声说："没了。今儿轮我值班，其他人都到宿舍那边去了。"

他赶忙点了一支烟抽了起来，试图让自己镇定下来，但脸还是不由得又红了，便急忙指了指沙发："你坐！"然后趁着她落座的时机问道："那个指令你也收到了？"

她没说话，也没看他，只默默点了点头。

"那你是怎想的？"他终于鼓起勇气看了她一眼。

"我……我没想啥！只能服从呗！"

他轻轻叹了一口气："小白！说句实话，我对组织的这个指示很为难。记得我曾给你们说过，我已经结婚了，儿子都两个了，而且和你嫂子的感情一直都很好，所以我这些年虽然一直过得很清苦，但从来都不曾寻花问柳，这个你也应该清楚。如果我愿意像其他长官那样的话，这不很方便嘛！但我真不愿意，一来是我的价值观不容许我那样，二来是我真不愿意背叛你嫂子！"然后又叹了一口气："唉！但无论如何，组织的指示还得执行啊！咱就假结婚。你放心，以后我给你证明。"

白云站起来点了点头就转身出去了。但就在她转身的瞬间，他猛然看见她的眼里似乎正噙着一团莹莹的泪水。

那天夜里，他久久没能入睡。十几年了，他不知接到过多少命令，有让他担任主攻的，也有像西山口那样断后的，但从来都没有一项任务让他如此焦虑过。整整大半夜，他都在一边抽烟一边思索着这个特殊的指示，直到把一包烟抽得一根不剩才终于睡了过去，但没多久又被一个梦给惊醒了。他又一次梦见了梁毓书和他的两个儿子。驮生和漠生已经吐着平稳的气息睡着了，但梁毓书还在昏黄的麻油灯下纳鞋帮呢！一针一线是那么从容，但脸上始终浮着一抹淡淡的愁绪。蓦地，她抬眼朝两个儿子看了看，随即低声哼唱了起来：

哥哥你走西口，

万不要交朋友。

交下的那个朋友多，

操心你忘了奴！

第六十九章

　　袁国良和白云的婚礼是在司令部大院举办的。尽管处于战时状态，但依然比较隆重。董长官亲自到场主持，参谋部全体人员、驻沙城部队除有特殊任务的团以上军官及在沙家属全部到位，沙城地方各大员、治下几个县的县长，沙城中学和女师的校长，甚至包括各社会团体的代表都如数到齐了，整整摆了四十桌。

　　宴席从下午六点一直持续到晚上九点多才结束。刘副司令他们本来还吵着要闹洞房的，但被袁国良以白云是外地人不习惯为由拒绝了，因为他知道闹洞房难免有出格的"节目"，而就他俩的情况而言，无疑是不合适的。好在董长官也出面解围："别闹了！以咱国良的狼虎精神，这会儿估计早都'两样旧家具'了，有啥闹头！再说眼下的情况大家也都知道，就都回去睡觉吧！"于是他们俩便很快离开了礼堂，朝前一天才布置好的"家"去了。

　　他们的家位于司令部大院东边的长官家属区，是一座独处半山的小四合院，距离其他房子比较远。院子的布局很是紧凑，正面三间套着的瓦房是起居室，两侧各有两间厢房，分别是厨房、洗浴和储藏间之类的生活用房。这里之前是另外一位副司令的住所，但自他调走后就一直空着。这些天，白云和王狗子带着勤务班的战士们早已将里外彻底收拾了一遍，各色家具和生活用品也全部配齐了，都是崭新的物件。当天上午，刘副司令夫人又带着一众女眷把整个院落装扮了一番，在每间房子的前面都挂上了大红灯笼，窗户包括室内的沙发、柜子、床头也都贴了大红双喜，新床两边的床头柜上赫然放着两支足足有二尺高，小胳膊那么粗的红烛，并且天一黑就派人点着了，火红的烛光摇摇曳曳，一派温馨浪漫的洞房花烛的感觉。

此时，整座小院就只有他们两个人了，尽管这段时间已经独处了不少次，但置身于这样的环境也难免会有些尴尬。尤其是袁国良，因为在婚礼上喝了点酒，此刻正满脸通红，更显窘迫，只坐在沙发上一根接一根地抽着烟，好长时间都一言不发。

当然，他不说话也不光是因为尴尬，还有他内心涌集的心事呢。当下，他的心事主要来自两方面：一是他之前为了摆脱女兵们的纠缠，曾在参谋部全体大会上放过海口："我袁国良是绝对不会向任何不良风气低头的，永远不会！哪怕这个世界上就只剩我这么一个怪胎了，我还是我！"可就在刚才到电讯处女兵们坐的那桌敬酒的时候，他就真切地读懂了她们诡秘笑容里隐藏的意思："你那话说得太草率了吧！我说这世上就没有不沾腥荤的猫，你还不信！如今你袁参谋长不也一样纳姨太太了吗？"要知道，对一贯视名声为生命的他来说，这个痛苦的确是别人没法体会的；另一方面自然跟梁毓书有关，尽管这结婚是假的，并且他相信自己将来是有办法给她解释的，但总有些背叛她的负罪感。尤其是想到她成天因为操持家业、照顾老人、抚养儿子而忙碌着，而自己却在外面大宴宾客，花天酒地"纳姨太太"的时候，他的心就有如锥扎一般。

"参谋长，我给您掺点儿热水，您洗洗脚解解乏！"一阵逼人的沉默过后，白云终于带头打破了僵局，但声音也是极低极低的。

"哦！我自己来。"袁国良终于开口了。

但没等他站起，她已经起身朝前房去了，很快，他就听到前房传来掺水的声音，好像还用手搅了搅，试了试水温。紧接着，她就端着水盆出来了。他赶忙站起来接了过来，朝她笑了笑："谢谢你！从小自立惯了。狗子给我当了十多年的警卫，都没让他给我端过一次洗脸洗脚水，总是不习惯。打饭、打背包这些事也都是自己上手，除了太忙才偶尔让他代劳一回。"

"所以弟兄们才死心塌地跟着你嘛！"白云低声说。

袁国良再没有说什么，只埋着头，两眼死死地盯着水盆里自己的脚，但又像什么都没看，反正就那么愣着，直到烟灰自然掉落到洗脚盆里才回过神来。

"以后你就在旁边这间大房里睡，我住那间小房。但咱每天休息之前都得在你那间房子里关灯拉会儿话，然后我再摸黑过去。我那房子一般不要开灯。这地方虽然独处半山，但山下都能照见，以防别人发现什么。还有，我的衣服包括内衣都得在你房间柜子里放上几件，几位长官的夫人以后免不了要过来串门儿，绝对不能让她们看出马脚。"

她笑了笑："那没用！是不是真夫妻一眼就能看出来。您结过婚，应该相信我的话。"

他再次陷入了沉默，头久久地仰靠在沙发上，思绪又不由得飞回了雁栖岭，飞到了梁毓书身边，直到白云提醒水凉了要给他添热水的时候才猛地坐直身子，歉意地笑了笑。

"又想嫂子了？"白云一边掺水一边问。

"唉！我们已经七年没见面了……"

"嫂子的确很漂亮，脸型和身段都很适合穿旗袍。"白云突然打断了他的话。

"你又没见过，怎还知道她适合穿旗袍呢？"袁国良看着她问。

"我见过。"她笑了笑。

"不可能！你又没去过我老家，她在这一带赶牲口的时候你还上学着呢！"

她稍稍犹豫了一下就起身去了后房，很快又出来了，顺手把一张照片递给他。

"你怎有这张照片呢？"袁国良猛地坐直身子，眼睛瞪得老大。

她没有回答他，只笑了笑。

"这张照片是我当年临出院的时候到钟楼旁边的中山照相馆照的。中间穿旗袍的这个是你嫂子，旁边这个是我，我俩前面站的是我大儿子，当时才五岁。你嫂子右边这个是我住院期间的特护，叫个云彩。她旁边的这个叫刘珮云，也是特护。挨着我的这个后生是小周，负责我的勤务工作。这几个年轻人都很好，尤其是这个云彩，性格很开朗，虽然出身于书香门第，但一点儿都不娇气，对工作也极端负责。我刚入院那一个月全身都动不了，连吃饭都得她喂，但她好像一点儿都不嫌麻烦。为了让我容易下咽，每次就喂那么一小勺，还总要用口吹几下，以防烫着，就像喂娃娃一样。"袁国良就这样盯着照片讲了老半天，然后才猛然记起了关键问题："你怎有这张照片呢？捡的？"

白云笑了笑："云彩就是我姐，我从她那儿偷来的。"

袁国良猛地把脚从水盆里拿出来："你亲姐？那你怎姓白？"

"组织的需要嘛！白是我妈的姓。"

"哦！我记起了。你姐跟我提过你，说你叫云朵，当时正在读高中，喜欢美术。你还给我制作过一张慰问卡，画了雪山草原和一个骑兵，还写了一句话，但时间长了，内容记不起了！"

"敬赠英雄的袁国良将军，愿您与草原同在，与雪山同辉！"白云脱口就背了出来。

"对对对！就这句话。你姐妹俩还真像！我说前段时间怎突然对你产生了一种似曾相识的感觉，原来是这样。"

白云又笑了笑，然后把脸往他近前凑了凑："我姐喜欢过您，您当时感觉到了没？"

"没有啊！"袁国良瞪着眼睛说。

白云嘿嘿一笑："就在您从昏迷中醒来之后不多时，我姐每天下班回来都要跟我和我妈妈讲您的事。说您太特别了，看上去一点儿都不像将军，倒更像是个学者，但又比谁都像将军。说您平常很文静，甚至都有些腼腆，但很绅士，从来都不像其他长官那样对她们呼来喝去，还总是'谢谢'不离口，就连她们分内的工作都要致谢。她们让您讲战场上的事儿，但您从来都不提自己，只讲弟兄们如何如何英勇，甚至就连她们追问您个人的一些事情的时候，您还总谦笑着说：'我就这么普普通通一个人嘛！有什么好讲的呢？'您应该听我姐说过，我父母都留过洋，思想一贯比较前卫，所以我妈妈就直接问她是不是喜欢上您了。她当场就哭了，说您已经结婚了，而且跟嫂子自小青梅竹马，很般配，感情也很好，还给我俩讲了好多有关您和嫂子的事儿，有些是她听您讲的，有些是她那段时间看到的。说嫂子人很漂亮，也很聪明，性格也很好，不像农村人，还说你俩的关系有着一种让人极其嫉妒的感觉。那天，我妈妈给我俩讲了好多感情方面的事情，具体不记了，只记得她说'爱情本来是自私的，但也要分情况，如果你不知道对方有家庭的时候喜欢上了他，或者对方的家庭并不幸福，那就尽管争取。但你明知对方已经有了家庭，还很好的话，再争取就不道德了！'我姐就抱着我妈美美哭了一鼻子，然后就把您藏到心底了！"

袁国良还真不知道自己住了一回院还扰起这么一摊子事儿，便苦笑了一下："你姐现在结婚了没？"

"结了。就在您出院那年年底，她就跟她们医院的罗伟泽结婚了。"

"哦！罗伟泽，他就是我的主治大夫！人很好！"

"对！很好。"

袁国良颇感欣慰地点了点头，看着她问："那你为什么要拿这张照片呢？"

白云埋下头思索了一会儿，然后微笑着看着他问："我如果说咱俩几年前就见过面您信不信？"

"那我不信！我从西安回来只去重庆走了一趟，之后就一直在绥远一带抗日，怎可能见过你呢？"

她又微微一笑："您是不是会唱一首叫作《桃花红杏花白》的山西民歌呢？"

袁国良猛地往她跟前靠了靠，眼睛瞪得老大，死死地盯着她，一动不动，好一会儿才在沙发楞上拍了一巴掌："哦！对对对！我记起了，你就是慰问团的那个小姑娘。是不是？"

那是一九四一年的七月，正是草原一年中最漂亮的时候，当时还叫云朵的她随西北大学慰劳抗战前线艺术团去绥远、后套一带慰问。有一天早上集合的时候，团长对他们说："咱们今天要慰问的骑六军第一师可是一支真正的英雄部队！昨天听司令部的人说，这支部队的前身是从陕北调过来的暂编第四师，就是去年在西山口阻击战中几乎被打光的那支部队，师长袁国良重伤昏迷……"她当时就眼前一亮，那不正是她姐曾经喜欢过的那个英雄将军嘛！于是便在心里打起了算盘，一定要看看曾经让她姐如此那般喜欢的人究竟是怎样一个英雄。她还想着无论如何都要创造机会跟他合个影带给她姐，反正带着摄影记者呢！当天下午，全部节目刚一结束，她就冷不丁地跑到台上，提出要跟这支英雄部队的英雄长官合作一首歌。因为担心生出意外，团长便赶忙制止，但她很是固执，冲着台下的士兵们大声吼道："所有的歌一经从英雄的口里出来肯定就别有一番风味了！大家想不想听？"

参谋长田英男也趁机跟着闹了起来："师长！上嘛！就唱你常哼的那个《桃花红杏花白》。"说完又大声朝她吼道："这歌你会不会？会的话就跟我们英雄师长来个对唱。"

"我妈妈是山西人，我就是听着这首歌长大的！"

"那就好！弟兄们，给师长壮壮胆！"

几千人立即在田英男的带动下喊了起来："袁师长，上上上！袁师长，上上上！"

这下再不上就有些说不过去了，所以袁国良便站起来朝台上走去，现场立马响起了一阵雷鸣般的掌声。他一边朝舞台中央走一边制止大家，待掌声落下后便笑着大声说："我们老家有句老话，叫'不怕前庄杀死人，单怕后庄没好人'。我看咱田参谋长就是后庄的那个坏人！"

伴着一阵热烈的哄笑，袁国良荡着空袖管来到她旁边，用左手给她敬了一个军礼，微笑着说："开个玩笑。我很高兴能与你同台，只是唱得不好，请多包涵！"

因为乐队的好多师傅都不会这首歌，所以便只能清唱了。袁国良微笑着朝她点了点头："你先请！"

她便开始唱了："桃花花（你就）红来杏花花（你就）白，我翻山越岭寻你来呀！啊格呀呀呆！"在她唱的时候，他还不忘笑着给她鼓掌。等她的尾音刚一落地，他便开口了："墙里头（你就）开花墙外头（你就）红，全庄里就看下你一人呀！啊格呀呀呆！"

在他唱的时候，她就一直定定地注视着他。果然如她姐所说，他还真有些腼腆，脸都红了，尽管唱得也还不错，台下也是一片叫好声，但他依旧有些紧张。

待整首歌唱完，他又给她敬了一礼，然后红着脸跟她握了一手："谢谢你！我好像有些跑调了。"随即伸手示意她先走，并一直看着她下了舞台。但他自己却没有立即下去，而是讲起了话，但是神态一改刚才的腼腆，猛然间就激情四射了，而且不失幽默。

"慰问团的兄弟姐妹们！感谢你们翻山越岭来寻我们！你们辛苦了！我们骑一师的弟兄们个个都是魔术师，很快就能把你们美妙的歌声和舞蹈变成子弹统统送给日本人。"说完又转向台下的将士们，"刚刚接到紧急电报，要我和参谋长到司令部参加紧急会议！会议的内容估计大家都已经猜到了，一场恶战又要来了。所以一团一连明天一早就护卫慰问团向司令部方向后撤！其他部队散会后立即进入战斗准备状态，随时准备向指定地点开拔。刚才那歌里说'心里头有你就放不下'！我们每个人心里都有放不下的人，父母兄弟妻儿老小等等，但对我们抗日军人来说，我们放不下的人绝对不能光是这些，还应该包括四万万中国人，他们都是我们的父母兄弟、妻儿老小。只要我们所有军人都拥有必死的决心勇气、必胜的担当信念和直面生死而不皱眉的血性，日寇滚出中国就一定是指日可待的事情。弟兄们！为了能让所有的中国人都能过上和平幸福的生活！我命令你们继续英勇战斗！我说过，我们既然号称野狼师，那就要有野狼的样子，就不仅要用我们锋利的獠牙撕碎一切敢于叫板之敌！还要让他们的亡灵都要为我们的勇气和血性而战栗！"

"抗战必胜"的口号声立即响彻了整个草原，撕云裂日。

　　袁国良转身下了舞台，走到旁边演员们休息的地方挨着跟大家握了一手，跟团长解释了几句，然后又把副师长叫过来交代了一番，便上马朝西边的司令部疾驰而去了。

　　云朵急忙上到旁边十多米高的沙梁上。那时，太阳已经抵近了西边的山梁，但依旧火球一般炽热，整个草原都被它的余晖晕染得一片橘红，就连他身下原本雪白的踩风驹也被镀上了一抹金光，亮闪闪的。在这一派金黄中，袁国良一路狂飙，绾了疙瘩的空袖筒始终向后飘着，旗帜一般。她久久地迎风站着，眼眶里慢慢涌集起一股强烈的温热，视线也很快模糊起来。就在那一刻，她突然发现自己竟然也好像喜欢上他了，于是便又想起了刚才唱过的那句歌词："花椒树（你就）开花一溜溜（你就）麻，心里头有你就放不下呀！啊格呀呀呆！"

　　"也就是那次回去以后，我就找到您当时在重庆受奖时的报纸，把您的戏装照剪了下来，还让人装了个相框，因为我那时候就坚定了一个想法，一定要陪着您走完这趟人生。尽管我知道您已经结婚了，跟嫂子的感情也很好，但我还是不由我自己，就连做梦都是您。高中毕业后我就不顾父母的反对参了军，起先在西安的电讯班学习，也就是在那里秘密入的党。毕业后分到了西北长官公署，抗战刚一胜利，组织和我谈话说想派我去沙城，我连想都没想就答应了，因为我知道您是绥远方面跟沙城方面借过去的，那时候抗战已经胜利了，您说不准也已经归队了，所以我就带着这张照片过来了。"此时的她已经泪流满面了。

　　袁国良一边皱着眉头抽烟一边听，什么话都没说，因为他一时还真不知道自己究竟该说什么了，所以就那么闷着，直到她停下来擦眼泪的时候才抬头看了她一眼说："感谢你对我的认可！但你真不敢这么想。不是你不漂亮，也不是你不优秀，关键……"

　　白云伸手理了理长发，止住哭声打断他："您让我说完。那天，当我听说马上要到礼堂跟新到任的参谋长见面的时候，也不知为什么，我脑子里就突然闪过了您的面孔。没想到您真就跟着董长官进来了！您知道吗？我当时差点就喊出声来，吓得我不顾条令规定慌忙把口按住，迟迟都没敢放开。我当时就觉得咱俩之间一定是存在某种类似于欧洲人说的'上帝的安排'的。真的！在差不多半小时的见面时间里，我一直都激动得晕晕乎乎，您和董长官的讲话一句都没听下，只感觉耳边好像突然来了好多蜜蜂，一直嗡嗡响，所以我就开始想方设法引起您的注意了。因为我比她们了解您，知道您不喜欢太张扬的女性，所以便故意装作很文静的样子，其实我的性格也很开朗的。后来，当组织上告诉我说您也是自己人，并且就是我接下来要联络的同志后，我都快幸福死了！真的，您可能体会不来这种感觉，那真是……"她又哭了，很伤心的样子，肩膀不停地耸动着。

袁国良犹豫了一下，伸出左手把她的肩膀扳了过来："小白，你听我说，这也许就是小说里所写的情窦初开吧！你还年轻……"

但没等他说完，她就猛地伸手揽住他的脖子，把泪潸潸的脸贴在他的脖颈处，几乎放声大哭："不要拒绝我好吗？我求您了！除了您，我这辈子绝对不会再接受任何男人了！我知道您担心什么。但您放心，我在您这里啥都不图，就图个儿子。我这些天已经想好了，等解放了，我就一个人带着儿子回我富春江畔的老家，从此以教书为业，绝对不会打扰您的生活。再说了，这假结婚一眼就能看出来，这样也不安全……"她几乎都有些换不转气了。

袁国良闭着眼睛沉默了好久，然后仰天长叹了一声，将她从自己身上扶起："你爸妈那边怎办？"

她愣了一下，但很快就反应过来："他们去年就回北平了。接到组织让咱俩结婚的指令后我就给他们写信了，但估计还得一段时间才能收到回信。您放心，我已经大了，给他们写信只是告诉他们一声，这说到底也是我自己的事儿，他们管不了。"

"好吧！那就走一步看一步吧！只是这么一来就很有可能把你坑害了！"

她又哭了，一颤一颤的，但哭着哭着又笑了，后来干脆连她也不知道自己究竟是哭还是笑，于是便像通过一番哭闹终于达到了某种目的的孩子一样站了起来，到前房洗漱了一番，然后去后房换了睡衣，并且给他也找来了一套。

"我穿不惯那个！"他尴尬地笑着说。

她便没有逼他，转身回去了。

袁国良依旧在沙发上坐着，又一连抽了几根烟才朝后房走去。

那会儿，他真是慌乱得要命，那感觉好像他才是不谙世事的新媳妇一样，直到她提醒该上床睡觉的时候才抖搂着脱了衣服上了床。可是，就在挨到她那柔软而火辣的身体的时候，他的手又像一不小心触到利刺上一样猛地缩了回去。

"怎了？"她满脸飞红地问。

他顿了顿，随即坐起身子斜靠在床头上，一脸悲戚地说："这么多年一直爬冰卧雪，我这身体已经不习惯享受温馨了！"

她也坐了起来，伸手把他揽进怀里，并将整个身子紧紧地贴在他的身上："我会让你习惯的。"语气里充满了温柔与爱怜。

他那泯灭已久的男人的动物性终于被彻底激起了，猛地将她揽到身底，肆无忌惮地动作起来。整整半夜，他就像是又回到了刀剑齐鸣的战场，而她似乎成了那些凶恶的敌人。他久久地、没命地拼杀着，丝毫没有顾及她初夜的感受，直到终于偃旗息鼓才满含歉意地说："对不起！我是不是太粗鲁了？"

"不！我很幸福！"她哭着说，随即猛地抱住他，箍得紧紧的，就像是怕他突然飞走了一样。

第七十章

尽管对梁毓书的那份愧疚始终像锉刀一般锉磨着袁国良的心，但"新婚生活"依旧让他感受到了真真切切的幸福。尽管从方方面面来看，他俩的婚姻生活似乎还是与正常的婚姻不太一样，甚至有些别扭，但无论如何也算是有了那么几分居家的感觉了。

幸福是真切的，但别扭无疑也是真切的。按理说他们已经有了深入的肌肤接触，不应该别扭了，但只要一离开被窝，一种说不清道不明的距离感便又瞬间横在他们面前。尤其是白云，依然是开口"参谋长"闭口"您"。虽然袁国良曾多次纠正，还建议她叫自己"老袁"，但她怎么都改不过来。后来终于不叫"参谋长"了，却又成了"我的英雄"！日常生活也不像其他夫妻那么随意，她总是自觉不自觉地迎合着他的一切。自从结婚后，她就拥有了去小灶用餐的权利，但她一次都没跟着去过，只因为她知道自己的男人一贯不喜欢搞特权。她知道他不喜欢太时髦的打扮，所以便齐根儿断了之前描眉画眼的习惯。他这些年一直身处一线，个人卫生自然不太讲究，甚至连睡前洗脸洗脚的习惯都没有养成，这虽然对她来说是很不可思议的事情，但她也从不强迫，只会提醒一下。有时候，他坐着坐着就又忘了，直到上了床才又记起，便又准备起身下地，可她总是笑着说："如果你不难受就算了，明天记着就行。其实洗不洗对我都无所谓，只是洗洗自己舒服一些。"

"你能不能像周茜骂刘副司令那样骂我几句，'蹄子都不洗就上床了？滚下去！'来，试试！"他老鼓动她，但她总是嘿嘿一笑："我不敢！"

的确，她似乎总能包容和迁就他的一切，包括他的不良习惯，并且对他们的家庭生活也总是超乎寻常地珍惜，珍惜得几乎都有些贪婪了。每天下班回家，她就忙不迭地扎上围裙。其实并没有什么家务可干，因为他俩都不会做饭，也没必要做，一日三餐都是在机关灶上解决的，最多也就是收拾收拾卫生、洗洗衣服，但也因为整天都不回来，又没有小孩，也没什么可收拾和可洗的，可她似乎就喜欢自己扎着围裙的样子，就连坐着听他讲故事都要扎着。

听他讲故事就是他们睡前的主要节目。其实好多事情她已经不知听过多少遍了，甚至都能一字不落地讲下来，但她依旧要他讲，并且总像从来没听过一样配合着他。"哦！那样啊！那真不容易！"当然，作为刚刚步入婚姻的年轻女孩，她也很缠人，只要没活干，她就趴在他怀里，两只胳膊死死地箍着他的腰，就连他站在窗户边抽烟的时候都不例外。

"我还能飞了呢？"他逗她。

"我就怕你突然飞了呢！"每当这时，她的眼里总是噙着莹莹的泪水。

的确，也不知为什么，好长一段时间，她都像他刚来与大家见面那天一样浑浑噩噩，尤其是当他静下来思考问题或者看报，她坐在他对面静静地看他的时候，经常会产生一种类似幻觉的感觉，总是不由得想确定一下，有时候竟然问出了口："真的是吗？"

"什么？"他看着她问。

她就不由得流泪了："哦！我经常怀疑自己是在做梦，不敢确定你真就是我的先生。"

他用仅存的左臂紧紧搂住她的肩膀："你不能再这样了！这样就太累了！咱都同床共枕这么长时间了，怎还不敢相信呢？主要是你还在你的青春和爱情的梦幻里转圈儿呢！我也不知道我为什么能给你造成这么一种感觉！但你一定要明白，不论其他人认为我多英雄，形象多光辉，但在你面前我就是一个普普通通、同样有着七情六欲的人。你必须尽快让自己回归正常。要不是咱的情况特殊，你就像周茜她们那样退役当全职太太算了，跟她们打打麻将、逛逛街、扯点布料做点衣裳什么的，让咱的家庭生活尽快融入大流，这样你就慢慢踏实了。我这些年的遭遇让我慢慢明白了一个道理，融入大流有时候也不见得就是坏事！为什么非得让自己与众不同呢？什么众人皆醉我独醒？用我老家的话说那就是'受屃'！我这些年倒一直醒着，直把自己活活醒成了个清教徒！但结果呢？还不是捞了个'姑姑不亲姨姨不疼'？我已经想好了，既然咱事实上已经成了夫妻，我就得对你负责。你以后也不要回你的富春江畔了，我想办法解决。你嫂子真不是一般女人，我俩之间也不是一般的信任，按我想，她一定会理解我的，也一定会接受你的！"

从此以后，袁国良果然一改之前对生活和人生的执拗态度，不仅每天都要带着白云去小灶用餐，还总给周茜她们安顿："只要我家小白不值班，你们就把她带上打打麻将、逛逛街，让她也学学官太太的生活。"不仅如此，他自己也不再整天板着了，变得松垮多了，就连每月一周的带操值班也让训练处长代劳了，自己一睡一个大天明。要知道，这在之前是绝对不可能的事情，尽管其他长官都是出名不出工，他却总坚持着，甚至连结婚那两天都没有例外。他们结婚的那周正好轮他带班，他们结婚的当天晚上，好多人就为他第二天能否带操议论开了，并且几乎所有人的观点都是一样的："参谋长从此不早操！"但第二天一大早，当他们松松垮垮地走到操场边的时候，他竟然又像往常一样，已经荡着空袖管站在操场中间了。

这一改，情况果然就慢慢变了，尽管她还是没有改口叫他"国良"或者"老袁"，但从她口里喊出的那声"我的英雄"却明显比之前多了几分随意和调侃的感觉，日常生活中也不再事事都围着他转了，并且一到家总要主动跟他唠叨一会儿白日里的所见所闻。

"我发现自从咱俩结婚后，我们处的姐妹们看我的眼神就变了，尤其是那个黄姐，那眼神儿就跟刀子一样，好像要一口吃了我似的。你知道为什么不？"

"你得罪她们了？"他故意问。

"不是，再猜！"

"我猜不到。"

"笨蛋！那是因为她们都嫉妒我！你看哦，咱俩没结婚的时候，她们整天都聊你，就我不聊，但我不声不响就把你拿下了，她们能不嫉妒？而且我把你一拿下，她们就不能公开聊你了，能不恨我？不过也好，她们越嫉妒我就越高兴，就越有成就感。你说你这么正气凛然、油盐不进的人都让我给俘虏了，能没成就感吗？"

"那是，这就跟我当年全歼两个日本骑兵联队的感觉是一样的。"

"我爸妈的回信收到了，说我跟你结合不道德。我理都没理，直接给他们寄了一张咱俩的照片，还在背面写了一句'你们不知道我有多幸福'！"

"那不合适吧！我是不是要去封信解释一下呢？"

"都既成事实了，有什么好解释的！"

"要不我先给你姐写封信，毕竟我俩熟悉一些。"

"写什么写！我现在告诉你一个好消息，你可要绷住了，不敢太激动了！"

"什么消息？"

"我怀孕了！"

"啊？怎发现的？"

"怎？看你还挺意外的是不？你一天可着劲儿地收拾，能不怀吗？不管我怎发现的，反正我从此身份就不一样了，之前总是我伺候你，以后就得翻过来了！还有，周茜说了，以后干那事儿都得注意，你那干啥都像跟鬼子拼马刀一样，以后可不能了，得温柔点！"她简直高兴得不得了。

从此，她就开始为即将到来的小生命做起了准备，经常叫上周茜她们一帮太太到街上扯来各色布料，在她们的指导下给孩子做起了小衣服，缝起了小被褥，忙得不亦乐乎。而且她坚信自己怀的是男孩，便按照男孩的风格和四季不同的要求做了一大堆，并且按照大院各个年龄段的孩子的身量来了个提前量，一口气就把孩子六七岁时穿的衣服都做好了，以至于那些太太们都笑她："差不多行了，可不敢把你儿子结婚的衣裳都做下。衣裳这东西一时一个潮流，操心到时候交不了差就糟蹋了！"但她根本不听，依旧不顾一切地往回扯布料，并且每隔一段时间就要把所有做好的衣裳拿出来给他展示一番："这件是四岁冬天穿的，里面夹的是羊绒，暖和。这件是五岁春夏之交的……"

他自然不会太上心，只随便应和着。她就不高兴了："我这给你说着呢！你怎还敷衍了事的呢？好像不是你儿子一样！"

"管他几岁还是春夏秋冬的，到时候直接穿不就行了嘛！"他笑着说。

她狠狠瞪上他一眼："要不都说你们男人都是大牲口，就得把缰绳扯紧点，不然就歪怪！你是不是趁我怀孕又看上哪个妖精了？"她终于学会一些太太们应该说的话了。

时间很快就在这些琐琐碎碎中过去了。又一个端午节到来那天，他们的孩子出生了，但并不是她一直期盼的儿子，而是一位漂亮的小公主。于是他们便给她取了一个十分可爱的乳名——小白鸽。

不用说，小白鸽的出生给这个本就温馨的家庭增添了更多的快乐，尤其是袁国良，每天下班几乎都是小跑着回家，迫不及待地趴到女儿旁边，贪婪地吮吸着她身上散发出来的奶香味，然后嘿嘿嘿地傻笑上一会儿："这小家伙！哎哎哎，你看，给我笑呢！"

"叫你爸爸没？"

"看看看，小胳膊还一扬一扬的，肯定是跳舞的料子！"

"那不是跳舞，是练马刀劈刺呢！"

每当这时，她总是笑着臊他，但并不是真的臊，因为她知道，也许只有像他这样长时间出入枪林弹雨，九死才得一生的人才更懂得天伦的珍贵。

即便如此，袁国良还是一刻都没有忘记梁毓书。白天，他得专心留意方方面面的情况，以便随时应付任何可能突发的变故，还顾不上想太多。但一下班，尤其是小白鸽睡着的时候，他就满脑子都是梁毓书的影子了，想她这会儿在干什么，什么心情等等。每当这时，他便一个人来到中间的客房，坐在沙发上一根接一根地抽闷烟，久久不能自已。好在白云一直都很理解他，每当他为此而感到苦闷的时候，她总是远远地躲着，从来都不打扰他。因为她很明白，在这个时候，就连温情的关怀都是一种令人厌恶的搅扰。

他就那么默默地坐着，把头高高仰靠到沙发后背楞上，眼睛死死地闭着，像是进入了岁月的永恒。

是的，尽管这些年他总是在各个方面严格束缚着自己，但说到底也是一个有着七情六欲的普通人，经常会为自己清教徒式的生活而感到苦闷，也自然会渴望来自女性的温柔。尽管作为新潮女性的白云在这方面给了他极大的满足，可这并不意味着她就能代替毓书，而且严格来说，谁都代替不了毓书在他心里的那份特殊的存在。快一年了，他在心里不知道把白云和梁毓书反复对比过多少次。在他看来，白云就像他们雁栖岭背坡上的山丹丹，虽然热烈奔放，总能使人眼前一亮，但过于娇弱，总差那么一点感觉。而毓书就像她的小名一样，就是岭上秋日里一丛一丛盛开着的山菊花，尽管不那么热烈，却端庄大方，富有极强的生命力。白云只能给他刺激，让他得到身体或者生理方面的满足，但毓书总能带给他心理上的踏实和安全感，这个区别，从他和她们相拥而眠的细节处就能感觉得到。他和白云在一块儿的时候，总是他搂着她，但跟毓书在一块儿的时候，他总喜欢把头深深埋到她的胸前，就像是吃奶的孩子，而且每当那时候，他就很快忘了所有的压力、纠结和不快，彻底地回归本真，回归婴儿状态，甚至经常会产生一股强烈的、想像婴儿一样叫她一声"妈妈"的冲动。所以这些年，每当因为一些烦心事辗转反侧的时候，他就总想："要是毓书在身边该多好啊！"

就在袁国良满腹纠结的时候，远在雁栖岭的梁毓书的日子同样一点儿都不好过。不过，因为她压根儿就不知道男人再婚的事，所以她的不好过自然不是因为男人的"背叛"，而是因为一些所有人都能想到的事情。而且严格来说，不仅仅是这段时间，她这十多年就一直不好过。

这些年，因为男人一直都干着"刀尖子上扭秧歌"的活，她便总为他的安全而揪心。枪炮子弹不长眼，它才不管你是谁的谁，就像岭上人常说的那句话："刘峁的女子，天上的冷子，跌谁脑上谁就顶着！"所以就连做梦都经常被他浑身血串的可怕样子惊醒。就拿他那次在西山口受伤来说，她那天晚上真就梦见一颗子弹不偏不倚地从他的眉心穿了过去，他在倒地的时候还大叫了一声："毓书！"所以接到去西安的通知时，她当下就慌了，便想着他肯定伤得很严重，弄不好真就彻底麻烦了，因为她知道他的性格，简单的磕磕碰碰是不可能让人千里路上来叫她的！所以要不是怕老人担心，她就放声大哭了。后来，他刚出了医院就一头扎到前线，并且这一扎又是整整五年。好不容易抗战胜利了，自己人又打起来了，并且她到现在都不知道他已经回到了沙城，相对安全多了，所以心一直都在空中悬着，一刻都放不下。还有一个不太好说出口的问题，她也是普普通通的女人，而且他不在身边这些年也正是她青春鼎盛的年纪，也想身边有个男人啊！这话虽然不好说，但事真就是这么个事。当然，就这个问题而言，她也就只那么想想，倒也能克服，但岭上人就不一定这么想了！这不，就在这段时间，岭上突然传开了一首新编的信天游，虽然没指名道姓，但她总感觉就是在唱她。

> 河沿里淌水它不调头，
> 寻下个好汉他不趁手！
>
> 热炕上婆姨被窝里汉，
> 听名儿有汉我打干站！
>
> 做下的好鞋都没人穿，
> 越纳鞋帮子我越心烦！

腊月里响雷它日怪呢，

我要这号男人做甚呢！

当然，对岭上人的编排，她从来都不在乎。就拿这首信天游来说，她更多地只把它当作一种类似于"吃不上葡萄还说葡萄酸"的嫉妒。不趁手怎了？我就愿意嘛！让你们的趁手男人当个团长师长我看看！关键是两个儿子不好对付。之前不懂事的时候还好说："你大打日本人走了，把他们打跑就回来了！"但随着他们慢慢长大，就越来越难缠了。抗战刚胜利的时候，驮生就不止一次地问过她："日本人都打跑了，我大怎还不回来？"这也倒没事，随便找个理由应付过去就行。但后来，两个儿子不知从哪里听到的消息，说他们的老子竟然跟蒋介石是一伙的！一天后晌，她正在做饭，驮生就带着漠生灰溜溜地回来了，并且一进门就气冲冲地问她："妈！我大究竟干甚着呢？"

"打仗着呢嘛！"

"顺谁着呢？"

"顺咱着呢嘛！"

"那庄里娃娃为甚都说我大顺蒋介石着呢？还编下个顺口溜，说'大叛徒，袁国良，老蒋杀人他帮忙！'"说着就哭开了。

她这才发现两个儿子的脸上都有不同程度的抓伤，全身上下都是土，便急忙问："又跟人打架了？再跟人打架捶死你们！"

漠生几乎是吼叫着说："关键人家娃娃要骂我大呢嘛！说'骑白马，挎长枪，打得我大不吃糠！'"接着又哭着说："妈！你能不能给我大说，让他顺毛主席嘛！他们一群上手，我和我哥哥打不过嘛！"

可她又怎么给他说呢？关于他这些年的情况，虽然他一直都没说，但她就是猜也能猜个十有八九，也许此刻，他也正在为自己的处境而心焦呢！所以她就只能想方设法地稳住两个儿子，然后坐在油灯下一双又一双地做鞋，一遍又一遍地低声哼唱她的《走西口》。尽管他听不见她的歌，也穿不上她做的鞋，但她依然忍不住要唱，要做。"做下的好鞋都没人穿，越纳鞋帮子我越心烦！唉！看来这编曲的人还真的不胡编！"于是她便越来越理解她大当年的那句话了，看来这好后生还真不一定就是好男人！

不过，相对于接下来要发生的这件事，她的这些烦恼几乎就是"连牙都支不起"了！

当年农历八月，糜子刚刚开始泛黄的时候，岭上突然来了一支工作队，并且当天就把袁继耀叫到了乡公所，把他去年不配合坚壁清野的事儿调查了一番，还重点询问了他跟那个国民党军官拉话的相关情况，然后把他警告了一顿："你捐粮帮助群众度灾荒是一码事，不配合坚壁清野又是另一码事。好在并没有造成什么严重后果，这次就把你饶了，但你要再敢这样就只能以通敌论处了！"说着又把王老三当初警告他的话重复了一遍："不要忘记你是什么成分，还有你儿子的情况，你也要心里有数。"

这回，他当然没敢像上次对王老三那么当场发飙，只黑着脸点了点头："我解开了！"

第二天，工作队就将面水山和背水山各划了四个片分组入驻了，一连开了几天大会，对群众进行了一番阶级教育。但让袁继耀感到蹊跷的是，虽然背水山的一个组就在他家长工院扎着，但一连几天的会都没叫他，并且派专人看着他，不让他靠近，也不让他离开牛背梁。直到第六天，他才突然被叫过去谈了一话。

"袁继耀！我们现在正式跟你谈话，希望你能认真对待！"一位干部模样的人开门见山地说。

袁继耀点了点头。

"你对你的阶级成分是怎认识的？"

"阶级是甚东西？"

"就是你的身份。"

"哦！受苦人嘛！"

看他如此执迷不悟，那人也就不跟他兜圈圈了，直接说："按照政策，你家是地主。现在要按照党的土地政策对土地进行改革，就是没收地主、富农的土地、家产分给贫下中农，你有意见没？"

"全部没收还是多少给我留点？"

那干部咳嗽了一声："这正是我今天要跟你重点谈的。因为我们了解到你平时还不怎么剥削贫下中农，所以经过汇报县委同意，让你按人均十亩的标准挑些好地。马上就要秋收了，那些分给别人的土地上的庄稼一亩给你一斗，再给你留三十只羊、三孔窑洞，之前的余粮全部划分。至于金银细软，就只能全部没收支援解放战场了，希望你能理解和感谢组织的宽容，积极配合！"

袁继耀一边听一边点头，待那人说完后便猛地站起来喊道："坚决拥护共产党的政策！共产党万岁！"

他这一出当即把工作组的几个人吓到了，都瞪着眼睛对望起来。好一会儿，那干部才又探着脖子问："你甚意思？"

"坚决拥护共产党的领导！土地不挑，剩下哪块算哪块。今年的庄稼跟地走，分给谁谁收，我连一颗粮都不要。金银细软一点儿都不留，全部支援前线，支援革命。"

"哦！好！但土地你还是挑一下，你家五个人，就把最好的五十亩挑走算了。"那干部说。

"坚决不挑。世上只有懒人没有懒地，哪块都一样。"

很快，雁栖岭继袁国良当年那次土改之后的第二次土地改革便在牛背梁轰轰烈烈地拉开了帷幕。一大早，袁继耀就带着工作队的人和一众百姓将他家的粮窖挨个儿掀开，把所有的粮食集中堆在了前后两个院子。其实也并不多，因为自从他儿子当年改革过之后，他家也就剩四百来亩地了，这些年除过长工的酬粮、公粮和主动额外支前的，也余不下多少。加之去年又给岭上人资助了几十石，总共也就不到二百石的样子。金银之类的硬货也一样没多少。他家从来都不卖粮食，主要靠酒坊，但也早在十年前就停了，所以也就收了三根金条、六十个银元宝、两千来块银圆。起初，工作队根本不信这富甲延北的岭上袁家几代人竟然只积攒下这么一点儿家当，便又把他叫到窑里谈了一话。这一逼，他就直接把心里话说出来了："真没了嘛！老汉我不糊涂，都这个情况了，保命当紧嘛！不信你们带人挖，只要哪怕再挖出一斗粮食、一块响洋，我老汉就罪加一等！"尽管如此，工作队还真又带人踏查了一番，但最终一无所获，便只能不了了之了。当天后晌，工作队又主持划分了他家的生产资料和生活用品，也来了个彻彻底底，甚至连袁家之前收到的那些牌匾都被众人拿走绑了羊圈门子了。

当天晚上，袁继耀就和两个孙子把给他家剩下的粮食和家具都搬到了前院靠左的三孔窑洞里，然后圪蹴在脚地圪圾，一连抽了十几锅子旱烟，直抽得窑里烟喷雾罩。岭上袁家富甲延北的时代也就在这烟雾缭绕中变成了历史。

之后不到一个月，整个雁栖岭的土改就彻底完成了。这个真金白银的利好一下子就把群众的革命积极性给调动起来了，秋收还没有完全结束，乡长王老三就带着一支由岭上二百多名青壮年组成的担架队支前去了，并且一走就是大半年，听说最远都到过青海西宁。

当年腊月，岭上所有人的成分也都被划定了。袁家自然是地主，马家划了个富农，耿家二门的耿志远本来也是富农，但因为他哥耿志高的烈士身份，最后给照顾了个中农。这都没的说。但耿家其他两门和荒草湾刘家就有点意思了！耿万财兄弟几个因为"总兵墓事件"把家产踢踏了个精光而意外捞了个贫农，但刘家有两家人反倒因为得了耿家的赔付土地，正好达到了富农的杠杠！所以岭上人后来都说："刘家的富农跟袁家的地主一样，都是老先人挣下的！"

第七十一章

　　时间的齿轮在一派躁动中向前滚滚，一眨眼就到了一九四八年的冬天。此时，局面早已发生了历史性的逆转，人民解放军以秋风扫落叶一般的凌厉攻势迅速解放了北国的大部分地区，但地处陕蒙交界的沙城却依旧像一条小舟在一片红色的海洋中孤悬着。

　　可正因为是孤舟，它内部的暗流反倒越来越汹涌了。共产党的统战步步加紧，城内驻军动摇思变，就连普通百姓都已经越来越清晰地预判到时局的走向了。"快了，这沙城就像深秋挑在树梢上的苹果，用不了几天自己就掉下来了！"但是，一些顽固的反动势力依然不顾历史的潮流而垂死挣扎。这不，就在黎明的曙光即将照到这座九边重镇的时候，国民党军统又开始对地下党和进步人士下手了，一口气抓了好几十个人，其中就包括中共地下党员白云。

　　白云是十月七日出事的。那天晚上，袁国良正在参谋部当值，军统沙城行动队队长吴雕就突然带着十多人过来了。起初，他还以为是自己暴露了，但那吴雕一进门就说要他带警卫连的一个班配合他们抓个人，这让他稍稍松了一口气。但他很快就感觉有些不对劲儿了，因为他们之前抓人从来都不要驻军配合，地下党和进步人士都是一些手无寸铁的人，根本就不需要动刀枪，所以他便对吴雕说："按规定，调兵是要……"

　　那吴雕把一张纸在他面前扬了一下："这是保密局的电令，特事特办，等行动结束后我给司令部解释。"

　　这样一来，他便只能跟着去了。他们一路穿过大操场，径直朝军官家属区走去。可眼看整个家属区都走完了，仍然没有要停的意思，并且直直拐上了通往他家的小路。他终于绷不住了，赶忙对吴雕说："吴队长，上面是我家啊！"

吴雕拱手作揖："兄弟也是奉上峰指令行事，还望老兄多多包涵！"

袁国良的头嗡的一声就炸了。尽管他知道他俩这个活计本来就很危险，也曾无数次想过这样的场面，但这一刻真正到来的时候，依然做不到从容面对。但他还是很快就强迫自己镇定下来，赶忙挡在吴雕面前说："是不是误会了？"

"误会不误会以后再说，兄弟现在只能执行了！"吴雕说着就进到了他家院子。

白云正抱着孩子在正房门口站着。也许是因为听到了他们刚才的话，此刻的她竟然很镇定。"别吓着孩子，我跟你们走就行了。"说完便在女儿的额头、两个脸蛋、下巴和小口上挨着亲了一遍，转身把孩子递给保姆，然后径直下了门前的台阶。

这当间儿，袁国良一直在大门口呆站着，直到她走到院子中间才赶忙向她走去。但还没等他走到跟前，她就一冲扑了过来，仰头就朝他的脸上啐了一口唾沫，歇斯底里地骂道："你个伪君子，人民是不会放过你的！"然后就头也不回地走了，只留下他一人在原地发呆。

他的大脑整个乱成了一团糨糊，真不知道该怎办了！

"站这儿干甚呢！快看小白怎了嘛！"保姆大声吼道。

他这才反应了过来，转身就朝距离大院不远的军统行动队驻地跑去。

但他跑也是白跑，他们自然不会给他说什么，连面都不让见，所以他便只能去办公室。

他关上门，不停地在地板上拧着圈圈。当下，他还顾不上考虑白云的处境和接下来将要面对什么，因为那都是很明了的事，根本就不用考虑。当务之急就是要抓紧搞清楚究竟是哪个环节出了问题，以便尽快应对补救。他一根接一根地抽着烟，大脑始终在开足马力转动着。

因为隐蔽战线的纪律，他根本就不知道她的上线是谁，只知道自己是她的下线之一，是负责通往骑一旅，也就是田英男那条线的，但自从与组织接上头以后还没真正启用过呢！而且当时是谭鹤鸣直接跟他接的头，所以整个沙城除了白云就没人知道他的情况，所以应该不是针对他的，而是她真的暴露了，否则的话抓她就没用。他们也不傻，即便怀疑他，也明知道他是不会对她透露任何秘密的，根本就没有从她那儿找突破口的必要。况且他还很清楚，她一定还有一条下线，这条线是负责传递沙城兵力部署和调动方面的情报的，虽然他不知道具体是谁，但应该不会在司令部大院，没必要倒那个手，加之她又没有秘密电台，只能是口对口联络，那就只能在大院之外了。

他突然想起了那个布行。因为自从怀孕，她就总到那里扯布料，有时候是跟周茜她们一帮太太一块儿，但有时候就自己去。月份大了的时候，他还曾提醒过她别一个人去，要么把周茜叫上，要么直接让布行把布料送过来，可她总说一直叫人家来不好，她过去也好挑选，并且有时候下班连家都不回就去了，这就有点不正常了，扯块布料有必要那么紧急吗？于是他便让王狗子到街上转了一趟。

王狗子很快就回来了，说布行倒没事，但是旁边卖羊杂碎的那个老板在白云出事前不到两小时被抓了，他老婆正号哭呢！

袁国良瞬间就明白了，看来她买布也只是个掩护，因为怀了孩子，提前准备点衣服被褥什么的也都正常，但天天吃羊杂碎就有些扎眼了。这么一来，基本就可以确定是下线的问题了。可确定又有什么办法呢？他眼下唯一盼望的就是她能挺住，不要把他供出来。倒不是他怕死，而是因为只要他一暴露，田英男和文玉高就明了，根本不需要审问他。而且不止他俩，骑兵师的好多弟兄也都危险了，那得牵扯多少人啊！

还有一点，她被抓的时候为什么要骂他呢？是给他暗示什么吗？哦！对。可能是因为她当时也不知道问题出在哪了，慌乱中为了保护他而分散军统的视线呢。但问题是她这么一骂不就有点"此地无银三百两"了？那不就表明他俩之间曾有什么秘密嘛！这样一来会不会反而把他牵扯进去呢？但此刻，他除了坐等命运的审判还能怎样呢？当然可以跑，但先不说能不能跑得了，即便能跑得了，这几年的苦心经营不就全打了水漂了？那就等等看吧！

对白云的审讯极其残忍，但这位来自南国水乡的女子也极其刚烈，不论他们如何用刑始终不松口，并且成功补救了自己情急之下戳下的那个漏洞，一口咬定是袁国良揭发了她。

"你凭什么怀疑？因为他知道你的身份吗？"

"都同床共枕一年多了，以他的精明能看不出破绽？"

"他是不是你的另一条线？"

"我倒盼望他是。要不是因为他是我女儿的父亲，我就是赖都要把他赖住，让他跟我一样不得好死！"

就这样整整一夜，他们始终没能从她那里得到什么有价值的线索，其间还把袁国良叫过去当面"劝说"了一番，但她全程都在破口大骂，他根本就说不上话。

令他感到意外的是，这个案子竟然结得出奇地快，第二天一早，执行死刑的决定就下来了，还让他以分管领导的身份在上面签了字。

上午九点，八个人就被押上一辆大卡车，朝南门外的空地去了。可就在他们被押到城墙根儿，行刑队马上就要举枪的时候，却突然又被吴雕摆手叫停了。

"袁参谋长！我看不如把你女儿抱来让嫂子见一下！母女连心嘛！说不准就回心转意了。"

要说这招还真歹毒！既然你没问题的话，那你老婆回心转意对你来说也是好事啊！你怎反对？一反对不就暴露了？并且白云一旦扛不住，那就全麻烦了。但此时的他已经没得选择了，只能赌。

小白鸽很快就被抱过来了。

袁国良接过女儿，硬撑着朝白云走去："小白，你看女儿……"

一听到女儿也被抱过来了，白云原本死死耷拉着的头，甚至整个身体都猛地颤抖起来。但仅仅几秒钟后，她又猛地把头偏向后边的低矮沙丘，闭着眼睛一边哭一边大声吼道："抱走！你个伪君子！我要让你生不如死。"

小白鸽哇的一声大哭起来。吴雕一把将她从袁国良手里夺过去："嫂子，您还是考虑考虑吧！看您女儿白白胖胖多可爱，您这一走，她可就没妈了！"

但白云依旧偏转头闭着眼睛大哭着，一句话都没说，整个身子不停地剧烈颤抖着，就像一条因为被按住头部而不停甩摆着身躯的蛇。

吴雕转身把孩子递给袁国良："老兄！那就没办法了。"

袁国良紧紧搂了搂孩子，转身大步走到人群外面，背对着刑场，仰头望着旷远的高天，也不顾小白鸽的哭闹，就那么站着，直到枪声响过好一阵都一直保持着这个姿势一动没动，也一句话都没说，甚至连一滴眼泪都没掉，只有头一直不停地抖动着，抽风一般。

当天下午，白云就被装进棺材，埋到北门外不远处的一座沙丘根底了。

就这样，这朵来自南国富春江畔的漂亮的茉莉花走完了她短短二十四岁的人生，带着她对爱情的满足和对男人与女儿揪心的牵挂，于漫漫长夜的黎明时分悲壮地凋谢于北国塞外的茫茫大漠。

白云的猝然凋谢让袁国良的天都塌了。从墓地回来，一到他家坡下，他就听见了小白鸽的哭声，便硬支着疲软的双腿几步跑回家。孩子和保姆都在哭，孩子大哭，保姆小哭。

"鸽娃！你干不要哭嘛！你一哭婶婶也要哭。"

哦！对了。这个保姆其实就是文玉高的老婆，叫秀平，之前一直在乡下，直到白云临产的时候才把两个娃娃丢给老人，被文玉高从老家接过来给白云守了月子，之后再没回去。

"是不是饿了？"

"是了嘛！刘副司令太太夜天送来点牛奶，怎都不喝，她刚又出去买米茶走了。"

"来，爸爸抱抱。"

袁国良顺手接过女儿，一滴豆大的眼泪啪的一声滴到了女儿的额头上。她哭得更厉害了，一抽一抽的。

正这么忙乱着，周茜就提着一小袋米茶进来了。说来也怪，小白鸽不喝牛奶，但一阵就吃了小半碗米茶，并且很快就睡了过去。

待秀平抱着刚刚睡稳的小白鸽去了后房，周茜竟突然把嘴靠到袁国良耳边说："越到关键节点越要镇定！"说完就转身走了。

夜里，小白鸽又一连哭闹了好几次，还必须得抱着，一放到炕上就醒了，醒来就又得哭闹半天。所以袁国良和秀平就一直轮流抱着她。那天晚上，只要小白鸽一睡过去，他就开始考虑周茜的那句话。她是就那么随口一说还是给他什么暗示呢？难道她也是自己人？关键节点又是什么意思呢？但他终究也没能想出个所以然来！

之后第三天，上面的命令就下来了，因为负领导责任，袁国良被降职到骑兵师担任副参谋长，并且当天就要去乌拉素驻地报到。

此时的袁国良已经完全脱了相，原本就略显消瘦的身体猛然又瘦了好多，胡子拉碴，头发乱刺刺的，并且至少苍白了一半，要不是那身军装，那模样简直跟他当年突围过河时没什么区别。

参谋部的同事很快就帮他把办公室的个人用品打包好了，他便简单说了几句感谢的话，然后朝他们深深鞠了一躬，便带着王狗子走了。电讯处处长罗芸一直把他送到了大门口，临别时又给了他十好几块银圆，哭着说："这是姐妹们给小白鸽的。她们还让我转告您，说在她们眼里，您永远都是曾经的那个您！她们还都期待着将来能继续在您的领导下工作呢！"

他点了点头，双手接过银圆递给王狗子，然后转身朝不远处的电讯大厅望了一眼。她们竟然都在玻璃窗前站着，朝他这边望着。那一刻，他才猛然发现这群曾经给他造成过很大烦恼的姐妹们竟然也是如此可爱！于是便朝她们深深鞠了一躬，心里默念道："等着吧！姐妹们！我一定会带着你们奔向光明的！"

当他和王狗子、秀平他们走到离城十里的珍珠海子的时候，田英男和文玉高就过来接他们了。

"行动！弄死他。"文玉高支开秀平，劈面就来了一句。

"我早就要行动，你就是不听，不然小嫂子就牺牲不了。"田英男也皱着眉头说。

袁国良仰天长叹了一声："我考虑的不仅仅是骑兵师啊！"

的确，田英男和文玉高早在年前就多次要他率骑兵师起义，但因为种种原因，他一直都没有答应，其中最关键的就是沙城部队不仅仅有一个骑兵师，还有一个步兵军呢，并且他们才是真正的主力。如果全能起义，那么上万条生命就能得以保全，沙城这座诞生于金戈铁马，从硝烟中一路走来的塞北重镇也就不用经受炮火的洗礼了。加之去年董长官从南京回陕后就因为对时局的失望而一直没回沙城，临时主持大局的左军长又和他没有太多的交情，使得情况猛然就复杂了好多，不得不谨慎啊！

"师长，我觉得最近几天的情况很是蹊跷。"田英男看着他说。

"怎蹊跷了？"

田英男咂了咂嘴："主要有两点：第一，为什么对嫂子他们执行得这么快呢？按理来说，解放军也并没有逼近围城，没必要抢时间，而且继续严加审讯也极有可能从他们嘴里再掏出一些有价值的东西来，是不？第二，对你的处理也不正常。如果我是国民党高层的话，哪怕让你当国防部副部长都不可能让你到骑兵师来，那不就等于是放虎归山吗？副参谋长是没什么实权，但你在我和玉高这儿的号召力跟当什么官有关系吗？"

袁国良这些天一直都焦头烂额，还真没注意到这个问题，甚至直到现在也只隐隐明白了个大概，仅仅觉得这真不正常，至于为什么会这样也还是一头雾水。

看他依旧不明白，田英男便直接将自己的判断说了出来："我感觉好像有一股神秘的力量在背后推动这事儿着呢，核心目的就是为了保护你，确保骑兵师这块儿不出问题。"

"保护我跟加快执行你嫂子有什么关系？"袁国良依然不明白。

"反正我嫂子她们一暴露就肯定得牺牲，而且这次被抓的也不止我嫂子一个人。夜长梦多嘛！"

"那他们为什么还要拿我女儿逼你嫂子呢？不怕她扛不住？"

"给你说那是一股神秘的力量，能明说吗？吴雕他们没意识到，还想立功呢嘛！"

袁国良仰起头略略捋了一下，终于彻底搞明白了，应该就是这么个事。

"周师长现在什么态度？"他盯着田英男问。

"他现在都成光杆司令了！团营连军官包括普通士兵都已经人心思变了，即便他顽固不化，也没人跟他当炮灰了。"

"真的？这可不是要耍呢！"

"绝对。我俩这几年是干啥的！所有的团营长都被统过来了。"

"不能急，还要跟那边对接呢！一个师的起义可不是小事，我现在上线又断了，一下子不好联络。"

"我不是给你说了嘛！我这儿还有一条线呢！估计组织上也是怕出问题，就来了个双保险。我现在就明给你说吧！就是刘副司令夫人周茜。"

袁国良这才明白周茜那句话的确不是随便说说的。

"她有没有什么最新指示？"

"她昨天下午就给我发来密电，说你很快就会来这里，并且要咱们立即行动，尽早促成骑兵师起义，以涣散和动摇城内驻军，加快他们的起义进程。还说组织那边也已经对接好了，很快就会有人过来联络的。"

袁国良这才明白"关键节点"是什么意思了！便当即下定了决心："我一会儿见到周师长就直接跟他明说。他是咱的老领导，这些年对咱也很好，争取让他撑头，跟咱一块儿起义。"

但尽管他把好话说尽，还泪流满面地动了一番私人感情，但周云山怎都转不过这个弯！当然，他也是个明白人，也知道大势早已无法挽回了，所以并不阻挠他们，只是说啥都不愿参与，坚持要去北平见董长官。

"我早就知道潮流已经不可逆转了，所以这两年对英男和玉高他们的小动作一直都是充耳不闻，视而不见。但我从十几岁就跟着董长官了，只求你们能放我去北平，没有他的指示，我是不会发表任何政治见解的！"

第二天，谭鹤鸣就带着几名政工干部过来了。因为有了田英男和文玉高这些年的铺垫，所以他简直就是大摇大摆地来的，并且一来就跟袁国良和田英男一道面见了周云山，但周云山还是那个态度。无奈之下，他们便只好给了他一大笔钱，让他带着一个排的警卫绕道绥远去北平见董长官去了。

周云山离开后，田英男立即主持召开了连以上军官会议。会上，谭鹤鸣详细讲了共产党对待起义部队的政策，并当场宣读了西北野战军司令部的贺电和人事任命。

根据野战军司令部的命令和会前的沟通，决定将骑兵师改编为陕蒙骑兵独立师。任命袁国良为师长；谭鹤鸣为政治委员；原来两个旅的旅长同时升任副师长；原副师长、地下党员田英男改任师政治部主任兼二旅旅长；文玉高继续担任一旅旅长；原一团团长升任一旅副旅长；王狗子接任一团团长；其余职务不变。谭鹤鸣所带的政工干部分别就任两个旅和六个团的政委；营连两级的教、指导员暂时空缺。部队继续驻扎乌拉素，即刻展开为期一个月的整训，并严密监视沙城驻军动态。

整训结束后，西北野战军的王副参谋长专程从前线赶来，代表野司主要领导检阅了全师部队。一见面，王副参谋长就紧紧握着袁国良的手说："我代表西野党委和彭老总对你们的新生表示热烈祝贺！欢迎你们！"随后又特别强调："国良同志！我走的时候，徐政委还专门嘱咐我，让我代表他个人和陕甘边全体同志热烈欢迎你回家！"

这一声"同志"和一句"回家"，当即把袁国良打麻了，一时竟然都不知说什么了，就那么紧紧地抓着王副参谋长的手，眼泪在眼眶里急速地打着转转，几乎就要掉下来了。但为了不在这个喜庆的日子让大伙动情，他最终还是一仰头将泪水憋了回去，随即抬手示意王副参谋长开始检阅。

十一月的毛乌素寒风如刀。在这刺骨的漠风中，骑兵独立师以营为单位整齐列阵。虽然还没来得及换装，只扯掉了原来的帽徽和臂章，但将士们的脸上无不洋溢着春花般的新生光彩。王副参谋长驱马小跑在前检阅，袁国良和谭鹤鸣一左一右紧随侧后陪同，全体将士齐声高唱新学的《解放军进行曲》，其势掀冰惊沙，排山倒海：

> 向前！向前！向前！
> 我们的队伍向太阳，
> 脚踏着祖国的大地，
> 背负着民族的希望，
> 我们是一支不可战胜的力量。

那一刻，袁国良终于没能压制住内心波涛般涌动的情感，泪水有如山洪一般肆意倾泻。那滚烫的泪珠儿在扑面而来的漠风的撩拨下四散飞溅，雨滴般地落在已经干枯的蒿草林里，落在踩风驹那高扬着的尾巴上，落在他那随风飘扬着的空袖管上。那一刻，他一定想起了梁毓文、耿志高和杜光霞，想起了景秀川、马飚和杨耀先，想起了他那几千名呈骨于绥远漫漫黄沙草原的英雄的弟兄们！当然，他也一定想起了前段时间还嚷着要"扯他缰绳"的茉莉花一般清新，山丹丹一般热烈的小白！

第七十二章

整训结束后，骑兵师就一直在原地战备训练，并按照组织的指示积极与驻沙城部队相关人士展开联络，以争取尽快解决沙城这叶"孤舟"的问题。

自从董长官离开沙城，国民党当局再没有另外派人。这沙城驻军虽说是一个集团军，但下面只辖着一个整编军和一个骑兵师，所以左军长无疑成了解决事情的关键人物。为此，袁国良和谭鹤鸣曾多次派田英男进城面见他，但他一直都下不定决心。北平和平解放后，董长官也频繁来电，敦促他尽快放下顾虑弃暗投明。经过多方努力，左军长终于于一九四九年六月发表了起义通电，使这座孤悬塞外的九边重镇免遭了炮火的洗礼。随后，骑兵师又被调到盐池一带，做出随时准备直扑银川的态势，用以钳制宁夏马鸿逵部，使其不敢全力支援甘肃战场，以减轻西野主力的压力。八月，西北野战军一举解放兰州，并很快促成宁夏问题的和平解决。至此，整个西北除了新疆就再无战事了，袁国良部也返回了乌拉素驻地。

十月一日，中华人民共和国宣告成立，古老的沙城举行了一场盛大的庆祝游行。那天，袁国良简直高兴坏了，一上观礼台就接连朝雁栖岭和绥远两个方向敬了两个军礼，将喜讯跟梁毓文、耿志高和景秀川、马飚他们分享了一番。

游行结束后，袁国良直接去了他和白云曾经生活过的小院。自从他搬走后，这里就一直锁着，他便让王狗子联系管理人员开了门，在各个房间里走了一圈，然后在沙发上神色凝重地坐了好久。

"狗子，你叫几个人把这儿打扫打扫，然后给霍书记报告一下，说咱几个就不住招待所了。再去之前的那个崔专员那里走一趟，他也起义了。他不是存雁回头了嘛！如果还有的话给咱搞一坛子！"

这王狗子现在虽然已经位居骑一团团长了，谭鹤鸣还给他取了一个很硬气的名字——王旭东，但他在老首长面前还扮演着警卫和勤务兵的角色，袁国良也还"狗子狗子"地叫着。

军管会简单的庆祝晚宴结束后，这边就都准备好了。房子已经被打扫得干净利落。细心的王狗子还弄了几个硬菜——一个炒羊头、一个油炸花生米，一只"东方欲晓"。

场伙很快就摆开了。当然会敬祝新生的中华人民共和国和伟大领袖万岁的！但因为没有外人，场面自然就随意多了。谭鹤鸣讲了一番他们当年在雁栖岭闹红的事儿，包括镇压徐世林、挖沈家崖窑、磨石坚带兵重回雁栖岭等等。因为人所共知的原因，这些年，袁国良从来没给他们讲过这些事，所以直把他们听得一愣一愣的。

在谭鹤鸣讲的时候，袁国良并不怎么插话，只偶尔笑着补充一下："你当时为甚不压着他呢？"

"好师长呢！你又不是不知道！那'二屎货'除了你就谁都压不住！梁书记说话都不一定好使。"

袁国良点了点头，面容很快严肃下来，捏着一颗花生米不停地揉搓着，好一会儿才看着谭鹤鸣说："我想跟你说个事。"

"甚事？"看他神情如此庄重，谭鹤鸣赶忙回应。

袁国良重重吐了一口气："我想回雁栖岭。"

谭鹤鸣没明白他的意思，总以为他是想回家走一趟，表情立即松弛下来："我还当是甚事呢！这还不简单！十几年都没回去了，也该回去走一趟了。"

袁国良笑了笑："我说的这个回不是你说的那个回，回去就不来了！"

他这话瞬间让所有人惊呆了。

田英男猛地坐直身子："师长！你走了咱这支部队谁统呢？你可是灵魂啊！"

袁国良笑了笑："不要给我戴高帽！这又不是我的老骑一团，也不是咱的老骑一师，这两年事实上一直都是你统着呢！当然玉高也功不可没，只是因为你俩尊重我，让我把名担了罢了。"

谭鹤鸣满脸忐忑："是不是我哪里没注意让你不高兴了？如果是这样的话……"

袁国良摆手打断他："看来你还是跟我时间不长！你问问英男、玉高、狗子他们，我是那种小心眼的人吗？再说了，其他人我不敢说，雁栖岭游击队、老骑一团和老骑一师，只要是我带过的人就没人敢不尊重我，这点儿自信我还是有的，所以跟这些都没关系。我要回是因为老人年纪大了，娃娃还小，家里就你嫂子一个，土改之后连个正桩受苦的人都没了！不回怎办？"

"你直接把嫂子和侄子接过来，把家往沙城一扎不就行了！侄子他们也好上学嘛！"谭鹤鸣说。

"老人怎办？他俩是不会离开雁栖岭的。"

"那倒是，老叔肯定不来。但问题是中华人民共和国刚成立，咱枪林弹雨半辈子为个甚！你这一回不就……"

"我甚都不为，就为劳苦大众的解放。在雁栖岭的时候我好像就给你们说过嘛！等革命成功了我就回去，种几亩地，拦几只羊，老婆娃娃热炕头。再说自从我在西山口受伤，身体也落下了后遗症，那年秋底又在沙溪河水库耍了一回二杆子，从此每到变天的时候，浑身上下就又疼又痒，一满难受得不行。我这可不是开玩笑。你是咱党委书记，我今儿就算是给你汇报了，如果有必要写书面报告的话，我明天一回驻地就写，你上报上级批一下。"

此时，一直沉默着的王狗子突然说："师长！反正你走哪我就跟你去哪！你如果……"

"去去去！瞎说甚呢！"田英男喝住他。

袁国良伸手在他头上摸了一把："你现在已经是王旭东，咱骑一团的团长了，跟我去雁栖岭干甚？"

王狗子脖子一拐："我就爱给你当勤务兵，反正你走哪我就跟到哪！"

第二年六月，已经被改编为陕北分区骑兵师的袁国良部突然接到命令，要全师作为边防部队移驻中蒙边境，并且十天之内就要开拔。抓住这个机会，袁国良当即向分区打了报告，以上述理由请求辞去师长职务，赋闲回家。批复很快就下来了，但只批了一半：免掉他骑兵师师长的职务，保留地师级待遇，转任沙城市公安处处长，并且特意强调可暂不到任，先到西安看病疗养。

骑兵师离开沙城当天，袁国良就正式出任了公安处处长。王狗子也真的留了下来，担任了他的副职。

但是，随着抗美援朝战争的爆发和镇压反革命运动的推进，袁国良越来越感觉到有些不对了。虽然他是处长，可因为恢复党籍的事还没有真正落实，所以在党内还没有任何职务。起初，他还能列席党委会，但后来就不叫他了，甚至有些事情都直接不给他传达了，这让他很不舒服。倒不是因为职权之类的事情，主要是那种不被信任的感觉着实让他很扎心。于是他便再次向地委打报告，请求允许他直接回籍。这一次，地委终于答应了，只是依然保留了他的地师级待遇，并且连王狗子要跟他一块儿离开的报告也一并批准了。

袁国良是腊月初离开沙城的。临走的前一天半夜，他就让王狗子到北门外的沙丘根儿把白云的遗骨起了出来。他要对她负责，带她回雁栖岭，这是他在她坟前做出的承诺。

这次的回家路，袁国良整整走了三天，在这三天里，除了歇店，那个装着白云遗骨的小木箱从来没有离开过他的脊背。他骑着踩风驹，背着白云，抱着小白鸽走在前面，王狗子的马驮着他们的个人生活用品在后面跟着。

等从青羊河谷上到墩峁梁的时候，阴麻麻的天空突然飘起了雪花，光线也很快暗了下来。南边不远处的"十八罗汉"一片模糊，天地似乎猛然缩小了好多，在翻飞的雪片的缠绕下有如一团乱麻。袁国良一直将身子朝东南方向偏转着，紧紧地将裹得严严实实的小白鸽护到胸前，以避开西北风的直扫。空袖管直直地朝前飘着，呼啦作响。此时的踩风驹也已经不是当年叱咤绥远草原的踩风驹了，明显老瘦了好多，模样也不如之前那么俊俏了，却依旧不顾风雪的袭扰奋力向前，生怕主人不满意似的。

天色越来越暗了，雪却依然没有要停的意思，反而下得更大了。小白鸽因为被整个包裹了起来，所以很快就不愿意了，闹着要把头上的被角掀开。无奈之下，袁国良只好依了她。可这小家伙竟然没被这恶劣的天气吓着，不停地伸着脖子朝后面望着，望着望着就咯咯咯地笑了起来，就像是有人在后面逗她似的。

"大大你看，那婶婶给我笑呢！"小家伙突然说。

袁国良只当是孩子瞎说呢，便没在意，只一把将她抱回胸前："冷冷呢！"

小家伙又挣扎着把头探过他的肩膀，又笑了起来，但很快就止住了笑声："婶婶，不哭，大大有好吃的呢！"然后把小脸转过来说："大大，那婶婶哭了！"

袁国良这才感觉有些不对了，猛地把她揽回胸前，调转头对着乱雪纷飞的夜空说："听话！别吓着孩子！"

因为风大，后面的王狗子没听清他的话，还以为是给他说什么呢，便打马跟了上来："甚？"

"从现在开始你就接连抽烟，不要断，一直抽到我家！"袁国良大声说。

尽管王狗子从来没接到过如此奇怪的命令，但还是照着执行了，一根接一根地抽着烟。果然，小白鸽再没说过关于那个"婶婶"的话，只说婶婶让她大大叫走了，回家了。但袁国良却忍不住哭了，泪水被冷硬的山风撩拨得满脸都是，渗凉渗凉的。

等他们来到大院外面的时候，雪已经在地上铺了不薄不厚的一层，天也完全黑了。但袁国良并没有急着进去，一来是因为此时的大院已经被分成了若干小院，他也不知道哪个院子是他家；二来是因为此时的他心里还有些忐忑，尽管他一路上已经想好了如何应付接下来的局面，也就是如何给家人尤其是毓书交代白云和小白鸽的事，但到了跟前依然不由得有些胆怯，所以便站着久久没动，直到狗子拴好马过来提醒他的时候也没理，就那么站着。好一会儿，前排靠左的那个院子好像有人开门，并且很快，院墙的豁口处就出来了一个人。那人显然是被他吓着了，急忙朝后退了一步，然后才定住神朝他走了过来。

袁国良认出那是黑栓，但黑栓好像没认出他，瞪着眼睛瞅了半天，直到看到他的空袖管之后才惊诧地喊道："哈呀！这不二娃嘛！多会儿回来？不进家站这儿干甚呢？"然后又转身朝院子里吼了一声："继耀！二娃回来了。"

一家人很快都跑了出来。尤其是他老娘，简直就是连滚带爬，并且当即哭出了声："妈的二娃吧！让妈看看你的胳膊。"

"回回回！回家再看。"黑栓大声说。

袁国良这才进了院子，把脊背调到王狗子面前，把头朝院角处的柴房扬了扬说："放那儿！"

"那是甚？拿家里嘛！"毓书说。

袁国良没说话，只朝她笑了笑，然后就抱着小白鸽朝窑门口去了。

此时，毓书才看见他怀里竟然抱着个娃娃，便赶忙跟上来问："哪的娃娃？"

"回窑慢慢给你说。"他满脸忐忑。

所有人瞬间就把注意力集中在这娃娃身上了，就连老娘也已经顾不上他的胳膊了，急忙问："谁家娃娃？"

"我的。"他咬了咬牙说。

梁毓书瞬间就愣了，眼睛瞪得老大，不停地在男人和孩子脸上瞭来瞭去。一下子出现这么多生人，小白鸽自然也不习惯，使劲儿往他怀里钻："怕怕！"

袁继耀快速瞭了一眼儿媳妇，猛地冲过来站到儿子面前："你的娃娃？捡的？"

"听我慢慢给你们说嘛！"袁国良定了定神，然后把他这些年在沙城的情况，包括他和白云的前因后果详细讲了一遍，但过程中一直都低着头，没看任何人一眼。其间，王狗子一直都在不停地帮腔："真的。指令的。我最清楚……"因为他早在昭君淖的时候就是袁国良的勤务，所以和毓书比较熟悉。

在袁国良讲述这些事情的过程中，梁毓书始终没有看他，只死死地盯着他投射到对面墙壁上的影子，直到他讲完都没有移动眼神。

所有人都不知道该怎么往下进行了，就连袁继耀也是一副茫然不知所措的样子，窑洞里一片逼人的安静。

"大！你寻点儿干草。狗子，你把那箱子请进来！"好一会儿，梁毓书才终于伸手理了理刘海儿开口了。

"这不能，按咱这儿的讲究，不管谁的尸骨都不能进庄口的！"袁继耀急忙制止。

梁毓书摆了摆手："讲究都是人定的，已经进了院子了。再说都给咱袁家生儿育女了，也就是咱袁家的人了，不能慢待。"随即转身对两个儿子说："你俩跪到门口磕头，还要说'二妈回家'呢！"

场面很快就布置好了。小木箱子被放在了脚地靠墙的干谷秆上，上面还盖了张麻纸。前面的小木桌上放了一碗米，插了香，还简单放点祭食。梁毓书过去蹲在地上点了张黄表纸，柔声细语地说："妹子！你回家了！但咱家现在这情况也就只能这样了，你就委屈一下。"然后又让两个儿子分别烧了纸、磕了头，并对他们说："你俩是小辈！今黑夜就在这儿守着。这香要续，不能灭。"

那天晚上，所有人都没怎睡。直到后半夜，梁毓书才打劝着让老公公去睡了："你年龄大了，有个态度就行了。"

因为有小白鸽，王狗子又让袁国良和梁毓书也到旁边窑睡去了，他自己则带着驮生和漠生两兄弟整整守了一夜。那天夜里，他给两个小后生讲了好多关于他大的事，包括过河奇袭突围、绥远抗日、率骑兵师起义，甚至包括他当年被迫离开陕甘边等等，讲得很详细，临了还总结了一句："你大才是真英雄，大英雄！"

袁国良和梁毓书自然也没睡，等好不容易把小白鸽哄得睡稳之后已经不早了。

梁毓书抬头看了男人一眼："眯上一会儿，走了几天了。"袁国良略显慌张地点了点头，随即拉过枕头在女儿旁边睡下了。但怎都睡不着，就那么闭着眼睛。

不一会儿，梁毓书也掀开被角进来了，并且还像之前那样侧转身子，把胳膊搭到他的胸腔上说："不要熬煎！我相信你！你应该早早把娃娃送回来嘛！一个男人家，成天提心吊胆的，还要带娃娃，操磨坏了！你看你都老成甚了！"

袁国良的内心一下子又汹涌开了，猛地把头埋到她胸前，泪水又一次山洪般地涌了出来，并且很快就嘤嘤地哭出声来。那可能是感激的泪水，也可能是源于压力终于释放之后高兴的泪水，说不准也还有其他方面的原因。谁知道呢！

在袁家的脚地上停了三天之后，白云的遗骨就被敛进黑栓赶制的柏木盒子，埋到了牛背梁上面向阳的山湾里，长眠于从未谋面，但已不知被她浮想过多少次的雁栖岭了。袁国良的两个儿子和几个外甥，甚至连黑栓和磨六的孙子，包括马家和杜家的晚辈们都按岭上的风俗给她披了麻戴了孝。

第二年春夏之交，她的坟头竟开出了一朵当地人从来没有见过的小花儿，并且很快就在周边"洇"开了一大片，后来更是"洇"得岭上到处都是。那花漂亮极了，六片花瓣通身尽白，只在边缘处隐隐镶着一道红边，于是人们就都叫它"小白花"。

白云一入土，袁国良就来到位于高小对面山湾的梁毓文的坟前整整坐了一后晌，但什么也没说，就那么默默地坐着，直到梁先生过来叫他吃饭的时候才离开。

从离开雁栖岭到这次回来的差不多十六年里，他再没见过梁先生，并且他当年离开的时候，梁先生还只是他的先生，但现在已经给他当了十二年的老丈人了。那天，梁先生还专门杀了一只鸡，好酒好菜地把他这个第一次上门的女婿款待了一番。袁国良总以为老丈人一定会就当下的形势和政策走向方面的问题跟他探讨一番，但他竟然只字未提，也没有问他这些年的经历，而是整整跟他聊了小半夜鸡零狗碎的事儿。

梁先生的确是最懂他的人。

之后没几天，袁国良就换上了毓书给他赶做的老粗布棉衣裤，脚蹬"踢倒山"，俨然一副岭上农民的装扮。这几天，他跟两个儿子也已经稍稍建立起了一些感情，但依旧有些陌生。这也正常！他跟驮生最后一次分开的时候他才刚满五岁，漠生则更是自打离开昭君淖就再没见过他，压根儿没有任何记忆。可如今一个已经虚岁十六了，一个也已经十二了，都出落成茂腾腾的小后生了，怎能不生疏呢？不过，小白鸽跟毓书倒已经完全打成一片了，还直接叫起了妈妈，整天黏着她不放。两个哥哥也都很喜欢她，抢着抱她，让她骑马马。

眼下正值冬闲，没什么事情可干，村人们就整天相互串门。袁国良一回来，他家自然就成了整个牛背梁的中心，几乎每天都要来好多人，甚至连临近村落的人都会过来。虽然他家已经被确定为岭上人的"阶级敌人"了，但村人们似乎都不管那么多，该怎还怎。并且大多数人，尤其是分得了大院窑洞的那些村民们似乎多少都有些歉意："二娃，没办法嘛！就这么个政策嘛！"

"没事，这个政策好！我们出生入死几十年不就为了这嘛！只要大家好好磨光景，不要把那些好地亏了就行。"

他们自然会对他这些年的经历感兴趣，便都争着问他："你最大当过甚官？"

"参谋长。"

"带多少人马？"

"两万多。"

"天的神神呧！怕死人呢！"

"听说你还见过蒋介石？"

"见过。"

"怎敢见来来！听说那青面獠牙，可坏呢！"

他笑笑："其实也不是你们想的那么个！"

"怎？不都说那'坐上铁雀撂炸弹，炸死好人几十万'嘛！"

他便笑着不再解释了。

老婆婆们都对他的断臂比较关心："你说日本人那些坏种子，不好好在自己家里死着，闪得把咱娃娃桎梏成这么个！当时保险疼死了！"说着说着就把事儿扯到自己身上了："你是回来了，我们毛子还不知道在不在这人世上了！"

"干妈！不要哭，肯定能回来。"每当这时，他总要安慰她们一番。但话虽然这么说，他也知道他们大多数人永远都回不来了。

的确，不光雁栖岭，就整个陕北来说，从来都没有一个数据能够准确表明，从"闹红"到共和国成立这短短二十几年时间里，究竟有多少英武刚烈的"三哥哥"倒在了革命的路上，又有多少如花似玉的"四妹子"为他们苦守了一辈子空房！如若不信，就请你深入那一座座星辰一般散落在黄土沟壑间的村庄里去吧！你一定会惊讶地发现，传说中的"家家有烈士，户户有伤亡"绝对不是语言修辞所惯用的夸张。那里的老百姓一定会指着一座座已经蒿草连天的坟冢神态漠然地说："那里面是空的，埋了个'糕人'！"若问其中的原因，他们肯定会说："闹红走了再没回来！""过山西打日本失脚了！"抑或"打胡宗南牺牲在瓦子街了"等等。如果幸运的话，你或许还能听到那一曲曲杜鹃啼血般的哀歌：

> 怀抱抱娃娃定了亲，
> 十六那年我过了门。
>
> 得病碰上个灵神神，
> 正等上老龙闹革命。
>
> 装新黑夜你随了红，
> 单崩崩撂下我一人。

我盼你盼到八十三，
泪珠珠滴穿青石板。

黑黝黝辫子成白发，
等死等活你不回家。

你不回家倒不要紧，
关键没留下一条根。

我恨哥哥你不算人，
你歪歪好好托个梦。

今生你闪我一场空，
来世再给我还人情。

咱阳世不见阴曹逢，
你记住我叫张秀英。

咱不看日子不定亲，
长枪一撂就重装新！

岭上人好酒，每当雨雪天气总要凑个酒场。袁国良这人有个长处，到什么山上就能唱什么歌，所以很快就跟他们混到一起了。

"来，三盖佬，让我看你的拳还硬不硬了。"

"老爷盖佬？还不如你孙子烧嫂子？"

"我烧嫂子我敢承认呢！你烧我四干奶奶你敢承认呢？"

"唉！这孙子娃娃！"

第二年春忙一开始，袁国良就跟着上山了。可他的独臂的确很碍事，驱牛翻地倒还罢了，把鞭子绑到断臂上就行，但锄地之类的细法活就不好对付了。加之他这些年一直远离田亩，对各色农活也确实生疏了，所以黑栓便给袁继耀参了一计，把他家、磨六家、梁先生家跟袁家的羊并成一圈，干脆让他拦羊算了。哦！对了，就在梁毓书从昭君淖回来那年，黑栓的小儿子就娶了袁继耀的小女儿二英，于是他便和梁先生、磨六一样成了袁继耀的亲家了。第二次土地改革之后，他们四亲家就组成了一个变工组，打破岭上人"宁跟别人伙过年不跟别人伙种田"的说法，依旧是"一把韭菜不零卖"。

于是，袁国良便从统率千军万马的军官变成了羊倌。每天半前晌，他就背上干粮络子，把几十只绵羊赶到"十八罗汉"顶上，待羊一吃稳就爬到雁头峁，坐在烽火台根儿，沐着习习的山风，静静地看会儿从湛蓝的天空缓缓划过的白云，抑或是山下各座梁峁上农人们劳动的场景。那一方一块的农田里，三三两两的农人正在锄地，禾苗肥壮，主家舒畅。尽管劳累，但对土地的彻底拥有似乎总会让他们产生一种难以压制的踏实和幸福感，便会不时停下锄吼出一嗓子婉转高亢的信天游来：

拦羊的哥哥哟你把羊打转，
你给我吃上一口羊奶奶饭。

偶尔兴致高的时候，袁国良也会仰起头扯着嗓子对上几句：

交朋友就要交拦羊的哥，
梭牛牛和马奶奶常给我！

晌午，他就把羊群围到烽火台根儿，把干粮络子里的饭罐子拿出来，找几只奶水旺盛的奶羔母子挤些奶，撒点随身携带的盐面，再顺手掰上两根"红耳梢"杆子，呼噜呼噜地吃上半罐子羊奶子泡捞饭，然后便像真正的山里人那样咂咂嘴："足劲！"有时甚至会用一首应景的信天游来抒发他当下的满足和愉悦：

　　　　一对对沙鸽绕天天飞，

　　　　什么都不如羊奶子美。

其时，黑栓总要仰头骂他："美你大的脑呢！"然后再对着袁继耀嘟囔上半天："你看你捣下这个鼻痂子！放下大官不当当起了羊倌！老爷还刚准备跟你到沙城混伙地吃两顿鱿鱼海参呢！这下咋吃屁都不香了！"而梁先生则总是笑着反驳他："非也！非也！于大起大落间能从容淡定如此者，实乃大丈夫也！"

黑栓转身瞪着梁先生："你这'圪羝打圈'一样咯囔了些甚？"

"我说国良就是我这辈子最称心的学生！"

"教了一圈又返转教成个受苦小子了！还称心，称个屁！早知这么个的话，几百里路上寻你做屁呢！论教受苦的话，继耀、我、六子，哪个不如你？"

梁先生微笑着摇了摇头："实乃愚人之见也！"

是的，对于袁国良的选择，黑栓自然不能理解，否则他就不是黑栓了。

第七十三章

　　正当袁国良沉醉于他那信天而游的惬意生活的时候，形势就突然变了。从五月份开始，延北县镇压反革命运动的浪潮就一浪高过一浪。起初，被镇压的都是过去当过反动团总或者转战陕北期间国民党还乡团的人。但后来，范围就进一步扩大了，甚至把当过国民政府区长、乡长乃至文书之类的人也都关押了起来。

　　不过，雁栖岭倒是相对平稳多了，因为按照县委的政策，岭上只有耿万顺一个人符合镇反条件，但这位原国民政府雁栖区区长兼民团团总早在十几年前就"不耍"了，所以也并没有为难他。但是，袁国良依然能从这份平稳中嗅到一些不安的气息，因为他很清楚，就延北县目前的情况来推测，作为国民党陕北老巢的沙城的镇反肯定要更严厉！这样一来，白云的事八九不离十就得审查，并且这一审就极有可能把他牵扯进去，因为她在刑场上骂他的话被好多人听到了，而以人民群众现在的革命积极性，这个情况是不可能不被地委知晓的。所以最近一段时间，他虽然表面上依旧该干啥就干啥，但内心却督乱得厉害，甚至已经有意识地摆布起"后事"了！每晚睡定后，他总要变着法地给毓书安顿好多事情，还跟他大和梁先生商量着让驮生姓了梁，给梁毓文"开门儿"了。

　　事实很快就证明，他的担忧的确不是杞人忧天。

　　那是农历九月底的一个大清早，他刚刚起炕出去倒尿盆的时候，猛然照见村口打谷场旁边的小路上过来了二十多人，而且有十几个都背着长枪。他便站在碱畔的那棵老梨树下，看着他们一路向他这边走了过来。

　　竟然是他在沙城公安处的副职吕国斌。

"国斌，你怎来了？"袁国良急忙迎过去。

那吕国斌估计没想到眼前这个一副农民相的人竟然就是他的老领导，愣了好一会儿才反应了过来："咱回窑说。"

一进到窑里，袁国良就对婆姨说："赶紧烧水做饭，这是……"

但还没等他说完就被吕国斌打断了："饭就不吃了！有个案子需要你回去配合调查，时间紧急，现在就得走。地方上我已经打过招呼了，这名同志就是你们乡长。"

袁继耀也很快就过来了，见一下子来了这么多人，还有十好几个扛枪的，不免有些紧张，便愣愣地看着儿子。

袁国良看了他一眼："没事！"然后问吕国斌："哪个案子？"尽管他其实很清楚。

"这个只能到沙城再说了！"吕国斌说。

袁国良硬憋着内心的沉重点了点头："好的！但是得稍微等一下，我要给家里安顿点儿事。"说完就转身对驮生说："你到杏树梁把你大姑父叫来！"

他说的"大姑父"就是王狗子。回岭之后不多时，他就把这位忠实的追随者和一直寡居的英子撮合到了一起。

王狗子很快就过来了。他已经知道袁国良叫他所为何事了，所以一进门就说："师长！我跟你去。"

"你在家把老人招呼好就行了，千万不要乱跑！"

王狗子瞬间就明白了他的意思，便没再坚持，只说了一句："你放心，家里有我呢！"

袁国良点了点头，随即对吕国斌说："那就走吧！"

天空又飘起了雪花，但并不大，稀稀拉拉的，像是随风翻飞的玉米皮子。

他们走得很紧，不一会儿就来到了墩峁梁。也许是出于某种预感，袁国良便一边走一边转头朝"十八罗汉"方向望了一会儿。雪已经明显大了好多，整座大岭一片灰暗，就连下面的牛背梁也被一团团麻乱的雾气笼罩着，灰塌塌一片。

一到沙城，袁国良就被控制在了地委大院的一间房子里，对他的审问也随即开始了。直到此时，他才知道要查的问题竟然还不只是他所预料的"白云案"，就连他一九三五年离开根据地到沙城的事也要一并审查。而更让他震惊的是，地委似乎早已经对这两个问题先入为主地定了性：就是叛变投敌！就是告密！

"我那怎叫叛变呢？我当时离开根据地是因为那场风暴刮到我头上了，使我的生命受到了严重威胁。龙志宽同志无奈之下才让我暂且到沙城保命，然后伺机搞兵运的！至于白云骂我，我想是因为当时事发紧急，她也不知道问题出在哪了，慌乱中为了保护我才那么干的！"尽管他一再解释，可专案组始终都不松动："证据呢？"

第一次审讯过后，他就被直接关进了后院的一个独立房间里，被几名工作人员不间断地轮流看管着。

他整整一夜都没有合眼，就那么斜躺在地铺上翻来覆去地思考着白天的审讯，痛苦极了。那个"叛变投敌"的定性已经让他清晰地意识到了危险的靠近。因为单就白云那事的话，即便被认定也不至于致命，但这"叛变投敌"的罪名就不一样了，一旦得不到转机被最终认定的话，那他这一生就真走到头了！并且从下午的审讯来看，专案组似乎更重视这个问题，让他必须提供证据，可他又怎提供呢？他当年路过延安的时候是给徐政委汇报过，但按徐政委说，龙志宽同志在世的时候也仅仅是给他暗示过，即便徐政委能出来给他作证，也已经"死无对证"了，能管用吗？

从第二天开始，对他的审讯就愈加紧了，有时候半夜都要提审，言语上一点儿都不容情。并且从他们的态度来看，这事儿似乎已经没有丝毫回转的余地了。但他始终还是那个态度，拒不"认罪"。

就这样一连审了五天，他们也就没耐心了，便直接给了他一沓白纸和一支毛笔，要他把自己这些年的情况全部写下来。他便简单写了一个类似于简历的东西，但很快就被打回来了，说要能细则细。于是他又整整写了十天，从他出生一直写到今天，包括他的学生时代、在雁栖岭"闹红"和在陇东的事、脱离组织来到沙城之后的事，包括他在西山口受伤、到重庆接受表彰、抗战期间在绥远打的每一仗以及抗战胜利后如何与组织对接直至起义等等，甚至连他回雁栖岭拦羊都详细地写了出来，正反面整整写了八十多页小楷，但就是没有承认"叛变投敌"和"揭发告密"的事。

就在他的"交代材料"提交上去的第三天，沙城地委霍书记竟然亲自提审了他。

"据我们这段时间的外围调查，你叛党之后除了'白云案'之外也的确再没干过什么对不起党的事，而且在抗战中的表现也很积极。我们党的一贯方针就是治病救人，地委也已经开会研究过了，只要你态度端正，把事认了，最多也就判个几年徒刑。否则就不好说了！你才四十岁，再好好想想吧！"

关于这两个问题，他这些天不知翻来覆去地考虑了多少遍。不承认，他就必将要面对"抗拒从严"的后果，并且这个后果他很清楚，连当过团总的人都被镇压了，更别说像他这样曾在旧军队里统率过千军万马的人了。但是，他又绝对不愿违心地承认，因为一旦认了就成了铁案，永世都没有翻转的可能了。于是他便朝霍书记笑了笑："感谢组织！但这不存在承认不承认的事，因为本身就不是那么个事。我自认为我这些年的所作所为还算能对得起党，对得起民族，也能对得起自己的良心。我受的委屈已经够多了，不想再委屈自己了！您可能不了解我延北岭上袁家，几代人了，我家始终把名声看得比命都重，所以苟且偷生是绝对不符合我的人生观的！希望您能理解。"

"你还是冷静考虑考虑吧！"

"我很冷静。如果没什么回转的话，就按政策办吧！从此以后我就不会再说一句关于这两个问题的话，也不会再写一个字了。让我安静几天。还有，如果政策允许的话，我想在判决执行前见见我的家人，不允许就算了！"

之后，霍书记又一连来了两趟，并且直接承诺只要他能承认问题，再写一份悔过书，就直接放他回家，当然地师级待遇就没了。但他的态度始终很坚决："我无过可悔！"

从此，对他的审讯就彻底结束了。他也立即感觉到轻松多了，尽管他知道自己将要面对什么。他很快又恢复了已经坚持了二十多年的生活习惯，到时就睡，到时就起，虽然没条件跑圈圈，但每天早上还要在地板上来二百个高抬腿跳或者五十个单臂俯卧撑。当然也会考虑前三后四的，但无非就是他死后家里怎办那点儿事，也没有太多可考虑的。谁都不想死，可有什么办法呢？所以他便越来越轻松了，竟然还跟工作人员要起了吃喝。对于他的要求，地委也都尽量满足了，于是他便抓紧时间海吃了起来，还不忘给"左邻右舍"也分享一些。吃饱后就斜靠在床铺上思考一会儿问题，然后趴在床铺上给梁毓书写一会儿"绝命书"。要写的事儿很多很多，整整写了四十多页。写累了，就站在门口打会儿口哨，或者跟看守他的工作人员逗逗笑。

"你多大了？"

"十九了。"

"引过婆姨了没？"

"引过了，在老家呢。"

"老家的女子好！城里的洋学生不好拢缰。"

就这样没几天，连那些工作人员都有些佩服他的洒脱了。

"你就真不怕死？"

"怕呢嘛！谁不怕死！但只怕没用嘛！"

"你常哼那调调是甚曲儿？"

"那叫蒙古长调，是唱一匹有名的骏马的。当年在绥远抗日的时候跟蒙古人学的。"

省里"关于镇压叛徒和反动军官袁国良"的决定很快就下来了。十一月十四，当袁继耀接到乡长王老三关于让他尽快带着家人到沙城去见袁国良最后一面的通知的时候，瞬间就蒙了，凹凸不平的狼疤脸不停地剧烈抽动着，只感觉天都塌了。因为担心老婆和儿媳妇受不了这个打击，他便没敢告诉她们，硬撑着两条腿到杏树梁王狗子家去了。梁先生也很快就被墓娃叫来了。一番悲痛过后，几人就地商量了一番，决定袁继耀、梁先生、梁毓书、王狗子和驮生、漠生两兄弟去沙城，黑栓、磨六、英子、二英在家招呼驮生他奶奶，当然只能暂且对她封锁消息了。

十七日后晌，袁继耀他们抵达了沙城，并且很快就在工作人员的陪同下与袁国良见了面。

这无疑是一次肝肠寸断的相见！还没等袁国良从监狱里被提出来，梁毓书就放声大哭起来，其他人也都泪流满面了。等袁国良在两名持枪工作人员的捉押下进入他们所在的房间后，所有人都立即号哭着围了上来。

"怎突然这样了？你干甚了？"袁继耀抖动着狼疤脸泪流满面地问。

"我甚都没干。"袁国良说。

"那为甚要镇压你呢？"梁先生问。

"就因为我三五年脱离组织和白云牺牲这两件事，我现在说不清了。"

梁毓书抱着他放声大哭："怎说不清？你好好给他们说嘛！"

袁国良摇了摇头，伸手抹了一把眼泪，接着便将两项"罪名"和他放弃组织的挽救，决心以死证明清白的决定大体讲了一遍，然后泪流满面地说："谁都不要怨，都是我自己的选择！"说着便就地跪下，朝袁继耀和梁先生磕了一头："国良不孝，没法给你们养老送终了，你们就各自保重吧！如果有下辈子，我就哪都不去了，就在岭上受苦。受苦好啊！"然后又转向在他旁边脚地上坐着号啕大哭的毓书，把厚厚一沓"绝命书"递给她说："不要哭，都是我自己的选择。具体情况我都写在这里面了，我想你会理解我的。我这辈子没什么太大的遗憾，唯一的遗憾就是不能给几位老人养老送终，不能跟你白头到老。咱俩这么多年一直天各一方，聚少离多，让你受委屈了！而且以后还得委屈！老人都老了，以后就全靠你了。你对我袁家的恩情我来世再报答！"说完又伸手抹了一把眼泪，站起来在两个儿子的头上分别摸了一把："你两个一定要听话，要学为好人！一定要记住：不管什么时候和什么情况下都要正正气气，像个男人，头可以低，但腰不能弯！就像咱老太爷说的：咱老袁家的后生哪怕放个屁都要比别人亮！狗子，这俩后生以后就交给你了，你跟我这么多年了，是最了解我的人，所以要让他们在有些事情上学我，但在有些事情上绝对不能学我……"

一个小时的会面时间很快就过去了，袁国良在工作人员的押护下返回了监狱，在身后丢下了一片揪心的哀号。

那天晚上，沙城一带又美美墩了一场老黑雪，并且直到天亮都没停，依旧那么纷纷扬扬地下着。

第二天早上九点，吃过猪肉撬板粉、白面馍之后，袁国良就从监狱里被提了出来，在死刑执行书上签了字，然后被捆绑着押上囚车驶出了大院，驶进了那条名震陕北的"六楼骑街"，后脖颈还被插了一块写着"叛徒、反动军官袁国良"的"亡命牌"。

二十多年来，他不知从这条街进进出出了多少回，对它早已经熟悉得不能再熟悉了。尤其是他人生不同阶段的几次进城，更是让他永生难忘，比如过河奇袭，于绝境中突围成功回来那次，那真是太轰动了！可是仅仅十多年后，一切就已经是天壤之别了！虽然人还是那么多，但他们手里的标语、横幅已经全然不是当年的内容了。"镇压叛徒反动军官袁国良，坚决捍卫新生人民政权"的口号声让他很是扎心。

是的，就这么一眨眼，一切就都变了，唱戏一般！

囚车很快就来到了南门外的空地上，这正是白云两年前就义的刑场，也是他当年带着骑一团仅存的五十二名勇士列阵准备进城接受沙城各界致敬的地方。

人群黑压压的。袁国良被一众持枪的公安干警押下汽车，在入口处与家人简单打了个照面后就被押到了位于城墙根儿的台子上。

公审公判大会当即开始了。程序还比较复杂，先是地委书记讲话，然后是各界代表发言。但袁国良并没有细听，只大体听见好像说他叛变革命，不顾组织给的第二次机会向反动派告密，杀害地下党员，并且极其顽固，拒不接受党的最后挽救等等！他也没敢看一直在场外号啕大哭的家属，只荡着空袖管，微仰着头望着乱麻麻的天空，任凭翻飞的雪片不停地落在头发和老粗布棉袄上，落在他微仰着的脖颈上。那一刻，他突然记起了楚立革的话："因雪而来，因雪而去，因雪而盛，因雪而枯。"于是，他脸上竟然浮出了一抹淡淡的微笑。

"现对叛徒、反动军官袁国良验明正身，执行死刑！"

他这才稍稍转了一下脖子，朝人群后面家属那边望了一眼，随即被几名公安干警押下台子，朝旁边的沙丘根儿走去。

"我看就这儿吧！"一到白云当年就义的那丛沙柳旁边，他就转身对行刑队的人说。

"好！你把身子转过去！"

"不用，就这么打！"说完他又仰起了头。

就在他的目光还没真正投向那乱雪纷飞的天空的时候，胸口就接连挨了两枪！他猛地向后一仰，重重地倒了下去。身旁的雪地上，一团麻乱的猩红格外扎眼！

梁毓书不顾一切地冲了过去，但并没有哭，连一滴眼泪都没掉，只一屁股坐在男人旁边的雪地上，慢慢把他的头扳过来，让他枕到自己的大腿上，一边不停地用手指叉梳着男人那硬刺刺的头发，一边仰着头久久地、神情漠然地望着雪片翻飞的天空，就好像那麻乱的天空能告诉她什么似的。

那天是农历十一月十八，正好是他四十岁的生日！

三天后，他的遗体就被装在麻线口袋里驮回了雁栖岭。按照岭上的风俗，非正常死亡的人是不能进村的，当然也不会举办葬礼，所以只在村外的一孔废弃土窑里停了一夜，就跟白云合葬到牛背梁上阳湾了。

那天晚上，岭上的野狼整整嚎叫了一夜，那腔调极尽哀婉凄切，像是受了重伤一样！

袁国良入土的第二天，区政府就给袁家在"地主"的基础上加了一顶"叛徒、反动军官家属"的帽子。一进腊月，袁继耀就被押到延北新县城挨了一回批斗。这次批斗明显比以往任何一次都要严厉，戴着三尺多高的白纸帽子，脖子上挂着一块表明他身份的木牌子，在三尺高的台子上弯了整整一前晌的腰。

随后，县委又专门派出工作组到雁栖岭搞起了新一轮阶级教育。袁继耀再次被"请"到了台上。但是，尽管那工作组组长一再动员，那天的批判会还是冷场了。那组长当即火了，喊叫着要对岭上人的成分进行重新核定。

当天晚上，袁继耀就把黑栓叫过来，要他带头控诉。但黑栓死活都不答应："他老爷宁陪你上台子都不做那号亏心事。"

"我不怨你嘛！一重新核定身份就麻烦了，马家肯定是地主，志远也得是富农。反正我已经崖塌水淹了，能扛就扛着，不能再苦害人了！你就当帮兄弟个忙。能不？"

第二天，黑栓真就黑着脸带头上台控诉了起来，说袁家真是坏透了，拿高工价哄得他给他家当了一辈子长工。在他的带动下，批判会虽然终于没能冷场，但又差点就开成了表彰会，比如有人控诉袁老太爷当年带人拔楚立革的龙山寨的时候，用几十亩地哄得岭上贫下中农死了七八个后生；建雁栖义仓管事太宽了；袁继耀为了扬名，征调岭上人无偿帮助他修建雁栖塾院了等等。

那工作组组长更加恼火了，当场宣布散会，并要立即重新核定岭上人的成分！

袁继耀一看事法不对，便赶忙直起腰说："你们尽管说嘛！比如我家占的土地太多，让贫下中农没活路这些事！"

他这一动员，群众这才控诉了起来，并且内容也都出奇地一致，都是照着他们不知看了多少遍的《白毛女》的唱词来的，什么大斗进小斗出，催债导致他们年三十都不敢回家等等。

但就在这时，一个意外情况发生了，跟袁家死对头了一辈子，一直在人群里凑红火的耿万顺竟然不受了。他大吼了一声，不顾众人的挡架，挥舞着手里的焦头子棍冲到台上，照准正在控诉的刘老五的肩膀上就是一家伙："放你爷爷的屁！"随即跑到袁继耀跟前一边拉他一边说："狼娃儿，走！你也不要耍了！跟我下沟河湾打冰溜子走！"

刚刚有点儿意思的批判会就这样被耿万顺的疯言疯语给破坏了！那工作组组长只好再次宣布结束批判会，并且目放怒火地吼叫："这雁栖岭人受袁家的毒惑太深，立马重新审核划定成分。"

果然，第二天晌午，新的成分核定就下来了，马家真被"捞"成了地主，耿志远倒是没变，还是中农，但黑栓和磨六却都从之前的中雇农被"提拔"成了富农。

那天后晌，袁继耀又到梁先生家走了一趟。但整整半后晌，两亲家就那么一直默默地面对面坐着，一锅接一锅地抽着闷烟，连一句话都没说。直到临黑的时候，袁继耀才面如土色地看了一眼梁先生说："有两个问题我就歪好解不开，我袁家究竟……"但正说着又猛然止住了，咣咣几下磕掉烟灰，黑着脸丢下一句"我袁继耀不死，这岭上就安生不了"就转身走了。

那天正是腊八，磨六一家和黑栓一家也都在袁家，准备一块儿吃顿饭，当然主要是为了解劝袁继耀，怕他想不开，但左等右等他就是不回来。

"他大姑夫，要不你和驮生去我大家看一下？"梁毓书说。

王狗子就带着驮生走了。但等他们走了一会儿之后，她就陡然感到心慌得厉害，眼皮也一直跳个不停，于是便对磨六说："干大，我一满心慌得不行！要不咱也去看看？"

果然，当她跟磨六提着马灯刚上到西翅梁的时候，就听见东翅梁下面袁家祖坟那边传来男人号哭的声音："我的兄弟吧！"

"是我大！"梁毓书转身就奔了过去。

透过马灯昏暗的光，袁继耀正仰面躺在老太爷的坟头上，喉结处两个黑洞洞的口子十分扎眼，血已经在脖颈周围凝结了黑乎乎的一摊，脚下是一团麻乱的蹬痕，其中有一处曲曲弯弯，极像一个大大的问号。

"狼咬的。"王狗子说。

话音一落，雁头峁方向就传来了一声哀婉的狼嚎。

"你先人的！"磨六大吼一声，转身就朝雁头峁跑去。"算了！我大是狼叼来的，现如今狼又把他叫走了，估计也是命里注定的回手吧！"梁毓书拉住他说。

于是，众人便将袁继耀扶上驮生的脊背，扶趁着朝家里去了。

"爷爷！咱回！"

"回来了！"

"爷爷！咱回！"

"回来了！"

驮生边走边喊，众人也就不停地回应着。这哀切的呼喊应答声于冬日寒风呼啸的山岭里极尽苍凉！

三天后，这位曾经处处戳在人面上的岭上第一东家就被抬进了他家祖坟，葬在了他大大袁守仁的坟头下面。葬礼自然很是简单，仅仅吃了一顿馉馂。于是，人们又都想起了几十年前袁海宽的那场空前绝后的葬礼：一杆主幡、一杆金幡、一杆银幡，杀了三头猪、二十六只羊……

第七十四章

之后，袁家的遭遇就是所有人都能想到的了。

袁继耀死后的第二年春天，袁家就被强行迁回了袁寡妇当年所在的面水山木瓜峁的那个小院，住进了早已废弃了几十年，山水洞一般破败的两孔土窑里。不过起初，这对他们来说也算是一件好事，因为耿志远就是他们附近几个小村子合组的大村的支书，对他们一家自然很是照顾。农业合作化之后，他家所在的木瓜峁又和耿志远所在的官帽梁合编成了一个生产队，情况也自然不会太恶劣。只是有一件事差点儿没把梁毓书给愁死，那就是驮生和漠生的婚姻问题。

那时候的袁家，用他们自己的话说就是成了"臭核子"了，正常人是不愿跟他们结亲的，马家、杜家、黑栓、磨六、耿志远倒是不忌讳，但又都没那个条件。马家和杜家所有的女后人都比驮生他们大好多，并且早在袁家散架前都已经嫁人或者订婚了。黑栓的两个儿子只生了两个女儿，还都是二英生的，这二英就是驮生他二姑，岭上人虽然一直都有近亲结婚的习惯，但把娶姑姑家女儿的行为叫"倒骨血"，是被绝对禁止的。磨家也一样存在这个问题。而耿志远只生了四个儿子。所以眼看两个后生都二十多岁了，却还没个茬茬，直把梁毓书愁得吃不下睡不着！

就在这个关键时候，已经离开雁栖岭几十年的胡三竟突然来了。他是去龙居谷小舅子家行门户的，路过雁栖岭，得知了袁家的困境之后，二话没说，没几天就亲自把两个孙女从几百里外的老家送过来了，并且连彩礼之类的什么都没要。

"娃娃们！没有袁家就没有你们！这袁家绝对不是永远钻草窑的人！以后有你们两天福享呀！"

于是，梁毓书的这个"愁帽"就这么情理之中意料之外地抹了！并且两个儿媳妇也都很争气，一连给她生了九个孙子，五男四女。只是不知道袁继耀当年为胡三慷慨解囊的时候有没有想到，自己不求回报的善举竟然在几十年后为他家解决了这么大的一个难题！

从此直到二十世纪六十年代前期，情况都还算稳定，因为耿志远一直当着支书，加之磨石坚从朝鲜战场回撤后回岭那次专门到县上和公社走了一趟，还几乎挨家挨户地给木瓜峁附近几个村落的人安顿了一遍："谁要敢跟袁家过不去，老爷就'登个筛筛让你尿不满'！"他那时已经是副军长了，说话的分量自然就不同了。

梁先生老两口和梁毓书她婆婆便就在这相对平稳的日子里先后去世了。

但是，随着特殊时期的到来，尤其是耿志远因为"保护阶级敌人"被免掉支书、开除党籍，并且因此被"捞"成"富农"之后，情况就变了！

那年冬天，一群戴着红袖章的年轻人冲上雁栖岭，不由分说地把驮生、漠生两兄弟绑到县城，一连斗了好几天，之后又把他们与从其他公社抓来的"阶级敌人"串成一串，挨着到各个公社所在地游了一圈。此后，岭上的激进分子也都行动起来了，尤其是桃树洼的高金锁，竟全然不顾袁老太爷当年为了营救他老爷而为之搭了五个儿子性命的恩情，组织了好几十人到袁家逼要"变天账"！他们当然也不会放过"地主婆"梁毓书，隔一段时间就让她到学大寨工地的梯田塄上亮一回相。即便如此，梁毓书依然保持着一贯的硬气，不论遭遇多么险恶，那抹惯常的从容和坚定从来都没有在她脸上消失过。

后来的一次批斗会上，也许是因为过于激动，高金锁的心脏出了问题，当场昏死过去。正在台上挨批的梁毓书因为几十年前曾在昭君淖跟袁国良他们学过一点简单的急救知识，所以便冒险把他救了过来。要说那家伙多少还算有点儿良知，从此对袁家就仁慈多了，甚至在劳动改造的时候还总照顾着给已经六十多岁的梁毓书安排一点轻便营生。

但梁毓书根本不领他的人情。"娃娃！我救你绝对不是为了讨好你，只因为你也是一条命！"

尽管如此，此后的情况还是好多了。

就像早已经死去的耿万顺的那句"老爷不要了"一样，袁家的"我有罪不变天"也整整念叨了十几年，直到一九七九年春，国家彻底摘掉了他们"地富反坏右"的帽子之后才停了下来！

之后第三年，随着时任东北军区副参谋长的磨石坚回岭探亲，袁家的情况就愈加好转了。

回到岭上的当天，磨石坚就到袁家走了一趟，并且第二天就到县城找到了延北县委齐书记。

"老袁家吃你们锅底稠的了？如果老爷当时在场的话，早一枪把你们崩了！忙忙把章子给老爷盖了，老爷现在就走北京给袁国良平反去呀！等老爷办完正事再跟你们算账！"

尽管这齐书记也才刚刚到任，袁家过去的遭遇其实与他一点关系都没有，但还是挨了一顿臭骂。不过也还好，以磨石坚的性格，如果他真的整过袁家的话，估计只一顿"老爷拌疙瘩"是交代不了的。

磨石坚先到包头找到谭鹤鸣，二人就直奔北京去了，并且很快就找到了徐正云。

对于袁国良的遭遇，徐正云也很是惋惜，仰头长叹了一声说："这事真是弄坏了！国良出事的时候我正在东欧访问，等回来已经迟了！他是个好同志。我对不住他！"然后就在他们带来的申诉材料上给陕西省委批了字："此事请你们认真对待！我和袁国良很熟悉，以我对他的了解，他是不会叛变革命的，更不会揭发我们的同志。所以我的意见是：如果没有确凿的证据证明他有叛变革命的行为，就应该遵照拨乱反正相关精神予以平反。"然后就当年根据地的实际情况和龙志宽同志当年给他暗示的袁国良脱离根据地的原因写了一份详细的证明材料。

根据徐老的批示精神，省委组织部立即启动了核查工作，并且第二年七月就把给袁国良平反的文件下达到了沙城地委。

当延北县委齐立平书记陪着沙城地委副书记到袁家宣读关于给袁国良平反的文件的时候，梁驮生和袁漠生两兄弟当即放声大哭，泪水山洪一般汹涌，像是要将多年的委屈和苦难一股脑倒尽一样。但梁毓书的情绪波动倒不是那么大，只流着泪点了点头："好！知道了。"然后便转身把刚刚到手的两千块补偿金递给随行的支书："之前的雁栖高小，把顶重盖一下还能用，条件比咱村现在的学校还要强，你就拿着这钱弄去吧！"而且当齐书记提出要给袁国良立碑的时候，她还笑着摇了摇头："就让他在祖坟里埋着吧！碑也不用立了。这么大一座岭还不如一块青石板？真正的碑都在人的心里呢！花那个钱没用，还不如办点儿正事！"

在场的所有人都不由得对这位已经七十多岁的农村老太太产生了几分敬意，尤其是那位地委副书记，一出袁家小院就对齐立平说："我看这老婶子不是个简单人！"

齐立平点了点头："绝对不简单。前年我们核查三类分子的时候，她竟然专门来县城找到我，给当年把他家整惨的造反派头子高金锁求起了情，说：'不能把错全压到他身上，其实他也是受害者，让人当刀子了！就好比有人提着刀子把人杀了，怨刀子的甚过呢？并且他受的害其实比被他整过的人还要大，挨整的只受了十几年苦，但他们整人的一辈子都要经受良心的谴责，已经够可怜了，就不要再整他们了！'你说这认识深刻不深刻？要不是当当面，我绝对不会相信这竟然是一个农村老婆婆说出来的话！"

当晚，梁毓书突然提出要重新安葬袁国良和白云，这个提议让驮生、漠生两兄弟一头雾水。

"遗骨都让高金锁烧了，怎安葬呢？"

"没烧，在你舅舅坟里呢！"梁毓书一脸镇定地说。

原来早在一九五七年，当风向刚刚有些不对的时候，梁毓书就只身一人于半夜在他男人和白云的墓窑上面凿了一个洞，用麻袋把他们的遗骨装出来，把前些日子在农田基建中挖出来的无名遗骨放进棺材，然后又把那个洞填起来，用乱柴草掩了痕迹。又用同样的办法把她哥梁毓文的墓打开，把袁国良和白云的遗骨寄存到了里面。因为梁毓文是根正苗红的革命烈士，放到那里自然安全一些。所以高金锁他们烧掉的就是那两具无名尸骨了。

这时候，磨石坚已经带着他老婆的骨灰盒彻底回到了岭上，并且绕道内蒙古的时候还把谭鹤鸣给撺掇回来了。

其实，这两位老人前些年也不太顺当。磨石坚从朝鲜回来后一直在东北，一九五五年大授衔的时候给了一个大校，后来又因为口无遮拦被关了好几年，平反后给了一个军区副参谋长，现在已经按大军区副职待遇离休了。谭鹤鸣自从离开沙城后就一直在内蒙古，一九五五年给了一个少将军衔，也被关过几年牛棚，平反后担任了两年军区副司令，前段时间按照大军区正职的待遇离休了。

因为梁毓文和袁国良分别是延北县第一任县委书记和副书记，所以重新安葬的仪式是由延北县委牵头进行的。那天的人特别多，除了县乡领导，岭上八个行政村的支书和附近十几个村落的群众也都来了。本来，按照县委的安排，程序还颇有些复杂，甚至准备连县小学的鼓号队都要带来，但被梁毓书否决了："不要那么麻烦，到岭上就按岭上的规矩来。"

一大早，梁毓文的墓就被打开了。磨石坚和谭鹤鸣身着军装，站在墓窑口一脸凝重地敬了一个军礼，泪流满面地说："梁书记！支队长！我们前来请您了！"随即带着梁毓书、王狗子、梁驮生、县委齐书记和袁国良的长孙梁恪恭进到墓窑，将三个人的遗骨分别敛入新定制的柏木盒子里。

"三吹三打"一过，三副柏木盒就被抬了出来。紧接着，马家班又调子一转，奏起了岭上人几十年前为这两位曾给他们带来过福祉的，当时还是革命青年的人编的曲子：

　　　　十月里来它哨北风，

　　　　袁国良回到雁栖岭，

长枪短枪就一哇声，

杀了恶霸叫徐世林，

实实好威风！

袁国良前面打头阵，

后面跟的是梁毓文，

梁毓文来他真英雄，

不当先生就闹革命，

一心为穷人！

锣鼓唢呐的旋律很是喜庆，但现场的人却哭成了一片，尤其是袁国良的两个妹妹和两儿一女，那哭声简直可以让山风哽咽、白云落泪了！

那就让他们尽情地哭吧！

按照岭上"遗骨不进村"的讲究，三个人的遗骨被就近移到了"状元盆"原雁栖高小外面空地的灵棚里。利用这三天时间，梁恪恭又跟县委工作人员到地区殡仪馆走了一趟，因为袁国良临刑前写下的"绝命书"里明确要求，以后有条件的话就把他的遗骨火化了，一半埋到雁栖岭，一半撒到他曾战斗过的绥远大草原。他要去陪伴那些呈骨于黄沙草原的弟兄们呢！

第四天一早，梁毓文就被重新安葬到高小对面的阳湾里了。袁国良的一半骨灰和白云的遗骨则被直接合葬到袁家祖坟第五排靠右的同一座坟墓里。

岭上这边的仪式一结束，到内蒙古撒骨灰的事儿又提上了日程。按照谭鹤鸣的提议，由他和梁恪恭先去内蒙古打前站，因为他和袁国良当年的骑兵师虽然因为历次军改已经不存在了，但好多老兵还在世，并且大都在包头一带，他们也肯定希望搞一个仪式，见见老首长。

半个月后，谭鹤鸣的电话就打到了乡镇府，要骨灰第二天就从雁栖岭出发，原骑一团二营营长文玉高将从呼和浩特赶到沙城接灵。骨灰在沙城停一晚后就从骑一团当年奇袭过河点吴家围子过河，然后直奔托克托西北处的牛头疙蛋，也就是他们当年过河陷入绝境后第一天宿营的地方。

延北县委派出唯一的一辆吉普车将袁国良的骨灰和梁毓书、磨石坚、王狗子和梁驮生送到了沙城。文玉高和沙城地委书记李智阳前出离城二十公里的沙河口镇接了灵。

傍晚时分，一行两辆车缓缓驶进沙城，然后从南门外广场驶入南门，进了老城的六楼骑街。十里长的街道两边到处都是迎接的干部群众，"欢迎袁国良将军魂归沙城""向袁国良将军致敬"等一系列标语铺天盖地。

牛头疙蛋的迎接场面就更加隆重了。原骑兵师的老兵足足来了四百多人。此刻，他们正在平展展的草原骑马列阵，等待老师长的检阅呢！接替袁国良担任师长的田英男已经去世了，但他的儿子来了，并且这位内蒙古民族学院的副院长还把学院的马头琴表演团带来了。

灵车到达牛头疙蛋后，文玉高就让众人把袁国良的骨灰盒绑到事先准备好的一匹白色骏马的马鞍上，然后翻身上马，来到白马前面几米处，抽出马刀来了一个骑兵礼。

"报告师长！原国民革命军驻沙城部队骑一团、骑一旅、绥远部队骑六军暂四师、一师、陕北分区骑兵师全体官兵列阵完毕。请您检阅！"

话音一落，驮着骨灰盒的白色骏马竟然猛地前蹄腾空仰天嘶鸣了一声，随即翻着四蹄，在谭鹤鸣和文玉高的陪同下朝队伍前面碎步慢跑起来。

"师长好！向师长致敬！"几百名老兵齐声呼喊。

白马前蹄腾空，应声长鸣，就像真听明白了他们的呼喊一样。

待走到队伍尽头的时候，白马又猛然加快速度，就地兜起了大圈。旁边缓坡上的马头琴表演团也在田副院长的指挥下应时奏起了袁国良生前经常哼唱的草原长调《黑骏马》。

一连兜了几圈后，白马猛地调转头，不顾一切地朝东南方向狂飙而去。

曲子换成了《赛马》。

"原骑一团全体官兵向团长致敬！"

"原暂四师全体官兵向师长致敬！"

"原骑一师全体官兵向师长致敬！"

策马跟在后面的文玉高泪流满面，不停地大声呼喊着。白马也一次次用犀利的仰天嘶鸣回应着，并且像当年的踩风驹一样把整个身子拉成一条跃动着的直线，不顾一切地向东南方向狂飙着，就像一片在草尖上急速滑行的白云。

当终于来到呼鲁图当年去见他的"腾格里"的"三棵树"时，白马突然收住脚步，原地转了好几圈，然后又腾起前蹄仰天嘶鸣了三声。就在它第三次仰天嘶鸣的时候，马鞍上固定着的骨灰盒突然掉了下来，盒盖也开了。接连几阵燥热的草原风过后，原本就不多的骨灰便没了踪影。

袁国良终于实现了自己当年对弟兄们的承诺，在这片广袤的黄沙草原与他们一块儿永恒了！

有些事情总是巧合得让人难以置信，就在当天晚上，六十六岁的王狗子突然于托克托县政府招待所安详离世了！之前没有一点儿征兆，就那么睡了一觉就走了。他的骨灰也像他跟随了一辈子的首长一样，一半留在了草原，一半被带回了雁栖岭。尽管事发如此突然，但所有人都平静地接受了。虽然他前些年由于跟袁家的特殊关系也遭受了常人难以承受的折磨和委屈，还没来得及享受时代变革带来的近在眼前的福气，但对他这样的赤胆忠心的人来说，能追随老首长而去也算是最好的归宿了！那么，就让我们向这位活出"大人生"的"小人物"致以最崇高的敬礼吧！

运气一旦转过来，真是门板都挡不住！这不，就在袁国良平反的那年，"人间蒸发"了五十几年的袁国温竟突然回来了。

那是腊月十八临近晌午时分，梁毓书正坐在窗台根儿捻毛线呢，院子里突然进来了十几个人，其中有几个还穿着军装。她当即紧张起来，愣愣地盯着来人看了起来，还以为又要出什么变故了。这些年，她真是被一次又一次的变故给整怕了！而正当她紧张的时候，一位穿着军大衣、白发苍苍的老者就咚的一声跪在了她面前，号啕大哭着喊了一声："毓书！"

她急忙把脸凑过去看了看，毛线托子哐当一下掉在了地上，紧接着放声大哭起来："国温？是不是国温？你这些年都哪去了？"

两位老人抱在一块儿哭成了一团。

家人们也都蒙了，好一会儿才反应了过来。

"妈！这是我大大？"梁驭生问。

"对，你大大。总算回来了。"

此时的袁国温早已不是梁毓书记忆中的那个精壮后生了，头发花白，身子骨也瘦削得厉害，干巴巴的脸上没有一丝血色。

"你这些年都哪里去了？怎连个信都不来呢？"刚一坐稳，梁毓书又哭开了。

袁国温也不顾众人挡架，又跪在梁毓书面前，泪流满面地诉说起了他这五十多年的不幸。

按他说，他当年在北平念大学的时候也曾给家里写过信，但总收不到回信，后来听邮局的人说陕北大部分地方都不通邮路，没法邮寄，就放弃了。毕业后，他又考上了德国一所大学的公费留学生，本想回家一趟再走，但又担心一回来就走不了，所以就直接去了，还想着再坚持两年，等毕业就回来。但还没等毕业，他就被强行安置到了当地一家秘密物理研究所从事核物理研究，从此就失去了自由。二战结束后，他又被美国强掳了过去。一九五五年，他终于通过斗争回到了中国，但一到码头就被政府接到了招待所，禁止了一切对外联系。之后不久，他就到青海某军工基地继续从事起了核物理方面的研究。但因为属于绝密单位，所有的对外联络都是被严格禁止的，就连他因为有海外背景而被劳动教养的那些年，都只能在基地扫厕所，一步都不能离开。拨乱反正后，他又回到了研究岗位，直到两个月前，因为助理的一次实验事故使他遭受了辐射，才离开青海住进了解放军总医院。

作为搞了一辈子核研究的老科学家，他很清楚这个病是没办法医治的，所以便向上级部门打报告请求叶落归根，这才得以回到岭上。

讲完后，袁国温颤抖着打开身旁的皮箱，拿出一个小布包裹泪流满面地递给梁毓书："我这些年从来都没辜负过你。尽管在国外的时候生活条件很好，也可以结婚，但我一直都没结。我到现在还是童子身呀！"

梁毓书也同样颤抖着接过那对他们当年成亲时戴过的金镯子，不顾一切地放声大哭了起来。

当天晚上，梁毓书就不顾村里人的议论，跟袁国温睡到了一个炕上。当然，此时的他们都已经是七十多岁的老人了，加之袁国温的生命之灯已经到了行将熄灭的最后时刻，所以也并不会有什么实质性的事儿，就那么没完没了地聊着、哭着、笑着。那些天，他们一定曾聊起过洞房花烛夜里的那盏蒙着红纸的马灯，聊起过她那句"男人家连这点儿豪横都拿不起还能干个甚"的话，当然也一定聊起过在他眼里留存了一辈子的西翅梁上的那个"红点儿"。

本来，袁国温还坚持要去谷川桃花店给梁先生上坟的，但因为身体很快就一天不如一天了，所以梁毓书便没让他去，只让几个孙子用靠背椅抬着他到袁家祖坟和梁毓文的坟前走了一趟。那天，老人家一连大哭了两场，那腔调一如苦调信天游一般哀戚。

春节当天吃过年夜饭后，梁毓书就把袁家所有子弟叫到了一起，当着袁国温的面给两个儿子下了一道"懿旨"："我跟你大大拜过天地，所以我俩才算是结发夫妻，将来我俩埋一块儿，这也是我前段时间让你大跟你二妈合葬的原因！之前还想着给你大大锤个银人人，这下就用不上了！"然后还让一直给袁国温"开门儿"的二孙子袁恪俭改口叫了他爷爷。

　　正月初八那天夜里，袁国温就头枕着梁毓书的大腿，在她那极尽哀婉的信天游的抚摸下永远闭上了眼睛。

　　　初一到十五，
　　　十五的月儿高，
　　　那春风摆动了，
　　　杨呀么杨柳梢。

　　　年年你走口外，
　　　月月你不回来，
　　　捎书书带信信，
　　　要一个荷包袋。

　　　一绣鸳鸯鸟，
　　　戏水在河边，
　　　一针针一线线，
　　　穿过妹妹心尖尖。

　　　二绣并蒂莲，
　　　盛开在山巅，
　　　妹妹的心意，
　　　哥哥你记心间。

第七十五章

龙生龙，凤生凤，老鼠生的会打洞。这话用到岭上袁家身上简直就不能更贴切了。这不，就在多年的不公正待遇取消之后没几年，袁家就显示出了一股令人惊异的兴旺气象。

此时的小白鸽已经三十多岁了，自然就不会再叫小白鸽了。早在她刚上学的时候，梁毓书就按照她父母的姓加上她这辈儿的占字，给她取了一个官名——袁云生。这名字虽然听起来有些男性化，但也的确很有些意义。这袁云生在长相上几乎完美地继承了父母的全部优点，个码匀称，皮肤白皙，既有北方人的棱角分明，又具南方人的清秀柔婉，一直都像梁毓书年轻的时候一样被公认为雁栖岭的"拔梢子"。也许是遗传了她母系家族的文艺基因，加之自小就每天听着梁毓书的信天游入眠，所以她的民歌也唱得很好，就连地区文化馆的专业老师都称她为"雁栖岭下来的百灵鸟"。她高中毕业后嫁给了马腾的小儿子马得原，起先也只能在岭上受苦，但自从一九八三年秋天，她为一部来雁栖岭取景的反映陕北文化的电影配唱过信天游之后就一发不可收，先后被邀请到省城和北京的音乐学院讲过课，还去日本参加了中日民间音乐交流大会，之后不多时就被省群艺馆特招了，顺便连男人也带了进去。

梁驮生生三子。袁漠生生两子。兄弟五个虽然顶着两个姓氏，但都是排行叫的。老大梁恪恭，初中毕业便直接回家受了苦。等到一九八三年，延北全县都已经包产到户了，唯独牛背梁大队迟迟没有动静。这也很好理解，不是他们不想，而是袁家的教训给他们的印象太深刻了，就没人敢撑这个头，都怕政策万一再变回去翻船呢！于是县委齐书记就找到了刚刚二十三岁的梁恪恭，要他迁回牛背梁担任支部书记，推动包产到户工作。他当即应了下来，但也趁机提了一个条件：袁家必须全部回迁。之后他便突击入了党，成了牛背梁改革后的第一任书记，并且不到十天时间就将整个行政村十几个自然村的包产到户搞到位了；老二袁恪俭一九八〇年高中毕业，以全县状元的成绩考入了西北大学中文系，毕业后被分配到了省委办公厅。老三梁恪让从石家庄步兵学院毕业后被分配到成都军区当了副连长，还在南疆的一次拔点作战中荣立了个人二等功；老四梁恪正从延安师范学院毕业后被分配到了临近的乡镇中学，没几年又调到了县城；老五袁恪勤从沙城师专毕业后留校做了讲师。于是岭上人就说："这狼神爷家还就是狼神爷家，这雁栖岭终究还是袁家的天下！"还给他们差辈分地概括了一个统称："老袁家的五虎一凤！"

岁月真如流水，只那么一晃就又是二十多年，并且这一晃就把好多人给晃老了，连梁恪恭也已经是五十来岁的人了。不过令人意外的是，尽管磨石坚、谭鹤鸣等所有与梁毓书同龄的人都已经去了另外一个世界，但她老人家还顽强地活着！此时，她已经整整一百岁了，精神状态却依旧很好，思维也很清晰，并且依旧把自个儿捯饬得利利落落，尤其是那一头仙人般飘逸的鹤发，还颇有几分仙相，加之她这些年已经被岭上人认定为"五狼神"里的那条白狼了，于是人们都叫她"神仙老婆儿"。当然，这个称呼或多或少也与袁家当下的情况有些关系，因为此时的袁家已经完全重归了荣耀，甚至可以说已经达到一个全新的高度了。

这些年，她的长孙梁恪恭一直稳稳地当着村支书。但是，我们千万不敢以为他就是一个村支书，因为他还有另外一个隐秘的身份——沙城袁氏集团的实际控制人。并且在整个沙城市，袁氏集团都是叫得上号的民营企业了。梁恪恭之所以能一步步发展到今天，完全得益于他在岭上崇高的威信和早已融入袁家人基因的那股闯劲儿。

　　二十世纪九十年代初，为促进老区发展，国家特批私人资本可以进入陕北的石油开发领域。借着这股政策的东风，他与前来岭上投资的一个温州籍商人合伙注册了"雁栖岭石油开发有限责任公司"，没几年就赚得个膀大腰粗。二十一世纪初，国家收回石油开采权限后，他又带着那几年赚来的资本，北上沙城盘了一座煤矿，并且很快等上了煤炭黄金期，财富几乎是成倍地往上翻。后来他又瞅准了沙城的地产市场，注册了"袁氏地产"，正式进入了沙城的地产开发领域。由于他一贯以诚信为本，逐渐获得了市场的高度认可，只要是"袁氏地产"的楼盘，往往一开盘就被一抢而空。如今的袁氏集团已经成长为一家涵盖煤矿、煤化工、地产路桥、园林绿化、生态农业等多个领域的综合性企业了，每年光上缴的税收就能接近一个亿。尽管如此，梁恪恭还是没撂村支书的职务，当然也撂不下，起先是岭上、沙城两边跑，等老四梁恪正和老五袁恪勤"下海"，分别出任了集团的执行董事和总经理之后，他就干脆常年扎到岭上了。也是，五个老人都已经老了，家里没个人也真不行。而且令所有人都不能理解的是，自从彻底扎回岭上，他竟然又像普通农村人那样种起了地，并且苦水也绝不亚于任何庄户人。"唉！没办法！我们老袁家祖祖辈辈就都是些'受孙'嘛！"面对岭上人的不解，他总是这样自嘲。

　　老二袁恪俭从省委办公厅一路升迁，现在已经是副秘书长了，还明确了正厅级待遇。老三梁恪让也高升为西部战区陆军某旅旅长了。这样的家族想不受别人的尊重都是不可能的！

　　像"神仙老婆儿"这个年纪的人当然不会有任何事情做了，成天就坐在梁恪恭新修的窑洞四合院外面的一棵百年老杏树下聊天、晒太阳。作为牛背梁村最大的"宅前广场"，这里一直都是全村的活动中心，老人们都喜欢聚在这里。农闲的时候，年轻人也都过来凑热闹，自然免不了要逗她一番。

　　"听说你当年在北草地赶牲口的时候红得怕人呢！说你头上的面纱从来都不敢揭，一揭开就把男人们都迷倒了，腿软得站都站不住，就跟喝醉一样。"

老人仰头咯咯咯地笑了："憨娃娃，那都是书匠们编下的！我戴纱巾是怕太阳晒呢嘛！"

"你那时候究竟有多红？"

"红是真红呢！最多带过二十一支驼队。我那时候年轻，脑子也活泛，方方面面都考虑得周周到到，土匪、官家、商号、驼队，谁的好处都不误，所有的关节都得打通，不然就弄不成。都是仗你二干爷的势，他把候小子打尿了嘛！"

"你还记我二干爷的人样着不？"

"唉……憨娃娃！怎能不记呢！跟死都忘不了！咱这儿人都说你二干爷老高大个，其实不是，比漠生你干大还稍微低些。也就那么个人样，但比你干大精神，骨干肉紧的，两道剑眉，尖下巴，胸脯子常挺得端溜溜的，尤其是骑马的时候，真是威武得说都没法说！"

"你为甚不给你再瞅个老汉呢？"

"唉……好娃娃呢！经见了你二干爷以后，我老婆子眼里就连个男人都没了！"正说着就猛然停了下来，长长叹了一口气，"你说我不死就是一疙瘩害！都一百了嘛！还往多会儿活呀！"

"好好活着，活他个驴万年！"

"唉！该死要死呢嘛！我不死你干大们就当不成老人，他们也都七十几的人了。"

"听说你和我二干爷是在沙圪梁上装的新？"

她又咯咯咯地笑了，好一会儿都没刹住。"唉……羔娃！这个不敢瞎说，人家笑话呀！"那一刻，她的脸上竟陡然出现了一抹少女般羞涩的红晕。

……

此后不多时，老人家突然有些老年痴呆了，时轻时重，用当地话说就是"老憨"了，经常抖着她重孙女的花裙子在庄湾小路上来来回回地乱走，尽管速度并不快，但表情却似乎很急切。

"这神仙老婆儿又哪去呀？"

"赶牲口嘛！"

"哦！又走银川呀？"

"哦么！不走不行嘛！那些土匪响马，除了我谁都没法儿嘛！唉……你咋说，连马都忘拉了！"说着便又转身急匆匆地"牵马"去了。

等到秋天，老人家的身体猛然不行了，老年痴呆也更加严重了。一天半夜，与她同住的梁恪恭迷迷糊糊中听见地上传来一阵窸窸窣窣的声音，便赶忙爬起来看了一下，没想到她竟然穿了一件白色旗袍，正照镜子呢！看上去还颇有些孤芳自赏的意思。

"这半夜不睡，把那抖打上干甚呢？"梁恪恭笑着问。

她调转身子，一边扯拉旗袍一边问："好看着不？"

"好看！跟演员一样。"

她笑了笑，随即讲起了这件旗袍的来历："这是我到西安伺候你爷爷的时候定做的。我根本不敢穿，你看这叉子开得这么高，风一刮呼撩撩的，就跟不穿裤子一样！可是你爷爷就说好看，还专门让那裁缝在腔子上绣了一朵山菊花。那裁缝没见过这花儿，你爷爷就给画了几下，讲了一下颜色。那裁缝手巧，还真绣像了！"此时，她好像又突然精明了。

"我爷爷当时受了重伤不能扬打，屁事都弄不成，你穿这顶屁呢？"梁恪恭逗她。

"你爷爷是谁？"她猛然又糊涂了。

"那你说我是谁？"梁恪恭反问她。

她摇了摇头，一脸惋惜地说："面熟熟的，就是歪好记不起了！"

"唉！我是大平，恪恭嘛！"

她嘴张得老大，似乎很惊讶的样子："大平？大平都这么大了？"

"对，五十二了。"

"你都五十二了？那我多少了？"

"你十八了！"梁恪恭又逗她。

她仰起头想了想，自言自语地说："唉……怕不是十八了，我十八那会儿还是女子家呢！最少都二十几了！"然后又猛地转过身子问："那二平多少了？做甚着呢？"

"四十九了，前两天刚调到沙城当市长了。"

"市长是个甚官？"

"就是行署专员。"

"都当了专员了？那三平呢？"

"三平当旅长了。"

"也当旅长了？你爷爷也当过旅长。"她好像又精明了。

"对！"

"那能当了呢？那旅长可是难当呢！"

"部队的官好当，都是命令嘛！"

"命令和心服两码事着呢！你爷爷当年是手下人都服他，所以……"

"好好好！就你老汉能行！"趁她还精明，梁恪恭便哄着她睡下了。但刚一会儿，她就又坐起了，还把灯打开了。

"唉！睡嘛！你一天甚事都没，我明天还要掰玉米呢！就陪你耍猴呀？"

"你听见狼嚎了没？"她瞪着眼睛问，很神秘的样子。

"多少年都没狼了，嚎甚呢？"

她瞪了他一眼："你听，这声是你爷爷，这声是你舅爷，他们叫我呢！"

"唉！一天甚事不做光想老汉！让你好好想，一个老婆霸占下两个老汉，等将来我爷爷和我大爷爷为抢你打得红血脑袋，你就记起了！"

"你放心，打不起，他俩都听我的。"她说完又像突然记起了什么似的问道，"那你做甚着呢？"

"我当大队书记着呢!"

"咱老袁家还能当书记呢?"

"能不能当反正当了这么二十几年了。"

"唉……日怪,怎还又能当书记了!"她一边嘟囔一边摸索着关了灯,连旗袍都没脱就睡了。

但这一睡就再没起来!

那天是公元二〇一〇年十月八日,恰是二十四节气里的寒露。

从老人家离去的那天起,岭上人就议论起她的葬礼了,并且一致认为袁家肯定会大操大办,因为无论从实力还是老人家的威信来讲,这都是必然的,一些头脑活泛的人甚至干脆预言:"为甚不借这个机会宣示一下他们'重振江山'呢!"但令人意外的是,袁家并没有大操大办,基本上是按照岭上的规矩来的。也是,此时的他们根本不需要刻意表现什么,五个后生穿上孝衫,齐刷刷跪到灵棚前面本身就是最好的宣示!但无论如何也都不失隆重,毕竟实力不允许嘛!别的不说,单高金锁的儿子、陕北"第一名吹"高振平带着遍布陕北的三十六弟子连续几天的陕北大唢呐"义务会演"就足以震撼百里了。

七天后,这位充满传奇、受尽磨难,但也享尽了尊崇和抬举的百岁老人就被抬进袁家祖坟,与袁国温合葬了。

那个时候,岭上的野山菊开得正盛,白中透蓝,蓝中带紫,一丛一丛到处都是,在秋风的拨动下颤颤地摇摆着,漂亮极了!

也正是在这次葬礼期间,袁家五子又对家族未来的发展敲定了一个全新的方案。为了让刚到沙城当市长的袁恪俭避嫌,他们决定尽快收拢和消化在沙城的全部项目和投资,然后资本回流,注册"雁栖岭综合开发公司",投资十亿元对雁栖岭进行农业产业、民俗文化、乡村旅游等全方位开发。

按照规划,整个项目围绕"百年雁栖岭,陕北大观园"这一主题,以公司加农户的方式在"七十二地煞"发展陕北特色杂粮种植；在"三十六天罡"发展以"雁栖岭"为品牌商标的有机苹果和现代大棚蔬菜；"十八罗汉"则被规划为牧场，发展"雁栖岭地椒羊肉"特色品牌。同时将打造水果蔬菜存储中心、肉类及杂粮深加工中心、袁记雁回头纯粮白酒古法酿造厂三大产业设施和雁栖民俗文化园、农耕文化参观体验园、烈士陵园及革命纪念馆、岭上袁家家风文化长廊、面水山和背水山崖窑五大特色文旅产品。与此同时，五狼庙、袁家大院、耿家大院、王家大院、雁栖高小、延北县苏维埃政府和北惠渠渠首等旧址都要修缮开放。他们自然不会忽略与袁家相伴相生的"狼文化"，不仅要重点打造五狼庙，在家风长廊里加入"神狼喂奶""神狼献子""狼鹿降瑞"等主题雕塑，还在雁头峁的古烽火台上设计了一座巨大的、仰天长嚎的狼雕，从早八点到晚八点，每逢整点都要"狼嚎报时"，十里可闻。

整个项目启动不久，施工队就在原来梁先生家的炕洞子下面挖出了一个小木箱子，里面装了好几个用马莲纸缀成的厚厚的本子，封面上赫然写着"雁栖杂记"几个繁体大字，里面的小楷更是密密麻麻。此时，梁恪恭正在指挥部和面水山的一位本土文化青年琢磨家风长廊主题雕塑的设计效果呢，接到电话后，两个人就急忙赶了过去。

那小楷简直漂亮极了，对事情的记述也极为详尽。

"民国八年，岭上袁家兴办私塾，聘谷川籍举人梁行顺来岭授学，首批五名童生袁国良、袁国温、磨起世和马大宝、马二宝入塾启蒙，首开岭上耕读并举之先河。"

"民国十年，蝗灾绝收，袁继耀率全县灾民围兴隆寨抗税，驱狗官朱清明，迫使道里缓征当年税粮。"

……

"民国二十一年秋，袁国良、梁毓文、耿志高、磨石坚回岭闹红，组建雁栖游击队，杀地主徐世林，划分袁、耿、马三家土地及家产分与民众。"

"民国二十三年冬，游击队兵败离岭，耿志高放火阻敌。大火昼夜不熄，落烬寸余，灼伤苇根，旱芦苇从此于岭上几近绝迹！后耿志高被景山岳所杀，难前极刚烈！"

……

那文化青年越看越痴迷，竟忘了旁边有人在。

"兄弟！你不是正准备写一部反映咱雁栖岭百年震荡的小说呢嘛！这能用上不？"

"这就是给我留下的，专门等我着呢！"文化青年兴奋地吼道。

从此，那文化青年就一头扎进了创作前的准备工作。

百年雁栖岭是无论如何都绕不过袁家的。因为挟着袁家兴旺发达的风头，这些年，关于袁家的故事又在岭上风靡起来，甚至已经被夸张得没边没沿了！比如袁国良"双手摆盒子"的事，简直都讲成神话了。

"哈呀！你二干爷那枪法真是指鼻子不打眼窝！磨将军头上顶十块响洋，你二干爷飞马'双手摆盒子'，一枪剥一个，一枪剥一个！枪枪不空，不多不少！"

"有那么厉害呢？"

"这算个屁！关键是打在地上的响洋还能自动码成摞子呢！'十块响洋剥层子，飞到地上码摞子'说的就是这事儿。"

"不可能！"

"你看这娃娃！老汉我活了这么八十大几都没说过一句瞎话，我当时六七岁了，就在当场看着呢，那响洋摞子码得齐刷刷的！"

而且据他们讲，袁国良的传奇事儿还远远不止这个！

"人家不光枪法好，还双手都能写大字，左右手写的一个样样的！你倒是大学生，你有那本事呢？"

"那算甚呢！那年过年，我大打发我让他给我们写对子。他正在跑马梁跑马着呢，一把把我手里的红纸扯过去按到大腿面子上，马跑着人家写着，等一圈跑回来倒写好了！那字比尔格街上卖的那些对子不知要强多少呢！"

的确，在雁栖岭，老袁家尤其是袁海宽和袁国良已经被演绎成神一般的存在了，关于他家的传奇故事真是三天三夜都讲不完，而且越讲越离奇。年轻人自然会对这些说法提出质疑，但老年人始终对此深信不疑。

"那就不是人，神狼转世嘛！你能拿咱凡人衡量呢？"

"既然是神就刀枪不入嘛！怎还能叫日本人把胳膊给砍掉呢？"

"你看这些娃娃，神神也有打盹的时候呢嘛！"

尽管那文化青年一直都把这些传说当作传说对待，但正是这些无比生动的语言让他越来越坚定了一个认识：一部小说真正的作者其实应该是小说中所反映的那片土地和曾经或者正生活在那片土地上的人，而最后署名的那个人只是一个整理记录者罢了。

小说是当年冬天动的笔，到第二年七月，初稿已经接近尾声了，但名字还一直没有着落。那天傍晚，文化青年正坐在他家窗前给初稿结尾呢，猛然听见窗外闹嚷嚷一片。

"那红狼是二干爷，白的是'神仙老婆儿'，旁边那灰的……"

他急忙从电脑桌前站起身，把目光投向窗外，瞬间就被西天的一块云彩震惊了。那云彩南不见头北不见尾，海市蜃楼一般缥缈，棱角却极其分明，而且不多不少恰好是十九个，就连形状也像极了雁头崾和"十八罗汉"。居中最高的那个云头上的五个凸角俨然是五条半蹲着的仰天长嚎的狼，在夕阳的辉照下，还真是一条尽赤，三条苍灰，一条雪白！

于是，他猛然想起了"神仙老婆儿"给他讲五狼神传说时说的那番话："唉！好娃娃呢！我倒盼这传说是真的。岭上人不都说我就是那条白狼嘛！我都快一百了，马上就上天了。我一上天，五条神狼就齐聚天庭了，岭上就没狼了，太平盛世也就来了。传说是甚？其实就是个念想，有念想总比没念想强。这人啊！有时候还真就是靠心里的那个念想活着呢！"

于是，他便强忍着内心的激动，提笔在稿纸上唰唰写下几个龙飞凤舞的字：但愿岭上无狼！

（下部完）

第一稿：2022 年 4 月至 7 月于横山雷龙湾林场

第二稿：2022 年 8 月至 2023 年 4 月于安塞办公室

第三稿：2023 年 9 月至 11 月于延川清水湾民宿